거문고에
귀신이
불었다고
야단

거문고에 귀신이 불었다고 야단

성현, 어숙권 외 씀
홍기문, 김찬순 옮김

보리

겨레고전문학선집을 펴내며

우리 겨레가 갈라진 지 반백년이 넘어서고 있습니다. 그러나 함께 산 세월은 수천, 수만 년입니다. 겨레가 다시 함께 살 그날을 위해, 우리가 함께 한 세월을 기억해야 합니다.

예부터 우리 겨레가 즐겨 온 노래와 시, 일기, 문집 들은 지난 삶의 알맹이들이 잘 갈무리된 보물단지입니다.

그동안 남과 북 양쪽에서 고전 문학을 되살리려고 줄곧 애써 왔으나, 이제껏 북녘 성과들은 남녘에서 좀처럼 보기 어려웠습니다.

북녘에서는 오래 전부터 우리 고전에 깊은 관심과 사랑을 보여 왔고 연구와 출판도 활발히 해 오고 있습니다. 그 가운데 〈조선고전문학선집〉은 북녘이 이루어 놓은 학문 연구와 출판의 큰 성과입니다. 〈조선고전문학선집〉은 가요, 가사, 한시, 패설, 소설, 기행문, 민간극, 개인 문집 들을 100권으로 묶어 내어, 고전을 연구하는 사람들과 일반 대중 모두 보게 한 뜻깊은 책들입니다. 한문으로 된 원문을 현대문으로 옮기거나 옛글을 오늘의 것으로 바꾼 성과도 놀랍고 작품을 고른 눈도 참 좋습니다. 〈조선고전문학선집〉은 남녘에도 잘 알려진 홍기문, 리상호, 김하명, 김찬순, 오희복, 김상훈, 권택무 같은 뛰어난 학자분들이 머리를 맞대고 연구한 성과를 1983년부터 펴내기 시작하여 지금도 이어 가고 있습니다.

보리 출판사는, 조선민주주의인민공화국 문예 출판사가 펴낸 〈조선고
전문학선집〉을 〈겨레고전문학선집〉이란 이름으로 다시 펴내면서, 북녘
학자와 편집진의 뜻을 존중하여 크게 고치지 않고 그대로 내는 것을 원칙
으로 삼았습니다. 다만, 남과 북의 표기법이 얼마쯤 차이가 있어 남녘 사
람들이 읽기 쉽게 조금씩 손질했습니다.

　　이 선집이, 겨레가 하나 되는 밑거름이 되고, 우리 후손들이 민족 문화
유산의 알맹이인 고전 문학이 지니고 있는 아름다움을 제대로 맛보고 이
어받는 징검다리가 되기 바랍니다. 아울러 남과 북의 학자들이 자유롭게
오고 가면서 남북 학문 공동체가 이루어지는 날이 하루라도 앞당겨지기
바랍니다. 그리고 이 자리를 빌려 어려운 처지에서도 이 선집을 펴내 왔
고 지금도 그 작업에 몰두하고 있는 북녘의 학자와 출판 관계자들에게 고
마운 마음을 전합니다.

2004년 11월 15일

보리 출판사 대표 정낙묵

차례

거문고에 귀신이 붙었다고 야단

물 건너는 중 — 용재총화 2

개구리 소리도 들을 탓 — 용재총화 3

빈한해도 때 묻지 않게 — 패관잡기 1

옛 어른이 공부하던 법 — 패관잡기 2

거문고 명수 이마지의 한숨 ― 청파극담, 용천담적기, 청강쇄어

얼어 죽은 가난한 부부 ― 송와잡설

▪ 일러두기

1. 《거문고에 귀신이 붙었다고 야단》은 북의 문예 출판사에서 1986년에 펴낸 《패설집 1》
   을 보리 출판사가 다시 펴내는 것이다.
   보리 편집부에서 글 차례를 바꾸고 부를 다시 나누었으며, 몇몇 글은 제목도 다시 달
   았다.

2. 맞춤법과 띄어쓰기는 '한글 맞춤법'을 따랐다.
   ㄱ. 한자어들은 두음법칙을 적용했고, 모음과 ㄴ 받침 뒤에 오는 한자 '렬'은 '열'로
      '률'은 '율'로 고쳤다. 단모음으로 적은 '계'나 '폐'자를 '한글 맞춤법'대로 했다.
      예 : 렴치→염치, 례사→예사, 반렬→반열, 운률→운율, 페습→폐습

   ㄴ. 'ㅣ' 모음동화, 사이시옷, 된소리 따위의 표기도 '한글 맞춤법'대로 했다.
      예 : 되였다→되었다, 뛰여나다→뛰어나다, 뒤날→뒷날, 재빛→잿빛, 번하다→뻔하
         다, 부역군→부역꾼

3. 남에서는 흔히 쓰지 않는 표현이지만, 북에서 흔히 쓰는 입말들은 다 살려 두어 우리
   말의 풍부한 모습을 살필 수 있게 했다.
   예 : 군잠, 닭알, 돝고기, 섭슬리다, 아랫도리, 윗도리, 팔대질, 활시울

부역꾼의 안해

고려사

《고려사高麗史》는 조선 초기에 세종의 명에 따라 편찬된 고려 시대 역사책. 고려 시대를 정리하려는 노력이 조선 건국 때 시작되어 《고려사》 편찬에 걸린 시간은 50년이 넘는다. 세종 때 마무리 지어져, 문종 원년(1451)에 끝났다. 왕조사인 세가世家, 악지樂志, 열전列傳 들에서 글을 골랐다.

예성강곡

옛날 우리 나라를 드나드는 중국 장사치에 하두강賀頭綱이란 자가 있었다. 그는 바둑을 잘 두었다.

일찍이 그는 예성강禮成江에 이르러 아름다운 조선 여인을 보았다. 그는 여인이 사는 곳을 알아내어 여인의 남편과 바둑 친구가 되었다. 그는 일부러 져 주고는 여인의 남편에게 물건을 곱절로 주며 내기를 하다가, 하루는 그 안해를 걸고서 내기 바둑을 두었다. 하두강은 단박에 바둑을 이기고는 그 안해를 빼앗아 배에 싣고 떠나 버렸다. 남편은 그제야 자기 잘못을 뉘우치고 노래를 지어 불렀으니 이것이 곧 '예성강곡'의 전편[1]이다.

그런데 여인은 몸가짐을 매우 단단히 하였다. 하두강은 사납게 욕

---

1) '예성강곡'은 전편, 후편으로 나뉘어 있다고 하는데, 모두 전해지지 않고 있다. 신라 향가, 고려 가사들에는 대개가 이러한 설화들이 짝을 이루고 있으니 '명주곡' 이야기나 '예성강곡' 이야기나 모두가 그 예다.

예성강은 고려 때 중국과 가장 가까운 대외 무역항이며, 당시 남송南宋의 배가 항주杭州, 영파寧波 등지에서 이곳으로 자주 오갔다.

심을 채우려 했으나 뜻을 이루지 못했다.

배가 멀리 바다로 나갔는데 바다가 갑자기 무서운 풍파를 일으켰다. 그리하여 배는 그 자리에서 맴돌며 한 걸음도 더 가지 못했다. 뱃사람들은 놀라서 곧 점을 쳤다. 점쟁이는 배 주인이 무례하게 남의 나라 정절 있는 부인을 빼앗아서 욕보이려 하니 그 절부의 원한이 하늘에 사무쳐서 그런지라 지금이라도 부인을 고이 돌려보내지 않으면 반드시 배가 난파당한다고 말하였다. 뱃사람들은 서로 쳐다보면서 수군서렸다.

하두강도 할 수 없이 다시 뱃머리를 돌려 여인을 남편에게 돌려주었다. 남편의 품으로 다시 돌아온 여인이 노래 한 수를 지었으니, 이것이 바로 '예성강곡' 후편이다.

명주곡

옛날 서울의 한 서생이 명주[1] 땅으로 유람을 간 일이 있었는데, 그곳에서 양갓집 처녀를 만났다. 처녀는 누구에게나 알려진, 재색을 겸비한 절세미인이었다. 서생은 시를 지어 처녀에게 자기의 사랑을 거듭거듭 하소연하였다. 마침내 처녀에게서 회답이 왔다. 사연은 간단하였다.

"저 역시 여자로 태어났으니 한 사람의 지아비를 좇는 것은 당연한 일이나이다. 모름지기 학업에 전념하시와 남보다 뛰어난 사람이 되소서. 그리하여 우리 부모님께 청하시어 허락받으시면 가히 해로하고저 하나이다."

서생은 곧바로 서울로 돌아갔다. 그때부터 모든 잡념을 물리치고 공부에 온 힘을 쏟았다.

그런데 그 뒤 아무런 사정을 모르는 처녀의 부모가 사위를 보려고 서둘렀다. 처녀의 집 앞에는 큰 늪이 하나 있어 처녀는 그 못에 있는

---

1) 명주溟州는 강원도 동부, 지금의 강릉을 중심으로 한 지방.

고기들을 길렀다. 밥찌꺼기가 남으면 언제나 못가에 가 고기들에게 던져 주었다. 고기는 처녀를 알아보고 발자국 소리만 나도 몰려들었다. 처녀는 애달픈 심정을 고기들에게 하소연하였다.

"고기야 고기야, 내가 너희를 먹여 기른 지 오래니 너희는 내 뜻을 알아주겠지."

그러고는 편지를 물에다 던졌다. 그러자 그중 큰 고기 한 마리가 물 위로 뛰어오르더니 처녀의 편지를 덥석 받아 물고는 다시 물속으로 들어가 어니론가 가 버렸다.

서울에 있는 서생이 어느 날 장에 가서 부모의 찬감으로 큰 물고기 한 마리를 사 가지고 집에 돌아와서 배를 가르니, 뱃속에서 뜻하지 아니한 편지 한 장이 나왔다. 그것은 바로 명주 땅 처녀가 보낸 애달픈 하소연의 편지였다.

서생은 놀랐다. 그는 곧 아버지와 어머니에게 사연을 말하고 명주 땅을 향하여 길을 떠났다. 그가 허둥지둥 처녀의 집에 다다랐을 때 새 사위 행차가 처녀의 집 문 앞에 막 닿아 있었다. 서생은 집 안으로 급히 달려 들어가서 처녀의 편지를 내놓고 자기 심정을 호소하는 시를 지어 노래 부르니 이 노래가 '명주곡'이다. 처녀의 부모는 그 이야기를 듣고 기이하게 여기며 말했다.

"지성이면 감천이니 하늘이 너희들을 돌보신 것이다. 우린들 어찌 하겠느냐."

그리고 쾌히 서생을 사위로 맞아들였다.

가곡 정과정

가곡 '정과정'[1]은 내시 낭중 정서鄭敍가 지은 노래다. 그는 스스로 호를 '과정'이라 하였다. 그는 일찍이 인종 때 외척으로 왕의 총애를 받았으나 그 아들 의종이 즉위하고는 그를 오해하여 고향 동래로 내쫓았다. 그런데 의종은 무엇을 생각하였는지 그를 떠나보내면서 말하였다.

"오늘 조정의 여론이 이러하니 마지못하여 그대를 보내나 머지않아 여론이 안정되는 대로 곧 불러올 터이니 그리 알라!"

그리하여 고향에 돌아가 임금의 명령을 기다렸으나 끝내 소식이

---

1) 가곡 '정과정鄭瓜亭'은 꽤 널리 오랜 세월 불린 노래이다. 이제현의 시 말고도 공민왕 때 사람 이숭인이 이 노래를 듣고 쓴 소감을 칠언에 부친 시가 있으니 다음과 같다.

"비파 한 곡 정과정, 여운이 처량하여 차마 듣기 어려워라. 생각하니 고금의 많고 적은 한, 가을비 주렴에 찼는데 혼자 옛 시 읽노라.〔琵琶一曲鄭瓜亭 遺響悽然不忍聽 俯仰古今多少恨 滿簾秋雨讀騷經〕"

이로 미루어 보아 가사와 함께 곡조도 상당히 처량한 것으로 보인다. 그리고 임금 의종이 정서에게 가진 오해란 것은 정서가 의종의 동생 대녕후大寧侯와 결탁하여 그를 왕위에 올려놓으려 한다는 김존중 일파의 모해 때문이었다. 그 뒤 정서는 소환은커녕 거제도로 쫓겨 갔다.

없었다. 그래서 정서는 한때의 울화에 맡겨 거문고를 뜯으면서 노래
를 불렀으니, 가사가 처량하기 비길 데 없었다. 이제현이 그 노래의
한 절을 한시로 옮긴 것이 있으니, 다음과 같다.

임금을 생각하는 마음
눈물이 소매를 적시지 않는 날이 없구나.
그 마음 구슬프기
봄 산 접동새와 같노라.

나에게 잘못이 있나 없나
사람들아 묻지 마라.
다만 지는 달 샛별만이
그 곡절 알지니.
憶君無日不霑衣　政似春山蜀子規
爲是爲非人莫問　只應殘月曉星知

부역꾼의 안해

고려 의종은 사치하고 놀기 좋아하는 임금이었다. 그는 일찍이 현화사 남쪽 산기슭에 정자를 짓고 '중미정衆美亭'이라고 현판을 붙였다. 중미정 남쪽 산간에서 흐르는 시냇물을 흙과 돌로 막아서 물을 모으고는 언덕 위에 짚으로 인 조그마한 정자를 만들고 그 가에는 갈을 많이 심어서 오리와 기러기 떼가 와서 놀게 하였으니 완연히 호수나 강을 이룬 듯 운치가 절묘하였다. 그 가운데 배를 띄워 어린 종들에게 고기잡이 뱃노래를 부르게 하는 등 갖은 놀이를 다 하였다.

처음 중미정을 지을 때 역꾼들은 먹는 것마저 자신들이 부담하였다. 그중에도 어느 일꾼은 집안이 매우 가난하였다. 그리하여 스스로 양식을 댈 능력이 없어서 같이 일하는 역꾼들이 이 사람이 한 술, 저 사람이 한 술 모아 그것으로 끼니를 이어 갔다.

어느 날 그의 안해가 밥을 한 상 잘 차려 와서 친한 사람들과 같이 먹으라고 하였다.

"아니 이게 어찌 된 일이오? 무엇으로 이렇게 마련하였단 말이오? 못할 짓을 했거나 남의 물건을 훔친 것이 아니오?"

"얼굴이 이다지도 못나고 누추하거늘 누가 나를 살 것이며, 옹졸한 내 성미에 무슨 재주로 남의 집에 들어가 도둑질을 한단 말이오? 생각다 못해 내 머리채를 끊어 팔았소."

안해는 차근차근 대답하고 머리에 쓴 수건을 벗어 보였다. 남편은 목이 메어 먹을 수가 없었다. 이 이야기를 듣고 슬퍼하지 않는 자가 없었다.

왕건과 유 씨 부인

고려 태조 왕건의 후[1] 유 씨는 정주[2] 사람 삼중대광三重大匡 유천궁柳天弓의 딸이다. 유천궁의 집은 정주 고을에서 큰 부자이며 마을 사람들은 그를 '장자'라고 했다.

왕건이 일찍이 궁예의 신하로 있을 때 군사를 이끌고 정주 땅을 지난 일이 있었다. 그때 길가 큰 버드나무 아래에서 말을 매고 군사들과 함께 쉬고 있었는데, 때마침 그 앞으로 흐르는 맑은 시냇가에 물 긷는 처녀가 하나 있었다. 그 처녀는 얼굴이 매우 덕스럽게 생겼다. 왕건은 처녀에게 물었다.

"그대 뉘 집 딸이뇨?"

"이 골 장자 유천궁의 딸이옵니다."

처녀가 대답하였다. 왕건은 이어서 처녀 뒤를 따라 천궁의 집을 찾아가서 그날 저녁을 군졸들과 함께 그 집에서 쉬었다. 그 집에서

---

1) 후后는 임금의 정실부인이다.
2) 예성강 부근에 있는 지명.

는 장병들을 매우 후하게 대접하였다. 뿐만 아니라 왕건이 청하는 대로 천궁은 자기 딸도 왕건에게 바쳤다.

이튿날 아침 그는 정주를 떠났는데 그 뒤 그 처녀를 완전히 잊어 버렸다. 유천궁의 딸은 끝내 왕건을 생각하여 머리를 깎고 중이 되었다. 왕건이 이 소문을 듣고 처녀의 정절에 감동하여 처녀를 맞아 다가 부인을 삼았다.

왕건과 같이 궁예 막하의 장령들인 홍유洪儒, 배현경裵玄慶, 신숭 겸申崇謙, 복지겸卜知謙 등이, 궁예를 왕위에서 몰아내고 왕건을 그 자리에 맞아들일 밀모를 하려고 어느 날 왕건을 찾아왔다. 그들은 그 자리에 유 씨가 있는 것을 꺼리는 눈치였다. 이를 안 왕건은 안해 에게 말했다.

"여보 뒷밭에 참외가 한창인 듯하니 그거라도 가서 좀 따 오우."

그 뜻을 짐작한 유 씨는 참외를 따러 가는 체하고 북쪽 문으로 나 가 몰래 군막 뒤에 숨어서 엿들었다. 드디어 모인 여러 장수들은 왕 건을 왕으로 세울 뜻을 말하였다. 왕건은 얼굴빛이 변하고 굳이 거 절하였다. 바로 그때 군막 뒤에 숨어 있던 유 씨가 갑자기 막을 헤치 고 방으로 들어오면서 말하였다.

"자고로 학정을 없애고 대의를 베푸는 것이 의젓한 사람의 길이라 하였나이다. 모든 장수님들의 말씀을 듣사옵건대 한갓 아녀자인 저도 참지 못하겠거늘 하물며 대장부겠사오리까."

이렇게 말하고 곧 남편의 갑옷을 들고 와서 왕건에게 입혀 주었 다. 이어서 홍유를 비롯한 장수들은 그를 부축하여 밖으로 나갔다. 그리하여 마침내 왕건은 궁예를 물리치고 왕위에 오르게 되었다.

홍유 등이 왕건을 왕으로 추대하며 나누던 이야기는 다음과 같다.

"삼한이 갈라져 사분오열이 되었고 뭇 도적이 다투어 일어나고 있을 때 왕은 팔을 걷고 나서 삼한의 태반을 점령하여 나라를 세우고 도읍을 정한 지 24년에 아직도 나라의 기초를 튼튼히 못하였거늘 지금 포학한 정사와 도리에 어긋난 형벌이 날로 심하여 갈 뿐이니 나중에는 그 해가 처자를 죽음으로 몰아넣고 막료에게도 화를 미치게 하며 백성을 도탄에 빠지게 할 것이니 그 행패가 걸이나 주[3]인들 이에 더하겠소. 그러니 이 기회에 포학한 왕을 없애고 장군이 탕무[4]의 고사에 따라 대의를 천하에 베푸는 것이 옳을까 하오."

이렇게 홍유 등이 권하였다. 왕건은 이 말을 듣자 얼굴빛이 변하고 굳이 거절하였다.

"무슨 말들을 하시오? 내 부족하나마 충성된 신하로 자처하고 있거늘 비록 왕이 포학하고 음란하더라도 어찌 두 마음을 품겠소? 그리고 신하가 임금을 배척함은 혁명이거늘 어찌 나의 부족한 덕으로 감히 탕무의 고사를 본받을 수 있으리오?"

왕건은 아예 홍유 등의 말은 상대도 하지 않으려고 했다. 그러나 홍유 등은 물러서지 않았다.

"때는 두 번 다시 오지 않소. 만나기 어려운 대신, 잃기 쉬운 것이 또한 때이기도 하거니와 하늘이 끼친 때를 받지 않는다면 도리어 화를 입는 법이오. 이제 정사가 어지럽고 나라가 위태로워 그 해

---

3) 걸桀이나 주紂 두 사람 다 고대 중국의 유명한 폭군.
4) 탕湯과 무武는 걸과 주를 타도한 어진 임금들.

가 장차 어데까지 미칠는지. 그러나 모든 것으로 보아 덕망이 공에 비길 자 없는지라 만일 공이 듣지 않는다면 우리 역시 어찌 될지. 더구나 왕창근의 거울에 나타난 글[5]이 있거늘 그것이 꼭 근거 없는 낭설이 아닐지니 어찌 혼자서 엎디어 있으려 하오?"

---

5) 왕창근王昌謹의 거울에 나타난 글이란 다음과 같은 내력을 가진 것이다. 태봉왕 궁예의 학정과 음행이 절정에 달했을 무렵 태봉의 수도 철원에 살고 있던 당나라 상인 왕창근이란 사람이 어느 날 어떤 노인에게서 거울 하나를 샀는데 집에 와서 걸어 두었더니 햇빛이 비쳐 거울 바닥에 다음과 같은 글이 나타났다고 한다.

"하느님이 아들을 진마辰馬에 내리시니 처음에는 계鷄를 잡고 나중에는 압鴨을 치리로다. 사년巳年 중에 두 용이 나타나니 하나는 몸을 푸른 나무에 감추고 하나는 검은 금〔黑金〕동쪽에 보이도다."

그래서 왕창근은 이상하게 생각하여 궁예에게 그 거울을 바쳤다. 궁예도 그 글귀가 심상치 않다 하여 학자 송함홍 등에게 뜻을 풀게 하였더니 진마란 것은 진한辰韓, 마한馬韓을 합해 부른 것으로 우리 나라란 뜻이요, 계는 계림, 압은 압록강이요, 푸른 나무는 소나무, 곧 송도라는 뜻이며, 검은 금은 철원을 의미하는 것이다. 따라서 다음과 같은 뜻이라고 하였다.

"하늘이 아들을 삼한 땅에 내려 먼저 계림 곧 신라를 얻고 나중에는 압록강 연안을 제압하도다. 뱀〔巳〕해에 두 용이 나타나니 하나는 아직 송도에 몸을 감추고 있으나 하나는 이미 철원에 나타났도다."

그러니 결국은 철원에서 궁예가 세도를 누리고 있으나 머지않아 송도 출신 왕건이 나타나 삼한을 평정하고 통일의 위업을 이룬다는 말이라는 것이다.

현종의 출생

　고려 경종의 후 헌정 왕후獻貞王后는 대종戴宗의 딸로 남편 경종
이 죽자 궁중에서 나왔다. 그리하여 왕륜사王輪寺 남쪽에 자그마한
집을 꾸리고 그곳에서 남은 생을 보내기로 하였다.

　어느 날 밤 왕후가 꿈을 꾸었다. 꿈에 곡령에 올라 오줌을 누었는
데 오줌이 큰물이 되어 나라 안이 죄다 은빛 바다로 변했다. 이상히
여겨 점쟁이를 불러서 물었더니,

　"아드님을 낳으신다면 한 나라의 왕이 될 것으로 아룁니다."
하고 대답하였다. 왕후는 웃었다.

　"내 이미 홀몸이 된 지 오래거늘 어찌 아이를 낳겠느냐?"

　그때 왕후의 집은 안종安宗의 집과 가까이 있어 서로 자주 오가더
니 마침내 왕후는 태기를 느끼게 되었다. 왕후는 감히 그 이야기를
입 밖에 내놓지도 못하였다. 그리하여 성종 11년 7월에 왕후는 만삭
이 가까워 오자 안종의 집으로 찾아가 거기에서 머물게 되었다.

　사태를 알게 된 안종의 집안사람들은 참지 못하였다. 그리하여 어
느 날 그들은 서로 의논하더니 뜰 앞에 나무를 쌓아 놓고 불을 놓았

다. 불길이 치솟자 종실의 화재인지라 백관들이 뛰어왔고 마침내 성종까지 거둥하였다. 안종의 집안사람들은 왕 앞에 나아가서 안종과 헌정 왕후의 관계를 남김없이 고해바쳤다.

왕은 안종의 잘못을 탓하고 그를 멀리 귀양을 보냈다. 헌정 왕후는 부끄러움을 참지 못하여 엎어져 통곡을 하고 자기 집으로 발을 돌렸다. 막 대문 앞에 발을 들여놓기 전에 태동이 있어서 어쩔 수 없이 앞에 있는 버드나무를 껴안고 해산을 하였다. 그리고 그 자리에 쓰러져 숨이 끊어졌다. 아이는 역시 아들이었다.

왕은 소문을 듣자 젖어미를 택하여 아이를 기르게 하였으니, 그 아이가 바로 나중의 현종이다.

현종의 시

    고려 현종은 임진생이요, 좀 자라서는 대량원군大良院君이 되었다. 천추 태후의 미움[1]을 받아 열두 살에 머리를 깎고 중이 되어 처음에는 숭교사崇敎寺에서 살았다.

    그때 어떤 중이 꿈을 꾸었는데 갑자기 하늘에서 큰 별 하나가 떨어져 절 뜰에 이르자 그 별이 용으로 변하더니 이어 사람으로 변하였다. 그 사람이 바로 대량원군이었다는 것이다. 중들은 그 꿈을 신기하게 생각하여 대량원군을 극진히 받들었다.

    목종 9년 천추 태후는 다시 그를 삼각산 신혈사神穴寺로 옮기게 하고 여러 차례 사람을 보내어 그를 죽이려고 하였다. 그러나 그때마다 태후의 사자는 헛걸음을 하였다. 그 절에는 늙은 중 하나가 있어서 땅을 파고 굴을 만들어 대량원군을 숨기고는 그 위에 침상을

---

1) 천추 태후는 김치양과 정을 통하여 얻은 아들을 다음 왕위에 올리려고 대량원군을 죽이려 하였다. 그 뒤 천추 태후가, 목종이 즉위하여 나이 어리므로 천추전에서 자기가 직접 정사를 맡아본 데서 유래한 것이다. 그의 음행과 목종의 무능은 마침내 강조康兆의 난을 초래하였으며, 강조의 난은 거란이 고려를 침입하는 구실이 되었다.

놓아 보호하였기 때문이다.

　어느 날 대량원군이 흘러가는 시냇물을 바라다보고 시를 읊었다.

　　한 줄기 시냇물
　　백운이 깃든 봉우리에서 흐르니
　　만 리 창망 큰 바다로
　　가는 길이 열렸노라.

　　한때 막혀 지지하게
　　바위 아래 배회하니
　　그 물 머지않아
　　용궁으로 흘러가리.
　　一條流出白雲峰　萬里滄溟去路通
　　莫道潺湲巖下在　不多時日到龍宮

그리고 다시 뜰 앞의 작은 뱀을 보고 이런 시를 읊었다.

　　조그마한 배암이
　　난간을 휘휘 감아
　　온몸의 얼룩이
　　붉은 비단인 양 요란하구나.

　　탓하지 마라,
　　꽃수풀 아래 오래 머무름을.

한번 용으로 화하자면
그리 어려운 일 아니려니.
小小蛇兒遶藥欄　滿身紅錦自班爛
莫言長在花林下　一旦成龍也不難

　그런데 어느 날 밤 꿈을 꾸니 갑자기 사방에서 닭 우는 소리와 다
듬이질하는 소리가 요란하여 깨어 보니 꿈이었다. 그래서 술사에게
해몽을 부탁하니 이렇게 말하였다.
　"닭 소리는 높은 지위를 의미하고 다듬이질 소리는 그것이 가까웠
　다는 뜻이오니 등극할 꿈으로 아뢰옵니다."
　그 뒤 오래지 않아 연총전에서 군신들의 영접을 받으며 왕위에 올
랐다.

하늘을 움직인 서릉의 효성

고려 고종 때 장성현에 서릉徐稜이라는, 효성이 지극한 사람이 있었다. 그는 일찍부터 늙은 어머니 한 분을 모시고 있었으니 어머니를 봉양하기 위하여 벼슬할 생각마저 버렸다. 그런데 어느 해 어머니 목에 연주창이 생겨 위중하게 되었다. 그가 곧 의원에게 뛰어가 진찰을 청하였더니, 의원이 환자의 병을 보고서 말하였다.

"산 개구리밖에 약이 없으니 산 개구리를 손에 넣기 전에는 장담하기 어렵소."

때는 추운 겨울이라 서릉은,

"산 개구리를 어디서 얻겠습니까? 어머님 병환은 나을 수 없다는 말과 같습니다. 이를 어찌하면 좋단 말씀입니까?"

하고 울기를 마지않았다.

"글쎄, 개구리가 없으면 곤란하나 다른 방약으로 한번 시험해 보기로 합시다. 그대의 지극한 효성을 보아서도 어찌 그냥 내버려 둘 수 있겠소."

의원은 두 팔을 걷고 나섰다. 그리하여 큰 나무 아래에다 냄비를 걸

고 불을 지폈다. 갑자기 나무 위에서 무엇인가 알지 못할 물건이 약
냄비에 떨어졌다. 그것은 산 개구리였다. 이것을 본 의원이 말했다.

"그대의 지극한 효성에 하늘이 감동하여 그대에게 보낸 선물이니
이 약을 쓰기만 하면 어머니 병환은 반드시 나을 것이오."

과연 의원의 말대로 서릉의 어머니는 그 약을 쓰자 병이 씻은 듯
나았다. 같은 고을 사람 대장군 서희徐曦는 매양 이 이야기를 하면
서 감격하여 눈물을 흘렸다.

아비의 원수를 갚은 소년 최누백

옛날 고려 의종 때 수원 아전 최상저崔尙翥의 아들로 누백婁伯이란 소년이 있었다.

소년이 열다섯 살 나던 해 그의 아버지가 하루는 사냥을 나갔다가 범을 만나 해를 입었다. 누백이 이 사실을 알고는 아버지의 원수를 갚기 위하여 범을 잡으러 산으로 가려고 하였다. 어머니가 한사코 말리자 누백이 말하였다.

"아버지의 원수를 갚지 않으면 어떻게 한단 말입니까?"

누백은 도끼를 메고 서슴지 않고 범의 자취를 따라 산으로 들어갔다. 마침 범은 최상저를 다 먹고 배가 불러 바위 기슭에 길게 누워 자고 있었다. 누백은 범을 보자 호통을 쳤다.

"네가 우리 아버지를 잡아먹었구나! 이놈아, 나는 너를 먹으리라!"

범은 일어나 꼬리를 흔들면서 앞에 와 엎드렸다. 누백은 도끼를 높이 들어 범의 머리를 겨누고 내리쳤다. 누백은 범의 껍질을 벗기고 배를 갈라 아버지의 해골을 끄집어냈다. 범의 살은 항아리에 담

아서 시냇물에 담가 두고, 아버지의 해골은 홍법산 서쪽에 장사를
지냈다. 그리고 다시 아버지의 무덤 앞에 여막을 짓고 삼 년 동안 시
묘를 하였다.

　그러던 어느 날 밤 어렴풋이 잠이 들었는데 아버지가 누백 앞에
나타나 시 한 수를 읊었다.

　　개암나무 숲을 헤치고
　　효자 여막을 찾으니
　　슬픈 생각 그윽하여
　　눈물이 그지없다.

　　날마다 무덤 위에
　　흙짐을 져 나르나
　　그 정을 아는 이는
　　밝은 달 맑은 바람이라.

　　살아서는 봉양하고
　　죽어서는 지키자니
　　뉘 일러 효도란 것이
　　처음과 나중이 없다 했느뇨.
　　披榛到孝子廬　情多感淚無窮
　　負土日加塚上　知心明月淸風
　　生則養死則守　誰謂孝無始終

읊기를 마치자 아버지는 온데간데가 없어졌다. 누백은 삼 년이 지나 상을 마치고 나서 일찍이 범의 고기를 담가 두었던 시냇가로 찾아가 그놈의 고기를 다 먹었다.

의로운 두 여인

정만의 안해

고려 공민왕 때 영암군의 선비 최인우崔仁祦라는 사람에게 딸이 하나 있었는데, 자라서 진주 호장 정만의 안해가 되었다. 최 씨는 네 아이의 어머니가 되었다.

막내아들이 포대기에 싸여 있을 때가 신우왕 5년이었는데, 남해에 다시 왜적[1]이 침입하여 진주도 해를 입었다. 때마침 남편은 서울에 가 있었다. 처음 왜적이 진주성으로 쳐들어왔을 때 최 씨는 생각다 못하여 네 아이를 업고 안고 손에 이끌고 근처 산속으로 피난을

---

[1] 고려 공민왕, 신우왕 연간은 우리 역사에서 왜구의 약탈이 가장 심했던 시기다. 한때 남해는 물론 강화도와 예성강 하구까지 이르러 개성에는 계엄을 선포한 사태에 이른 일까지 있다. 그리고 이 시기 왜적들의 침해와 만행이 얼마나 혹심하고 잔인하였으며, 우리 인민들의 증오가 얼마만큼 컸던가 하는 것은 《고려사》〈열전〉의 '효우'와 '열부' 들 대다수가 왜구와 관련되었다는 것으로 짐작할 수 있다. 이 설화는 그중 한 예에 지나지 않는다.

그리고 또 우리 관심을 끄는 것은 이 이야기들의 의로운 주인공들이 거의 다 미천한 계급이거나 백성 출신이었다는 점이다.

하였다.

그때 최 씨의 나이는 겨우 서른을 넘어 부녀로서 한창 아름다울 때였다. 적은 최 씨를 더럽히려고 칼을 빼들고 위협하였다. 그러나 최 씨는 나무를 안고 적을 꾸짖었다.

"이 더러운 오랑캐 놈들아, 죽일 테면 죽여라! 내 구구히 살기 위하여 너희 놈들 오랑캐에게 몸을 더럽히겠느냐!"

최 씨의 말이 끝나기도 전에 적은 최 씨를 죽였다. 그러고는 네 어린것 중에서 두 아이를 끌고 가 버렸다. 놈들이 사라진 뒤 남은 두 아이들 중에 여섯 살 난 아이는 어머니 시체 옆에서 목을 놓아 울고, 포대기에 싸인 젖먹이는 시체에 붙어 젖을 빠는데, 젖 대신 피가 입으로 들어갔다.

신사천의 딸

신 씨는 영산 사람이며 낭장[2] 신사천辛斯蔵의 딸이다. 신우왕 8년에 또다시 말을 탄 왜적 오십 명쯤이 영산에 쳐들어왔다. 신사천은 너무나 갑자기 당하는 일이라 급한 대로 가족을 데리고 몸을 피하여 멸포에 이르렀는데, 큰 강이 앞을 가로막았다.

신사천은 강을 건너려고 배에 올라 아들들에게 앞뒤에서 밀고 당기게 하였다. 배가 강 가운데 들어갔을 때 줄이 끊어져 배는 다시 강가로 되밀려 오고 말았다. 때는 여름이라 강물이 불어 배 건너는 밧

---

2) 낭장郎將은 지방의 아전으로 호방戶房의 우두머리.

줄이 물결을 감당하지 못한 것이다.

적은 강가로 달려와서 배 안에 있는 사람을 닥치는 대로 베고 찌르고 하여 배에 있던 사람은 해를 면한 사람이 거의 없었다. 신사천도 죽고 말았다. 그중 한 놈이 신사천의 딸을 보자 배에서 내리라고 호통을 쳤다. 처녀는 크게 꾸짖었다.

"너희들은 내 아버지를 죽인 원수다. 이놈들아, 내 죽을지언정 어찌 너희 놈들을 좇겠느냐?"

처녀는 놈을 차서 그 자리에 넘어뜨렸다. 다시 일어난 놈은 단칼에 처녀를 쳐 죽였다. 그때 처녀의 나이 열여섯이었다.

부벽루에 흐르던 시정

파한집

《파한집破閑集》은 고려 명종 때 이인로(李仁老, 1152~1220)가 쓴 시화집. 한가함을 깨뜨린다는 제목이지만 심심풀이를 넘어선다. 좋은 시를 싣고 작품평, 작가론, 문학론을 밝혀서 우리 나라 최초의 시화집이라 할 수 있으며, 패설집으로도 첫 번째 책이다. 시화 외에 가벼우면서 재미난 이야기들을 담고 있다.

가야산에 은거한 최치원

문창공文昌公 최치원崔致遠은 자가 고운孤雲이다. 일찍이 당나라
에 유학을 하였고 그곳에서 과거를 보아 장원급제를 하였다. 고국으
로 돌아올 때에 동갑 친구인 고운顧雲이 외로운 구름, 곧 최치원의
호로 시를 지어 이별을 서러워하였다.

 바람을 따라 선경을 떠나
 달과 함께 인간 세상을 왔던가.
 정처 없이 살 곳을 찾지 못하여
 막막한 길 다시 선경으로 가려는가.
 因風離海上 伴月到人間
 徘徊不可住 寞寞又東還

최치원도 역시 자기 회포를 말하였다.

 무협 중봉의 해에

베옷으로 중국으로 들어와

은하 열수의 해에[1]

금의로 동쪽으로 돌아가노라.

巫峽重峰之歲　絲入中華

銀河列宿之年　錦還東國

그 뒤 최치원이 고국으로 온 다음 우리 태조[2]에게 글을 올려 은연
중 태조 아래서 벼슬살이하기를 간청한 일[3]도 있었으나, 가야산[4]에
들어가 몸을 숨겼다.

어느 날 아침 일찍이 문밖을 나간 뒤 그는 어디 갔는지 종적이 없
어졌다. 그의 종적을 찾았으나 끝내 소식을 알 길이 없었고 깊은 숲
속에 그가 쓰고 다니던 관만 걸려 있을 뿐이었다. 무릇 신선이 되었
으리라. 그래서 중들은 그가 절에서 나간 날을 기일로 잡아 그의 명

---

1) 최치원이 당나라로 들어간 것은 열두 살, 돌아온 것은 스물여덟 살 때의 일이다. '무협 중
봉의 해'란 것은 무산巫山 열두 봉우리를 열두 살에 비유한 것이요, '은하 열수의 해'란
28수라 하여 별을 28로 나눈 데서 스물여덟 살을 비유하여 말한 것이다.

2) 고려 태조 왕건을 말한다.

3) 한때 최치원이 신라에서 두 마음을 먹고 왕건과 내통한 것같다고도 하며, 《삼국사기》에도
최치원에게 현종顯宗이 내사령內史令을 내리고 문창후文昌候를 삼았다고 말하나, 이것은
최치원의 명망을 이용하여 초창기 고려의 위신을 조금이나마 높이려는 시도인지도 모른
다. 그리고 본문의 시 '가야산'과 아울러 다음과 같은 입산시入山詩를 보아도 당시 그의
지향을 짐작할 수 있다.
　"중이여 그대, 청산을 좋다 이르지 말라. 청산이 좋으면 다시 무삼 나오느뇨. 뒷날 내 종
적 살펴보라, 한번 청산에 들어가면 다시 오지 않으리니.〔僧乎莫道青山好 山好向事更出
山 試看他日語跡跡 一入青山更不還〕"

4) 최치원이 신라로 돌아와서 시독 겸 한림학사 병부시랑 지서서감의 요직에 있게 되었으나
때마침 신라는 나라의 운세가 이미 기울어져 국정이 문란하고 간신 무리가 판을 쳐서 갈
피를 잡기 어려운지라 그는 벼슬에 뜻을 두지 않고 가야산으로 숨어들었다.

복을 빌었다.

최치원은 원래 구름 같은 수염에 뺨은 옥같이 희었고 머리 위에는 항상 흰 구름이 깃든 듯하였다. 그의 초상은 그가 머물던 서재에 걸려서 오늘도 남아 있다.

그가 책을 읽던 방에서 가야산의 동구 무릉루까지는 몇십 리나 되며, 그 사이에는 높은 재와 깎아지른 절벽에 소나무와 전나무가 울창하여 빈틈이 없고, 바람과 물이 함께 부딪쳐 자연히 금석金石 소리를 내고 있다.

최치원은 가야산의 선경을 사랑하여 절구 한 수를 지었으며 그 시를 바위에 새겼다. 그곳을 지나는 사람들은 그 바위를 가리켜 '최치원의 시가 새겨져 있는 돌'이라고 한다. 시는 이러하다.

산봉우리 첩첩이 쌓인 바윗돌 사이
계곡을 마구 달리며 미친 듯 소리쳐
사람이 지껄이는 말소리
지척이건만 들을 수 없구나.

내 항상 꺼리는 것
속세의 시비하는 소리였나니
내 흐르는 물로 하여 산을 두르게 하고
깊이 몸을 숨기노라.
狂噴疊石吼重巒　人語難分咫尺間
常恐是非聲到耳　故敎流水盡籠山

한송정의 시

동도 금란경에 '한송정寒松亭'이란 정자가 있는데, 옛날에 화랑 사선의 무리가 놀던 곳이다.

그때 사선의 무리는 삼천 명이었다. 한 사람 한 사람이 소나무를 한 그루씩 심은 것이 지금은 자라서 모두들 낙락장송이 되어 하늘을 찌를 것같이 높고 울창한데, 그 아래 우물이 있어서 운치가 아름답기 그지없다.

일찍이 계응 국사[1]가 이곳을 지나면서 시 한 수를 썼으니 다음과 같다.

옛날 어느 집 도련님들이
삼천 그루 이 나무를 심었던고.
그들은 이미 백골도 찾기 어렵건만
솔잎은 의연하여 싱싱도 하여라.

---

1) 계응 국사戒膺國師는 고려 때 이름 높은 중이었던 대각 국사 의천義天의 문하생.

在昔誰家子　三千種碧松
其人骨已朽　松葉尙茸容

이에 화답하여 혜소[2]는 다음과 같은 시를 썼다.

천고의 선도들 놀던 시절 아득하여
혼자 남은 소나무만 무성해라.
다만 우물 밑 달그림자에만
비슷한 옛 모습 깃들었을 뿐.
千古仙遊遠　蒼蒼獨有松
但餘泉底月　髣髴想形容

이 두 시에 대하여 논하는 사람들은 혜소의 시가 비록 재주는 엿
보이나 앞의 시가 자연을 허식 없이 노래한 것에 견주면 부족하다고
하였다.

---

2) 혜소惠素는 계응 국사의 동문 후배이며, 내외전內外典에 통달할 뿐만 아니라 시 잘 짓고
글씨 잘 쓰기로 당대에 이름을 떨쳤다.

그 임금에 그 신하

처사 곽여郭輿는 예종이 동궁으로 있을 때부터 보좌하여 왔으므로 왕과 교분이 남다른 사이였다. 예종이 왕위에 오르자 개성 동쪽 약두산의 한 봉우리를 주어 그의 거처를 정하게 하고 정자를 지었으니 이름이 '동산재東山齋'라고 하였다.

곽여는 항상 검은 관에 흰옷으로 대궐을 왕래하였다. 그래서 당시 사람들은 그를 가리켜 궁중을 드나드는 신선이라고 하였다. 일찍이 궁중에서 잔치가 있었을 때 왕은 그의 머리에 꽃 한 가지를 꽂아 주며 그 감회를 시로 읊으라고 하였다. 그때 곽여가 읊은 시는 이렇다.

누가 붉은 비단 오려 모란꽃 만들었는고.
아직 피고 싶은 뜻 모자라 봄바람 겁내는 듯.
육궁의 미색들이 그 아름다움 다 같이 이르거든
무슨 일로 궁화가 도사의 관 위에 얹히느뇨.
誰剪紅羅作牡丹　芳心未展怯春寒
六宮粉黛皆相道　何事宮花上道冠

또한 왕의 행차를 따라 장원정에서 저녁 광경을 즐기며 놀았는데, 그때 마침 한 늙은 농부가 소를 타고 시냇가를 지나갔다. 그것을 본 왕은 곽여에게 그 광경을 시로 읊도록 하였다. 그때 그가 읊은 시는 이렇다.

태평성대 거동 보소, 소를 타고 노니누나.
안개는 개다 말고 밭머리 스쳐 지나는데.
알겠노라, 그대의 집 물가에서 멀잖음을.
석양을 등지고서 시내를 따름이 까닭 없지 않으리.
太平容貌姿騎牛　半濕殘罪過壟頭
知有水邊家近在　從他落日傍溪流

그의 시가 가진 신선다운 풍류와 도인다운 운율이 족히 임금의 심회를 움직이고 남음이 어찌 없다 하리오. 문장 또한 강건하고 경쾌함이 비길 데 없는지라 왕은 그에 대한 배려나 관심이 여느 신하들과 견줄 바가 아니었다.

일찍이 왕은 환관 수십 명을 데리고 몰래 북문을 빠져나와 정체를 감추려고 임금의 친척이라 하고는 곽여를 찾아 동산재로 간 일이 있었다. 때마침 처사는 볼일로 성안에 들어가 돌아오지 않았다. 왕은 그를 기다려 배회하기를 두서너 번 하다가 드디어 '어데서나 술은 잊기 어려워〔何處難忘酒〕'라는 시 한 편을 지어 벽에 써 두고 돌아왔는데, 그 글 그 글씨가 천하에 비할 바 없는 명작이라는 당시의 평판이 있다.

어데서나 술은 잊기 어려워
선생을 찾다 헛되이 돌아가오.
서창에 저녁놀이 깃들고
옥전에는 그윽한 재로다.

선경에는 지키는 이마저 없어
문은 환히 진종일 열렸구나.
꾀꼬리 늙은 나뭇가지에서 울고
학은 이끼 낀 바위에서 졸도다.

현묘한 이 경치 뉘와 함께 말하리
선생이 돌아오지 않으니.
생각수록 감회는 그지없어
머리 돌려 배회하기 몇 차례런고.

붓을 들어 벽에 글 한 수 써 붙이고
난간을 더위잡고 천천히 내리도다.
시정을 돕는 것 하 그리 많아
진세의 그림자 전혀 볼 수 없구나.

더위는 수풀 아래에 사라지고
훈훈한 바람 구석구석 스며드니
이때 한 잔 없을진대
번다한 생각 무엇으로 씻을쏘냐.

何處難忘酒　尋眞不遇廻
書窓明返照　玉篆掩殘灰
方丈無人守　仙扉盡日開
園鶯啼老樹　庭鶴睡蒼苔
道味誰同話　先生去不來
深思生感慨　回首重徘徊
把筆留題壁　攀欄懶下臺
助吟多態度　觸處絶塵埃
暑氣蜀林下　薰風入殿隈
此時無一盞　煩慮滌何哉

이에 대하여 곽여는 다음과 같은 답시를 지었다.[1]

어데서나 술은 잊기 어려운데
보련[2] 헛되이 돌아가셨도다.
대갓집들 잔치를 좇다 보오니
부엌 밑바닥엔 재가 있을 뿐이외다.

마을 술잔으로 밤을 새워

---

1) 이 시화로 미루어 볼 때 예종, 인종, 의종 연대를 통하여 절정에 달했다는 고려 문화의 한
  면을 엿볼 수 있으며, 그들의 선풍도운, 곧 신선의 풍채와 도를 닦는 사람의 시풍 운치가
  무인들의 비위를 거슬러 마침내 정중부의 대학살로 이어진 것으로 보인다. 그리고 예종과
  곽여가 주고받은 시에는 바깥 짝이 같은 글자의 운을 밟고 있으며, 연마다 대구를 이룬 데
  원문의 묘미가 있다.
2) 임금이 타는 가마.

새벽 성문 열기를 기다려
서울 길가의 이끼를 밟으오며
지팡이 끌고 잡초 길을 돌아오노니.

나무 아래 동자 있어 하는 말이
상감 행차 계셨다고.
쓸쓸한 저희 집에
보련이 오랫동안 배회하였으리.

시정 넘치시와 붓을 드시옵고
호올로 적적한 대 위에 오르셨으리.
옥안을 뵈옵지 못하였사오니
진세를 찾는 것 한 되오이다.

머리를 긁으며 뜰아래 서오니
수심이 돌층대 구석에 고이옵니다.
이때 한잔 없을지온대
죄스러운 이 심사 무엇으로 달래리.

何處難忘酒　虛經寶輦廻

朱門追小宴　丹竈落寒灰

鄕飮通宵罷　天門待曉開

杖還蓬島徑　履惹洛城苔

樹下靑童語　雲間玉帝來

鼇宮多寂寞　龍馭久徘徊

有意仍抽筆　無人獨上臺
未能瞻日月　却恨向塵埃
搔首立階下　含愁倚石隈
此時無一盞　豈慰寸心哉

탄연의 글씨

신라 사람 김생金生은 글씨 잘 쓰기로 이름이 났으니 그의 글씨는 진위 때 명필들[1]을 부러워할 것이 없었다. 고려에 들어와서는 대감 국사大鑑國師 탄연坦然과 학사 홍관洪灌이 이름을 떨쳤다. 무릇 화려한 전각의 현판 글씨와 병풍에 쓴 글씨는 모두 두 사람이 쓴 글씨다.

일찍이 청평 진락공眞樂公 이자현李資玄이 죽었을 때 서호의 중 혜소惠素가 제문을 짓고 그것을 대감 국사가 썼다. 그리하여 이 글씨는 돌에 새겨서 지금까지 전하고 있으니, 위에서 말한 두 작품과 함께 글씨에서는 3대 절품으로 치고 있다. 글씨가 단단하여 최 아무개와 양 아무개 부류와 같은, 살만 지고 뼈가 약한 글씨와 견줄 바가 아니다. 당시 평자들은 이렇게 평하였다.

"쇠를 끌어다 근육을 만들고 산을 채다 뼈로 깎았으니 그 힘이 배라도 뒤집어엎을 기세요, 날카롭기가 나무에 구멍을 뚫고 남음이 있도다."

---

1) 중국 명필 왕희지를 비롯한 진晉나라, 위魏나라의 명필들.

어느 때 송나라 사람이 깨끗한 비단과 좋은 먹으로 국사의 필적을 구하면서 학사 권적에게서 절구 두 수를 얻어서 이에 붙이니 그 절구는 다음과 같다.

소동파의 문장은 바다 밖까지 알려졌지만
송나라 황제는 이를 불태웠도다.
문장은 설사 재가 되었다 해도
낙락한 그 이름 어찌타 탈 것인가.
蘇子文章海外聞　宋朝天子火其文
文章可使爲灰燼　落落雄名安可焚

그중 다른 한 편은 잃었다.

천수사 남문도

　서울 동문 밖에 천수사天壽寺란 절이 있는데, 성문을 나서면 백여 걸음 거리밖에 되지 않는다. 절 뒤에는 푸른 산이 병풍처럼 줄을 지었고, 앞으로는 평평한 시냇물이 거울같이 백사장을 흐르며, 절 문에 들어서면 길 양쪽에는 계수나무 수백 그루가 늘어서서 녹음을 이루고 있다.

　그러므로 강남에서 서울로 오는 사람은 반드시 그곳에서 쉬게 된다. 그래서 천수사 나무숲 속에는 어느 때나 말 우는 소리와 고기잡이 노랫소리, 뒷산 벼랑에서는 나무꾼들의 피리 소리가 끊일 새가 없다.

　그리고 안개가 낀 무성한 나무숲 사이에는 붉은 단청, 푸른 기와의 누각과 정자들이 한결 영롱하다. 그 아래 늙은이 젊은이 할 것 없이 아름답게 차리고 돌아다니며, 피리, 젓대 소리와 노랫소리가 각별한 흥취를 자아낸다. 서울 사람들은 사람들을 보내거나 맞거나 반드시 이 절의 문을 들르게 되는 것이다.

　옛날 예종 때 궁중의 화국 이령[1]은 그림을 잘 그리기로 이름이 있었거니와 그중 산수를 잘 그렸다. 그는 어느 때 천수사의 절경을 그려서 송나라 상인에게 부친 일이 있었다.

그 뒤 한참 지나 예종의 아들 인종이 천하의 명화를 구하겠노라고 일부러 송나라 상인에게 부탁하였더니 얼마 뒤에 그 상인이 그림을 바쳤다. 왕이 여러 신하를 불러 그것을 보였더니 이령이 그것을 보고 말하였다.

"그 그림은 소신이 그린 천수사 남문인 줄로 아룁니다."

그러고서 그림 뒷등을 돌려 보였다. 거기에는 그가 그린 내력이 상세히 적혀 있었다. 그때부터 그는 천하의 명화가로 안팎에 알려졌다.

---

1) 이령李寧은 고려가 낳은 매우 뛰어난 국제적 화가다. 그는 송나라로 가는 사절의 수행원으로 중국에 간 일이 있는데, 송 휘종은 이령의 '조선예성강도'를 보고 감탄해 마지않아 많은 비단과 피륙으로 대우를 극진히 하고, 한림시조 왕가훈 등에게 시켜 이령에게 그림을 배우게 하였다. 휘종 대의 송나라라면 중국 문화와 예술의 황금시대로서 회화의 발달도 절정에 이르렀으며, 휘종 또한 산수화가로 이름이 있다. 그로 미루어 보아 이령이 화가로서 얼마만큼 뛰어났는지 짐작할 수 있다. 그러나 몽고, 금 등 침략의 북새판에 안타깝게도 그의 그림은 전하는 것이 없다.

지리산 청학동

    지리산은 두류산頭留山이라고도 하는데, 북으로 백두산에서 시작하여 기묘한 봉우리와 아름다운 골짜기가 연연히 뻗어 내려오다가 대방군1)에 이르렀다. 이 산은 남북 수천 리에 연결되었고 그 둘레에는 십여 고을이 소속되었는데, 적어도 이 산을 탐사하자면 달포 넘게 걸려야 할 것이다.

    옛날부터 전해 오는 말에 따르면 지리산에는 청학동이라는 데가 있다고 한다. 좁고 험한 길을 기어서 몇 리를 들어가면 문득 농사짓기에 알맞은 널찍하고 기름진 벌판이 벌어지는데, 거기에 청학이 깃들고 있어서 그 이름이 유래한 것이라고 한다. 청학동은 옛날, 세상을 시끄럽게 여기는 사람들이 들어가 살던 곳인 듯한데, 아직 무너진 담과 낡은 구덩이가 가시덤불 속에 흔적을 남기고 있다는 것이다.

    얼마 전에 나는 종형 되는 최 상국과 함께 이 세상을 영원히 피할 마음을 먹고 청학동을 찾기로 약속하였다. 대오리를 엮어 만든 큰

---

1) 대방군帶方郡은 전라도 일대를 이른다.

농짝에 송아지 두세 놈을 담아 가지고 들어가면 세상과 인연을 끊고 편안히 살 수 있겠기 때문이었다.

우리는 화엄사를 떠나 화개현에 이르러 신흥사에서 묵었는데, 거기는 어디나 선경 아닌 곳이 없었다. 봉우리들은 높이를 다투고 골짜기마다 맑은 물이 흐르며 대 울타리와 띠로 이은 집들이 꽃나무 사이로 보였다 사라졌다 하는 풍경은 진정 인간 세상이 아니었다. 그러나 끝내 청학동이란 곳은 찾지 못하였다. 그리하여 나는 바위에 다음과 같은 시를 적었다.

두류산 멀리 저녁 구름 둘리고
만학천봉은 회계산[2]인 양 아름답구나.
지팡이 끌고 청학동 찾으려니
수풀 너머 저쪽에 원숭이 구슬피 울어 들릴 뿐.

다락은 멀어 삼산[3]인 양 아득한데
이끼 속 네 글자 더욱더 희미하구나.
묻노니 무릉도원 그 어드메뇨.
낙화 뜬 시냇물 생각만 더욱 어지러워.

頭留山迥暮雲低　萬壑千巖似會稽
策杖欲尋靑鶴洞　隔林空聽白猿啼
樓臺縹緲三山遠　苔蘚微茫四字題

---

2) 중국의 경치 좋기로 이름 있는 산.
3) 신선이 산다는 삼신산三神山.

試問仙源何處是　落花流水使人迷

어제 나는 서재에서 우연히 오류 선생[4] 문집을 뒤지다가 거기 실린 '도원기桃源記'를 되풀이하여 읽었다. 대개 그것은 진나라 때 사람들이 어지러운 세상을 싫어하여 처자를 데리고 험하고 깊숙한 곳을 찾아 들어간 것이다. 산이 첩첩하고 물이 겹겹이 에돌아 나무꾼도 찾아 들어갈 수 없는 곳에서 그들이 살고 있었던 것이다. 뒷날 진나라 태원 연간에 한 어부가 운 좋게 그곳에 들어가 본 일이 있으나 문득 그 길을 잊어버렸기 때문에 다시 찾을 수는 없었다고 한다.

후세에 와서 이곳을 혹은 그림으로 그리며 혹은 노래로 읊어 모두 선계라고들 한다. 이른바 장생불사한다는 신선들이나 사는 곳이라 할까. 오류 선생의 '도원기'를 읽어도 자세치 않는데 실상 지리산 청학동과 같은 것 같다. 어찌하면 저 유자기[5] 같은 사람이 있어 한번 찾아가게 될는지.

---

4) 오류五柳 선생은 진나라 때 시인 도잠陶潛을 말한다.
5) 유자기劉子驥는 한나라 때 사람 유신劉晨을 이른다. 천태산의 선경을 찾아 들어가 수백 년을 살았다는 전설과 관련된 사람이다.

문장에 대하여

이 세상에서 귀천과 빈부로 높낮이를 정하지 아니하는 것은 오직 문장뿐이다. 문장은 마치 해와 달이 하늘에 빛남과 같고 구름이 공중에 떠다님과 같다. 눈 있는 자는 누구나 바라볼 수 있어 조금도 가려 숨길 것이 없다. 그러므로 비천한 선비라도 무지개같이 찬란한 빛을 드리울 수 있으며, 조고나 맹상군[1] 같은 자들이 그 세력이야 나라와 집을 풍부케 하는 데 부족함이 없으련마는 문장에서는 업신여김을 당한다. 이로 미루어 보건대 문장은 일정한 가치가 있어 결코 부유함에 뒤지지 않는다고 할 만하다. 그렇기 때문에 구양수[2]는 이렇게 말했다.

"후세에 어찌 공정한 판단이 없으리오. 지금은 성현을 운운하지 말지니라."

---

1) 조고趙高는 진秦나라의 환관으로 세력을 부리던 자. 맹상군孟嘗君은 전국시대 제나라 사람으로 많은 식객을 거느린 것으로 유명하다.
2) 구양수歐陽脩는 송나라 시대의 문인.

복양의 오세재吳世才는 재주 있는 선비이나 여러 차례 과거에 실패하였다. 그는 눈병을 앓으면서 다음과 같은 시를 지었다.

늙으매 병이 함께 따르는데
하릴없는 한낱 가난한 선비
눈은 차츰 보이지 않고
벼루도 이제 빛깔이 없다.

등불에 글자를 비추어도 보며
눈빛에 비추어도 보는 신세로구나.
금방³⁾이 파함을 기다리노니
눈을 감고 안연히 앉아 있노라.

老與病相隨　窮年一布衣
玄華多掩映　紫石少光輝
怯照燈前字　羞看雪後暉
待看金榜罷　閉目坐忘機

세 번째 얻은 안해는 문득 집을 나갔고, 아이도 없고, 땅 한 뙈기도 없어 끼니를 이을 수도 없었다. 나이 오십이 되어서야 과거에 급제하고 경주로 가서 노닐다가 세상을 떠났다. 그러나 문장에서야 어찌 그가 군색했다고 하여 버릴 수 있으랴.

---

3) 과거에 급제한 사람의 이름을 써서 거리에 붙이는 것을 말한다.

김자의의 술잔

　상서 김자의金子儀는 기골이 장대하고 풍채가 비범한 데다가 체신에 지지 않게 지조가 높은 사람이다.

　일찍이 조정에서 예부 관원을 선발할 때에 임금[1]이 꿈을 꾸었다. 그 꿈에 어떤 사람이 급제를 하였는데 이름을 창흡이라 하였으며, 다음 개봉을 할 때 김자의가 둘째로 되었는데 이름이 정뢰이라고 되어 있었다. 임금은 이상하게 생각하였다.

　공이 조정에 나아가게 되자 성품이 강직하여 무슨 일에나 시비를 가리며 그른 것을 나무라는 데 주저하지 않으므로 모든 사람이 공을 두려워하였다.

　그런데 김 공에게는 한 가지 나쁜 버릇이 있었으니 술을 좋아하는 것이었다. 한잔 취하기만 하면 일어서서 춤을 추며 이 노래 저 노래 가리지 않고 함부로 부르는 것이다. 그리고 한번 사설이 시작되면 어느 것이나 조정에 시비 아닌 것이 없었다. 그러므로 그때 사람들

---

1) 김자의가 예부상서禮部尙書가 된 것은 의종毅宗 6년의 일이니, 의종을 말한다.

이 공을 두고 이렇게 말하였다.

"범이 으르렁거리는 꼴을 보면 봤지, 술 취한 김 공을 만나는 것은 질색이야."

어느 날 그가 강남 지방으로 부임을 하게 될 때였다. 임금이, 김 공이 떠나기 전에 그를 불러서 타일러 말하였다.

"경의 문장이나 지조가 높기는 옛사람에 견주어 부끄러울 것이 없지만 단 한 가지 병집이 있으니 그건 술이 지나친 것이오. 그러니 이번 길에는 아예 술을 먹지 말되 꼭 먹고 싶으면 석 잔으로 잔을 놓을 것이고, 그다음은 입을 삼가야 하오."

김 공은 그 뒤 맡아보는 주, 군, 현을 돌아다니면서도 술을 한 잔도 먹지 않았다.

어느 산중에 있는 절을 지나다가 일찍부터 잘 알던 늙은 중 한 사람을 찾았다. 공은 중의 손을 잡고 오랫동안 못 본 인사를 하고 회포를 말하였다. 작별하게 될 즈음에 중이 술상을 차려 왔다. 공은 문밖으로 뛰어나가 이끼 낀 바윗돌 위에 무릎을 꿇고 앉더니 말했다.

"내 서울을 떠나면서 상감께 특별한 훈계를 받았는데, 그것은 이번 길에는 술을 먹지 말되 어쩔 수 없거든 석 잔을 넘지 말라는 말씀이었소. 그러니 쇠바리를 가져오시오."

그러고는 석 잔을 마신 뒤 잔을 놓고 다시는 더 돌아보지도 않고 길을 떠났다. 그런데 그 잔이 자그마치 한 말들이 잔이었다 하니 세상에서 말하는 호걸풍이란 이와 같다.

부벽루에 흐르던 시정

　평양에 있는 영명사永明寺는 고려의 홍 상인興上人이 세운 절로,
그 절 추녀 아래에서 남쪽으로 바라보이는 경치는 천하의 절경이다.
절은 남쪽으로 큰 강이 내려다보이며 강을 건너 저편은 들이 끝이
없이 아득하여 눈이 닿지 않게 넓은데, 다만 동쪽 기슭에만 점점이
산봉우리가 보이다 말다 할 뿐이다.

　옛날 예종이 서도로 행차하였을 때 이곳에서 신하들과 잔치를 열
고 시를 지어 화답하였는데, 지금도 그 시편들이 적지 않으며 어느
것이나 악곡으로 되지 않은 것이 없다. 그래서 악부에 그 시가들이
전해지고 있다.

　우리 할아버지 이오李䫨 공은 마침 옥당¹⁾에 계셨으므로 왕을 따라
그곳에 간 일이 있었는데 그때 왕이 올라가서 놀던 누각을 '부벽루
浮碧樓'라 이름을 지었다는 것이다. 그리고 그때의 일을 시로 지어
남김이 없었는데, 경치가 중국의 척서정과 견주어 비슷하나 산수가

---

1) 홍문관의 다른 이름이다.

아름답고 화려하기가 더 뛰어나다고 하였다.

그런데 그 뒤 학사 김황원金黃元이 서도로 부임하자 그 누각에 올라 산천을 구경하고 아전들에게 명령하여 부벽루에 걸렸던, 고금 명현들의 글을 새긴 현판들을 남김 없이 떼어서 불에 태웠다.

그러고서는 어느 날 저녁 혼자서 난간에 의지하여 시흥에 맡겨 시를 읊었다. 바야흐로 날이 서산으로 기울고 그가 읊는 시 소리가 너무도 고달파서 마치 달을 보고 짖는 원숭이 소리와도 같았다. 그런데 그는 겨우 시 한 연을 얻었으니 다음과 같다.

긴 성곽 한쪽 편에는
강물이 넘실넘실 흐르고
아득한 들 동쪽 저편은
띄엄띄엄 산이로다.
長城一面溶溶水　大野東頭點點山

그는 이까지 읊자 시정이 바닥나 더는 계속하지 못하고 안타까운 생각을 이기지 못하여 통곡을 하고 내려왔다. 그리하여 며칠 뒤에야 다시 시 한 편을 이루었으니 지금까지도 모두들 절창이라고 일컫는다. 당시 사람들이 말하기를 이렇게 말하였다.

"옛날 이름난 시인 송옥宋玉은 시를 지어 가을을 슬퍼하였다는데, 오늘 김황원은 시를 짓다 못해 석양에 곡을 하더라."

을지문덕 장군의 시

백운소설

《백운소설白雲小說》은 고려 고종 때 이규보(李奎報, 1168~1241)가 쓴 시화집. 삼국 시대부터 당대까지의 시인과 시에 관해 논했다. 저자의 《동국이상국집》에는 실려 있지 않고, 조선 효종 때 홍만종洪萬宗이 쓴 《시화총림詩話叢林》에 전한다.

을지문덕 장군의 시

우리 나라는 글로 써서 기록하는 일이 매우 일찍부터 시작되었다. 그런데 그간의 작자와 작품에 대한 것은 세월이 오래되어 전하지 않으므로 알 길이 없다. 다만 《요산당외기堯山堂外紀》란 책에 고구려 장군 을지문덕의 사적을 기록하고, 그가 당시 우리 나라에 쳐들어왔던 수나라 장수 우중문에게 보낸 네 구로 된 오언시 한 편을 실었다.

신기한 술책은 천문을 뚫고
기묘한 계교는 지리를 다했도다.
싸움에서 이겼고 공도 높은 듯하니
그만하면 돌아감이 좋을 듯하네.
神策究天文　妙算窮地理
戰勝功旣高　知足願云止

이 시는 글 짓는 법이 기묘하면서도 순박하여, 미끈하고 곱게 꾸미려는 버릇이 없으니 요새 문인들은 따르지 못할 것이다.

문장으로 나라를 빛낸 문인들

　우리 나라는 고대 하夏나라 때부터 중국과 외교를 시작하였다. 그러나 전하는 기록이 없으므로 상세한 내용은 알 길이 없다. 다만 수나라, 당나라 이후로 글을 지어 보낸 이들이 전해지고 있다. 고구려 장군 을지문덕은 침략군 수나라 장수에게 야유하는 시를 지어 보냈고, 신라의 진덕 여왕은 당나라 왕에게 '태평시太平詩'를 지어 보냈다.
　비록 문헌에 기록되어 전하는 것은 이것뿐이지만 그렇다고 도무지 이것만이었다고 할 수는 없다. 그 뒤 신라 때 최치원이 당나라에 들어가서 과거에 뽑혀 문장으로 세상에 이름을 떨쳤다. 최치원의 시에 다음과 같은 시구가 있다.

　　곤륜산맥이 뻗어서 오악이 되고
　　성수해가 북으로 흘러 황하수 되었네.
　　崑崙東走五山碧　星宿北流一水黃

　이 시구를 보고 최치원과 함께 과거에 뽑힌 중국 문인 고운은 이렇게 평하였다.

"이 글 한 수는 곧 중국의 지리 시이다."

대개 중국의 오악이 다 곤륜산에서 뻗은 산맥으로 되어 있고, 황하가 그 근원이 성수해에서 나왔기 때문에 이렇게 평한 것이다.

윤주 자화사慈和寺를 보고 지은 최치원의 시에는 또한 이런 구절도 있다.

화각 소리는 아침 파도 저녁 파도와 함께 사라지는데
푸른 산 그림자는 옛사람 지금 사람 다 비추는구나.
畫角聲中朝暮浪　青山影裏古今人

역시 신라 때의 시인인 학사 박인범朴仁範은 경주涇州 용삭사龍朔寺를 보고 지은 시에서 이렇게 읊었다.

끔벅이는 등불은 반딧불이 조도[1]를 비추는 것 같고
휘돌아간 사다리는 무지개 그림자 바위에 가로놓인 것 같구나.
燈撼螢光明鳥道　梯回虹影落巖扃

고려 초기의 시인인 박인량朴寅亮은 사천 구산사龜山寺를 보고 읊은 시에서 이렇게 노래하였다.

문 앞에 매인 나그네의 배에 밀려오는 파도가 사납고

---

1) 조도는 짐승이 다니는 길이 없고 오직 공중에 새가 날아다니는 길만 있을 정도로 험한 길.

대숲 아래 중들이 두는 바둑판에 햇빛은 한가롭구나.
門前客棹洪波急　竹下僧棋白日閑

우리 나라에서 시로 세상에 이름을 떨친 것이 이 세 사람들에게서
시작되었다. 문장으로 나라를 빛내는 것이 바로 이와 같다.

대동강을 노래하다

보한집

《보한집補閑集》은 최자(崔滋, 1188~1260)가 최이崔怡의 권유로 고려 고종 41년 (1254)에 엮은 시화집. 이인로의 《파한집》을 보완하는 뜻으로 썼다고 한다. 문학론이 풍부하게 들어 있으며, 흥미로운 이야기도 담고 있다.

강감찬의 시

강감찬姜邯贊은 성종 2년 계미년에 과거에 응시하여 갑과 장원이 되었고 현종 2년 신해년에 한림학사가 되었다.

전해 십일월에 거란의 성종이 몸소 대병을 거느리고 압록강을 건너 고려를 침략하였다. 이 소식을 들은 조정에서는 두 가지가 논의되었으니, 하나는 강감찬을 비롯한 이들의 '주전론' 이요, 다른 하나는 지난날의 경험으로 보아 쓸모없는 대전으로 헛된 피해를 입기보다는 처음부터 항복하자는 하공진河拱辰 등의 '청항론' 이었다. 그러나 대세는 주전론에 기울어졌다. 현종은 강감찬이 세운 방책에 따라 금성錦城으로 한때 피난하고,

강감찬은 거란군을 송도로 꾀어내어 물러가는 그들을 구성 근방에서 섬멸하였다.

이리하여 거란은 그 뒤 다시는 우리 나라를 넘보지 못하게 되었으니, 이는 다 강감찬의 방책에 따랐기 때문이다. 현종은 강감찬의 공을 다음과 같은 시[1]로 찬양하여 그를 위로하고 칭찬하였다.

경술년에 일어난 오랑캐의 침략으로
전화는 깊이 들어와 한강 가에 미쳤도다.
만일 그때 강 공이 세운 계책 없었더라면
나라는 모두가 항복한 사람 되고 말았으리.
庚戌年中有虜塵　干戈深入漢江濱
當時不用姜公策　擧國皆爲左袒人

　그런데 강감찬에 대하여 사람들 사이에서는 오늘날에도 다음과
같은 이야기가 전하고 있다.
　일찍이 어느 사신이 밤에 시흥군으로 들어가니 눈앞에서 갑자기
큰 별이 하나 떨어져 어떤 집으로 들어가는 것이다. 사신은 이상하
게 생각하여 곧 아전을 보내 전말을 알아보게 하였더니 마침 그 집
여인이 사내아이를 낳았다는 것이다. 사신은 이상한 생각이 들었다.
그래서 그는 그 여인에게서 아이를 데려다가 길렀다. 그 아이가 곧
강감찬이었다. 그 뒤 강감찬이 재상이 되었을 때, 송나라 사신으로
서 그 방면에 식견을 가진 사람이 강감찬을 찾아보고는,
　"내 일찍부터 문곡성[2]이 오랫동안 나타나지 않아 지금 어데 가 있
　는지 몰랐더니 바로 공이십니다."
하고 뜰아래로 내려가서 절을 하였다.

개골산의 유래

　개골산[1]은 관동의 명산이다. 봉우리도 많고 동굴도 많아 변화가 끝이 없는데, 그 어느 하나가 돌이 아닌 것이 없어서 멀리서 바라보면 모습이 먹을 튀긴 것 같다. 그리고 이곳 바위에도 사람들이 살기는 하나 그들은 모두가 흙을 져다가 바위틈을 메우고 그곳에 오이, 호박 같은 것을 심어서 먹고 산다.

　일찍이 전치유田致儒가 명산대천을 구경하러 다니는 도중에 이곳을 지나면서 시 한 수를 읊은 것이 있으니 다음과 같다.

　풀과 나무 드문드문 나서
　벗어진 머리의 머리칼 같은데
　연기와 안개 옷인 양
　너의 어깨를 감았구나.

---

1) 개골산은 금강산의 딴 이름으로, 겨울에 부르는 이름이다. 금강산에는 철마다 봉래, 풍악 등 여러 가지 이름이 있다.

의연한 개골산은
혼자서 고결한데
서로 웃는 살진 산들
모두가 비계 덩이 같구나.

草木微生禿首髮　烟霞半卷袒肩衣
兀然皆骨獨孤潔　應笑肉山都大肥

무너진 옛 도시

기유년 봄이었다. 볼일이 있어 오래간만에 옛 서울 송도에 와 보니 병란 때문에 옛 도시는 폐허가 되어 있었다.[1] 그런데 어떻게 되어서인지 옛 궁터 대관전 자리에 아름이나 되는 오동나무 한 그루가 서 있었다. 날이 저물자 서쪽 산기슭에서는 소쩍새 소리마저 들려 슬프기 그지없다.

새벽에 일어나서 그냥 발이 떨어지지 않기로 대관전을 다시 찾으니 무너지다 남은 벽에 누구의 즉흥시인지 절구 두 수가 적혀 있었다. 그래서 중수도감[2]으로 일하는 아전에게 혹 이 시를 누가 지은 것인지 모르느냐고 물었더니, 부사 안진安搢이 적어 놓고 간 것이라고 하였다. 시는 이렇다.

---

1) 몽고의 침입으로 파괴된 개성의 모습을 말한 것이다. 몽고의 환란으로 고려는 수도를 고종 19년(1232)에 개성에서 강화도로 옮기게 되었으며, 그 뒤 38년 만인 원종 11년(1270)에 다시 개성으로 돌아왔다. 그 사이에 기유년이라면 고종 36년(1249)이다.
2) 재건 공사의 책임자.

만호장안 넓은 거리가
잿더미 되어 남은 것이 없는데
고궁의 터전에
오동나무 한 그루가 천연하구나.

내 비록 늙은 나이나
기필코 서울의 재건을 보고야 말리.
그때 훈풍이 나시 불면
너 내 거문고 될지어다.

萬家煨爐一無遺　殿上生桐自底時
我老萬分觀再造　薰風琴用汝當支

둘째 절구는 다음과 같다.

뜻하지 못했노라
장안 거리에서 소쩍새 소리 들을 줄은.
달 밝은 밤 네 소리 처량도 하여
밤새도록 남의 간장을 녹이누나.

지난 시절 화려한 모습 생각하니
가도 가도 눈물이 멎지 않는데
새벽에 외로운 오동나무 그림자
우수수 폐허를 읊조리는고야.

不意皇都有子規　終宵啼月使人悲

潛思往事汎瀾泣　曉傍孤桐詠黍離

　이 두 절구는 그리 크게 이름난 작품은 아니라고 하나 당시 서울
의 모습을 상세히 묘사하여 애절한 생각이 사람들의 심금을 울리고
남음이 있다.

대동강을 노래하다

대동강은 평양 사람들이 떠나는 사람을 보내는 나루터로도 정취가 각별한 곳이다. 강산은 아름다워 천하의 절경이다.

일찍이 정지상鄭知常이 대동강 나루터에서 벗을 보내면서 지은 시에는 다음과 같은 것이 있다.

대동강 맑은 물아
너 어느 때나 다하려나.
해마다 이별 눈물
네 위에 더하거늘.

　　大同江水何時盡　別淚年年添綠波

이 시구는 당시에 명작으로 이름을 날렸다.[1] 그러나 두보의 시에 다음과 같은 것이 있다.

이별하는 눈물
멀리 금강 물을 더했노니.
別淚遙添錦江水

그리고 이백李白의 시에 다음과 같은 것이 있다.

원컨대 아홉 강의 물이 맺히고 더하여
만 줄기의 눈물이 되소서.
願結九江波　添成萬行淚

그러니 이와 같은 착상에서 나온 것이다. 또 이규보의 시 '조강에서 처자를 송별하며〔祖江送別詩〕'는 다음과 같다.

배는 바야흐로 사람과 멀어지고
마음은 그를 따라 움직이노니
바다를 넘쳐 닥치는 조수와 같이
눈물이 함께 걷잡을 수 없어라.
舟將人遠心隨去　海送潮來淚共流

같은 눈물을 노래하고 있으나 조금 차이가 있다.

---

1) 정지상이 지은 '대동강의 시'는 오늘까지 평양 사람들이 사랑하여 읊어 왔다. 《파한집》 하권에는 앞 연까지 실려 있으며 시구는 다음과 같다. "비 멎은 강 언덕에는 풀색도 한결 다채로워, 남포로 그대를 보내는 마음, 슬픈 노래를 막기도 어려워.〔雨歇長堤草色多 送君 南浦動悲歌〕"

박인량의 시

참정 박인량은 사신으로 중국에 들어가 이르는 곳마다 시를 남겼
는데, 금산사金山寺를 읊은 다음과 같은 시가 있다.

기암과 괴석은 첩첩 쌓이고
물은 절간을 사면으로 둘렀도다.
탑 그림자 물속에 거꾸로 서렸는데
풍경 소리 달빛에 그윽이 들려온다.

문 앞의 범선은 센 물결에 바쁘기도 한데
대 수풀의 중들은 바둑에 한가롭다.
서울로 가는 몸이 이별하기 애처로워
시 한 구 적어 놓고 다시 옴을 기약하노라.

巉巖怪石疊成山　上有蓮房水四環
塔影倒江蟠浪底　磬聲搖月落雲間
門前客棹洪波急　竹下僧碁白日閑

一奉皇華堪惜別　更留詩句約重還

　월주越州를 지나갈 때에 공은 새로운 음악 소리를 들었다. 바로 공의 시로 노래한다는 것을 곁의 사람에게 들어 알았다.
　절강에 이르러 풍파가 몹시 일어났다. 공은 강변에 있는 오자서伍子胥의 사당을 보고 다음과 같은 시를 지어 조상하였다.

　　동문에 건 눈방울은
　　의분이 항상 꺼지지 않아
　　벽강엔 물결이
　　천고에 드높거든

　　지금 사람, 옛 충신의
　　높은 뜻 모르고서
　　부질없이 조수의
　　높이만을 묻는구나.
　　掛眼東門憤未消　碧江千古起波濤
　　今人不識前賢志　但問潮頭幾尺高

　이 시를 읊자 곧 바람이 멎고 배가 갈 수가 있었다. 시가 주는 감동의 힘이 이렇듯 강하다. 송나라 사람들이 그의 시를 엮어 시집을 만들었는데, 지금도 세상에 전하고 있다.

최치원의 임경대

　김해의 황산강을 따라 육칠 리를 내려가면 벼랑이 높이 솟아오르고 마주 선 봉우리 사이로 물이 흐르는 곳이 있다. 십여 호 되는 마을이 있는데 대 울타리를 두른 초가집으로 그 경치가 한 폭 그림인 듯 아름답다.

　시어사侍御史 최치원이 여기에 돌을 무어 대를 만들고 이름을 '임경臨鏡'이라 지은 뒤 석벽에다가 다음과 같은 시를 적었다.

　　산발은 들쑹날쑹
　　물은 굽이쳐 흐르는데
　　거울 속의 인가들
　　푸른 산에 마주 앉았네.

　　외로운 돛대 하나
　　바람 안고 어디로 가누.
　　어느덧 새 한 마리

멀리 날아 자취도 없네.

烟巒簇簇水溶溶　鏡裏人家對碧峰
何處孤帆飽風去　瞥然飛鳥杳無蹤

　그 뒤 오랜 세월이 흐르는 동안에 대는 무너지고 벽에 쓴 글도 없어졌다. 나중에 사람들이 이 시를 황산루에 옮겨 썼기 때문에 거기서 바라보이는 풍경과 시의 내용이 다르게 되었다. 현액과 주방州榜 같은 것은 어림없이 달라졌다.

　공이 남긴 시가는 거의 절구 한 수에 지나지 않는데, 그중에는 아름다운 정경을 느낄 수 없으리만큼 잘못 전해진 것도 있기 때문에 사람들이 보아도 만족을 느낄 수 없다. 공이 남에게 써 준 것도 또한 절구가 많다. 그중에는 사랑스러운 것이 적지 않은데, '회곡의 독거승에게 준 시〔檜谷獨居僧〕' 같은 것이 그것이다.

　솔바람 소리도 시끄러워서
　흰 구름 깊은 골에 초가를 얽었구나.
　세상 사람 길을 밟아 오를까 저어하여
　바위 위의 이끼로 신 자국을 지웠구나.

除却松風耳不喧　結茅深倚白雲根
世人知路應翻恨　石上莓苔汚屨痕

해와 달도 무색한 이규보의 시

이규보의 문집은 이미 세상에 널리 돌아다니고 있다. 그의 시문을 보면 해와 달도 오히려 무색하다. 근대의 율시는 오언과 칠언으로 성운과 대구를 다듬어야 하므로 반드시 이모저모로 갈고 쪼아서 율에 맞도록 하여야 한다. 아무리 재주 있고 익숙한 이라도 표현을 마음대로 하거나 마음속에 품은 것을 함부로 피력할 수 없으며 그러기 때문에 시는 흔히 기골이 없이 무력하게 된다.

문순공은 젊었을 때부터 붓을 달려 즉흥시를 썼는데 모두가 새롭고 창발적이었다. 언어가 다양하고 기운이 장대할 뿐 아니라 성운에 관한 규칙에서도 한편 섬세 교묘하며 호방 기발하다.

그러나 공을 뛰어난 천재라고 하는 것은 다만 율시에 대하여 하는 말만은 아니다. 공은 옛 가락과 장편에서 어렵고 힘든 운에서도 자유롭고 분방하여 한번 붓을 들면 백 장이라도 휘둘러 써 내려가며, 그러면서도 결코 옛사람을 그대로 좇지 않고 훌륭한 작품을 창발적으로 이룩해 놓는다.

이 공은 또한 사람에 대하여 겸손하다. 한 가지라도 잘한 것이 있으면 반드시 칭찬하여 자기보다 낫다고 떠받든다. 그가 젊었을 때에 '국수재전麴秀才傳'[1]을 지었는데 사관 이윤보李允甫가 처음 과거에 급제한 뒤 이것을 본떠서 '무장공자전無腸公子傳'을 지은 일이 있었다. 공이 이것을 보고 몹시 칭찬하면서 늘 친구들에게 말하였다.

"이즈음 뛰어난 문학자 이윤보라는 이가 나타났는데, 진정 쓸 만한 인물이다."

또 유원순과 함께 지제고[2]로 있을 때에 최우가 보제사, 광명사, 서보통사의 세 절에서 참선 모임을 열었는데 모임을 마친 뒤에 최우는 두 지제고와 직강 윤우일尹宇一을 청하여 세 회방[3]을 짓게 하였다. 당시 사람들은 모두 유원순의 글이 공의 글보다 떨어진다고 평하였으나, 공은 그 글을 보고 칭찬하면서 만나는 사람마다 유원순의 문장은 자기가 따를 수 없으리만큼 뛰어나다고 말하였다.

이규보가 한림으로 있을 때 직원直院 손득지孫得之는 공의 '일찍 싹트는 차〔早茶〕'라는 장편시 다섯 수에 화답하여 시를 지었다. 이때 공이 그 시를 보고 경탄하여 칭찬하였다.

"지금껏 손 군이 이런 훌륭한 재주가 있는 줄을 알지 못하였다."

이규보는 정직하고 공명정대한 인물이다. 그가 좋은 것을 칭찬하고 나쁜 것을 꾸짖어 나무라는 것은 그의 천성에서 말미암은 것이었다. 옛사람의 말이, 문인들은 서로 남을 업신여긴다고 하였으나, 그것은 보잘것없는 일부 사람을 두고 한 말인 것이다.

---

1) 이규보의 시집에서는 '국선생전'이라 하였다.
2) 임금의 명령서를 맡아 쓰는 벼슬이다.
3) 회방會枋은 회의에 관한 기록이다.

연등회

해마다 이월 보름날은 연등燃燈의 밤이다.[1] 왕은 이날을 위하여 그 전날 봉은사로 행차하여 부처 앞에서 선조의 명복을 비는데 이를 '봉은행향奉恩行香'이라고 한다.

도성의 아홉 거리는 넓고 탄탄하였고, 저녁이 되어 왕이 행차를 할 때는 그 뒤를 궁중의 관리들이 대소를 가리지 않고 아름다운 조복朝服으로 찬란하게 꾸미고, 각 부 장병들도 문신들에게 지지 않는 성장으로 울긋불긋한 옷차림들을 하고 나선다. 마치 옷과 별이 함께 쏟아진 것 같은 광경이다.

---

1) 고려 시대에는 봄, 여름, 가을에 큰 명절이 있으니 봄의 연등, 여름의 유두流頭, 가을의 팔관회八關會가 그것이다. 연등은 선조의 명복을 빌며 그 여흥으로 화려한 의식이 벌어진다. 유두는 물의 정화력으로 몸을 깨끗이 함으로써 죄를 씻는다는 풍속에서 유래한 것이며, 팔관회는 천신을 제사한다는 점에서 고구려 이래의 가을 제천祭天 풍습이 전래화한 것으로 보인다. 이들 제전은 물론 궁중만이 아니라 어느 지방에서나 다 거행되었으니, 고려 시인 김극기金克己는 경주 지방의 유두 행사를 보고 이런 시를 읊었다. "장하도다 서울 사람, 십만의 손가락이, 강가에서 몸을 씻느라, 서로 어깨를 비비누나.〔洛邑諸生十萬指臨流祓襖肩相摩〕"

그리고 거리도 큰 거리, 작은 거리 할 것 없이 그림과 글씨들로 꾸민 포장과 병풍들을 양쪽으로 길게 치고 어데서나 노래와 춤이 벌어진다. 나뭇가지마다 등불이 하늘까지 이어진 듯 낮같이 밝다.

　임금이 봉은사에서 돌아오면 궁중 문무 양 부의 기녀들이 화려한 옷을 입고 머리에는 화관을 쓰고 승평문 밖에서 궁악을 아뢰며 왕의 행차를 맞이한다. 그리하여 홍례문興禮門과 이빈문利賓門 사이로 들어온다. 그때면 궁중은 조용하고 별들은 하늘 높이 반짝이는데 도도히 울리는 음악 소리가 공중에서 들리는 듯하다.

　그런데 인종 때 궁궐 정문이 우연히 불타 버리자, 오랫동안 홍례문과 이빈문의 환궁악 의식을 하지 못하였다. 그리하여 다시 문을 세우기 시작하여 역사를 마칠 때까지 십팔 년 동안이나 중단되었다. 그러나 문이 중건되자 연등의 밤과 함께 홍례문과 이빈문의 의식은 부활이 되었다. 이날 왕이 그때의 감격을 노래한 시가 있다.

　　이곳에 벌어졌던 군신의 음악이
　　없어진 지 헛되이 십팔 년.
　　다행히 부역의 보필 열매를 거두니
　　다시 옛날과 같은 흥취에 취하였노라.
　　此地君臣樂　虛經十八年
　　幸因匡弼力　旣醉復如前

주인을 살린 개

옛날 거령현에 김개인金蓋仁이라는 사람이 있었다. 그는 일찍부터 개 한 마리를 길렀는데 그 개를 매우 사랑하였다. 어느 날 김개인은 볼일로 밖에 나갔는데, 개도 그를 따라갔다. 집으로 돌아오는 길에 김개인은 술에 취하여 길가에 쓰러져 앞뒤 모르게 잠이 들었다.

그런데 들에 난데없이 불이 일어나 삽시간에 넓은 들을 삼키고 김개인이 누운 곳까지 옮아 왔다. 김개인은 위태롭게 되었다. 개는 놀라서 강으로 가 몸을 적셔 그 물로 김개인이 누운 둘레의 풀을 적셨다. 개는 강과 김개인 사이를 바삐 오가며 강에서 몸을 적시면 곧 뛰어와 김개인의 주위에서 굴렀다. 개는 기진맥진하여 쓰러져 죽었다.

김개인은 술에서 깨어 눈을 뜨고는 그제야 모든 것을 깨달았다. 그는 개가 해 놓은 일을 보고 슬퍼하며 노래를 지어 개의 혼령을 위로하였다. 그뿐 아니라 사람과 마찬가지로 무덤을 만들어 개를 장사 지냈으며, 무덤 앞에는 푯말을 세워서 개가 죽은 전말을 상세히 적어 넣고 개가 주인에게 한 의로운 행적을 치하하였다.

그런데 이상한 일은 그 푯말이 자라서 큰 나무가 되었으니, 그리

하여 이 땅을 오수¹⁾라고 부르게 되었다. 악보 중에 '개 무덤의 곡〔犬
墳曲〕'은 이 일에서 유래한 노래다.

　그 뒤 어떤 사람이 김개인과 개의 이야기를 듣고 감탄하여 시 한
수를 지었는데, 그 시는 다음과 같다.

　　사람은 미물이라고 불리면 욕되게 생각하나
　　그 은혜만 입고, 위태로울 땐
　　먼저 몸을 바칠 의리가 없을진대
　　어찌 개와 같인들 논할 수 있으리.
　　人恥時爲畜　公然負大恩
　　主危身不死　安足犬同論

　일찍이 최우가 문객에게 명하여 이 개의 일을 기록한 것이 세상에
전하고 있으니, 그 내용은 남의 은혜를 입은 자는 반드시 이 개와 같
이 갚을 줄 알아야 한다는 것이었다.

---

1) 오수獒樹는 개 나무라는 뜻.

범의 뉘우침

변산 고을에 있는 어떤 노인의 이야기다. 그는 스스로 말하기를, 일찍이 고창 고을에서 연등회를 한다는 소문을 듣고 구경을 간 일이 있었는데, 그곳의 많은 사람들 중에서 한 소년을 만났다. 그 소년은 얼른 보아서도 심상치 않은지라 옆에 있는 사람들에게 그 소년이 누구이며 어느 집 자제인가 물어보았다. 아는 사람은 한 사람도 없었다. 연등회가 끝난 뒤에 노인은 소년의 뒤를 따랐다. 그리하여 어느 산 밑에 닿았을 때 소년이 노인에게 말했다.

"따라오지 마십시오. 저희 집은 누추하여 오더라도 머무르실 곳이 없습니다."

노인은 듣지 않았다.

"날이 이미 저물었으니 내 어디로 간단 말이냐?"

"같이 오셨으니 하는 수 없지요. 하지만 누추하다고는 마세요."

얼마 뒤에 두 사람은 소년의 집에 이르렀다. 늙은 할미가 나와 그들을 맞는데, 소년을 보고 대뜸 말했다.

"이 녀석아, 너 어쩌자고 이 선생님을 모셔 왔느냐? 만일 네 형들이 왔다만 봐라. 당장 저 선생님을 잡아먹고야 말 테니."

노인은 그제야 거기가 범굴인 것을 깨달았다. 그리하여 슬그머니 빠져 달아나려고 하였다.

"안 됩니다. 두 자식 놈이 막 돌아올 때가 되었습니다. 그대로 가시다가 도중에 만나면 피할 길이 없으니 가서는 안 됩니다."

할미는 이렇게 말하고 노인의 손을 이끌어 집 안으로 들어갔다. 소년이 애원하였다.

"어머니, 무서워요. 제발 선생님을 어머니 뒤에 숨겨 줘요."

이윽고 범 두 마리가 토끼 한 마리를 잡아 가지고 들어왔다. 할미는 그들이 오래 집에 머물지 않게 할 생각으로 말했다.

"아니, 이 애들이 토끼 한 마리를 가지고 무슨 요기를 하겠다는 거냐. 얼른 멀리 가서 다시 먹을 것을 가져오너라."

그러자 범이 사람 말로 대답하였다.

"흥, 어머니는 먹을 것이 벌써 있는데 또 뭘 구해 오라는 거요?"

그러고는 곧 나가 버렸다. 이윽고 범 두 마리가 다시 돌아와서 말했다.

"우리는 산신령에게 기도를 드려 각기 먹을 것을 얻어 놓았소. 애, 누이도 이리 오너라. 우리와 함께 가자. 너는 뭣 때문에 배고픈 것을 참고 혼자서 괴로워하느냐?"

그러고는 누이동생을 데리고 가 버렸다. 그러고 난 지 얼마를 지났는데 밖에서 누군가 다급한 목소리로 주인을 찾으면서 말하였다.

"야단났소. 이 집 자식들이 마을에 나가서 돌아다니다가 산신령의 노염을 샀다오. 그래서 산신령께서 하시는 말씀이 누구든지 내일 아침에 고창현에 가서 대신 함정 안에 빠지지 않으면 일가가 다

화를 당할 터이니 그리 알라고 하오."

이 말을 듣자 소년이 말했다.

"신령의 분부이니 거역할 수 없지요. 그런데 다행히 선생님을 만난 것도 연분입니다."

그러고는 노인을 붙잡고 부탁을 하였다.

"내일 아침이면 제가 내려가 함정에 빠지겠습니다. 제가 빠졌다는 소문을 들으면 사람들이 다투어 나를 잡으려고 덤벼들 것입니다. 하지만 저는 살아서는 그런 욕을 보고는 싶지 않으니 그때 선생님이 혼자서 나를 처치할 수 있다고 사람들을 막고 단창을 들고 나오시면 그 자리에서 한 가지 부탁을 하고 저는 죽을 것입니다. 그대로만 해 주신다면 다시없는 은혜로 생각하겠습니다."

노인은 승낙하고 이튿날 아침에 고창현으로 내려가 보았다. 과연 함정에 범이 빠졌다는 것이다. 그래서 노인은 소년이 부탁한 대로 여러 사람을 말리고 단창을 들고 범 앞에 나섰다. 범은 그를 보자 반색을 하였다.

"선생님, 고맙습니다. 그런데 마지막으로 한 가지 부탁이 있습니다. 제가 이제 죽으면 이 길로 아무 고을 아무 집에 남자아이로 태어날 것입니다. 그래서 나이가 열두서너 살 되면 선생님을 뵈러 가겠습니다. 그때 제 머리를 깎아 출가를 시켜 주십시오."

범은 말이 끝나자 노인의 손에서 단창을 빼앗아 제 손으로 가슴을 찔러 그 자리에 쓰러졌다.

그 뒤 십오 년. 어느 날 노인은 동구 밖을 나가다가 길가에서 한 사내아이를 만났는데 절을 하는지라 까닭을 물은즉 소년이 대답하였다.

"제가 바로 아무 고을 아무 집에 태어난 사내아이입니다."

그 순간 노인은 함정 안에서 자기에게 마지막 부탁을 하던 범의 말이 머리에 떠올랐다. 그리하여 아이를 데리고 근처 집에 가 머리를 깎게 하고 승적에다 이름을 올려 주었다. 머리를 깎고 중이 된 아이는 얼굴이 영특하고 아름답기가 견줄 곳이 없었다. 그런데 갑자기 아이가 간데온데없이 사라졌다. 그 뒤 노인도 생각는 바 있어 자기도 머리를 깎고 중이 되었다.

이 이야기는 황당무계하기 짝이 없으나 세상에서 참회를 한 범이 중이 된 이야기로 널리 전해지고 있다.

사천감과 귀녀

　명종 26년에 사천감 이인보李寅甫는 경주 지방 제고사祭告使로 가서 두루 산천에 제사를 드린 뒤 일을 마치고 돌아오는 길에 저물게야 부석사에 들렀다.

　중의 안내로 객방에 들었는데 주위는 쥐 죽은 듯 고요하였다. 문득 한 여인이 아래채 헛간 근처에 얼핏 보이므로 사천감은 아마 가까운 고을 군수가 기녀를 보냈는가 보다 하고 별로 의심도 두지 않았다. 그 여인은 잠시 어정거리다가 뜰아래로 와서 공손히 절을 하는데, 몸가짐이 암만해도 여느 여인과는 적이 달랐다. 뿐만 아니라 인사를 마치고 축대로 올라 침방으로 들어오는데, 자세히 살펴보니 어딘지 사람은 아닌 것같이 느껴지는 데가 있었다. 사천감은 매우 괴상한 생각이 들었으나 그 여인이 절세의 미인인지라 차마 물리칠 수가 없었다.

　사천감은 옷을 주워 입고 밖으로 나가 두루 사방을 살펴보았다. 오래된 우물이 하나 있는데 요괴가 나옴 직하였다. 그는 놀라 다시 방으로 들어와서 앉았다. 얼마 뒤에 젊은 중이 와서 주지의 말을 전했다.

"대감께서 수고를 무릅쓰고 이곳까지 오신 것을 다행으로 여깁니다. 청컨대 주지 방으로 오셔서 더운 차나 한 잔 드시기를 바란다고 전갈하옵니다."

사천감은 중을 따라가면서 여인에게 함께 가자고 권하였으나, 여인은 굳이 사양하고 문 밖으로 나갔다. 사천감이 주지와 만나 이야기하며 즐기다가 밤이 되어 방으로 돌아오니 그 여인이 다시 따라들어오므로 사천감은 그날 밤을 여인과 함께 보냈다.

"대감께서는 제 내력을 잘 아시는 것 같습니다만, 제가 있는 데는 여기서 그리 멀지 않은데 대감의 풍채를 사모하여 이렇게 찾아뵈옵게 되었나이다."

여인은 이렇게 말하면서 사천감을 섬기는 태도가 민첩하고도 매우 정숙하였다. 그들은 더욱 친숙해지고 정이 떨어질 수 없게 두터워져서 사흘 동안을 같이 묵었다.

부석사를 떠난 사천감이 어느 날 저녁 여관에서 자게 되었는데 뜻밖에도 그 여인이 머리가 헝클어진 채 왔다. 사천감도 뜻밖이라 어떻게 이렇게 왔느냐고 물으니 여인은 아주 태연하게 말하였다.

"대감을 모신 뒤 제 몸에는 이상한 것이 있는 것 같습니다. 그래서 사정이나 알려 드리려고 이렇게 온 것입니다."

그날 저녁을 함께 지내고 새벽녘에 여인은 바삐 돌아갔다.

사천감이 또 하룻길을 가다가 그날 저녁은 홍주에서 자게 되었는데 여인이 또 따라왔다. 사천감은 좋은 낯으로 반갑게 대해 주다가는 그 여인 때문에 어떤 망신이나 당하지 않을까 저어하여 이번에는 여인을 본체만체하고 상대하지 않았다. 여인은 눈살을 곤두세우고 한참이나 사천감을 노려보더니 갑자기 노한 빛을 띠우고 말하였다.

"좋습니다. 다시는 만나지 않겠습니다."

그리고 홱 돌아서 문을 나갈 때 회오리바람이 일고 그 바람에 청사의 대문 한 짝이 꺾이는데 마치 나무꾼이 도끼로 자른 듯하였다.

내가 생각건대 이인보는 그 여인이 사람 아닌 줄 알면서도 어찌하여 남녀 간의 정을 나누었는지 알 수 없다. 더구나 사람이 다른 종류와 사귀어 임신까지 시켰다는 것은 더욱 괴상하기 짝이 없는 일이다.

거문고에
귀신이 붙었다고 야단

역옹패설

《역옹패설櫟翁稗說》은 고려 말기에 이제현(李齊賢, 1287~1367)이 쓴 패설집. 짧은 세태담 속에 무신 정권과 원나라 침탈 아래 있던 현실을 비판하고 성찰하는 글들을 썼다. 또한 시와 시인에 관한 평론, 문학론을 실었다. 역사와 문학 어느 쪽에서나 소중한 책이다.

역옹패설 머리말

임오년 여름에 장맛비가 달포를 끌므로, 문을 닫고 나돌아 다니지 못하게 되었다. 찾아오는 사람도 없었다. 하도 갑갑하여 견딜 수가 없기에 나는 벼루에 낙숫물을 받아서 심심풀이나 할까 하였다. 우선 친구들 간에 보내고 받은 편지글들을 모아 정리하고 있었는데, 내가 일찍이 끼적거려 두었던 여러 종이쪽지들도 나왔다.

나는 그것들을 한데 묶어 뒷둥 끝에 '역옹패설櫟翁稗說'이라고 써 놓았다. 여기서 '도토리 력櫟' 자는 '즐거울 락樂' 자를 몸으로 하였으니 대개 그 음을 취하였다고 볼 수 있다. 그러나 도토리나무는 재목으로는 좋은 것이 못 되기 때문에 베이는 해를 입지 않는다. 이것이 나무에게는 즐거울 것이 아니겠는가. 그러므로 '도토리 력' 자는 '즐거울 락' 자와 일치한다고 할 것이다.

내가 일찍이 벼슬아치들의 뒤를 따르다가 벼슬살이를 그만두고 혼자 수양하면서 호를 '역옹'이라 하였다. 말하자면 도토리나무와 마찬가지로 재목도 못 되면서 오래 산 것을 의미한 것이다.

패설이라고 한 '패稗'의 소리는 '피'와 같다. 그러나 그 뜻을 따지면 '패', '돌피'는 곡식 가운데서 가장 나쁜 것이다. 내가 젊어서는 글공부를 힘써 했으나 마흔 살에 들어서부터는 공부를 그만두다시 피 하였고 지금은 늙었다. 그리하여 이전에 함부로 적어 놓은 글들을 기쁘게 뒤적거려 보니 아무 맺힌 것, 속살 있는 것이 없어서 그 하찮은 바가 돌피와 다를 것이 없었다. 그러므로 이 기록들을 한데 묶어 '패설'이라 이름을 붙이고 내 스스로 머리말을 쓰노라.

은혜 갚은 사슴

고려 건국 초기의 이야기다. 서신일徐神逸이란 사람이 교외에 살고 있었는데, 하루는 잔등에 화살을 맞은 사슴이 다급히 뛰어오는 것을 보고는 화살을 뽑고 감추어 주었다. 뒤미처 사냥꾼이 쫓아왔으나 보지 못하고 다른 쪽으로 뛰어갔다. 그런데 그날 밤 꿈에 한 신인이 나타나서 치하하였다.

"그 사슴이 바로 내 아들입니다. 당신의 구원을 받아 요행히 죽음을 면하였습니다. 이제부터 당신의 후손들이 대대로 나라의 재상이 될 것입니다."

서신일이 나이 팔십이 되어서 아들을 낳았는데 '필弼'이라고 불렀다. 필이 희熙를 낳고 희가 눌訥을 낳았는데, 과연 대를 이어서 태사, 내사령 벼슬을 하여 종묘에 배향되었다.

박세통과 거북

　근래에 통해현通海縣에 거북처럼 생긴 괴물이 조수에 밀려 들어왔다. 조수가 빠지자 미처 나가지 못하고 있는 것을 보고 마을 사람들이 잡아먹으려 하였다. 현령 박세통朴世通이 군이 말리고 배 두 척과 큰 동아줄로 그 괴물을 끌어다가 바다 가운데 놓아주었다. 그랬더니 박세통의 꿈에 백발노인이 나타나 머리를 조아리면서 말하였다.

　"내 아들 놈이 날씨를 가리지 않고 나가 놀다가 하마터면 잡혀서
　솥에 삶아 먹힐 뻔한 것을 공의 힘으로 다행히 살아났으니 그 은
　덕이 실로 큽니다. 공을 비롯하여 공의 손자까지는 반드시 재상
　벼슬을 할 것입니다."

　박세통과 그의 아들 박홍무朴洪茂는 둘 다 중요한 벼슬에 올랐으나 손자 박함朴瑊은 상장군 벼슬밖에 못하였다. 그래서 박함이 항상 불만을 품고 있다가 시를 지었다.

　거북아 거북아
　너 왜 잠만 자느냐.

삼대 재상을 한다던 것은
부질없는 거짓말이로구나.
龜乎龜乎莫耽睡　三世宰相虛語耳

이날 밤 꿈에 거북이 나타나서 말하였다.
"당신이 술과 여자에 빠져 스스로 복을 받지 못한 것이지 내가 배
은망덕한 것은 아닙니다. 그러나 앞으로 꼭 기쁜 일이 있을 것이
니 얼마 동안 기다리십시오."
며칠 지난 뒤에 박함은 과연 상장군 자리에서 한 등 높은 '복야'
벼슬로 올랐다.

문안공의 옳은 주장

원나라 군사가 경기 지방을 침략하자 진양공 최우가 강화도로 수도를 옮기려고 조정의 신하들을 청하여 의논할 때 문안공文安公 유승단兪升旦이 홀로 반대하였다.

"작은 나라가 큰 나라를 예의와 신의로 대하면 그들인들 무슨 명목으로 우리를 항상 괴롭히겠습니까. 나라의 운명은 어찌 되든지 서울을 버리고 강화도로 피난하여 가만히 엎드려서 시일만 끈다면 국경 지방의 청장년들이 적의 총칼에 모두 쓰러질 것이고 노약자들은 다 적의 포로로 될 것이니 이는 결코 나라를 위하는 계책이 아닙니다."

그러나 진양공은 듣지 않고 족당을 거느리고 먼저 성남의 경천사에 이르러 그곳에 머물렀다. 이날 진양공을 따라간 자들은 모두 상을 받았다.

고종도 할 수 없이 개경을 버리고 강화도로 떠났다. 그 뒤 수십 년 동안에 주와 군은 모두 폐허로 되었다. 뜻이 있는 자들은 지금도 강화 천도를 한탄하여 마지않는다.

어리석은 지방관

유석庾碩이 안동 군수로 있을 때 고을 백성들이 그를 부모같이 사랑하고 존경하였다. 그런데 유 군수가 갈리고 새 군수가 부임하여 왔다. 그의 성은 박가로 들었으나 이름은 잊어버렸다.

그는 스스로 자기 행정 업적이 유석에 못지않다고 뽐내었다. 어느 때 관사에서 그가 조용한 시간을 타서 어느 관리에게 말하였다.

"아주 가까운 거리라도 막힌 것이 있으면 눈과 귀를 가지고도 듣고 보고 할 수 없거든 하물며 고을 청사에 앉아서 고을의 모든 일을 살피려니 어찌 어렵지 않겠는가. 혹 간사한 아전으로서 법을 농락하는 자들이 있어 곤궁한 백성들이 그들에게 억울하게 빼앗겨 원한을 품은 일이 없는가, 자네가 어디 숨김없이 이야기해 보게."

그 관리가 대답하였다.

"사또께서 부임한 뒤로는 백성들이 관리를 볼 수 없으니 관리로서 법을 어기는 자가 있는지 알 수 없고 백성들이 한을 품었다는 소문도 아직 듣지 못하였습니다."

군수가 말하였다.

"그러면 백성들이 나를 유 군수와 견주어 어떻게 여기는가?"

관리가 대답하였다.

"유 군수는 백성들이 조용히 하는 말도 다 듣고 있었습니다."

새로 온 원이 부끄러워하였다.

오누이의 송사

손변렴孫抃廉이 경상도 안찰사로 갔을 때 남매가 서로 송사한 일이 있다. 남동생이 말하였다.

"딸이나 아들이나 한 부모의 몸에서 태어났는데 누님은 어찌하여 부모의 재산을 독차지하고 내게는 나누어 주지 않습니까?"

누이가 말하였다.

"아버지가 돌아가실 때 가산을 나에게 맡기면서 너에게는 나들이 옷 한 벌과 갓 하나 그리고 짚신 한 켤레와 종이 한 묶음만 주라고 하셨다. 아버지가 남긴 분부를 어떻게 어길 수 있겠니?"

이 송사는 여러 해를 두고 해결되지 못한 것이었다. 손 공이 두 사람을 앞에 불러 놓고 물었다.

"너희 아버지가 돌아가실 때 어머니는 어데 계셨느냐?"

"어머니께서 먼저 돌아가셨습니다."

"그때 너희들 나이가 몇 살씩이나 되었느냐?"

"누님은 출가했고 저는 퍽 어렸습니다."

공은 타이르기 시작했다.

"자녀를 생각하는 부모의 마음은 꼭 같은 법이다. 어찌 나이 지긋이 든 딸자식만 후히 생각하고 어미 없는 어린 자식을 덜 생각할 수 있겠느냐? 어린 동생을 돌봐야 할 것은 누이다. 재산을 누이에게 물려준 것은 어린 동생이 그것을 아낄 줄 모르거나 온전히 보존할 줄 모를까 봐 그러한 것이다. 너희 아버지는 어린 동생이 장차 성장하면 이 종이로 소장을 짓고 의관을 떨치고 짚신을 신고 관청에 공정한 판결을 제기하리라고 예상하였을 것이다. 동생에게 나들이옷과 갓, 짚신, 종이 네 가지 물건을 따로 남겨 주라 한 것은 생각건대 이런 까닭이었을 것이다."

두 남매가 듣고 깊이 감동하여 서로 흐느껴 울었다. 공이 드디어 재산을 절반씩 나누어 주었다.

원충갑과 이무의 용맹

몽고 침략군의 장수 합단哈丹이 국경 경비선을 넘어 우리 나라 변방에 침입하였을 때 수만 명으로 된 적들이 죄 없는 백성을 함부로 죽이고 양식을 닥치는 대로 빼앗아 갔으며 부녀자들을 마음대로 욕보였다.

나라에서는 만호[1] 정수기鄭守琪를 철령으로 파견하여 적들의 침략을 방어케 하였다. 그러나 합단이 철령으로 쳐들어오기도 전에 정수기는 도망쳐 버렸다. 철령은 길이 험하고 좁아서 겨우 한 사람이 지나다닐 정도였다.

합단이 말에서 내려 군대를 외줄로 세워 가지고 강파른 고갯길을 톺아 기어 올라왔다. 그리하여 철령에서 정수기가 버리고 간 군량으로 며칠간 군사를 배불리 먹인 다음 다시 남으로 쳐들어왔다.

원주를 지키고 있던 장수가 동료들에게 의논하여 말하였다.

"쳐들어오는 적을 힘으로는 막아 낼 수 없소. 백성들의 생명을 보

---

1) 각 군영에 소속되어 있던 종사품의 무관 벼슬.

호하기 위해서는 차라리 항복하는 것이 어떠하오?"

그러나 원주읍에 사는 진사 원충갑元沖甲이 홀로 반대하였다. 원충갑은 군복을 차려입고 성문 밖에 나가 서 있었다. 이때 합단이 보낸 간첩 중놈이 찾아와서 투항하기를 권고하였다. 원충갑은 단숨에 그 중놈의 목을 베어 내동댕이쳤다. 그러자 이어 적들이 몰려들어 왔다. 이어 충갑이 단숨에 여러 명을 쳐 죽이니 성안의 군사들이 거센 물살처럼 달려 나왔다.

이때 흥원 창고의 책임사 조신曹愼이 북을 울리면서 병사들의 사기를 올려 주었다. 그런데 뜻밖에 적의 화살이 그의 바른팔을 꿰뚫고 나갔다. 그렇지만 북소리는 조금도 줄어들지 않았다. 북소리와 합세된 고을 군사들의 충천한 기세에 눌려 적의 선봉이 퇴각하기 시작하자 뒤따르던 놈들도 서로 짓밟으며 혼란을 일으켰다. 고을 병사들은 도망하는 적을 뒤쫓아 깡그리 휩쓸었다.

돌진하는 고을 병사들의 외침 소리는 온 산악을 울렸으며 적들의 시체는 골짜기를 덮었다. 이리하여 적들은 일망타진되고 병사들은 큰 승리를 이룩하였다.

합단의 아들 노적老的이란 자가 아버지의 뒤를 이어 군사를 이끌고 죽전령竹田嶺을 넘어 평양을 공격하여 왔다. 만호 나유羅裕가 달려드는 적을 막으려고 배에 타고 있던 병사들을 뭍에 상륙시키려 하였다. 이에 현문혁玄文赫이 말리면서 말했다.

"적들이 이미 언덕을 차지하였으니 복병이 있을까 염려되오."

그러나 나유는 듣지 않았다. 나유가 상륙시킨 병사들이 미처 대오를 정돈하기 전에 적의 대부대가 습격하여 왔다. 나 공의 병사들이 부득이 겨우 배에 다시 올랐으나 낭장 이무李茂의 병사 수십 명은 미처 배에 오르지 못하였다. 현문혁이 배 위에 서서 배에 오르지 못한 이무의 병사들을 향해 소리 높여 외쳤다.

"이무야, 적들을 한 놈도 놓치지 말고 죽기로 무찔러라. 그대가 큰 공을 세운다면 나라에서 상을 후히 주리라. 어찌 적들에게 사로잡혀 처자를 욕되게 하랴."

이무를 따라 수십 명의 병사들이 쏜살같이 달려 독산에 올랐다. 적장은 이무의 많지 않은 병사들을 하찮게 여기면서 말에서 뛰어내려 걸상에 걸터앉아 군사를 나누어 산을 고리처럼 둘러싸고 포위를 조이면서 산에 기어오르는데, 적이 쏘는 화살이 비 오듯 하였다.

이무는 나무에 기대서서 줄곧 적들을 향해 명중 화살을 날렸다. 치열한 싸움 속에 날은 저물고 주림은 심해 갔다. 그는 배낭 속에 건사한 생쌀 한 줌을 쥐어 씹으면서 병사들에게 소리 높이 외쳤다.

"남아로 태어나 죽음에서 삶을 구함이 마땅하거늘 무엇이 두려우리오!"

그러고는 활을 힘껏 날려 바로 적장의 숨통을 쏘아 맞혔다. 적장이 꺼꾸러지자 적들은 혼란에 빠졌다. 이무와 병사들은 벼락같이 함성을 지르면서 도망하는 적들을 뒤쫓아 무리로 쓸어 눕혔는데, 수는 이루 헤아릴 수 없었다.

주먹 바람 천년만년

경인년과 계사년[1] 이후에는 재상 자리를 흔히 군인들이 차지하였다. 이의민李義旼과 두경승杜景升은 다 같이 중서성의 높은 관직을 맡아보고 있었다. 이의민이 두경승에게 자랑해 말하였다.

"지금 아무개가 힘이 장사라고 뽐내고 있으나 내가 그자를 한번 치면 이와 같이 쓰러지리라."

이렇게 뽐내면서 주먹으로 기둥을 치니 서까래와 추녀가 모조리 흔들렸다. 두경승이 맞장구쳤다.

"어느 때의 일인데, 내가 맨주먹으로 모인 군중을 몰아치니 모두 도망질을 치데."

그러면서 주먹으로 담벽을 내지르니 벽이 와르르 무너졌다. 그때 사람들이 다음과 같이 시를 지었다.

---

1) 경인년(1170)에는 정중부 등이 일으킨 무신난이 있었고, 계사년(1173)에는 동북 병마사 김보당이 정중부를 반대하여 난리를 일으켰으나 실패한 일이 있었다.

무섭더라 이의민, 두경승이 무섭더라.
우뚝한 그 모습 진짜 재상이런가.
조정 출입 삼사 년에
주먹 바람 그 서슬은 만고에 떨치리라.

吾畏李與杜　屹然眞宰輔

黃閣三四年　拳風一萬古

거문고에 귀신이 붙었다고 야단

봉익대부 홍순洪順은 충정공忠正公 홍자번의 아들이다. 상서 이순
李淳과 늘 내기 바둑을 두고 있었다. 이순은 계속 져서 골동품, 서화
같은 귀중한 것을 다 잃어버리고 마지막으로 가장 보물로 여기는 거
문고를 내대었다. 그런데 홍순이 또 이겼다. 이순은 할 수 없이 거문
고를 주면서 이렇게 말하였다.

"이 거문고는 우리 집에서 대대로 전하여 오는 귀중한 보물이오.
이 보물이 전해 온 지 거의 이백 년이나 되어 거기에 신령이 붙어
있으니 공은 그런 줄 알고 조심하여 잘 보관하셔야 하오!"

실상은 평소 미신을 믿고 무섬증이 많은 홍순을 놀리고저 이런 말
을 하였던 것이다.

그 뒤 어느 날 밤이었다. 날씨가 몹시 추워져서 팽팽히 조여 있던
거문고 줄이 얼어 끊기며 쨍 하는 소리가 났다. 이 괴이한 소리를 들
은 홍순은 문득 신령이 있다는 이순의 말이 생각나 겁이 더럭 났다.
그래서 급히 등불을 돋우고 복숭아 채찍을 얻어 거문고를 마구 두드
렸다. 거문고는 두드릴수록 더욱 요란스럽게 울고 거문고에서 괴이

한 음향이 세차게 울릴수록 점점 더 겁이 났다.

마침내 시중꾼들을 불러 서로 지키게 하고 새벽이 되기를 기다려 연수라는 종을 시켜 거문고를 이순의 집에 돌려주게 하였다.

이순은 홍순의 종이 새벽 일찍 찾아온 것이 괴이하였고, 또 거문고에 여기저기 되는대로 두드린 흔적이 있음을 보고 짐작되는 바가 있어 거짓말로 이렇게 말하였다.

"내가 이 거문고 때문에 오랫동안 근심되어 여러 번 깨쳐 버릴까 생각했으나 또 한편으로는 벌을 입을까 두려워하다가 다행히 홍 공에게 넘긴 것인데 어째서 다시 돌려준단 말인고?"

그러고는 거문고를 받지 않고 되돌려 보냈다. 홍순은 더더욱 겁이 나고 걱정되어 전에 따 가진 서화, 골동품 들까지 죄다 거문고와 함께 돌려보내며 사정하였다. 그제야 이순은 마지못한 척하고 받았다. 그러나 홍순은 끝내 이순의 술책에 속은 줄을 깨닫지 못하고 스스로 거문고를 돌려보낸 것을 다행이라 여겼다.

장난꾼 영태

용재총화 1

《용재총화慵齋叢話》는 조선 성종 때 성현(成俔, 1439~1504)이 쓴 패설집으로, 고려 때부터 당대까지의 민간 풍속, 문물제도, 역사, 지리, 종교, 문학, 음악, 서화 등 문화 전반에 걸쳐 쓴 책. 당시 사회를 이해하는 데 더없이 소중한 자료가 들어 있다.

유학과 글공부

　경서를 배우는 것과 글을 짓는 것은 서로 다른 일이 아니다. 육경[1] 이 모두 성인의 글인 동시에 실지 사업에 적용하던 것이다.

　요즈음 글짓기를 공부하는 사람들은 경서를 알지 못하고, 경서를 전공하는 사람들은 글 지을 줄을 모른다. 이것은 비단 풍습이 치우쳐서만이 아니라 공부하는 사람이 노력을 하지 않기 때문이다.

　고려 시대의 문사들은 모두 운문만을 힘썼는데, 오직 정몽주가 처음으로 성리학을 제창하였다. 본조에 이르러 권근權近과 권우權遇 형제가 능히 경서에도 밝고 또 능히 글도 잘 지었다.

　권근은 사서와 오경의 구결[2]을 정하고 또 《천견록淺見錄》, 《입학도설入學圖說》 등의 책을 지어 성리학을 보급한 공로가 적지 않다. 그 뒤 성균관에서 교수를 맡았던 사람은 황현黃鉉, 윤상尹祥, 김구金

---

1) 육경六經은 중국 고전의 《주역》, 《서경》, 《시경》, 《춘추》와 《예기》, 《악기》를 가리키는 것인데 그중 《악기》는 전하지 않는다.
2) 15세기 이전에는 '토'를 '입곁'이라고 했는데 구결口訣이 바로 '입곁'에 해당하는 이두 어吏讀語.

鈞, 김말金末, 김반金泮 등인데, 그중 황현의 학문은 알 수 없고, 윤상은 학문이 가장 정교하면서도 글도 조금 지을 줄 알았고, 김구와 김말도 모두 정교하나 김말은 좀 고루함을 면치 못하였다. 언제나 두 사람의 이론이 겯고 틀어서 서로 다투었으니 그 밑에서 공부하는 사람들도 두 편의 이론을 함께 헤아렸다. 그 두 사람은 모두 세조에게 인정을 받아서 벼슬이 일품에 이르렀다. 김반은 대사성까지 한 다음 나이가 들어서 벼슬을 내놓고 고향에 돌아가서 마침내 굶어 죽었다.

또 그다음 줄로는 공기孔頎, 정자영鄭自英, 구종직丘從直, 유희익兪希益, 유진兪鎭 등이 있었다. 공기는 우스개 하기를 좋아하고 말솜씨도 있으나 글을 짓는 데 이르러는 비록 편지 쪽지나마 한 줄 적지 못하였다. 일찍이 남의 편지를 받고서 어떻게 답장을 쓸지 몰라 애를 쓰고 있었다. 생원 김순명金順明이 옆에서 보다 못하여 그의 말을 받아서 써 주니 사연이 그의 마음에 들었다. 공기는 이렇게 탄식하였다.

"자네가 내게 배웠건만 자네는 잘 응용하는데 나는 못하네그려. 이야말로 푸른 물감을 쪽에서 뽑아냈지마는 쪽보다 더 푸르다는 격일세."

정자영은 오경뿐 아니라 여러 역사 서적까지 널리 보았는데 벼슬이 판서에 이르렀고, 구종직은 생김이 호걸스러운 까닭에 세조 때 발탁되어서 마침내 일품관에 이르렀고, 유희익은 그다지 좋은 벼슬을 지내지 못하였고, 유진은 고집만 세고 사물의 이치에도 통치 못하였다.

근래에는 노자형盧自亨, 이문흥李文興 같은 사람이 오랫동안 교수

직책을 맡고 있었다. 성종이 그들의 나이가 많은 것을 우대해서 당
상관³⁾에 올려 주었는데, 모두 고향으로 물러가 있다가 죽었다.

---

3) 정삼품에는 통정대부通政大夫와 통훈대부通訓大夫의 두 계층이 있는데, 통정 이상을 당
   상堂上이라고 하고, 통훈 이하를 당하堂下라고 한다. 이 당상과 당하는 조선 관직의 위계
   에서 크게 구별된다.

문학과 문학자들의 수법

우리 나라 문학은 맨 처음 최치원으로 유명해지기 시작했다. 최치원은 당나라에 가서 과거에 올랐고 문학에 대한 명성을 크게 떨쳤다. 지금 문묘[1]에 배향되어 있다. 이제 그의 작품으로만 본다면 시를 잘한다고 하나 뜻이 자세하지 못하고, 사륙문체[2]에 능란하다고 하나 사연이 정교하지 못하다.

그 뒤로 김부식은 풍부하나 화려하지 못하고, 정지상은 명랑하나 기운이 뻗지 못하고, 이규보는 억지가 세나 수습을 잘하지 못하고, 이인로는 능히 가다듬을 줄 아나 펴서 나가지 못하고, 임춘은 능히 정밀하나 통치 못하고, 이곡은 진실하나 영롱치 못하고, 이제현은 건장하나 고운 맛이 없고, 이숭인은 얌전하나 줄기차지 못하고, 정몽주는 순수하나 절실함이 없고, 정도전은 부풀기만 하지 단속할 줄

---

1) 유교에 '공헌'이 있는 역대 인물들을 제사 지내는 사당이다. 성균관을 위시해서 각 고을 향교 옆에 설치하였음.
2) 주로 넉 자, 여섯 자로 구를 만드는 한문의 독특한 문체니 변려문騈儷文이라고도 한다.

을 모른다. 세상에서 이르기를 이색이 능히 집대성으로 되어서 시와 문이 모두 우수하다고 하지마는 비속하고 거친 태도를 적지 않게 가지고 있다. 권근과 변계량卞季良은 비록 문학 행정[3]을 책임지고 있었으나, 둘 다 이색을 따라가지 못하는데 변계량은 더구나 떨어진다.

세종이 처음으로 집현전을 설치하고 문학하는 선비들을 맞아들였으니, 거기서 신숙주, 최항崔恒, 이석형李石亨, 박팽년, 성삼문, 유성원柳誠源, 이개李塏, 하위지 등이 모두 한때 이름을 날렸다. 성삼문은 산문에서 호방하나 시에 재주가 없고, 하위지는 소소疏와 책策에 익으나 시를 전혀 모르고, 유성원은 조숙한 천재이지만 본 것이 넓지 못하고, 이개의 글은 맑고 뛰어난 기상이 있으며 시도 정묘하기 짝이 없었는데, 그들 동배들에서 모두 박팽년을 집대성으로 쳤으니, 경서나 글짓기나 글씨쓰기를 두루 잘했던 까닭이다. 그러나 그들은 모두 사형을 당해서 작품이 세상에 드러나지 못했다. 최항은 사륙문체에 솜씨가 있었고, 이석형은 과거문체에 능란했는데, 저 신숙주는 글로, 도덕으로 일세에 존경을 받았다.

그 뒤를 이어 나온 사람으로는 서거정, 김수온, 강희맹, 이승소李承召, 김수녕金壽寧과 우리 큰형님 성임任뿐이다. 서거정은 글이 화려하고 아름다우며(그의 시는 순전히 한유와 육우의 체를 본받았다.) 작품마다 아리땁기 짝이 없었다. 그는 오랫동안 문학 행정을 책임지고 있었다. 김수온은 글을 읽으면 반드시 외기 때문에 글 짓는 체재를 알아서 글이 웅장하고 호방하여 누가 그와 더불어 겨루려 덤

---

3) 조선 시대 대제학大提學이란 벼슬을 두어 문학 관계의 일체 사무와 관리 등용 시험인 과거의 제목을 내고 성적을 평정하는 일까지 책임지게 하였다.

비지를 못하였다. 단지 성질이 꼼꼼하지 않기 때문에 시의 운을 다는 데 착오가 많아서 통용하는 격식에 맞지 않았다. 강희맹은 시와 문장이 점잖고 아담해서 자연스러운 기분에 차 있으며 제자백가에는 가장 정통하였다. 이승소는 시나 문장이 모두 아름다워 마치 교묘한 미술가의 조각품과 같아서 칼과 끌을 댄 자국이 나타나지 않았다. 우리 큰형님의 시는 당나라 말기의 체를 배워서 떠가는 구름이나 흐르는 물과 같이 거침이 없었다. 김수녕은 일찍이 천품이 숙성해서 반고[4]를 모범으로 삼았기 때문에 글이 노숙하고 건실하였다. 일찍이 《세조실록世祖實錄》을 편찬할 때 대체로 사실을 서술하는 글이 그의 손에서 많이 나왔다. 이 몇 사람의 작품이 다 한 세대의 문학을 빛내고 있다.

---

4) 반고班固는 역사책 《한서漢書》를 쓴 중국의 역사가.

우리 나라의 글씨 잘 쓰는 사람들

　우리 나라에도 글씨를 잘 쓰는 사람은 많다고 하지마는 법도가 있는 글씨가 대체로 적다. 김생[1]이 글씨에 능숙해서 한 점, 한 획이 다 정교하였다. 이암은 조맹부와 같은 시대 사람으로 필력도 대등하다. 그러나 행서를 마음대로 휘둘러 쓰는 데는 그를 따라가지 못할 것이다. 한수韓脩도 글씨로 이름이 있었고 그의 기운찬 필력은 왕희지 필체의 법도를 많이 배웠다. 그가 쓴 현릉[2] 비문이 지금까지 전해 오고 있다. 독곡獨谷 성석린成石璘의 글씨는 그저 정밀할 뿐이나 여든 살 먹어서 건원릉[3]의 비문을 쓰는데도 필력이 쇠하지 않았다.

　안평 대군[4]의 글씨는 순연히 조맹부를 본떴으며 호탕한 품도 비슷하니 마치 산 것이 굼틀거리는 듯하다. 중국에서 시강 예겸倪謙이 일찍이 우리 나라에 사신으로 왔을 때 안평 대군이 책 제목으로 쓴

---

1) 김생金生은 신라 때 글씨 잘 쓰던 사람.
2) 고려 공민왕의 무덤.
3) 조선 제1대 왕 이성계의 무덤.
4) 세종의 셋째 아들.

두 글자를 보고서 말하였다.

"이것은 보통 사람의 솜씨가 아니로다. 내 좀 만나 보고 싶도다."

세종이 안평더러 가서 만나 보라고 명령하였다. 예겸은 그의 글씨를 대단히 여겼다.

"지금 중국에서 진陳 학사가 글씨를 잘 쓴다고 이름을 날리고 있으나 당신께는 미칠 바 아니오이다."

그는 더 존경하는 뜻을 표하면서 글씨를 받아 가지고 갔다. 그 뒤 우리 나라 사람이 중국 갔다가 글씨를 사 가지고 온 것이 바로 그때의 글씨라 안평이 아주 좋아서 자부심을 가지게 되었다.

그 당시 최흥효崔興孝라는 선비가 진晉나라 유익庾翼의 법도를 본떠서 제 스스로 글씨를 잘 쓰노라고 떠들면서 붓을 가지고 관청과 대갓집을 골고루 찾아가서 되는 대로 써 주어 글체가 거칠었다. 안평이 한 번 청해다가 글씨를 쓰게 하여 보고 나서 그것을 찢어 벽에 발라 버리고 말았다.

우리 큰형님 성임이 강희안姜希顔, 정난종鄭蘭宗과 함께 한때 글씨 잘 쓰기로 이름이 났다. 강희안은 성질이 본래 글씨 쓰기를 귀찮게 여겨서 필적이 세상에 퍼지지 못했고, 큰형님은 병풍과 족자를 많이 썼는데 그가 쓴 원각사[5] 비문은 더욱이 절묘해서 성종도 그 필적을 보고서,

"참 잘 썼도다. 명성이 헛된 게 아니도다."

하였다. 정난종은 글씨에 많이 힘을 쓰고 공을 들였으며 청하는 사

---

5) 원각사圓覺寺는 세조 때 서울 성안에 지었던 절 이름. 성임이 비문을 쓴 비석과 탑이 지금도 탑골 공원에 보전되고 있다.

람이 있으면 귀찮게 여기지 않고 써 주기 때문에 세상에 퍼진 것도 많으나 부드럽고 약하여서 보잘것없다.

우리 나라의 화가들

물건의 형상을 그리는 데는 신기를 얻지 않고는 정교히 될 수 없으며 또 여러 가지에 모두 정교하기는 어렵다.

근대로 말하면 공민왕의 그림이 아주 품격이 높으니 지금 도화서[1]에 보존된 노국대장공주[2]의 초상과 흥덕사興德寺에 있는, 석가가 산에서 내려오는 화폭이 모두 왕이 친필로 그린 그림이다. 간혹 대갓집들에는 산수를 그린 것도 전해 내려오는데 아주 기묘하기 짝이 없다.

윤평尹泙이란 사람이 또한 산수를 잘 그려 지금 대갓집들에서 많이 보관해 오나 평범해서 특별한 맛은 없다.

본조에 이르러는 고인顧仁이란 사람이 중국에서 왔는데 인물화를 잘 그렸고, 그 뒤 안견安堅과 최경崔涇을 함께 쳤는데 안견의 산수와 최경의 인물은 모두 신묘한 경지에 들어간 것이다. 지금 사람들은

---

1) 화가들이 배속되어 있던 관청.
2) 공민왕의 왕비.

안견의 그림을 마치 금이나 옥처럼 소중하게 보관하고 있다. 내가 승지가 되었을 때 대궐 안에 보존된 '청산백운도靑山白雲圖'를 보니 참으로 둘도 없는 보배였다.

안견이 늘 이렇게 말하였다.

"한평생 정력이 이 그림에 들어 있다."

최경도 산수와 고목을 그렸으나 안견을 따라가지 못할 것이다.

그 나머지 홍천기洪天起, 최저崔渚, 안귀생安貴生 같은 축들은 비록 산수를 잘 그린다고 하지만 모두 속된 그림이다. 오직 선비로서 그림을 그리는 김서金瑞의 말이나 남급南汲의 산수가 좀 나은 편이다. 강희안은 타고난 자질이 높고 미묘하여 옛사람이 생각지 못하던 곳을 파고 들어갔으니 산수나 인물이나 무엇이고 훌륭했다. 일찍이 그가 그린 '여인도'[3]를 본즉 터럭 끝 하나 범연한 데가 없었으며 '청학동靑鶴洞', '청천강靑川江' 두 화폭과 '경운도'[4]도 모두 진기한 보배다.

배련裴連이란 사람이 산수와 인물을 다 잘 그렸는데 평생에 최경을 대단치 않게 여겼기 때문에 안견과도 사이가 나빴다. 강희안은 배련의 그림에 아담한 맛이 있다고 항상 말하였다. 이장손李長孫, 오신손吳信孫, 진사산秦四山, 김효남金孝男, 최숙창崔叔昌, 석령石齡이 지금 비록 이름들은 나고 있지마는 그림이라고 말할 정도에는 이르지 못한다.

---

3) '여인도麗人圖'의 여인은 미인, 곧 미인도.
4) 높은 산에서 밭을 가는 그림이라고 해서 경운도耕雲圖라 이름 지은 것이다.

음악의 명수들

여러 기예 중에서 음악이 가장 배우기 힘든 것이니 천품을 타고나지 못한 사람은 참다운 속을 얻지 못한다. 삼국 시대에는 각기 음률과 악기가 있었던 모양이나 세대가 아득히 멀어서 자세한 것은 알 길이 없다. 오직 가야금은 가야에서 나온 것이다.

대금[1]은 소리가 가장 웅장해서 기악의 중심으로 되고 있다. 향비파[2]는 괘(棵, 거문고의 현을 괴는 받침)를 만들어 놓은 것이 거문고와 같다. 그것은 줄을 골라서 당기고 퉁기는 등 배우기가 까다로울 뿐 아니라 서투르게 타는 소리는 차마 듣기가 어렵다. 전악[3] 송태평宋太平이 잘 타더니 아들 송전수宋田守가 그 법을 이어받아 아버지보다 더한층 교묘하였다. 내가 젊었을 때 큰형님 댁에서 그 소리를 들은 일이 있는데 마치 마고 할미[4]가 가려운 곳을 긁어 주는 것과 같

---

1) 대금大笒, 중금中笒, 소금小笒이 향악의 삼죽三竹이니 모두 우리 나라의 독특한 관악기.
2) 거문고, 가야금, 향비파鄕琵琶가 향악의 삼현三絃이니 모두 우리 나라의 독특한 현악기.
3) 전악典樂은 장악원掌樂院에 소속된 정육품 벼슬이다.
4) 마고麻姑란 옛 전설에 나오는 선녀인데 손톱이 새 발톱과 같이 생겼다고 한다.

아서 들을수록 싫지 않았다. 도선길都善吉이 송전수에게 미칠 수 없는 것은 사실이나 송전수 다음에는 그래도 오직 도선길이 비슷한 정도요, 나머지는 말할 것이 못 된다. 이제 와서는 제법 탄다고 하는 사람조차 없다.

당비파도 송전수가 또한 제일이요, 도선길을 송전수와 함께 쳐주었는바 현재의 광대들 중에도 능숙한 사람들이 많다. 양반이나 보통 사람이나 악을 배우는 데는 비파를 배우건만 특별히 뛰어난 사람은 없다. 오직 김신번金臣番이나 도선길이 타는 법을 배웠는데 호탕한 품이 도리어 그보다 나으니 또한 지금은 제일가는 명수로 칠 것이다.

거문고가 악기 중에서 가장 듣기도 좋거니와 음악을 배우는 사람에게 첫 번 들어가는 대문이다. 눈먼 악공인 이반李班이라는 사람이 거문고로 세종에게 인정을 받아서 대궐 안에 나든 일이 있었다. 김자려金自麗란 사람도 거문고를 잘 탔는데 내가 젊었을 때 그의 거문고 소리를 듣고 흉내를 내 보려 하였으나 되지 않았다. 그것을 만약 지금 광대들이 타는 것과 견준다면 옛날 가락으로 됨을 면치 못할 것이다.

광대로는 김대정金大丁, 이마지李亇知, 권미權美, 장춘張春이 모두 한때의 명수들이다. 그 당시 평하는 말이, 김대정의 간결하고 정확함과 이마지의 정밀하고 미묘한 것은 모두 극치에 도달했다고 하였다. 김대정은 일찍이 사형을 당하여 내가 들을 수 없었고, 권미와 장춘은 모두 보통 솜씨에 지나지 않고, 오직 이마지가 양반들에게서 대접을 받은 것은 물론이요, 임금의 총애까지 입어서 두 번씩이나 전악이 되었다.

내가 희량[5]), 백인伯仁, 자안子安, 침진琛珍, 이의而毅, 기채耆蔡, 주지籌之와 더불어 일찍이 이마지에게 가서 거문고를 배웠다. 날마다 집으로 데려왔고 간혹 같이 자기도 하면서 그의 거문고를 귀가 젖도록 들었는데, 그 소리가 거문고 밑에서 나오는 것 같고 줄이 울리는 것 같지 않아서 심신이 상쾌하고 깨끗해지니 참으로 둘도 없는 솜씨다.

이마지가 죽은 뒤에도 그의 쩨[6])는 세상에 많이 퍼져서 지금 양반집 여종들 가운데 제법 거문고를 타는 자가 있으니 모두 이마지의 방식을 따른 까닭에 장님들의 비속한 버릇은 없다. 전악 김복金福, 악공[7]) 정옥경鄭玉京이 더욱 잘 타니 현재의 제일가는 명수라고 할 것이요, 상림춘上林春이란 기생도 괜찮다고 할 만하다.

가야금은 황귀존黃貴存이라고 하는 사람이 잘 탔다고 하는데 나는 듣지 못했고, 오직 김복산金卜山이 타는 소리를 들었는데 그때는 듣고 나서 아주 감복했으나 지금 와서 생각하면 너무나도 질박한 편이다. 근래 늙은 여인네 하나가 대갓집에서 쫓겨 나와 비로소 그의 가야금 소리를 세상에 퍼뜨렸는데, 정묘한 소리에는 누구도 겨룰 수가 없었다. 이마지도 정중한 태도로 자기가 따라가지 못할 것임을 고백하였다. 요사이 정범鄭凡이란 사람이 판수로는 가장 잘 타는 축이니 이름이 세상에 널리 알려지고 있다. 세종 때에는 허오계許吾繼가 있었다. 또 이승련李勝連과 서익성徐益成이 있었는데, 이승련은

---

5) 희량希亮 이하는 모두 이 책을 쓴 성현의 친구들의 자.
6) 어떠한 개인이 성악이나 기악에서 독특하게 창시한 바를 그의 '쩨'라고 말한다.
7) 양인으로서 음악에 종사하는 사람을 악생樂生이라고 하고, 천인으로 음악에 종사하는 사람을 악공樂工이라 한다.

세조에게 인정받아서 군직[8]을 하였고, 서익성은 일본 갔다가 죽었다. 지금 김도치金都致란 사람은 나이 여든이 넘었건만 가야금 타는 소리는 변함이 없으니 대가로 떠받들리고 있다.

아쟁은 옛날 김소재金小材란 사람이 잘 타더니 일본 갔다가 죽고 그 뒤로 끊어진 지 벌써 오래다. 이제 임금이 거기까지 생각이 미쳐서 주력하고 있으니 잘 타는 사람이 계속해서 나온다.

---

8) 중추부中樞府와 오위도총부五衛都摠府의 벼슬을 가리키는 것으로 본래는 군사 관계의 직무였으나 조선 시대 초기부터 한가한 벼슬자리로 되어 버렸다.

고루한 교수들

성균관에서 교수를 맡은 사람들은 선생에게 배울 때 입으로 떠드는 소리만 들었고 글의 내용은 잘 살피지 못하였다. 그리하여 자기 소견만 고집하고 있어서 빽빽하고 고루하기 짝이 없다. 제학[1] 유진 兪鎭이《대학》서문 가운데 '극지참유極知僭踰'란 구절을 해석할 때 이렇게 하였다.

"내 마음이 만약《대학》의 이치를 극진히 알았노라고 하면 그것은 겸손치 못한 뜻이 있는 것이다."

그러니 사성[2] 이문흥李文興이 말하였다.

"한편으로는 겸손치 못한 줄을 극진히 알아서 죄를 벗어날 길이 없다는 뜻으로 해석할 것이요, 또 한편으로는 유 제학의 말씀처럼 해석할 것이니 이 구절은 양면으로 해석해야 합니다."

사예[3] 반우형潘佑亨은 이렇게 말하였다.

---

1) 제학提學은 예문관 또는 홍문관에 속하는 벼슬이다.
2) 사성司成은 성균관의 실제적 책임자인 대사성의 다음 자리.
3) 사예司藝는 성균관에 속하는 정사품 벼슬이다.

《논어》의 '위정이덕爲政以德'이란 구절은 만약 덕德을 먼저 새기고 이以를 나중 새기면 힘 있는 어조로 될 것이다. 이以를 먼저 새기고 덕德을 나중 새겨 성인의 자연스러운 성과를 보이는 것만 같지 못하다."

이런 괴벽한 해석을 이루 다 기록할 수 없다. 항상 강당에 앉아서 옳거니 그르거니 서로 다투다가 혹은 골난 얼굴을 감추지 못하는 수도 있으니 비록 고전에 통달한 이도 그들의 우김질을 꺾어 낼 도리가 없다.

모르고 아는 체하는 음악 관리

　　장악원[1]의 관리는 음악을 이해하는 사람으로 임명하는데, 박연朴堧이나 정침鄭沈 같은 사람들은 모두 아랫도리부터 나중에 제조[2]까지 올라갔다.

　　박가 성을 가진 관리 하나가 나이는 늙고 벼슬자리도 떨어지니까 《율려신서律呂新書》를 대강 익히고는 임금에게 글을 올리고 장악원으로 가서 일을 보게 해 달라고 청하였다. 정부에서 알지 못하고 그대로 채용한 결과 주부에서 드디어 첨정으로 승진하였다. 언제나 오음이 어떻고 십이율이 어떻고 떠드니까 모르는 사람들은 제법 음악을 아는 줄로 속지만 실상 하나도 아는 것은 없었다. 그 내용을 아는 사람이 이런 시를 지어 조롱하였다.

---

1) 음악 관계의 관청이 본래는 관습도감慣習都監과 아악서雅樂署로 갈려 있던 것을 세조 때 이르러 한데 합쳐 장악원으로 만들었다. 음악을 전문으로 하는 기생들은 죄다 이 장악원에 소속되고 있으며 달마다 몇 번씩 정규 연습을 한다.
2) 제조提調는 실무는 보지 않고 감독만 하는 직책이다.

모르는 이 속이고서
제 잘난 체하지 마라.
그 속을 알고 보면
벙어리 매미로세.
온 세상 귀먹었어도
하늘만은 무서우리.

第栗欺狙護自賢　若論心體嘿寒蟬
莫言俗耳皆襲衰　不愧于人不愧天

처용 놀이

처용 놀이는 신라 헌강왕 때부터 시작되었다. 그때 바다 가운데에서 이상한 사람이 나왔는데 처음에는 개운포開雲浦에 나타나서 나중에 경주로 들어왔다. 그는 생김이 기이하고 성품이 호협하며 노래와 춤을 좋아하였으니, 이제현은 시에서 이렇게 표현하였다.

하얀 이빨, 붉은 낯이 달 아래 노래하고
회색 어깨 붉은 소매로 봄바람에 춤을 추네.
具齒頯顔歌夜月　鳶肩紫袖舞春風

처음에는 한 사람이 검은 베로 만든 사모를 쓰고 춤을 추게 하였는데, 뒤에 오방五方의 처용이 등장하였다.

세종이 그 사연을 가지고 가사를 고쳐 만들어서 '봉황음鳳凰吟'이라고 하였다. 그때부터 마침내 종묘에 사용하는 정악¹⁾으로 되었는

---

1) 국가 의례에 사용하는 공식 음악.

데, 세조가 다시 그 내용을 더 늘려 큰 규모로 연주케 하였다.

시작은 마치 중들이 불공드리는 것처럼 여러 기생들이 일제히 영산회상 불보살[2]을 노래하면서 바깥마당에서 빙글빙글 돌아 들어오면 각기 악기를 든 잡이꾼과 쌍학으로 차린 사람 다섯, 처용 탈을 쓴 사람 열 명이 뒤따라 들어온다. 그들이 세 번 느즈러지게 노래를 부른 뒤 제자리로 찾아가면 소리가 점차 빨라진다. 큰북을 덩 하고 울리면 기생들이 몸을 흔들고 발을 놀리다가 한참 만에 그친다. 그리고 연화대[3]놀이를 시작한다.

이보다 앞서 산과 못이 만들어져 있으며 여기저기 한 길이 넘는 색색 꽃을 꽂고 좌우에 그림을 그린 등롱을 걸어 찬란한 장식이 그 사이로 은근히 나타난다. 못 앞으로 동쪽과 서쪽에 커다란 연꽃 봉오리를 만들어 놓고 그 속에 어린 기생들이 들어 있다가 음악이 '보허자'[4]를 연주하면 쌍학이 그 곡조에 맞추어 훨훨 날듯이 춤을 추면서 연 봉오리를 쫓고, 연 봉오리에서 어린 기생이 쌍으로 뛰어나와 혹 마주 향해서 혹 서로 등져서 깡충깡충 춤을 추니 이것이 이른바 '동동動動'이다.

그리고 쌍학이 물러나는 동시에 처용이 들어온다. 처음 '만기緩機'를 연주하면 처용이 줄을 서서 이따금 소매로 원을 그리면서 춤추고, 그다음 '중기中機'를 연주하면 처용 다섯이 다섯 방향으로 나

---

2) '영산靈山'은 부처가 제자들에게 불법을 말했다는 영취산靈鷲山을 이름이요, '회상會相'은 회합의 광경을 이름이다.
3) 연화대蓮花臺는 조선 재래의 조그만 가극이니, 이 말로 가극과 함께 가극에 종사하는 사람들을 일컬었다.
4) 보허자步虛子는 곡목 이름이다. 아래의 신방곡, 북전도 모두 마찬가지.

뉘어 서서 소매를 뿌리치면서 춤추고, 그다음 '촉기促機'를 연주하여 다시 '신방곡神房曲'으로 변하기까지 너풀너풀 어지럽게 춤추고, 끝으로 '북전北殿'을 연주하면서 처용이 제 줄로 물러난다.

이때에 기생 하나가 "나무아미타불" 하고 앞소리를 메기면 여럿이 받는다. 또 관음찬[5]을 부르면서 세 번 빙글빙글 돌아서 나간다.

해마다 섣달그믐날이면 온 하룻밤을 창경궁과 창덕궁 두 대궐로 나뉘어 들어가서 연주하되 창경궁에는 기생들로 조직하고 창덕궁에는 가동[6]들로 조직한다. 밤이 새도록 연주하면 광대와 기생들에게 포목을 상급으로 주니, 이것은 못된 귀신을 예방하자는 데서 나온 것이다.

---

5) 이른바 관음보살을 찬양하여 지은 글.
6) 노래와 춤을 가르쳐 기생 대신에 가무에 종사시키는 어린 사내아이들.

불꽃놀이

불꽃놀이의 예식은 군기시[1]에서 맡아본다. 먼저 대궐 후원에 설치하는데 그것도 대, 중, 소의 규모를 따라 다르나 하여튼 비용이 매우 많이 든다. 그것을 제작하는 방법은 이렇다. 먼저 두꺼운 종이로 포통[2]을 겹겹이 싸고 그 속에 황, 염초, 반묘[3], 버드나무 재 따위를 넣은 뒤 단단히 막는다. 이것을 쌓아 놓고 끝에 불을 붙이면 순식간에 연기가 나며 불이 번져 포통과 종이가 다 터지는 바람에 그 소리가 천지를 진동시킨다.

그와 함께 좀 멀리 떨어진 산에 불화살을 천 개고 만 개고 묻어 놓으면 불이 달려 들어가면서 화살이 무수히 위로 솟쳐 공중을 쏘게 된다. 화살이 솟쳐 오르느라고 소리가 날 뿐 아니라 별똥과 같은 것이 공중을 뒤덮어서 번쩍번쩍하고 있다.

---

1) 무기 제조를 맡은 관청.
2) 맨 처음 총을 총통銃筒이라고 하였다. 포통砲筒이란 총통보다 큰 것이거나 마찬가지 것이다.
3) 가뢰라고도 하는 딱정벌레.

또 후원 가운데 긴 간짓대를 수십 개 세워 놓고 그 끝에 조그만 보통이를 매다는 동시에 임금 앞에는 비단 초롱을 달고 초롱에서 막대까지 긴 줄로 이리저리 연결시키는데 그 줄의 첫머리마다 화살을 매놓는다. 군기시의 책임자가 불을 초롱 속에 넣으면 잠깐 동안에 불이 일어나서 불꽃이 줄에 번지고 그 바람에 화살이 줄을 따라 나가서 간짓대를 치면 간짓대 끝의 보통이가 터지면서 불이 동그랗게 수레바퀴처럼 된다. 그 줄의 화살이 나가서 둘째 번 간짓대를 치고 또 그 줄의 화살이 나가서 셋째 번 간짓대를 쳐서 이렇게 끊이지 않고 계속된다.

또 거북이 엎드린 형상을 만들어서 불이 그 아가리에서 쏟아지게 하면 연기와 불꽃이 마치 물 흐르듯이 나온다. 거북 등에는 만수비[4]를 세워 놓았는데 불이 만수비 속에서 비추어 그 곁에 쓰여 있는 글자도 다 똑똑하게 보였다.

또 막대 위에다가 족자를 말아 놓고 줄로 매 두었다가 불이 줄을 따라 올라가서 그만 줄이 끊어지면 족자가 아래로 펼쳐지면서 족자에 쓰인 글자를 낱낱이 읽을 수 있다.

또 긴 수풀을 만들어서 꽃도 새기고 잎도 새기고 포도도 새겨 놓았다가 한 모퉁이부터 불이 일어서 나무와 불이 다 탄 뒤 불도 꺼지고 연기도 다 없어지면 붉은 꽃, 푸른 잎 주렁주렁 달린 포도송이의 형상이 참인지 거짓인지 분간할 수 없다.

또 탈을 쓴 광대가 등에 나무판자를 지고 판자에 보통이를 달았다가 보통이가 터지고 불이 붙어도 조금도 무서워하지 않고 오히려 소

---

4) 임금이 오래 살기를 축원하는 말이 적힌 비를 만수비萬壽碑라 부른다.

리하고 춤을 추었다.

　불꽃놀이가 대략 이렇다. 임금이 대궐 후원 소나무 밭에 나앉고 문관과 무관을 통틀어 이품 이상의 고급 관리를 불러들여 구경을 하다가 밤이 깊은 뒤 마친다.

악귀몰이

악귀몰이는 관상감[1]에서 맡아본다. 섣달그믐 하루 전날 밤에 창덕궁과 창경궁으로 들어가서 행하는데, 절차는 이러하다.

악공 한 사람을 창사唱師로 해서 붉은 옷에 탈을 쓰며, 방상시[2] 네 사람은 황금으로 네 눈을 해 박고 곰의 껍질을 쓰고 창을 짚고 딱따기를 치며, 지군指軍 다섯 사람은 붉은 옷에 탈을 쓰고 그 위에 다시 그림 갓을 눌러쓰며, 판관 다섯 사람은 푸른 옷에 탈을 쓰고 그 위에 다시 그림 갓을 눌러쓴다. 조왕신 네 사람은 푸른 도포에 목홀[3]을 쥐고 탈을 쓴 위에 다시 복두를 눌러쓰며, 소매小梅 두어 사람은 여자 옷에 탈을 쓰는데 위아래를 붉고 푸르게 입고 기를 매단 긴 간짓대를 든다. 열두 귀신은 각기 귀신의 탈을 쓰니, 가령 자신子神은 쥐 모양의 탈이요, 축신丑神은 소 모양의 탈을 쓴다. 또 악공 여남은 명

---

1) 관상감觀象監은 천문과 역서를 맡은 관청이다.
2) 방상시方相氏는 악귀를 쫓는다고 해서 무서운 탈을 씌워 놓았다.
3) 옛날 관리들이 필요한 일을 기록하기 위해서 상아나 나무로 만든 조그만 조각을 가지고 다녔다. 그것이 후대로 내려와서는 관리의 표식으로 변하게 되었다.

이 복숭아나무 가지로 만든 비를 쥐고 따르며, 어린아이 수십 명을 뽑아다가 붉은 옷과 붉은 두건에 탈을 씌워서는 아이초라니라고 한다. 창사가 큰 소리로,

"갑작甲作[4]이가 흉째凶殃이를 잡아먹고 불위佛胃가 범을 잡아먹고 웅백雄伯이가 매魅를 잡아먹고 등간騰簡이가 불상不祥이를 잡아먹고 남제攬諸가 고백姑伯이를 잡아먹고 기奇가 몽夢이를 잡아먹고 강량强梁과 조명祖明이가 함께 걸사傑死와 기생寄生이를 잡아먹고 위함委陷이가 친櫬이를 잡아먹고 착단錯斷이가 거拒를 잡아먹고 궁기窮奇와 등근騰根이가 고蠱를 잡아먹는다. 너희들 열두 귀신도 지체 말고 빨리 물러가거라. 조금만 지체하면 너희 몸이 결딴나고 너희 사지가 갈가리 찢기고 너희 살점이 뜯기고 너희 창자를 뽑아 내더라도 후회들을 말렷다."

하면, 아이초라니들이,

"예, 알았습니다."

하고 머리를 두드리면서 용서해 달라고 비는데, 여러 사람이 북과 바라에 맞추어 노래를 부르면서 그것들을 몰아 내쫓는다.

---

4) 옛 책에서 나오는 귀신 또는 상상 속 동물의 이름이다. 그 뒤도 모두 마찬가지다.

약밥의 유래

　신라 임금이 정월 보름날 천천정天泉亭에 나갔더니 까마귀가 은합을 물어다가 임금 앞에 놓았다. 합 속에 아주 단단히 봉한 것이 있었는데, 겉봉에 "뜯어 보면 두 사람이 죽고 안 뜯어 보면 한 사람이 죽는다."고 쓰여 있었다. 임금은 두 사람이 죽는 것보다는 한 사람이 죽는 편이 낫다고 말하였으나 대신은,

　　"그렇지 않습니다. 한 사람이란 임금을 두고 말하는 것이요, 두 사람이란 신하를 두고 말하는 것입니다."

하였다. 그래서 뜯어본즉 그 가운데 또 "대궐 안에 가서 거문고 넣은 갑을 쏘라."고 쓰여 있었다. 임금이 곧 대궐로 달려가서 활을 다려 거문고 갑을 쏘았다. 그 속에는 대궐 안에서 불공을 드리다가 왕비와 간통한 중이 숨어 있었다. 장차 임금을 죽이려고 꾀하여 이미 시기까지 결정하고 있었던 것이라 왕비와 중을 함께 법으로 처단하였다.

　임금은 까마귀의 은공을 고맙게 생각해서 해마다 이날 향기로운 밥을 지어 까마귀를 먹였는데, 이것이 지금까지 그대로 전해 와서

명절날 좋은 음식으로 되었다.

　이 밥을 만드는 법은 찹쌀을 씻어 가지고 쪄서 밥을 지은 뒤 곶감, 삶은 밤, 대추, 마른 고사리, 흑이버섯 따위를 가늘게 썰어서 섞고 꿀과 간장으로 버무려 다시 쪄내는 것이다. 또 실백잣, 호두 따위를 간간이 넣으면 맛이 아주 달다. 이것을 약밥이라고 한다. 사람들이 말하기를 까마귀가 아침에 눈을 떠서 날아가기 전에 이 밥을 먹어야 한다고 하니 옛날 천천정의 일을 이르는 것이다.

옛 도읍들

 우리 나라 안에는 도읍을 차렸던 곳이 한두 곳만 아니다. 김해에
는 금관국金官國이 있었고, 상주에는 사벌국沙伐國이 있었고, 남원
에는 대방국帶方國이 있었고, 강릉에는 임영국臨瀛國이 있었고, 춘
천에는 예맥국穢貊國이 있었다. 모두 손바닥만 한 땅을 가지고 각각
국경을 만들어서 마치 지금의 조그만 고을만큼씩 한 나라가 많았다.
 경주는 동경東京이라고 하는데, 신라 때 일천 년이나 수도로 내려
왔다. 산과 물이 삥 둘렀고 땅도 비옥하기는 하나 오직 교천蛟川 한
굽이 외에 볼만한 경치라고는 없다.
 평양은 고구려의 수도였으니, 그 국경은 남으로 한강에 이르고 북
으로 요하에 이르렀으며 병사 수십만을 가지고 있어서 가장 강성했
다. 고려에서는 서경이라 하면서 봄가을로 임금이 왔다 갔다 해서
아주 순행하는 곳으로 만들었다. 지금까지도 사람이 많이 모여 있는
것은 역시 그 풍습이 남아서다. 영명사永明寺는 곧 동명왕의 구제궁
자리니 기린굴과 조천석이 있고, 영숭전은 고려 시대 장락궁의 옛터
이다. 평양의 주된 산은 금수산이요, 그 산의 가장 높은 봉우리는 모

란봉인데 그저 모두 두두룩한 고지이다. 북쪽으로는 물이 없으므로 옛날 몽고 군대가 쭉쭉 밀고 들어올 수 있었고 남쪽으로는 강을 끼고 있으므로 일찍이 묘청妙淸이 반란의 근거를 삼게 된 것이니, 이것이 한탄스러운 일이다. 성문이 크고 문루도 높직한데, 동으로는 대동문과 장경문 두 문이 있고, 남으로는 함구문과 정양문 두 문이 있고, 서로는 보통문이 있고, 북으로는 칠성문이 있어서 여덟 서울[1] 중에서 오직 이곳이 현재의 서울과 첫째 둘째를 다툴 만하다. 동쪽으로 십 리쯤 되는 곳에 안학궁 터가 있다. 어느 시대에 만들었던 것인지 모르나 아마 별궁이었을 것이다.

성천을 송양국松壤國이라고 하고, 옛 강동은 양국이라고 한다. 비록 지형은 좁다랗지마는 산천이 아름답다. 용강은 산성이 가장 웅장한데 지금까지 우뚝이 서서 무너지지 않고 있다. 용관국龍官國이라고 일컬으나 근거를 알지 못하겠다.

부여는 백제 수도니 탄현炭峴 안으로 반월성 터가 아직도 완연하다. 비록 백마강이 가로막아 있으나 터가 좁고 깊지 못하여 임금이 거주할 만한 곳이 못 되므로 소정방이 멸망시킬 수 있는 것이다.

전주는 견훤이 웅거하고 있다가 얼마 지나지 못해서 고려에 항복했는데 지금까지 옛 서울의 풍속이 남아 있다.

철원은 궁예가 웅거하고 있으면서 태봉국이라고 일컬었으나 지금 중성重城의 옛터와 대궐 자리가 남아 있어서 봄이면 풀꽃이 난만하다. 사면이 막히고 지형이 험하기는 하나 강이 없어서 운수가 곤란하다.

---

1) 고려 때의 세 서울인 개성, 평양, 강화와 경주, 부여, 전주, 철원, 서울을 합해서 여덟이다.

송도는 왕씨가 왕조를 수립한 곳이요, 오백 년 동안 왕씨 왕조를 이어 온 곳이다. 곡봉으로 주산을 이루었는데, 그 갈래가 벌어지고 줄기가 뻗어서 산으로 삥 둘려 있었다. 비록 조그만 둔덕이라도 다 앉은 자리가 그럴듯하고 물도 맑으며 방방곡곡에 모두 놀랄 만한 곳이 있다. 고려 고종 이후 강화로 수도를 옮긴 적이 있으나 이것은 작은 섬으로 수도랄 것이 못 된다.

본조의 태조가 맨 처음 왕조를 수립하면서 수도를 옮길 뜻을 가져서 계룡산 아래에 터를 보아 놓고 수도로 시설까지 하다가 곧 그만두고 다시 한양으로 자리를 잡았다. 풍수쟁이들이 이르기를 옛 비결에는 공암이 앞으로 있다고 했으니 삼각산 서쪽 영서역 벌이 바로 좋은 자리라고 했다. 그러나 나중에 다시 따져 본즉 산이 등을 지고 밖으로 뻗은 까닭에 제왕의 사업이 하늘과 함께 장구할 만한 터로는 백악 남쪽, 목멱산 북쪽[2]만 못하였다. 세속에서 전하기를 송도는 산과 골짜기에 둘러싸여 무엇을 감추어 둔 형세이므로 권세 부리는 신하들의 날뜀이 많았으며, 서울은 서북쪽이 높고 동남쪽이 낮으므로 큰아들이 경하고 작은아들이 중한 폭으로 되어서 지금 왕위가 계승되는 종실이나 이름난 집안과 우수한 가정의 가계에는 대체로 작은아들이 훌륭하다는 이야기가 전해 내려오고 있다.

---

2) 백악白岳은 지금의 북악산, 목멱산木覓山은 지금의 남산이다.

한성 안의 명승지

한성 안에 경치 좋은 곳이 비록 적으나 그중 놀 만한 곳으로는 삼청동三淸洞이 제일이요, 인왕동仁王洞이 다음이요, 쌍계동雙溪洞, 백운동白雲洞, 청학동靑鶴洞이 또 그 다음이다.

삼청동은 소격서 동쪽에 있으니 계림의 집에서 북쪽으로는 울창한 소나무가 있고 그 사이에서 맑은 시내가 솟아 나온다. 그 물줄기를 따라 올라가면 산은 높고 숲은 빽빽하고 골짜기는 깊어지는데, 몇 리 안 가서 바위가 딱 끊어지고 벼랑이 되면서 그 벼랑 틈에서 물이 흘러나와 물은 무지개를 드리운 듯하고 물방울은 구슬을 뿌리는 듯하다. 그 아래 물이 고여 못처럼 되고 옆이 팽팽해서 사람들 수십 명이 앉을 만한데 좌우에 큰 소나무가 그늘을 드리우고 있으며, 그 위로 바위 틈틈이 진달래와 단풍이 자라서 봄가을로 붉게 물들인다. 관원이나 선비들이 많이 놀러 온다. 위로 몇 걸음 안 가서 연굴이 있다.

인왕동은 인왕산 아래 있으니 깊은 골짜기로 이리 구불 저리 구불해서 들어가게 된다. 복세암에 이르르는 그 골짜기 물이 모두 합해서 시내를 이루었는데, 성안 사람들이 활을 쏘러 많이 다닌다.

쌍계동은 성균관 위쪽에 있으니 시내가 쌍으로 흘러나오다가 합류한다. 김뉴金紐가 시냇가에 집을 세우고 복숭아나무를 잔뜩 심어서 무릉도원을 꾸민다고 하였는데, 강희맹이 그 제목을 가지고 부賦를 지은 것도 있다. 김뉴가 학식이 있고 속되지 않아서 당시 유명하였으므로 훌륭한 사람들이 많이 찾아다녔다.

백운동은 장의문 안에 있으니 중추 벼슬을 한 이염의李念義가 살고 있다. 시인들이 이곳을 읊고 쓰고 한 것이 있으나 이 씨는 눈을 뜨고도 글을 볼 줄 모르는 사람이었다.

청학동은 남학[1]의 남쪽 골짜기니 골짜기가 깊고 맑은 내도 있어서 활을 쏘는 터로 알맞다. 그러나 산이 벗어져서 나무가 없으니 섭섭하다.

성 밖 놀 만한 곳으로는 장의사藏義寺라는 절 앞의 시내가 가장 아름답다. 그 시내는 삼각산 여러 골짜기에서 흘러나오는데 골짜기 속에 여제단이 있고 그 남쪽에 무이정사의 옛터가 있다. 바로 절 앞으로 돌을 수십 길 쌓아서 수각을 지었고 절 아래로 수십 걸음 떨어져서 차일암이란 바위가 시내를 가로질러 우뚝 솟았는데, 그 바위 아래에는 장 아무개란 사람의 되지 않은 글이 새겨 있다. 또 바위가 층층이 포개져서 주춧돌과 같이 된 그 위로 급히 흐르던 물줄기가 내리지르니 날이 흐리지 않아도 우렛소리에 귀청이 떨어질 듯하다. 물은 맑고 돌은 희어서 마치 이 세상 밖의 경치를 보는 듯하니 점잖게 차린 사람들이 끊이지 않고 놀러 온다. 물줄기를 따라서 두어 리를 내려가면 부처바위가 있다. 그것은 바위에 부처의 상을 새겨 놓은

---

1) 남학南學은 사학 이름이다.

것이다. 시냇물이 꺾여 북쪽으로 향하다가 곧 다시 서쪽으로 흐르는 데 옛날에는 그 중간에 물방아가 있더니 지금 없어졌다. 그 아래로 두어 리 내려가면 홍제원이다. 그 남쪽으로 작은 언덕이 있고 언덕 위에 큰 소나무가 가뜩 들어서 있는데, 옛날에는 거기 정자가 있어서 중국서 오는 사신들이 옷을 갈아입는 곳이었는데, 지금 정자가 없어진 지 오래다.

사현沙峴에서 남쪽으로 모화관까지 가도록 좌우 양쪽으로 소나무와 밤나무 숲이 겹겹으로 그늘져 있다. 성안 사람들이 마중 나오고 배웅 가고 활도 쏘러 오곤 하여 이리로 많이들 모여드나 맑은 시내가 없다.

목멱산 남쪽으로 이태원 벌에는 높은 산에서 시내가 흘러내리고, 절 동쪽으로 큰 소나무가 동구 안에 뺑 둘러 있어서 빨래나 마전하는 부인들이 많이 간다. 우리 큰형님의 후원에 있는 높은 산등은 종약산이라 하는데, 북쪽으로 성안의 그 많은 마을들이 다 바라보이고, 서쪽으로 긴 강이 바라보이며 눈앞이 툭 터져 있으나, 시내가 흐를 만한 골짜기가 없는 것이 섭섭하다.

그 이외에 서쪽으로 진관사津寬寺, 중흥사中興寺, 서산사西山寺가 있고, 북쪽으로는 청량사淸凉寺, 속개사俗開寺가 있고, 동으로 풍양사豊壤寺가 있고, 남으로는 안양사安養寺가 있다. 산도 높고 시내도 길어서 놀 만한 곳이 한두 곳이 아니나 성안과 거리가 가깝지 못하여 놀러 나가는 사람이 별로 없다.

음악의 남용

풍속이 예전만 못한 것이 많다. 예전에는 잔치를 차려야 음악을 하는 것인 줄 알았고, 먼저 행하 줄 것을 장만해 놓아야 기생을 청하는 것인 줄 알았다. 음식을 내놓는 데도 일정한 격식이 있는 것은 물론이다. 음악은 '진작', '만기', '자하동', '횡살문'[1] 등의 곡조를 연주하고 술잔을 나누면서 놀았고, 체면 없이 떠들어 대기에는 이르지 않았다.

요사이는 잔치 음식이 모두 사치스러워져서 유밀과는 모두 새나 짐승 모양으로 만들며, 교자상을 차려 놓고 또 곁상을 붙여 맛난 안주와 진기한 음식을 늘어놓는다. 찜이나 구이 같은 것도 이런 종류 저런 종류를 겹쳐 내놓지 한 종류만 내놓지를 않는다. 술이 채 끝나기 전부터 질탕한 소리와 잦은 곡조로 몰아치면서 쉴 새 없이 춤을 추게 하고 있다.

혹은 활을 쏩네 혹은 마중이니 배웅이니 하고 성문 밖에 장막이

---

1) '진작眞勺', '만기慢機', '자하동紫霞洞', '횡살문橫殺門' 모두 노래 곡조이다.

줄지어 쳐 있어서 하루해를 놀이판에서 보내므로 관청 일은 모조리 중지되는 수밖에 없다. 또 자기네 집에서 만날 때도 세 사람만 모이면 으레 기생과 음악이 있어야 하는 것으로 알고 있다.

각 관청의 하인들은 여기저기서 장만해서라도 술과 음식을 바치건만 조금만 마음에 맞지 않으면 볼기를 치는 통에 그들의 형편은 점점 더 곤란해질 뿐이다. 기생들도 행하는 받지 못하고 아침저녁으로 불려만 다녀 의복을 당할 수 없는 것은 말할 것 없으며 심지어 기생을 보내라고 문이 메게 들어오는 청편지에 응하느라고 장악원의 음악 연습까지 할 수 없게 된다.

사치스러운 혼례

예전에는 혼인 때의 채단도 그저 보통 옷감을 얼마 보냈으며 혼인 하는 날 저녁에도 친척들이 모여들어 상 하나 차려 놓고 술 석 잔 돌리는 것으로 예를 끝냈을 뿐이다. 그런데 지금은 채단이라면 으레 비단이요, 비단도 많으면 수십 필, 적으면 두어 필인데 그것을 싸는 보자기조차 깁[1]이다.

혼인하는 날 저녁에는 큰 잔치를 차려서 손님들을 대접하며, 신랑이 타고 가는 말안장도 굉장히 사치스럽게 꾸미고, 심지어 재물을 넣은 농짝을 지워서 앞세우고 가는 일이 있다. 나라에서 법령을 내려 금지한 뒤로는 미리 보낸다.

---

1) 조금 거칠게 짠 비단을 말한다.

뛰어오르는 물가

　예전에는 물가가 고르고 뛰어오르는 일이 없었다. 지금은 간교한 버릇이 날로 늘어서 상품의 반은 품질이 못한 딴것과 섞어 놓는다. 한 자쯤 되는 물고기도 곡식 말을 가져야 바꾸며 한 수레의 상품도 값이 종종으로 다르니, 지금 수포[1]를 사용하기에 이르고 있다. 그중에도 염색집이 가장 심해서 비싼 값을 당할 수 없건만 지닐 만한 사람들이 사치한 것만을 숭상하여 값을 깎지 않으니까 그 값이 더 올라만 갈 뿐이다.

　성안의 인구가 점점 많아서 전보다 열 배요, 성 밖으로도 집이 빽빽하게 들어서고 있다. 나라나 개인이나 집이 모두 높고 커지는데 재목은 귀하다. 깊은 산이나 궁벽한 골짜기도 이미 다 깎아 버렸으니 강줄기를 따라 뗏목을 띄우는 사람들만 괴로워한다. 비록 세상의 관습이 점점 못해지는 것이라고는 말하겠지만 태평한 시대에 형식과 외모를 갖추는 면이 버쩍 늘기 때문이다.

---

1) 수포輪布는 화폐용 포목을 가리키는 듯하다.

집현전에서 양성된 인재들

세종이 집현전을 설치하고 유명한 문사 스무 사람을 뽑아 들여 경
연을 겸임케 하는 동시에 문학 관계의 일을 전체로 위임하였다. 그
들은 일찍 들어가고 늦게야 파하여 대궐 문을 닫게 되어야 겨우 나
왔다. 아침저녁과 같은 끼니때에는 내시들을 내보내어 대접을 하게
하는 등 그들을 극진히 대우하였다. 거기 따라 정인지, 정창손, 최
항, 이석형, 신숙주, 서거정, 강희맹, 이승소 형제, 성임 형제, 김수
녕, 임원준, 노사신, 이극배, 홍심, 이백옥, 양성지와 성삼문, 박팽
년, 이개, 유성원, 하위지 등이 다 그중에도 우수한 사람들이다. 그
이외에도 문학으로 유명한 사람들을 이루 꼽을 수 없다.

병자년 사변에 세조가 집현전을 없애 버리고 문신 수십 명을 뽑아
겸예문이라고 일컬으면서 날마다 만나 학문과 정치를 자문하였다.
그러다가 성종이 왕위에 오른 뒤 집현전의 예를 따라서 다시 홍문관
을 설치하였다. 홍문관의 본직 외에 경연을 겸임케 하고 대우를 후
히 하여 늘 술을 내보내 주었다. 또 승정원의 승지들을 불러다 같이
술을 마시곤 하며 노비를 많이 주어 조그만 불편도 없게 하였다. 또

조례부隷들에게 은패를 차게 하였다.

또 용산강 위에 집을 정하고 홍문관 관리들을 몇 패로 나누어 돌려 가며 나가서 공부하게 하였다. 또 삼월 삼짇날, 팔월 추석, 구월 구일과 같은 명절에는 술과 음악을 주고 교외에 나가서 놀도록 명하였으니 그 은총과 영화가 실로 지극하였다. 그러나 문학으로 명성을 얻은 사람은 세종 때처럼 그렇게 많지는 못하였다.

과거 보는 절차

　고려에서는 과거를 보일 때 오직 지공거 한 사람과 동공거[1] 한 사람을 미리 임명해 둘 뿐이라 분 바른 사람, 젖내 나는 사람들까지 과거에 참여한다는 비난을 받았다. 본조도 처음에는 옛날의 폐단을 그대로 밟아 오다가 세종 때에 이르러서야 규례를 개정하였는데, 모두 옛날의 오랜 제도를 채용한 것이다.

　이조吏曹에서는 과거 보일 때가 가까워지면 시험관으로 알맞은 사람들의 명단을 임금에게 올려, 임금이 그중 어느 사람에게 낙점을 한다. 그렇게 임명된 시험관들이 임금의 명령을 받고서 시험 보는 장소로 나누어 간다. 그날 새벽 삼관[2]에서 응시자를 모아 놓고 하나하나 이름을 불러서 극위[3]로 들여보내는데, 그때 수협관[4]이 문밖에

---

1) 지공거知貢擧는 우두머리 시험관, 동공거同貢擧는 동지공거同知貢擧를 줄인 말이니 지공거의 다음가는 시험관.
2) 승문원承文院, 성균관成均館, 교서관校書館이니 4관에서 예문관藝文館만 뺀 것이다.
3) 극위棘圍는 외부와 연락을 허락하지 않고 응시자들만 있게 하는 처소이다.
4) 수협관搜挾官은 응시자의 신체와 소지품을 수색하는 임시 직책이다.

나누어 섰다가 의복과 상자를 수색한다. 만약 어떤 글발을 가지고 들어가다가 들키면 순작관[5]에게 인도하여 결박을 지울 뿐 아니라 시험장 밖이면 한 식년[6]만 응시 자격을 박탈하고 시험장 안이면 두 식년이나 박탈한다.

해가 돋기 전에 시험관이 대청에 나와서 촛불을 켜고 앉아 있는데 마치 신선이 앉은 것같이 보인다. 삼관의 관원들이 뜰에 들어와 응시자들의 좌석을 정돈시킨 다음 도로 나간다.

날이 환해진 뒤 제목을 써서 내걸고 점심나절에 시험지를 거두어 들여 인印을 쳐서 도로 삼관에 내준다. 그런 다음 지붕 위에 올라가서 큰 술잔을 들고 선생을 부르고 뜰에 내려서서 신래를 부르며[7] 또 거짓말 방을 써서 부르니, 이 모두 옛날부터 내려온 전통이다.

해가 기울면 북을 쳐서 재촉하고, 글이 다 완성되면 수권관[8]에게 낸다. 그 글은 등록관[9]이 가져다가 두 끝에 같은 번호를 매기고 또 감합[10]을 써서 두 폭에 쪼개니 한 폭은 응시자의 이름을 밀봉한 것이요, 다른 한 폭은 그 응시자가 지은 글이다. 봉미관[11]은 이름을 밀

---

5) 순작관巡綽官은 시험 장소를 순찰하는 임시 직책이다.

6) 과거는 정규적으로 삼 년에 한 번씩 거행하는데 정규적으로 과거를 거행하는 해를 식년 式年이라고 한다. 한 식년이면 삼 년이요, 두 식년이면 육 년이다.

7) 새로 임명되거나 급제한 사람을 신래新來라고 부르는데 대해서 먼저 임명되거나 급제한 사람을 선생先生이라고 불렀다.

8) 수권관收卷官은 과거 볼 때 시험 답안을 거두어들이는 직책이다.

9) 시험관이 글씨를 보고 응시자가 누구인가를 알아낼까 봐 전체 답안을 다시 베끼기로 하는데 그 사무의 책임자이다.

10) 감합勘合이란 딴 폭의 서류를 연해서 한 도장을 찍거나 한 글자를 써서 다음에 다시 맞출 수 있는 증거로 삼는 것이다.

11) 응시자의 이름은 반드시 밀봉해 있는데 그 비밀을 보장하기 위한 직책이 봉미관封彌官 이다.

봉한 폭만 받아 가지고 딴 곳으로 가고, 등록관은 글씨 쓰는 사람들을 모아서 붉은 먹으로 전체를 베껴 낸다. 그다음 사동관[12]은 원본을 읽고 지동관[13]은 붉은 먹으로 베낀 것을 교열해서 시험관에게 넘긴다. 시험관이 끊어서 등급을 매긴 뒤라야 봉미관이 밀봉한 이름을 뜯어서 방을 쓰는 것이다.

중국 고전을 강 받는 법은 같은 번호를 둘씩 써서 사서오경에도 죽 붙이고 또 통에도 넣는다. 응시자가, 자기가 강 바치고 싶은 책 이름을 써서 내놓으면 시험관이 통에 는 번호를 뽑는다. 만약에 '천天'[14]자 번호를 뽑았다면 그 책에 '천天'자 번호가 붙은 곳을 펼쳐 놓고 그 대목만 골라서 응시자에게 준다. 응시자는 그 대목을 읽으면서 해석하고 시험관은 주註와 전주箋注까지 들어서 질문한다.

서리가 통, 약, 조, 불의 넉 자를 써서 시험관들 앞에 놓는데 그것을 강첨[15]이라고 한다. 책 한 권을 다 강하고 나면 서리가 없어진 강첨만큼 아래 있던 것을 위로 올려놓는다. 시험관이 차례로 강첨을 검사하여 제일 많은 수로 채점하는데 서로 수가 같을 때는 아래에서 초장[16]의 고전을 강 받은 점수와 중장, 종장의 글 지은 점수를 함께 계산한다.

---

12) 혹 베낄 때 착오가 있을 것을 염려하여 다시 한 번 교열을 하는데 그때 원문을 읽는 직책이 사동관査同官이다.
13) 지동관技同官은 사동관이 읽는 원문을 들으면서 베껴 낸 글을 교열하는 직책이다.
14) 옛날에는 번호를 매기는 데는 흔히 《천자문千字文》의 글자 순서를 취해 썼다. 이 '天'자는 바로 제1호에 해당한 것.
15) '통通'은 상, '약략'은 중, '조粗'는 하에 해당하고 '불不'은 전연 불통의 뜻. 채점할 때 쓰던 용어. 강첨講籤은 고전을 강 받을 때의 채점표를 말한다.
16) 한 회의 시험을 세 장으로 나누어 세 번 각기 다른 것을 시험 본다.

이렇게 뽑는 것도 한 사람의 마음으로 되지 않고, 꿇는 것도 한 사람의 손으로 되지 않으니, 우리 나라에서 공정한 일로는 오직 과거가 있을 뿐이다.

연중행사

일 년 중 명절 행사는 한둘이 아니다. 섣달그믐 하루 전날 어린아이 수십 명을 아이초라니라고 해서 붉은 옷에 붉은 건을 씌워 대궐 안에 들여보내면, 관상감에서는 북과 젓대 등을 준비해서 악귀몰이 의식을 치르고, 새벽녘에 방상시를 시켜 귀신을 몰아 내친다.

민간에서도 비록 아이초라니는 없으나 이것을 본떠서 하는 행사가 있다. 푸른 댓잎, 붉은 가시나무 가지, 익모초 줄기, 동쪽으로 뻗은 복숭아나무 가지 등을 합해서 비를 매어 가지고 소란스럽게 문살을 두드리면서 북을 치고 바라를 쳐서 마치 무엇을 문밖으로 내쫓는 시늉을 하는데, 이것을 '방매귀放枚鬼'라고 한다.

이른 새벽에는 문, 들창, 대문 등에 그림을 붙인다. 처용, 뿔 돋은 귀신, 종규[1], 복두 쓴 관리, 갑옷 입은 장군, 보물을 든 부인네, 닭, 범 따위를 그려 붙인다.

그믐날 서로 찾아다니면서 인사하는 것을 '과세過歲'라 하고, 초

---

1) 종규鐘馗는 옛날 전설에서 귀신을 쫓는다는 사람이니 아주 무섭게 생겼다.

하룻날 찾아다니면서 인사하는 것을 '세배'라고 한다. 초하룻날은 사람들이 아무 일도 하지 않고 모여서 저포놀이[2]나 하고 술 마시고 놀며 새해의 첫 자일子日, 오일午日, 진일辰日, 해일亥日도 마찬가지다. 아이들은 마른 풀을 모아서 뒤뜰이나 뒷동산에서 불을 지르는데, 해일은 '돼지부리'[3]를 사른다고 하고 자일은 쥐를 사른다고 한다. 모든 관청에서 사흘 동안은 사무를 보지 않고 친척과 친구들을 찾아다니면서 명함을 드리는데, 잘사는 집에서는 일부러 궤를 놓고 그것을 받기까지 했다. 근년에 이르러 이런 관습이 갑자기 없어져 버렸으니 여기서도 세상이 달라진 것을 알 수 있다.

정월 보름은 '대보름'이라고 하는데 약밥을 쪄서 먹고, 이월 초하루는 '꽃아침'이라고 하는데, 문과 뜰에 솔잎을 뿌린다. 사람들이 이르기를 빈대가 성하지 못하게 바늘을 뿌려 예방하는 것이라고 한다. 삼월 삼짇날은 '상사上巳'라고 하는데, 세속에서 이르기를 '답청절'이라고 하니 사람들이 모두 교외에 놀러 나가 꽃이 있으면 화전을 부쳐 술을 마시며 또 쑥잎을 뜯어서 떡을 해 먹고, 사월 초파일은 등불을 켜 놓는데 석가여래의 생일이라고 한다.

봄이면 아이들이 종이를 오려 기를 만들고 물고기 껍질을 벗겨 북을 만든 뒤 떼를 지어 각 마을로 돌아다니면서 등불 켤 재료를 구걸한다. 그것을 '호기呼旗'라고 부른다. 그날을 맞아 집집이 막대를 세우고 등불을 다는데, 세력 있고 잘사는 사람들은 커다랗게 채색 시

---

2) 옛날 유행하던 놀이인데 노는 법은 분명치 않다. 후세에 내려오면서는 판을 벌여 놓고 노는 놀이를 모두 저포樗蒲라고 했으니 여기서는 우리 윷놀이를 가리킨 것이 아닐까 한다.
3) 북에서는 돼지벌레, 남에서는 잎벌레로 부르는데, 주둥이가 돼지처럼 생긴 해충이다.

렁을 매 놓고서 수없는 등불을 층층이 걸어서 마치 푸른 하늘에 별이 벌여 있는 듯하다. 서울 사람들이 밤새도록 돌아다니며 구경하는 동안 장난꾸러기 아이 녀석들은 그것을 쏘아 떨어뜨리는 것으로 한 재미를 삼고 돌아다니기도 한다.

오월 오일은 '단오'라고 하는데, 문에 애호⁴⁾를 달고 술에 창포를 띄워서 마시며, 아이들은 쑥과 창포를 결어서 띠를 만들어 띠고 또 창포 뿌리를 캐어서 수염을 만들어 붙인다. 서울 사람들은 길거리에다가 큰 나무를 세우고 그네를 매는데, 계집아이들이 곱게 단장하고 동네가 시끄럽게 모여들어서 그네를 뛰면 젊은 사내들이 좇아와서 떠밀어 주는 등 음란하기 짝이 없다. 나라에서 금지하기 때문에 지금은 그렇게 성행하지 않는다.

유월 십오일은 '유두'라고 하는데, 본디 고려 때의 내시들이 이날 더위를 피해서 동쪽 냇가로 나가 머리도 감고 목욕도 하면서 술을 마시는 것을 유두라고 하던 데서 나온 이름이다. 사람들이 이날로 명절을 삼아서 수단과 총떡⁵⁾을 만들어 먹으니 옛날에 가루를 씌워 요리를 만들던 그 법이 전해오는 것이다.

칠월 보름은 '백종百種'이라고 부르는데, 중들이 백 가지의 꽃과 실과를 모아서 우란분⁶⁾을 차리는 것으로 서울 근처 여승들만 있는

---

4) 애호艾虎는 쑥을 뜯어서 범의 형상을 만드는 것이다.
5) 수단은 햇보리를 잘 닦고 삶아서 녹말가루를 씌우고 또 한편으로 오미자를 우려낸 물에 꿀을 타서 거기다가 녹말가루 씌운 보리알을 탄 음식. 총떡은 메밀가루 부침에 고기, 버섯 따위의 소를 넣어 먹는 음식.
6) 우란분盂蘭盆은 칠월 보름날 죽은 사람을 위해서 음식을 차려 놓고 중을 시켜 불경을 읽는 행사이다.

절에서 더욱 성대하다. 부인네들이 곡식을 주고 죽은 부모의 혼령을 청해다가 제사를 지낸다고 해서 잔뜩 모여들고 있다. 간혹 중들이 길거리에 상을 차려 놓는 일도 있었으나 요즈음은 금령이 엄한 까닭에 조금 덜하다.

팔월 보름에는 달구경을 하고, 구월 구일에는 뒷동산에 올라가고, 동짓날 팥죽을 쑤어 먹고, 경신庚申일에 잠을 자지 않는 등 이 모두 예부터 내려오는 풍속이다.

성종 때 펴낸 서적

성종은 학식이 넓고 글 솜씨도 능란했다. 문사들을 시켜《동문선東文選》,《여지승람輿地勝覽》,《동국통감東國通鑑》을 편찬케 하고 또 교서관을 시켜 온갖 책을 펴냈다.

《사기史記》,《춘추좌전春秋左傳》,《사전춘추四傳春秋》,《전후한서前後漢書》,《진서晉書》,《당서唐書》,《송사宋史》,《원사元史》,《강목鋼目》,《자치통감資治通鑑》,《동국통감》,《대학연의大學衍義》,《고문선古文選》,《문한유선文翰類選》,《사문유취事文類聚》,《구소문집毆蘇文集》,《서경강의書經講義》,《천원발미天元發微》,《주자전서朱子全書》,《자경편自警編》,《두시杜詩》,《왕형공집王荊公集》,《진간재집陳簡齋集》과 같은 것은 내가 기억하고 있는 것들이고 이 밖에도 많다.

또 서거정의 《사가집四佳集》, 김수온의 《식우집》,[1] 강희맹의 《사숙재집私淑齋集》, 신숙주의 《보한재집保閑齋集》을 거두어들여서 박았다.

---

1) 김수온의 얼굴에 혹이 있기 때문에 저작집을 《식우집拭疣集》이라고 이름 지었다.

이승소와 우리 큰형님 성임의 시문만은 잃어버려서 박지 못하였
으니 섭섭한 노릇이다.

내가 쓴 책

　내가 쓴 책은 시집이 열다섯 권, 문집이 열다섯 권, 보집補集이 열
다섯 권, 《풍아록風雅錄》이 두 권, 《주의奏議》가 여섯 권, 《부휴자담
론浮休子談論》이 여섯 권, 《용재총화》가 열 권, 《금낭행적錦囊行跡》
이 서른 권이요, 또 편찬한 책은 《풍소궤범風騷軌範》이 서른 권, 《악
학궤범樂學軌範》이 여섯 권, 《상유비람桑楡備覽》이 마흔 권이다.
　비록 남 앞에 내놓을 것은 되지 못하나마 옛일을 참고할 수 있고
심심풀이 삼을 만하다.

안평 대군 이야기

비해당 안평 대군은 임금의 아들로 한문을 좋아하고 더욱이 시와 문장에 능하며 글씨는 기묘하기 짝이 없어서 천하제일이고 또 그림과 음악도 잘하였다. 성질이 허탄해서 옛것을 즐기고 경치를 사랑하기 때문에 북문 밖에는 무이정사를 지었고 또 남쪽 강가에는 담담정을 지어 놓은 뒤 책 만 권을 쌓아 두고 문인들을 청해 들여 열두 가지 경치를 두고 시를 짓고 또 마흔여덟 제목을 두고 시를 지었다.

혹 등불을 켜 놓고 밤 깊이 떠들고 혹 달빛 아래 뱃놀이를 하고, 혹 연구[1]를 돌리고 혹 바둑과 장기도 두며, 음악 소리 끊이지 않고 마음껏 취하고 놀았다. 그때 이름 있는 선비치고 그와 교류하지 않은 사람이 없었으며 잡된 재주를 가진 무뢰배들이 많이 나들었다.

장기와 바둑판과 그 알은 모두 옥으로 만들고 그 위에 글씨는 금으로 쓰고, 또 명주와 비단을 짜게 하여 거기에다 초서나 행서나 붓

---

1) 연구聯句란 한 제목을 가지고 여러 사람이 돌려 가면서 한 구씩 채워서 시 한 편을 공동으로 짓는 것을 말한다.

이 나가는 대로 함부로 휘갈겼다가 청하는 사람이 있으면 주어 버렸다. 하는 일이 많이 이러하였다.

우리 둘째 형님 성간成侃이 명성이 있으니까 사람을 보내서 청했다. 형님이 가서 만나고 정자에 붙어 있는 여러 편의 시를 차운하였는데 그 시가 아주 고상하였다. 안평 대군은 존경하여 대접하면서 다시 만날 것을 약속하고 작별하였다. 그러자 어머님이 형님에게 타이르셨다.

"임금의 아들로서는 문을 닫고 앉아 손을 만나지 말고 조심해야 할 것이로다. 사람들을 모아들여서 패거리를 짓고 있으니 망할 것이 뻔한 일이 아니냐? 네 아예 찾아다니지 마라."

그 뒤 여러 번 청해도 형님은 마침내 가지 않았다. 얼마 지나지 않아서 안평 대군은 패망하여 죽기에 이르렀다. 그래서 온 집안이 어머니의 예견에 탄복하였다.

범 쫓은 강감찬

고려의 시중 강감찬이 한양의 판관으로 임명되었을 때 범이 우글 거려서 관리며 백성이며 많이 범에게 물려 죽었다. 부윤이 크게 걱정을 하니 강감찬이 부윤더러 말하였다.

"그거 뭐 쉬운 일입니다. 한 사나흘만 여유를 주시면 처치하겠습니다."

그러고는 종이에 무엇을 써서 공문처럼 만들어 아전에게 주면서 부탁하였다.

"내일 새벽에 북쪽 골짜기로 들어가면, 늙은 중 하나가 옷은 헐고 흰 베로 만든 두건을 썼는데 새벽 서리를 맞으면서 돌 위에 앉았을 것이니, 이것을 주고 불러오너라."

아전은 그 말대로 새벽에 북쪽 골짜기로 갔다. 과연 중 하나가 옷은 헐고 흰 베로 만든 두건을 쓰고 새벽 서리를 맞으면서 돌 위에 앉아 있었다. 그래서 중에게 그 종이를 내주었더니 중은 아전을 따라와서 강감찬에게 절하고 머리를 조아릴 뿐이었다. 강감찬이 중에게 호령하였다.

"네 비록 짐승일망정 역시 보통 짐승과는 다른데 어찌 이토록 사람을 해친단 말인고! 네게 닷새 말미를 줄 것이니 그동안 너희 붙이를 다 데리고 딴 곳으로 옮겨 갈지니라. 그렇지 않으면 굳은 쇠뇌와 강한 화살로 너희를 깡그리 죽여 없애겠노라."

중은 머리를 조아리면서 사죄하는데, 부윤이 한바탕 웃으면서 말하였다.

"판관이 정신이 나갔소그려. 중이 그래 범이란 말이오?"

강감찬은 중에게 명령하였다.

"네 본 모습을 내놓으라."

중이 곧 한 소리를 지르더니 큰 범으로 변하여 마루 난간을 움켜잡았다. 그 소리가 진동하는 바람에 부윤이 정신을 잃고 '땅에 엎어져 버렸다.

강감찬이 다시 명령하였다.

"이제 그만두라."

범이 다시 중으로 되어서 인사를 올리고 물러갔다.

이튿날 부윤은 아전을 동쪽 교외로 내보내면서 동정을 살피게 하였다. 늙은 범은 앞장서고 작은 범 수십 마리가 뒤를 따라 강을 건너가는 것이었다. 그로부터 한양에는 범의 피해가 없어졌다고 한다.

강감찬의 첫 이름은 강은천姜殷川이니 과거에는 장원으로 급제하였으며 벼슬은 정승에 이르렀다. 그는 키도 작고 귀도 작았다. 아주 그럴듯하게 생긴 어떤 가난한 사람이 옷을 단정히 입고 앞줄에 서고, 강감찬은 떨어진 옷을 입고 뒤에 섰다. 송나라에서 온 사신이 그 가난한 사람을 보고는 얼굴은 그럴듯하지만 귀의 외곽 내곽이 분명치 않아서 가난뱅이가 틀림없을 것이라고 하고, 강감찬을 보고는 너푼 절을 하면서 말하였다.

"염정성[1]이 중국서 나타나지 않은 지 오래더니 이제 보니 동쪽 나라에 내려 계십니다그려."

---

1) 염정성廉貞星은 별 이름이다.

장난꾼 영태

   고려의 장사랑[1] 영태는 광대놀음을 잘하였다. 겨울날 용연[2] 가에 뱀이 나온 것을 보고 근처에 있는 절의 중이 그것을 용의 새끼라고 해서 거두어 기르고 있었는데, 하루는 영태가 옷을 벗고 온몸에 오색이 찬란하게 용의 비늘을 그리고서 그 중의 방 창문을 두들기면서 말하였다.

   "대사는 행여 놀라지 마시오. 나는 용연에 있는 용이오. 대사가 내 자식을 그렇게 사랑해 기른단 말을 듣고 고마워서 왔소. 아무 날 아무 때 내가 다시 와서 대사를 모셔갈 것이오."

   그러고는 종적을 감추어 버렸다. 약속한 날 중이 옷을 새로 갈아입고 모양을 내고 기다리는데 영태가 와서 업고 갔다. 용연 가에 이르러 영태가 일렀다.

   "이제는 나를 붙잡지 마시오. 깜짝할 동안에 용궁으로 들어갈 것

---

1) 장사랑將仕郎은 아주 낮은 벼슬.
2) 지금의 박연 폭포를 이른다.

이오."

중이 눈을 딱 감고 손을 놓자 영태는 중을 물속에 처넣어 버리고 혼자 돌아갔다. 중이 옷도 함빡 젖고 몸도 다친 채 엉금엉금 기어 돌아와서 겨우 이불을 쓰고 누웠다. 이튿날 영태가 찾아와서 물었다.

"대사는 어디가 그렇게 편찮으십니까?"

"용연의 물귀신이 늙어서 망령이 들린 게야. 나를 이렇게 속이네 그려."

또 영태가 충혜왕을 따라 사냥을 다니면서 언제나 광대놀음을 하여 보였다. 이번에는 왕이 영태를 물속에다 던졌더니 영태가 애를 써서 살아 나왔다. 왕이 껄껄 웃으면서 물었다.

"너, 어디를 갔다 어떻게 왔느냐?"

"물속에 가서 굴원3)을 찾아보고 왔사옵니다."

왕이 또 물었다.

"그래 무어라고 하더냐?"

"나는 못난 임금을 만나서 물에 빠져 죽었지만 어진 임금을 모시고 있는 자네가 왜 나를 찾느냐고 하옵더이다."

충혜왕이 기뻐서 은으로 만든 접시 하나를 영태에게 내주었다. 옆에 있던 무관 하나가 그것을 보고 물속에 텀벙 빠지니 왕이 사람을 시켜 머리채를 잡아 꺼들어서 건져 내었다. 왜 물속에 빠졌느냐고 물으니 그도 굴원을 보고 왔노라고 하였다.

그래서 왕이 물었다.

"굴원이 무어라고 하더냐?"

---

3) 중국 초나라 시인으로 나랏일이 잘못되는 것을 분히 여겨서 물에 빠져 죽었다.

"굴원이 무슨 할 말이 있사오며 저는 무슨 할 말이 있겠삽니까?"

모든 무관들이 한꺼번에 웃었다.

이방실 남매

고려의 원수 이방실李芳實은 젊어서 날래고 용감하기 짝이 없었다. 일찍이 서해도[1]로 돌아다니던 때에 길에서 한 사내를 만났다. 그 사나이는 키가 훨씬 크고 활과 화살을 가졌다. 사나이는 이방실이 탄 말 앞으로 썩 나서면서 말하였다.

"나리, 어디로 가십니까? 제가 모시고 가겠습니다."

이방실은 그가 도둑인 줄 뻔히 알면서도 가만 내버려 두었다. 거의 십 리쯤 가서 비둘기 두 마리가 밭 가운데 앉아 있는 것을 보고는 도둑이 말하였다.

"나리, 저걸 쏘아 맞힐 수 있겠습니까?"

이방실이 연거푸 활을 당겨 비둘기 두 마리를 한꺼번에 떨어뜨렸다. 해가 저물어 빈 원집[2]에 들었는데, 이방실은 자기가 찼던 활과

---

1) 지금의 황해도 일대.
2) 옛날에는 길가 일정한 장소에 빈 집을 지어 놓고서 길가는 사람들을 머물게 하였는데 그 집을 원院이라고 했다.

화살을 끌러서 도둑에게 맡기면서 말하였다.

"내 잠깐 말을 보러 가니 넌 여기서 기다려라."

그러고서 이방실이 뒷간에 들어가 앉았자니 도둑은 활을 힘껏 당겨 이방실을 겨누고 쏘았다. 이방실은 날아오는 화살을 손으로 받아서 뒷간에 꽂았다. 이렇게 하기를 여남은 번 되풀이했다. 그리하여 화살통 안의 화살이 다 없어지기에 이르니, 그제야 도둑놈도 그 용맹에 눌려 절하면서 살려 달라고 빌었다. 마침 그 옆에 두어 길이나 되는 참나무가 있었다. 이방실은 몸을 솟구쳐 한 손으로 그 가지를 잡아끌어다가 다른 손으로 도둑놈의 머리털을 동여매었다. 칼로 도둑놈의 대가리 껍데기를 썩 긁더니 나뭇가지를 탁 놓아 버렸다. 그러자 대갈통 껍질이 홀딱 벗겨지면서 몸만 땅에 떨어졌다. 이방실은 돌아보지도 않고 가 버렸다.

늙어서 벼슬도 높아진 뒤 다시 그곳을 지나다가 한 농가에서 하룻밤을 잤다. 그 집은 제법 부유해 보였다. 주인 늙은이가 지팡이를 짚고 나와서 인사를 드리고 맞아들여 술과 안주를 잔뜩 차려 대접하였다. 술이 얼근해지자 주인은 눈물을 흘리면서 말하였다.

"내가 젊었을 때 기운깨나 쓰는 것을 믿고 도둑이 되어서 사람을 죽이고 재물을 빼앗은 게 수도 없습니다. 그러다가 용맹이 뛰어난 청년 하나를 만나서 그를 해친다는 것이 도리어 그에게 해를 당하여 죽을 뻔하다가 겨우 다시 살았습니다. 그때부터 뉘우쳐서 농사만 그저 부지런히 지었습니다. 다시 남을 건드려 재물을 빼앗지 않았습니다."

그는 머리에 쓴 두건을 벗고 자기 머리를 보였다. 빤들빤들하니 털이라고는 한 오리도 없었다.

이방실에게 누이가 있었다. 그 역시 용맹이 짝이 없었다. 항상 조그만 나무 막대기를 벽에 꽂고 남매가 번갈아 그 막대기를 탔다. 이방실이 탈 때는 그래도 그것이 흔들렸지마는 누이가 탈 때는 까딱도 하지 않았다.

누이가 하루는 파리한 말과 잔약한 아이 놈을 데리고 강을 건너기 위해서 배에 올랐다. 뱃사공은 빨리 건너가려고 누이를 부축하여 안아다가 배 안에 내려놨다. 누이는 크게 화가 나서 삿대를 번쩍 들어 뱃사공을 후두들겼는데 마치 매처럼 세차게 보였다.

가짜 장님 조운흘

고려 때의 재상 조운흘趙云仡은 세상이 장차 소란해질 것을 알고 환란을 피하기 위해서 일부러 미친 체하였다. 일찍이 서해도 관찰사가 되었을 때 언제나 '나무아미타불'을 부르고 다녔다. 그와 친하게 지내는 한 원이 그가 자는 창 앞에 와서 "조운흘." 하고 그의 이름을 외었다.

"왜 내 이름을 외는 것인가?"

조운흘이 묻자 원이 대답하였다.

"사또께서는 부처님이 되어 볼까 해서 나무아미타불을 찾는 것이 아닙니까? 나는 영감의 처지가 되어 볼까 하고 영감의 이름만 외는 것입니다."

두 사람이 서로 쳐다보고 한바탕 웃었다.

또 거짓으로 눈뜬장님이 되었다고 하면서 벼슬을 내버리고 집에 들어앉아 있었다. 그가 살던 시골집이 지금 광나루 아래 있다. 그는 사평원 원주[1]가 되어서 부임하고는 시골 사람들과 벗이 되었다. 술 마시는 자리에서 함부로 섞여 앉는 것은 물론이요, 우스갯소리와 농담을 서로 주고받아 아무런 간격이 없었다. 하루는 그가 정자 위에 앉았노라니 중앙의 관원들이 많이 쫓겨나서 강을 건너고 있었다. 그는 이런 시를 읊었다.

해 벌써 반 낮일세.
사립문 열어 다오.
정자 지나가서
돌이끼에 앉았노라.

어젯밤 산골 속에
비바람 고약터니
내에 가득 떠오는 게
떨어진 낙화로세.
柴門日午喚人開　步出林亭坐石苔
昨夜山中風雨惡　滿溪流水泛花來

---

1) 원주院主는 원집을 관리하는 사람을 말한다.

한종유의 젊은 시절

고려 정승 한종유韓宗愈는 젊었을 때 장난이 심하고 아무런 절제도 받지 않았다. 수십 명 무리를 모아 한패를 이루어 무당들이 굿하는 곳을 찾아다니면서 습격하였다. 그리하여 실컷 먹고 마시고 손뼉을 두드리면서 '버들개지'라는 노래를 불렀다. 그런 까닭에 당시 사람들은 그들을 양화도[1]라고 일컬었다.

그가 일찍이 두 손에 옻을 칠하고, 젊은 사내가 죽어서 방금 빈소를 차려 놓은 집으로 숨어 들어갔다. 부인이 빈소 앞에 와서 울면서 넋두리를 하였다.

"여보, 여보, 어디로 간단 말이요?"

그때 한종유는 장막 사이로 검은 손을 썩 내놓으면서 가는 목소리로 대답하였다.

"나 여기 있소."

---

1) 양화楊花는 버들개지라는 말이니 그 노래를 부르고 다니기 때문에 양화도楊花徒라 부른 것이다.

부인은 놀라고 겁이 나서 질겁을 하고 그만 내빼 버렸다. 그는 제상 위에 벌여 놓은 실과를 거두어 가지고 돌아왔다. 그의 장난이 많이 이러하였다.

　나중에 정승이 되어서는 공명과 사업이 당대를 빛냈다. 늘그막에는 시골로 내려와서 지냈으니, 바로 한강 상류의 저자도樗子島이다. 그는 일찍이 이런 시를 지었다.

> 십 리 편한 물에 가는 비 지나간 뒤
> 갈꽃 핀 저 속에서 저 소리 나는구나.
> 크나큰 나랏일을 휘두르던 이 손으로
> 낚싯대 흔들면서 모래밭 지나가네.
> 十里平湖細雨過　一聲長笛隔蘆花
> 去將殷鼎調羹手　閑把漁竿下晚沙

또 이런 시를 지었다.

> 검은 두건 짧은 베옷 입은 채
> 연못 주위 한 바퀴 돌려니
> 버들 숲의 가는 바람
> 내 얼굴 스치누나.

> 천천히 돌아올 때
> 달은 산 위에 떴는데
> 풍기는 연못 향기

지팡이에 남았구나.

烏紗短褐遶池塘　柳岸微風酒面涼

緩步歸來山月上　杖頭猶襲藕花香

금 보기를 돌같이 한 최영 장군

철성[1] 최영은 젊었을 때 아버지가 "금덩이도 그저 고운 돌처럼 보라."고 늘 타일러서, 언제나 그런 뜻의 글을 띠에 써 붙이고 다니면서 일평생 그것을 지켜 조금도 어그러진 일이 없었다. 정권을 잡아서 세력이 중앙과 지방에 떨치고 있었건만 터럭 끝만 한 것도 남의 것을 건드리지 않고 겨우 먹고살 정도였다.

그 당시 재상들에게는 서로 돌아가면서 청해다가 바둑으로 심심풀이를 하면서 좋은 음식을 차려 내놓는 호화스러운 습관이 유행하였다. 그런데 오직 최영은 손님을 청해 놓고 한낮이 지나도록 음식을 대접하지 않았다. 거의 저녁때가 다 되어서야 기장밥에 나물 몇 가지를 내놓으니 손님들이 시장한 판이라 그나마 먹을 수밖에 없었다.

"철성 댁 음식은 특별히 맛이 있거든."

"이 역시 용병술이야."

최영이 웃으면서 대답하였다.

---

1) 철성鐵城은 최영崔瑩의 봉군된 칭호이다.

본조의 태조가 시중이 되었을 적에 다음과 같은 시 한 짝을 지었다.

　　석 자 되는 환도로 나라를 안정하고
　　三尺劍頭安社稷

당대의 문인이라고 하던 사람들도 모두 그 대구를 채우지 못하였다. 그런데 공이 얼른 대구를 채웠다.

　　한 가닥 채찍 끝에 천하가 평정되리.
　　一條鞭末定乾坤

모두들 탄복하였다.

최영이 처음에 임견미와 염흥방 같은 권신들의 행동을 분히 여겨 그 일족을 깡그리 죽였는데, 최영이 사형을 당하는 날 말하였다.

"내 평생에 고약한 일이라고는 해 본 적이 없다. 오직 임가, 염가의 일족을 과도하게 죽였을 뿐이로다. 내가 조금이라도 탐욕한 마음이 있었다면 내 무덤 위에 풀이 날 것이로다. 그러나 그렇지 않다면 풀이 나지 않으리라."

정몽주의 최후

정몽주는 학문이 정수精粹하고 글을 짓는 것도 폭이 넓었다. 그는 고려 말기에 시중이 되어 충성을 다해서 나라를 돕는 것으로 자기 책임을 삼았다. 왕조 변혁이 행해질 즈음 운수로 보나 인망으로 보나 왕위는 이미 넘어갈 데가 정해졌건만, 정몽주 혼자 우뚝이 서서 응하지 않는 기색이었다. 본래부터 서로 알고 지내는 중 하나가 정몽주에게 말하였다.

"세상일은 어떻게 될지 뻔합니다. 혼자 절개를 지킨다고 고생할 것이 무엇이오니까?"

"임금에게서 나랏일을 맡은 이상 두 마음을 가질 수야 있는가? 나는 이미 작정한 바가 있네."

하루는 권우가 정몽주를 뵈러 갔다. 마침 어디를 나가는 길이라 뒤를 따라 동리 밖까지 나왔다. 난데없는 무사 두어 사람이 활과 화살을 메고 바로 말머리를 질러서 건너갔다. 하인이 비켜서라고 소리를 질렀으나 들은 체도 하지 않았다. 정몽주가 권우를 돌아보면서 말하였다.

"자네는 어디로 빨리 피하게. 나를 따라올 것 없네."

권우가 그래도 따라갔다. 그는 화를 내었다.

"어찌 내 말을 듣지 않는고?"

권우는 할 수 없이 딴 길로 돌아 자기 집으로 왔다. 조금 뒤에 사람이 와서 정몽주가 암살되었다고 전하였다.

충선왕의 정든 여자

충선왕이 원나라에 있을 때 정든 여자가 있었다. 고국으로 돌아올 때 그 여자가 따라나서는 것이었다. 왕은 연꽃 한 송이를 꺾어 주어서 돌려보냈다. 그러나 아침저녁으로 그리운 마음을 못 이겨 익재 이제현에게 그 여인을 한번 찾아가 봐 달라고 부탁하였다. 이제현은 여인을 찾아갔다. 여인은 방 안에 누워서 먹지 않은 지 벌써 며칠째였다. 말도 잘 못하고 겨우 붓을 들어서 시 한 수를 썼다.

나를 준 연꽃 송이
붉은빛 싱싱터니
꺾은 지 몇 날인고
시들기 나와 같네.
贈送蓮花片 初來的的紅
辭枝今幾日 憔悴與人同

이제현이 돌아와서 보고하였다.

"그 여자가 어느 술집에서 젊은 사내와 술을 먹는 중이라 하여 한참 찾아보았으나 만나지는 못하였사옵니다."

왕이 크게 분개하면서 땅에 침을 뱉었다.

이듬해 왕의 생일날 이제현이 왕에게 술잔을 올릴 차례에 뜰아래 내려가서 엎드리면서 죽을죄를 지었노라고 하였다. 왕이 무슨 죄냐고 물으니 그 시를 바치고 그때 일을 이야기하였다. 왕은 눈물을 흘리면서 말하였다.

"그때 이 시를 보았더라면 죽을힘을 다해서라도 내 갔을 것이로다. 경이 나를 사랑해서 꾸며 냈던 것이니 참으로 충심에서 나온 것이로다."

이숙번의 거드름

안성군安城君 이숙번李叔蕃은 큰 공훈을 세운 뒤 그것만 믿고 교만스러웠다. 동료인 문무 관리들을 노비처럼 볼 뿐 아니라 임금이 불러도 병을 핑계로 가지 않았다.

대궐에서 심부름 나오는 사람이 꼬리를 물었으며 집 안에서는 풍악 소리가 끊일 줄을 몰랐다. 혹 누구고 벼슬을 시키려면 조그만 쪽지에 이름을 써서 하인을 주어 임금에게 올리면 그만이었다. 그렇기 때문에 그의 친한 친구들이 좋은 벼슬자리에 쭉 늘어서 있었다.

이숙번은 돈의문 안에 커다란 집을 새로 짓고는 사람과 말들이 오가며 떠드는 소리가 듣기 싫다고 해서 성문을 막고 통행을 금지시켰다. 이런 일들이 날로 심해지다가 그만 죄를 당해서 함양에 있는 시골집으로 쫓겨 가고 말았다.

세종이 문신들을 명해서 '용비어천가'를 저술할 때 이숙번이 태종 시대의 일을 안다고 해서 역마를 달려 불러왔다. 이숙번이 아무런 벼슬도 없이 대궐에 들어가는데 당시 고관들은 모두 그의 후진이었다. 그들이 다투어 찾아와서 인사를 드리니 이숙번이 손을 내저으면서 말하였다.

"소싯적에도 아무개는 똑똑하고 아무개는 진실해서 이다음에 크게 되리라고 내가 짐작하였더니만 과연 그대로들 되었네."

그의 거드름스러운 기운은 조금도 줄어들지 않았다.

사이 나쁜 변계량과 김구경

춘정 변계량은 권근의 뒤를 이어 문학에 관한 행정을 책임졌으나 글은 빈약하였다. 그때 김구경金久冏이란 사람이 시인으로 이름을 날렸는데, 변계량이 지은 시문을 볼 때마다 입을 가리고 웃어 댔다. 한번은 변계량이 휴가를 얻고 별장에 나가 쉬는 동안에 우연히 시 한 구를 지었다.

하늘까지 희멀거니
강기슭에 동이 트나
땅 위의 누른빛은
버들 숲의 봄이어라.
盧白連天江渚曉　暗黃浮地柳郊春

그는 아름다운 시구를 지었노라고 스스로 만족해서 장차 서울로 돌아가면 임금께 아뢰리라 생각하였다.

어떤 사람이 김구경에게 그 이야기를 전하였더니, 김구경이 말하였다.

"그 시는 매우 졸렬하도다. 그런 시를 임금님께 아뢴다면 임금님을 대단치 않게 보는 수작이로다. 내 일찍이 시 한 구절을 지었노라.

> 역 정자에서 술을 드는데
> 산은 지게문에 닿았고
> 강 있는 고을에서 시를 읊는데
> 비는 배에 가득하도다.
> 驛亭把酒山當戶　江郡哦詩雨滿船

이 시구야말로 임금님께 아뢸 만한 시로다."

그 사람이 다시 변계량에게 김구경이 한 말을 전했더니, 변계량은 말하였다.

"'닿았고'라는 말이 시원치 못하군. '임했고'라고 고치는 게 옳도다."

그 사람이 김구경에게 변계량의 말을 전하자 김구경이 말하였다.

"사람들이 춘정은 시를 모른다고 하더니 과연 옳은 말이로다. 옛 시에도 '남산은 지게문에 닿아서 더욱이 뚜렷하다〔南山當戶轉分明〕.'고 쓰지 않았더뇨?"

그 사람이 또다시 변계량에게 그 말을 전하였더니 변계량은 말하였다.

"옛 시에 '푸른 산이 황하에 임했다〔青山臨黃河〕.'고 하지 않았느뇨? 김구경이 제 시를 모르면서 어찌 나를 비웃는단 말이뇨."

한번은 변계량이 '낙천정기樂天亭記'라는 글을 지어 놓고 김구경

을 불러서 보였다. 김구경은, 이 글이 성리를 논한 것이《중용》서문
과 똑같다고 평하였다.

김구경이란 위인이 재주를 믿고 함부로 남을 업신여겨 후진으로
서 선배를 경멸하매 변계량도 내심 그를 좋지 않게 생각하였다. 두
사람의 틈이 벌어져 서로 미워하는 통에 김구경은 좋은 벼슬을 얻지
못하고 말았다.

아이에게도 너그러운 황희 정승

익성공翼成公 황희는 도량이 넓고 커서 조그만 일에 얽매이지 않았으며 나이 많고 벼슬이 높았건만 더욱 겸손했다. 나이 아흔이 넘어서도 언제나 자기 방에 앉아서 종일 가야 말 한마디 않고 책만 들여다보고 있을 뿐이었다. 그러한 어느 날 이웃집 아이들이 몰려들어 창밖에 한창 무르익은 복숭아를 다투어 따고 있었다. 황 정승은 여전히 너그러운 음성으로 아이들에게 말하였다.

"다 따지는 말아라. 나도 맛은 좀 보아야 하지 않겠느냐."

조금 뒤에 공이 밖으로 나가 보았더니 복숭아는 한 개도 남지 않고 다 없어졌다.

아침저녁 끼니마다 여러 아이들이 우 하고 덤비면 공은 밥을 덜어서 내주었다. 그놈들이 서로 다투어 지지고 볶는데 공은 단지 웃으며 볼 뿐이었다. 사람들이 모두 그 도량에 감복했다.

정승으로 있은 지 이십 년 동안 조정의 무게가 공으로 인하여 올라갔으니, 본조가 열린 이후 정승의 사업을 치는 데는 누구나 그를 첫째로 꼽는다.

정초의 총명

　대제학 정초鄭招는 기억력이 퍽 뛰어나서 어떤 책이나 한 번 본 것은 전부 외웠다. 과거 볼 날이 가까웠는데도 빈들빈들 놀며 돌아다니다가 하루는 책을 빼어 읽기 시작하였다. 그것도 그저 눈으로 쭉 훑어서 책장을 넘길 뿐이요, 다시 읽는 일은 없었다. 그러나 과거 보는 자리에 나가서는 글 뜻을 모조리 설명하였으며 묻는 대로 대답하였다.

　그가 일찍이 원수의 막하에 있을 때 수백 명 되는 병사들을 한 번만 알면 모조리 그 낯을 보고 이름을 댄 사람들을 놀라게 하였다.

　젊었을 때 중이 《금강경金剛經》 읽는 것을 보고 말하였다.

　"그런 책이야 한 번만 보면 욀 수 있소."

　이 말을 들은 중은,

　"만일 그렇게 외면 내가 한턱을 내고 못 외면 임자가 한턱을 내기로 합시다."

하고 서로 약속을 하였다.

　그가 쭉 한 번 훑어본 다음 북채를 들고 북을 치면서 물이 흘러가

듯 술술 외어 내려갔다.

　그렇게 반쯤 외자 중이 그만 도망을 쳤다.

이색의 울음

제학 이종학[1]이 아무런 죄도 없이 처단을 당했으나 이색은 조정이 무서워서 슬픈 마음을 그대로 드러내지도 못하였다. 어느 날 일가 되는 젊은이가 그를 찾아갔더니 이색이 말하였다.

"내가 산에나 좀 올라가 볼까 하던 중인데 같이 가세."

그래서 함께 산속으로 들어갔다. 인적이 없는 곳에 이르자 그제야 그 일가더러 말하였다.

"자식을 잃어버린 뒤로 가슴이 답답해도 어떻게 풀어 볼 도리가 없었네. 오늘 내가 여기 온 것은 한번 실컷 울어나 보자는 것일세."

그러고는 울기 시작한 것이 종일 끊이지 않더니 저녁나절에야 눈물을 거두면서 말하였다.

"가슴속이 아주 시원하군. 이제는 슬픈 생각도 좀 덜해지겠지."

이종학이 죽을 때 자기 아들에게 다음과 같이 유언하였다.

"내가 글 잘한다는 명성 때문에 남의 시기를 받아서 이렇게 죽노

---

1) 이종학李種學은 목은 이색의 아들이다.

라. 너희는 아예 과거를 보지 말지니라."

그 뒤 아들 숙치叔時와 숙묘叔畝는 모두 과거를 보지 않았는데 고관으로 되었고, 오직 숙복叔福이 과거를 보았건만 출세하지는 못하였다.

태종의 신임을 받은 박석명

좌참찬[1] 박석명은 소싯적에 태종과 한 이불에서 잤다. 한번은 자기 옆에 누런 용이 있는 꿈을 꾸고 깨어서 돌아다보니 바로 태종이 누워 있는 것이다. 이를 이상하게 여겨 더욱 사이좋게 지냈다.

태종이 왕위에 오른 뒤로 박석명을 매우 총애해서 박석명은 십 년 만에 도승지로 되고 다시 지의정부사[2]로 승직하여 판육조사[3]까지 겸임하였다. 근래에는 이처럼 중요한 벼슬을 겸한 사람이 없다. 승지로 있을 때 태종이 그에게 물었다.

"누가 그대를 대신해서 승정원에서 일을 볼 만할고?"

"지금 상당한 자리에 있는 사람 중에는 그럴 만한 인물이 없사옵니다. 오직 중추부 도사 황희가 그럴 만하옵나이다."

---

1) 의정부議政府에는 찬성 아래 좌우左右의 두 참찬이 있으니, 좌참찬左參贊을 삼재三宰, 우참찬을 사재四宰라고도 불렀다.
2) 지의정부사知議政府事는 참찬에 해당한 자리이나, 태종 이후로는 이런 칭호를 쓰지 않았다.
3) 판육조사判六曹事는 육조의 일을 전체로 감독할 수 있는 벼슬인데, 이것도 태종 이후로는 없어졌다.

태종이 드디어 황희를 등용해서 그는 얼마 뒤에는 박석명 대신으로 승지가 되었으며 나중에는 유명한 정승이 되었다. 세상에서 박석명이 사람을 알아보았다고 이르고 있다.

죽음 면한 박안신의 배포

맹사성孟思誠이 대사헌으로 있고 박안신朴安信이 지평으로 있을 때 평양군 조대림趙大臨을 심문하였다. 임금에게 허락도 받지 않고 그에게 고문을 해서 임금이 크게 노하여 두 사람을 수레를 태워 사형장으로 실어 내어 죽이라고 하였다. 맹 정승은 얼굴이 새파랗게 질리고 말도 제대로 하지 못하였으나 박안신은 태연자약하였다. 박안신이 맹 정승의 이름을 부르면서 말하였다.

"아까까지 네가 상관이요, 내가 하관이었지마는 이제 다 같이 죽을 죄인으로 된 바에야 무슨 상하의 등분이 있겠느냐? 그전에 나는 너를 제법 지조가 있다고 알았더니 오늘 어찌 그렇게 벌벌 떨기만 하는 게냐? 너, 지금 들들 굴러가는 이 수레바퀴 소리도 들리지 않느냐?"

또 나졸에게 기왓장 깨어진 조각을 집어 오라고 하니 나졸이 들으려고 하지 않았다. 박안신이 눈을 부릅뜨고 호령하였다.

"내 말을 안 들으면 내가 죽어 귀신이 되어서 네놈을 먼저 잡아가겠다."

그의 호령이 무서워서 나졸이 결국 기왓장 조각을 집어다 주었다. 그는 다음과 같은 시를 지어서 기왓장 위에 손톱으로 새겼다.

네 직책 그르치니 죽어도 싸다마는
함부로 신하 죽인다는 뒷말이 애달파라.
爾職不供甘守死　恐君留殺諫臣名

그것을 나졸에게 주면서 빨리 임금에게 올리라고 하였다. 나졸은 또 하는 수 없이 대궐로 가져다가 임금에게 바쳤다. 그때 성석린이 좌정승으로 있었는데, 병중인데도 대궐로 들어가서 한사코 임금에게 간하였다. 임금의 노염도 차차 풀려서 결국 그들을 죽이지 않고 용서하였다.

성석린을 부모처럼 섬긴 맹사성

맹사성이 젊었을 적에 제관을 맡고 소격전에서 재계를 행하다가 깜박 졸면서 꿈을 꾸었다. 칠성七星이 들어온다고 하인이 외쳐서 맹 정승이 뜰아래 내려가 맞는데, 여섯 장부는 이미 들어왔고, 일곱 번째 들어오는 사람은 바로 독곡 성석린이었다.

그 뒤 맹 정승이 죄를 짓고 사형장에 끌려 나가는 판에 성석린의 구원을 입어서 겨우 죽음을 면하였다. 그래서 평생 성석린을 부모처럼 섬겼으며 비나 눈이 올 때도 그의 사당 앞을 지날 때면 반드시 말에서 내려 걸었다.

음악 좋아하는 정씨 형제

　찬성 정구鄭矩와 유후 정부鄭符는 모두 정양생鄭良生이란 고관의 아들이다. 형제가 다 음악을 알았다. 정구는 거문고 잘 타고 정부는 음악이라면 모르는 것이 없었다. 정부가 얼굴도 보기 좋게 생겼다. 혹시 부인이 시골이나 내려간 때면 혼자 집에 앉아서 구름과 산을 쳐다보면서 손으로 줄을 울리고 이따금 노래도 불러서 낙으로 삼았다. 그러나 여자들 틈에서 술을 마시는 일은 없었다.

왜적을 물리친 이옥

이옥李沃은 시중 이춘부李春富의 아들이다. 아버지가 사형을 당하는 바람에 이옥은 종으로 되어 강릉부에 소속되었다. 그때 동해 가에 왜적이 들어와서 여러 고을을 불사르고 노략질하니 백성들이 앞을 다투어 피난하였다.

강릉부 앞뜰에는 큰 나무가 많았다. 밤에 이옥이 사람들을 시켜 나뭇가지 사이로 돌아가면서 화살 수백 개를 꽂아놓으라고 하였다. 이튿날 상복을 벗고 말을 달려 바다 어귀로 나갔다. 먼저 적을 향해 화살을 두어 번 쏘다가 짐짓 패한 척하면서 나무들 틈으로 피해 들어갔다. 적은 구름같이 몰려들었다. 혼자 그 적들을 당하여 나뭇가지에 꽂힌 화살을 여기서 뽑아 쏘고 저기서 뽑아 쏘면서 이리 달리고 저리 달렸다. 아침부터 저녁까지 악전고투했는데 활시울이 헛되이 움직이지 않았다. 쏘아서는 반드시 맞혀, 죽은 자가 삼대 쓰러지듯 하였다.

이 까닭에 적이 다시는 침범하지 못하여 한 도가 편안하였다. 정부도 이옥을 가상히 여겨 벼슬을 시켰다.

세 번 죽을 뻔한 하경복

　재상 하경복河敬復은 일찍이 자기가 젊었을 적에 세 번 죽을 뻔했는데, 번번이 용감한 까닭으로 살아났다고 말하였다.

　"태종께서 내란을 평정하시던 그때 내 친한 사람이 대궐 안에 번을 들고 있었네. 나는 이야기나 할까 하고 그를 찾아갔네. 마침 대문이 닫혀 나올 수가 있어야지. 그래서 어디로 가야 할지를 몰라서 방황하는 판에 병사 두엇이 나를 끌고 가 목을 베려고 하더란 말이야. 그래서 나는 그만 팔을 뿌리치고 달아났네. 아무도 덤벼들지 못하더군. 그래서 나는 바로 태종 대왕께 달려가서 이런 장사를 죽여 무슨 이익이 있겠사옵니까 하였더니 태종께옵서 들으시고 놓아주셨네. 여기서 용감치 못했더라면 꼭 죽었을 것일세."

　"젊어서 깊은 산골에 들어가서 사냥을 하다가 졸지에 범을 만났네그려. 피하려야 피할 길이 없어서 범의 턱주가리 아래 늘어진 살을 움켜쥐고 땅으로 내리눌렀네. 옆에 있던 사람은 다 내빼서 아무리 소리를 질러야 구하러 오는 사람도 없고 또 조그만 쇠끝도 가지지 못하여 오직 맨주먹뿐일세. 비탈 아래를 굽어보니 물웅덩이가 있데. 범을 밀고 조금씩 조금씩 그리로 나갔지. 사람이나 짐승이나 모두 피곤해졌지마는 사람은 더욱이 땀으로 온몸을 뒤집어쓰고 있지 않았겠나. 그러나 드디어 그 흰 범을 물속에 처넣고 배가 터지도록 물을 처먹여서 힘을 쓰지 못하게 하였네. 그러고 나서 작대기와 돌멩이로 그놈을 때려죽였네. 여기서도 용감하지 못했더라면 꼭 죽었을 것이야."

"일찍이 국경 방면에 가서 적을 방어하고 있자니 하루는 오랑캐 기병이 구름처럼 몰려 들어와 살이 빗발처럼 쏟아지데그려. 앞에는 큰 나무 수십 그루가 있었네. 오랑캐들이 먼저 거기를 차지하면 오랑캐들이 이기고 내가 거기를 먼저 차지하면 내가 이기게 될 판이라 나는 재빠르게 몸을 빼어 달음질을 쳐서 먼저 나무를 차지했네. 적은 쫓아오다가 미치지 못하였지. 이 때문에 싸움을 이겼거든. 여기서도 용감치 못하였더라면 꼭 죽었을 걸세."

그는 벼슬이 판중추에 이르렀고 제일가는 장수로 당대를 울렸다.

성석인과 이행의 우정

    상곡桑谷 성석인成石因이 기우騎牛 이행李行과 친했는데, 이 공은 성 남쪽에 살고 성 공은 서편 산기슭에 살아서 거리가 겨우 오 리쯤밖에 안 되었다. 혹 지팡이를 짚고 서로 찾아다니고 혹 시를 서로 주고받았다. 성 공은 뒤뜰에 조그만 집을 지어 놓고 이름을 '위생당衛生堂'이라고 하면서 어린 종들을 모아서 약을 짓는 것으로 일삼았다.

    이 공은 시를 지었다.

    조촐한 새집에
    흰 널이 반듯한데
    그림, 글씨, 꽃과 대
    모두 다 정답구나.

    담 머리 파릇한
    홰나무 세 그루엔
    듣기도 아리땁다,

꾀꼬리 한두 소리.

蕭洒新堂白板平　圖書花竹有深情

墙頭嫩綠三槐樹　好箇黃鸝一兩聲

　그가 일찍이 위생당에 왔을 때 성 공이 아들을 시켜 창 밖에서 차를 달이라고 하였는데 찻물이 새어서 딴 물을 다시 부었다. 이 공이 그 차를 맛보고 나서 말하였다.

　"이 차는 네가 두 가지 물로 달였구나."

　이 공은 물맛을 분간할 줄 알았다. 그는 충주의 달내물〔達川水〕을 첫째로 치고, 금강산에서 흘러나와 한강으로 흐르는 우중물〔牛重水〕을 둘째로 치고, 속리산의 삼타물〔三陀水〕을 셋째로 쳤다.

김종서의 시기

좌참찬 안숭선安崇善은 사람이 호방하기 짝이 없었다. 황보인皇甫仁이 도승지로 있고 김종서金宗瑞가 좌승지로 있을 때, 김종서는 스스로 재주를 믿고 도승지 보기를 마치 턱 아래 수염을 뽑는 것쯤으로 생각했다. 그러나 황보인이 딴 데로 옮긴 뒤 동부승지로 있던 안 공이 도승지로 승진하였다.

안 공은 사령을 받고 승정원에 이르러 중문을 들어서서 도승지가 앉는 자리에 떡 나가 앉으면서 말하였다.

"이 자리가 앉을 만하군."

김종서의 얼굴이 잿빛으로 변하였다. 이로부터 두 사람 사이가 좋지 않게 되었다. 그 뒤 안 공은 병조판서로 죄를 당해서 멀리 귀양 갔다. 사람들은 김종서가 얽어 넣은 것이라고 말하였다.

허튼 말에는 허튼 말로

요사이 무당에게 붙어 다니면서 공중에서 소리를 내어 능히 지난 일을 알아맞히는 사람이 있다. 그러한 사람을 세상에서 태주(太子)라고 일컫는다. 장님 장득운張得云이라는 자가 점을 잘 쳐서 남들이 모두《명경수》[1]를 가지고 있다고 하였다. 조정에서《명경수》를 내놓으라고 하나 장 판수는 없다고 해서 결국 옥에 가두고 고문까지 해도 내놓지를 않았다. 안효례安孝禮가 태주에게 물으니 태주가 말하였다.

"내가 그 책을 친척 아무개에게 주어서 우봉현 어느 민가에 갖다가 감추었다. 그 집은 동으로 삽짝이 났는데 집 앞에는 큰 나무가 있고 집 안에는 큰 독이 놓였다. 그 독을 덮어 놓은 소반을 떠들어 보면 책이 있을 게다. 네가 만약 가서 찾을 때 큰 나무를 향해서 나를 불러라. 내 대답하마."

---

1)《명경수明鏡數》는 점을 치는 책으로, 이 책만 얻으면 과거와 미래를 다 알아낼 수 있다고 전해 온다.

안효례가 장님의 집안사람에게 물으니 과연 우봉에 그런 친척이 살고 있었다. 곧 대궐로 들어가서 임금에게 고하니, 임금이 그에게 병사 두어 명을 거느리고 역마를 타고 가라고 명하였다.

하룻밤 만에 그 집으로 달려갔다. 과연 삽짝이나 큰 나무가 그 말과 마찬가지였다. 또 집 안에 들어가니 독도 있었다. 그래서 소반을 떠들고 독 속을 들여다보았으나 텅 빈 독에 아무것도 없다. 나무를 향하여 태주를 불러도 역시 대답이 없다. 안효례가 불쾌히 돌아와서 다시 태주에게 물었더니, 태주가 말하였다.

"네가 늘 허튼 말로 남을 속이기에 나도 허튼 말로 너를 속여 본 게다."

물 건너는 중

용재총화 2

《용재총화慵齋叢話》는 조선 전기의 패설집 가운데 가장 방대하고 뛰어난 책이다. 신라와 고려 때부터 당대까지의 유학자와 문장가에 대해 비평하고 있으며, 화가와 음악가에 관해서도 폭넓게 비평을 해 놓았다. 또한 혼례 풍습, 처용무 등 민속학에서 중요하게 보는 의식 절차를 실었고, 과거 제도나 중국서 온 사신 접대 절차 따위도 써 놓았다.

이예의 멋들어진 시

세조가 발영시[1]를 보이는데 유명한 신하와 높은 관리들이 모두 합격하였다. 이튿날 그들이 임금에게 인사를 드리러 갔더니 임금이 사정전에 나와서 만나 보고 술을 차려 대접하였다. 친히 시 한 편을 짓고 모든 사람에게 시를 지으라고 명하였다. 내 큰형님 역시 그곳에 있다가 문질공文質公 이예李芮의 귀에 입을 대고 귓속말로 속삭였다.

"임금이 항상 자네를 까다롭다고 말씀하니 이제 한번 멋들어진 시를 지어서 바치게나!"

이예는 시를 지었다.

높은 공덕 노래하며
일어나서 춤추려니

---

1) 세조 때 이미 한번 과거에 오른 관리들에게 중시重試를 보이면서 그 번의 중시를 특히 발영시拔英試라고 일컬은 일이 있다.

하늘 바람 불어와서
소맷자락 너푼너푼.

歌詠聖德欲起舞　天風吹袖助回旋

임금이 크게 웃으면서 말하였다.
"나는 이예를 까다로운 선비로만 알았는데 지금 이 시를 보니 호
걸 기상이 있고도 남도다."
곧 나인을 시켜 비파를 타면서 이예의 시를 노래 부르라고 하고
또 이예에게 거기 맞추어 춤을 추라고 하였다. 그날은 아주 즐겁게
놀고 흩어졌고, 그 뒤 얼마 안 지나서 이예를 가정대부의 벼슬로 높
였다.

성간의 봄노래

집현전의 여러 학사들이 삼월 삼짇날 남쪽 교외로 나가 노는데 우리 둘째 형님 성간도 한축에 끼었다. 그는 그때 막 과거에 올랐을 뿐이었으나 문학으로 이름이 높았기 때문에 특히 청해 간 것이다. 모두들 운자를 갈라서 시를 짓는 중 '남南' 자가 그의 차례로 돌아왔다.

해포째 쓰고 짓고
병든 몸 괴롭더니
봄바람 나를 끌어
온 곳이 남쪽 교외.

양지쪽 고운 풀이
비단같이 가늘구나.
오늘이 무슨 날고
바로 이 삼월 삼짇날.

鉛槧年來病不堪　春風引興到城南

陽坡芳草細如織　正是青春三月三

여러 학사들이 이 시를 보더니 그만 붓을 놓고 말았다.
　그가 집현전 박사로 된 후 제학 이개와 함께 집현전에 있는데, 이
개가 먼저 시를 불렀다.

　　옥당에 봄이 들어
　　해 벌써 길어지니
　　창문에 기댄 채
　　멍하니 졸고 있네.

　　새소리 두어 마디
　　낮 꿈을 깨고 나서
　　살구꽃 고운 양을
　　시로써 읊고 있네.
　　玉堂春暖日初遲　睡倚南窓養白癡
　　啼鳥數聲驚午夢　杏花嬌笑入新詩

내 둘째 형님이 그 시에 화답하였다.

　　비둘기 우는 속에
　　한낮이 더디인데
　　싸늘한 봄추위에
　　버들도 멍청한 듯.

옥당의 학사님네
잠 깨자 일 없으니
촉나라 종이 위에
시를 쓰고 앉았구나.
乳燕鳴鳩晝刻遲　春寒太液柳如癡
蠻坡睡破無餘事　時展蠻箋寫小詩

또 그들이 장의동에 놀러 나갔더니 조지서¹⁾에서 잔치를 차려 주었다. 그 자리에는 기생도 두엇 있었고 중도 두엇 있었다. 모두 시를 짓는데 우리 둘째 형님도 한 편을 지었다.

꽃 있고 술 있고
또 여기 산도 있고
주객 다 기뻐하고
중 또한 기뻐하네.

취한 뒤 더운 두 귀
그 무엇 걱정하리.
솟는 샘 낯에 뿌려
서늘케 하는구나.
有花有酒仍有山　賓歡主歡僧亦歡
不辭醉後兩耳熱　飛泉洒面令人寒

---

1) 종이를 만드는 관청.

이개는 '서늘케 하는구나'를 '소리소리 서늘쿠나[聲聲寒]'로 고치는 것이 좋다고 하였다.

자연에서 얻은 최수의 시

사성 최수崔脩는 시를 제법 짓는다고 인정받았다. 최수가 일찍이 다른 사람에게 말하였다.

"내가 길을 가다가 쥐가 구멍을 파는 것을 보고, '들쥐 구멍이 가로 또 세로[陌鼠縱橫穴]'라는 시를 한 짝 지었는데 그 대구를 채울 수 없었네. 그러다가 새가 둥주리 짓는 것을 보고야, '산새 보금자리 울퉁에 불퉁[山禽委曲巢]'이라고 채웠네. 이런 것이 모두 자연에서 얻은 것이요, 억지로 지은 것이 아니네."

그가 여주 가는 길 가운데서 시를 지었다.

신륵사의 종소리 밤중에 울려
광릉 지나는 손의 꿈을 놀래네.
옛 시인 장계 이곳을 왔던들
어이타 한산사 그만이 유명할까.
甓寺鐘聲半夜鳴　廣陵歸客夢初驚
若教張繼來過此　未必寒山獨擅名

또 거문고 타는 김자려를 두고 시를 지었다.

저 여강 위에서 내 일찍이 시 읊을 제
밤중에 그대 홀로 거문고 탔더니라.
돌 틈의 찬 샘물이 듣는가 여겼더니
창문 밖 솔밭에서 바람이 인 듯해라.

옛사람 갔건마는 가락은 깊어 있고
알아줄 이 그 누구랴, 옛정이 깊었구나.
반가이 들었노라, 이날의 상사조를.
떠나 있는 그동안의 그리움을 다 타리라.

我昔驪江江上吟　携衾半夜獨鳴琴
初疑石竇冷泉咽　却訝松窓爽籟侵
白雲陽春遺響在　高山流水古情深
喜聞今日相思調　彈盡年來不見心

털 송곳 손에 쥐고

　세조가 내경청[1]을 차려 놓고 조정 관리들을 시켜 불경을 베끼게
하였다. 우리 큰형님 그리고 홍심, 강희안, 정난종, 조근趙瑾, 이기
수李期叟 같은 이들이 줄곧 대궐에 들어앉아 있으면서 마음대로 밖
에 나가 놀지를 못하였다. 우리 큰형님이 장난삼아 시를 지었다.

　　털 송곳 손에 쥐고
　　한봄 내내 고생입네.
　　꽃 그림자 어둑한 속에
　　거나한 이는 그 누군고.
　　手執毛錐子　幸勤過一春
　　濛濛花影裡　爛醉是何人

---

1) 불경을 베끼기 위해서 설치했던 곳, 곧 경청經廳.

세종 시대의 문사 우대

세종이 처음으로 집현전을 차려 놓고 문학하는 선비들을 모아들였다. 문학하는 선비들을 아침저녁으로 그렇게 찾고 또 맞고 하면서도 오히려 문학이 더 발전되지 못할까 염려해서 그중에도 나이 젊고 총명한 사람들을 뽑아서 절에 올라가 글을 읽게 하였다. 그들에게 대 주는 물자는 아주 풍성풍성하였다. 임술년에 박팽년, 신숙주, 이개, 성삼문, 하위지, 이석형李石亨이 임금의 명을 받고 삼각산 진관사에 가서 글을 읽었다.

그들은 공부를 아주 부지런히 하였으며 또 서로 시를 주고받아 쉴 때가 없었다.

정갑손의 바른말

정절공貞節公 정갑손鄭甲孫은 생김이 틀스러웠다. 키가 크고 수염이 보기 좋았으며 도량도 아주 너그러웠다. 비록 대대로 재상가였지만 가난한 살림의 고생살이로 집안에 저축이 없는 것은 물론이요, 베이불과 짚방석으로도 아무런 불만이 없이 살았다. 언제나 굳게 바른 말을 던져 권세가들의 압박도 무서워하지 않았다. 그리하여 욕심꾸러기가 청렴해지고 겁쟁이가 강직해져서 조정의 무게를 올렸다.

그가 일찍이 대사헌으로 되었을 때 이조에서 사람을 잘못 뽑아서 쓴다고 규탄하였다. 임금이 사정전에 나와 상참1)을 받을 때 정승 하연河演이 겸판서2)로 있고 최부崔府가 판서로 있는데 두 사람이 다 참석하고 있었다. 정 공이 임금에게 고하였다.

"최부는 애초에 말할 것도 없사옵지만, 하연은 조금 사리를 안다

---

1) 상참常參은 각 관청에서 한 사람 또는 두 사람씩 날마다 돌아가면서 임금 앞에 모여서 회의하는 것을 말한다.
2) 정원의 판서 이외에 그보다 품위가 높은 사람으로 그 부서에 대한 감독을 전문적으로 맡아보는 직책이다.

고 볼 것이온데 관리로 쓴 것이 모두 적임자가 아닌가 하옵니다. 법으로 심문할 것을 청하옵니다."

임금이 좋은 낯빛으로 양쪽을 무마하여 덮어 두었다. 상참이 끝나고 바깥뜰로 나와서 두 사람이 땀을 쭉 흘린 것을 보고 정 공은 빙그레 웃으면서 천천히 말하였다.

"다 저마끔 제 직책을 다하자는 것입니다. 감히 해치려는 뜻은 없습니다."

그리고 녹사를 불러서 분부하였다.

"두 분 대감께서 몹시 더우신 모양이다. 내 부채를 가져다가 부채질을 해 드려라."

아무런 구김새가 없이 거동이 자연스러워서 두려워하거나 겁을 내거나 하는 기색은 없었다.

붓 매는 김호생의 별호

김호생金好生은 본래 선비였는데 젊어서 서울에 살았고 또 붓을 잘 매었다.

양녕 대군이 세자로 있으면서 잡된 사람을 많이 끌어들여 체면을 떨어뜨리기 때문에 태종이 그런 사람을 죽이기도 하고 귀양 보내기도 하였다.

김호생이 하루는 붓을 매 가지고 동궁 문 앞에 이르렀다가 태종이 보낸 내시에게 붙들려 가서 심문을 받았다. 김호생은 바른대로 불었다. 태종이 말하였다.

"네가 아무런 관계없이 동궁을 드나들었겠다. 세자가 쓸 붓을 만들어 줄 수 있으면 내가 쓸 붓도 만들어 줄 수 있을 게로다."

그러고는 그만 공조에 편입시켜 필공으로 만들어 버렸다.

김호생이 조금 시구를 부를 줄 알아서 문인들이 자못 대접하였다. 그가 어떤 문사에게 호를 하나 지어 달라고 하였더니 그 문사는 이렇게 권하였다.

"목은牧隱, 포은圃隱, 도은陶隱, 농은農隱이 모두 자기 좋아하는 일로 호를 지었네. 지금 자네는 붓을 매는 것으로 세상에 유명하지 않은가? 호은毫隱이라고 별호를 짓게."

김호생이 그 말대로 따라서 '호은'이라고 자칭하였다. 그 뒤 다른 문사가 그의 집에 가서 말하였다.

"자네가 호은의 의미를 아는가? 은사라는 은 자가 아닐세. 자네가 남의 털을 받아서 떼먹기 때문에 그렇게 별호를 지은 것일세. 남의 것을 숨긴다는 은 자라네."

그랬더니 김호생은 다시는 그 별호를 쓰지 않았다.

쾌활한 박이창의 자살

참판 박이창朴以昌은 고관을 지낸 박안신朴安身의 아들이다. 조그만 데 얽매이지 않고 우스개 하기를 좋아하지만 강직한 것이 아버지의 풍채와 태도를 닮았다.

젊어서는 상주에서 살았는데, 공부에 힘쓰지 않았으며 부모가 타이르는 것도 듣지 않았다.

과거 기한이 가까운 때였다. 이웃집 과부의 아들이 그를 따라다니며 놀았는데, 그 과부가 그에게 부탁하였다.

"지금 우리 애를 초시[1]를 보이러 보낼 작정이오. 나이 어려서 혼자 보내기는 어려우니 좀 데리고 가 주오."

그래서 그도 부득이 과거 보는 마당에 들어섰다. 모든 선비가 글을 짓느라 끙끙거리고 있는 것을 보자,

'그래도 친구들 속에서 한몫을 하는 내가 백지를 들이고 나가서야

---

1) 과거를 보는 데는 두 차례 내지 세 차례 시험을 치르는데 첫 번의 시험을 초시初試 또는 향시鄕試라고 한다.

체면이 서겠나.'

하고 홀로 생각하고는 억지로 붓을 들어 글을 만들었다. 방이 나붙는데 장원으로 붙었다. 그는 곧 자기 아버지에게 다음과 같은 내용의 편지를 썼다.

"한 지방의 선비들이 우레같이 움직이고 구름같이 모였는데, 제가 첫자리를 차지하고 나니 오히려 모인 사람들이 무색하게 되었습니다.".

이때부터 공부에 힘써서 마침내 벼슬에 올랐고 한림[2]에 임명되었다.

예부터 내려오는 관습으로 새로 한림에 임명된 사람을 '신래'라고 해서 혹 술과 음식도 빼앗고 혹 들볶아 갖은 곤욕도 다 보인다. 그렇게 오십 일이 차야 같이 앉기를 허락하면서 그것을 '면신免新'이라고 한다. 그런데 그는 조심성이 없어서 자꾸 전임자에게 죄를 짓기 때문에 기한이 지나도 같이 앉는 것이 허락되지 않았다. 그는 분을 참지 못하여 자기 멋대로 자기 자리에 앉아서 버릇없이 노니 당시 사람들이 '자허면신'이라고 일렀다.

일찍이 그가 승지로 임금의 행차를 뒤따라 갈 때였다. 길옆으로 양반집 부인네들이 발을 치고 수없이 구경들을 하고 있었는데, 그중 어떤 여자의 흰 손이 발 밖으로 반쯤 나와 있었다. 이것을 본 그는 큰 소리로 떠들었다.

"아리따운 저 손이여, 한번 잡아 보고지고."

같이 가던 동료 한 사람이 나무랐다.

---

2) 예문관藝文館 검열檢閱을 이르는 것이다.

"점잖은 집 부인일 것일세. 어찌 그렇게 말하나?"

그는 대답하였다.

"그만 점잖은 집 부인이란 말인가? 나도 점잖은 집 사나일세."

좌우의 사람이 다 웃었다. 그의 말솜씨가 이러하였다.

대개 고관으로서 중국에 사신 가는 사람들에게는 평안도 각 고을에서 건량을 주어서 심지어 이로 부자가 된 사람도 있다. 그가 임금에게 정치 문제를 지적할 때 이로 인한 피해도 극력 진술하였다.

그 뒤 자신이 사신으로 가기에 이르러는 노정이 먼 것을 계산해서 부득이 좀 많이 준비해 가지고 떠났다. 그 사실이 드러나서 장차 그를 신문에 부친다고 하였다. 그는 신안관까지 돌아와서 그 소문을 듣고 무슨 낯으로 다시 임금을 대하겠느냐며 그만 목을 찔러 죽었다.

백귀린의 의술과 미덕

백귀린白貴麟은 의술도 용하거니와 누가 병이 있어 부르면 가지 않는 법이 없었다. 정성스럽게 병을 고쳐 주고도 남에게 조그만 것도 달라지 않았다. 집이 몹시 가난해서 겨우겨우 먹고 입고 살아갈 뿐이었다. 그래도 청렴한 지조는 더욱 굳게 지켜 갔다. 중국 사신이 왔다가 백귀린을 보고서 물었다.

"저 늙은 관리는 어떤 사람인데 의관이 저리 허줄하고 더러운가?"

통사가 대답하였다.

"남에게 달라지 않으니 남이 주지도 않고, 의관은 항상 술집에 저당되는 까닭에 그렇게 허줄하고 더러워진 것입니다."

중국 사신이 낯빛을 고쳐 경의를 표하였다.

김수온의 학문과 글 솜씨

괴애 김수온이 육경, 제자와 모든 역사책에 통달해서 어느 것이나 연구하지 않은 것이 없고 더욱이 불경에는 더욱 깊었다. 일찍이 다른 사람에게 이렇게 말하였다.

"공부하는 방법이란 그저 한 책을 오래 읽어야 한다. 또 찬찬히 생각해야 할 것이니 조급히 서둘러서는 맛을 알기 어렵다. 나는 마음을 다잡고 성질을 침착하게 가지기 때문에 이리저리 다 통달케 된 것이다."

젊었을 때는 남의 책을 빌려다가 하루 한 장씩 뜯어서 소매 속에 넣고 성균관을 다녔다. 외다가 잊어버린 곳이 있으면 꺼내 보는 데 이미 왼 것이면 다 기억하였다. 그러나 책 한 질을 다 외우면 그 한 질 책은 다 해지고 말았다.

신숙주가 임금에게서 《고문선》을 받았다. 장정이 하도 정교해서 매우 아꼈다. 그런데 김수온이 와서 간곡히 청하는지라 하는 수 없이 그것을 빌려 주었다. 그 뒤 달포 지나서 신 정승이 김수온의 집에 들렀다. 그 책을 장장이 짜개서 벽 위에 발라 그을음과 먼지로 글자를 알아볼 수 없이 되어 있었다. 까닭을 물으니 드러누워서 외기에 편케 하려고 그랬다는 것이다.

그의 글은 기운차서 마치 긴 강과 큰 물결을 막을 수 없는 것과 같았다. 누가 시나 문장을 지어 달라고 청하면 붓이 나가는 대로 쓰고 초를 잡는 법이 없었다. 한꺼번에 청하는 사람이 여덟아홉 사람 되더라도 각기 붓을 들라고 하고 돌아가면서 불러 주었다. 그래도 제목에 따라 내용이 다르고 글도 더 고칠 곳이 없었다.

세조 때 사리니 서기[1]니 하여 축하의 글을 올리는 일이 많았다. 비록 문학 행정을 책임진 사람도 그런 글을 얼른얼른 지어 내뜨리지는 못하였다. 한림이 종이를 들고 김수온에게로 오면 준비했던 것같이 척척 부를 뿐만 아니라 대를 맞추는 것이 더욱 정교했다.

일찍이 재상들과 글을 논란하던 중 중추 구종직이 말하였다.

"괴애의 뛰어난 글 솜씨야 내가 감히 바라지도 못하겠지만 사서의 의심나는 점을 해석하는 데서는 내가 양보할 리 없소."

그러자 그는 분연히 말하였다.

"우리 재주를 겨루어 보는 것이 좋지 않소?"

판서 김예몽金禮蒙이 그 자리에 앉았다가 사서의 의심나는 점을 뽑아서 물었다. 구종직의 글이 먼저 되었으나 모두 케케묵은 소리와 속된 말이었다. 김수온의 글이 비록 나중 되었다고 해도 육경의 주를 인증할 수 있는 데까지 인증하고 옛사람이 이르지 못한 곳을 뛰어넘어 들어갔다. 여러 사람이 모두 탄복하였다.

이날 영순군永順君 이부李溥가 그에게 청하였다.

---

1) 복되고 길한 일이 일어날 징조를 상징한다는 어떤 기운.

"내가 사직 상소를 올려야 하겠는데 한 장만 대신 지어 주시오."

그는 그러마고 허락하고 하연대까지 걸어 나와서 말하였다.

"집에 들어가면 게을러져서 짓기 어려우니 차라리 여기서 지어 드리리다."

그러고는 종이를 펴 놓은 다음, 그는 부르고 다른 사람은 쓰고 하여 잠깐 동안에 상소 한 장을 지었다. 그 사연이 더할 수 없이 간곡하였다. 구종직이 땅에 꿇어앉으면서 말하였다.

"전부터 글 솜씨가 높으신 것은 들어 알고 있지만 이렇게까지는 생각지 못하였소. 이제야 하늘이 얼마나 높은지 알게 된 셈이오."

다시는 구종직이 그와 글을 겨루자고 덤벼들지 못하였다.

중국서 사신으로 왔던 한림 진 씨는 양화도에서 놀다가 시를 지었다. 운자 중에 '이怡' 자를 쓰고 있어서 그 운자를 따라 짓노라고 모두들 자연스럽지 못하였건마는 김수온은 이렇게 지었다.

강물이 깊으니
놀잇배 띄울까.
멀찍한 저 산에
갠 구름 즐거워라.
江深畵舸惟須泛　山遠晴雲只可怡

진 씨가 말하였다.

"'산중에 무엇 있노? 고개 위에 흰 구름이라. 그대께 못 보내고 나 홀로 즐기노라.〔山中何所有 嶺上多白雲 只可自怡悅 不堪特贈君〕'이 옛 시의 맛을 그대로 옮겨 온 것이로다."

또 그 뒤 중국 사신 기순이 한강에서 놀다가 시를 지으면서 '면
眠' 자를 운자로 썼다. 함께 놀던 문사들이 모두 한 편씩 화답하는
데, 그는 한참이나 짓지 못하다가 겨우 한 구를 얻었다.

> 강어귀에 해 저무니
> 사람들이 스스로 모여들고
> 나루가 바람 자니
> 백로의 졸음일세.
> 江口日斜人自集　渡邱風靜鷺絲眠

주서 이창신李昌臣이 옆에 있다가 다른 사람에게 말하였다.
"'백로의 졸음일세'와 '사람들이 스스로 모여들고'는 적절한 대
구가 못 될 것 같은데."
이 말을 들은 그는 얼른 이창신에게 말하였다.
"자네가 좀 고쳐 보게!"
"'백로의 졸음일세'를 '백로 한가롭네'로 고치시는 것이 어떻습
니까?"
이창신이 대답하자, 그는 수긍하였다.
"자네 말이 아주 옳네. 내가 요사이 시상이 바짝 말라붙었는데 침
질이나 뜸질을 하지 못한 까닭일세."
사람들이 모두 웃었다.
그가 시와 문장에는 그렇게 능숙한 반면 살림에는 졸렬하였다.
언제나 평상에 책을 쭉 편 다음 다시 그 위에 요를 펴고 잤다. 누가
그 까닭을 물으니 평상은 차고 담요는 없기 때문이라고 하였다. 또

문 앞에 큰 홰나무가 있어서 푸른 잎이 좋은 그늘을 이루었는데 종을 시켜 그 나무를 톱으로 자르게 하였다. 누가 그 까닭을 물으니 땔나무가 떨어져서 밥을 지을 수 없기 때문이라고 하였다. 이런 일이 많았다.

성리학에 밝은 최지

사성 최지崔池는 과거에 오른 뒤 여러 해 동안 지방 관리로만 다녔다. 세조 11년에 경회루 아래 문사를 모아 놓고 글을 지어서 우열을 정하게 하였다. 그때 최지가 글을 읊으면서 천천히 걸어서 대궐 후원으로 들어섰다. 마침 임금이 예사 차림을 하고 후원에 나왔다. 최지는 임금에게 절을 하지 않고 읍 한 번만 길게 하였다. 그래서 임금이 물었다.

"어떤 사람인데 함부로 대궐 후원에 들어와서 내게 절도 하지 않느냐?"

그가 대답하였다.

"대궐 안에서 임금께나 절을 하는 법인데 또 누구에게 절을 하란 말이오니까?"

최지는 보통 사람이 아닌 줄 짐작하였으나 그저 왕자려니 생각하고 옆에 쭈그리고 앉았다. 임금이 말하였다.

"네가 원양[1]과 같은 자 아니냐? 왜 쭈그리기를 좋아하느냐?"

조금 뒤에 나인과 내시가 우 하고 나와서 모시고 서니 그가 그만 놀라서 죄를 청하였다.

임금이 서현정에 앉아 그를 불러서 경서와 사기를 토론하였는데, 묻는 대로 대답해서 심오한 뜻을 일일이 설명하였다. 임금이 크게 기뻐하면서 큰 잔에 술을 부어서 권하니 그는 여러 잔을 쭉쭉 켰다. 그러나 그의 낯빛은 아주 천연스러웠다. 임금은 말하였다.

"이 선비가 성리학에 밝은 것을 이제야 알았구나."

곧 최지를 사예로 임명하였다.

---

1) 원양原壤은 공자 앞에서 다리를 죽 뻗고 앉았다가 지팡이로 맞은 사람.

도량 넓은 천출 이양생

계성군鷄城君 이양생李陽生은 본래 남의 서자로 천인이다. 일찍이 신을 삼아서 먹고 살았다. 나중에 장용대로 들어왔다가 이시애 난리에서 공을 세워서 공신의 칭호를 받고 가선으로 봉해지기에 이르렀다. 그가 눈을 뜨고도 글을 볼 줄 모르나 성질이 순직하고 소탈해서 털끝만큼도 공정치 않은 점이 없었다. 예전에 놀던 골목을 지나다가 그 당시 서로 친했던 사람을 만나면 반드시 말에서 내려서 알은체하며 회포를 이야기하였다.

그의 안해는 우리 고모 댁 종이다. 얼굴이 못생긴 데다가 늙도록 아들을 낳지 못하였다. 그래서 누가 권하였다.

"지금 자네가 공훈을 세워서 고관으로 되었고 또 아들도 없지 않은가. 좋은 집안에 다시 장가들어서 뒤를 이어가는 것이 좋지 않겠나?"

그가 대답하였다.

"젊어서 같이 고생한 안해를 하루아침에 버린다는 것은 안 될 말일세. 우리 적형嫡兄이 미약해서 어떻게 떨치지를 못하고 있으니

그 아들을 내가 양자로 삼으려네. 혹 내 공훈으로 인해서 우리 큰
집이 좀 일어날 수도 있지 않겠는가?"

세상에서 모두 그를 자기 처지도 알고 또 모든 데 점잖은 사람이
라고 인정하였다.

그는 도량이 커서 비단으로 만든 좋은 옷도 벗어서 남을 주고 조
금도 아까워하지 않았다. 또 말 타고 활 쏘는 데 능숙하였으며 범을
잡는 데는 누구도 당하지 못하였다. 사람의 얼굴만 보고도 도둑을
잡아내어 열 번에 한 번도 실패가 없는 것이 귀신과 같았다. 그래서
범을 잡거나 도둑을 잡을 일이 있으면 조정에서 그에게 맡겼다.

부원군과 녹사의 첫 대면

여흥驪興 부원군 민 공이 날마다 공사를 마치고 돌아와서는 이웃
집에 가서 장기를 두었다.

하루는 그가 예사 옷을 입고 이웃집에 들르니 그 집 주인 늙은이
가 아직 나오지 않아서 그 집 누다락에 혼자 앉아 있었다. 새로 배치
된 녹사가 민 공 댁에 처음으로 와서 주인 대감이 어디 있는가 물었
으나 잔심부름하는 아이는 모른다고 하였다. 녹사는 채용된 지 얼마
안 되어 민 공을 만난 일이 없는 사람이라 그가 앉아 있는 이웃집 누
다락으로 들어와서 신을 벗고 민 공더러 물었다.

"노인은 어디 사시오?"

"이 이웃에 있소."

녹사가 또 물었다.

"얼굴에 주름살이 왜 그렇게 많으시오? 가죽을 실로 꿰매서 주름
을 잡은 것이오?"

"천생이 그런 걸 어찌 알겠소."

"노인도 글을 아오?"

"그저 이름이나 적을 줄 아오."

옆에 장기가 있는 것을 보고 녹사는 계속해서 말하였다.

"노인은 장기를 둘 줄 아오?"

"그러면 한판 두어 봅시다."

그래서 두 사람이 장기를 두는데 민 공이 장기쪽을 놓으며 물었다.

"어데서 오신 손님이시오?"

녹사도 장기쪽을 놓으면서 마주 물었다.

"노인도 부원군을 뵈러 오셨소?"

"내가 부원군이라면 어쩌겠소?"

"암탉이 울 수는 없소."

조금 있더니 주인 늙은이가 나와 꿇어앉으면서 사죄하였다.

"대감께서 행차해 계신 줄을 몰랐습니다. 황송합니다."

녹사는 깜짝 놀라서 그만 신을 들고 도망질을 쳤다. 민 공이 말하였다.

"갓 벼슬한 시골 사람이 아주 열기가 있구먼. 녹록한 위인은 아니로다."

그러고는 그 녹사를 특별히 대접하였다.

김속시의 맹수 사냥

　김속시金束時는 여진 사람이다. 어려서 아버지를 따라 조선으로
왔는데, 무예가 뛰어나고 또 경서와 사기도 제법 알고 있었다. 조종
현 산골에서 살면서 날마다 사냥하는 것으로 업을 삼았다. 일찍이
나를 보고 사슴 사냥에 대해서 다음과 같이 이야기하였다.

　"여름철 한창 풀이 수북할 때는 노루도 사슴도 모두 꼭두새벽에
나와서 풀을 뜯어먹고는 배가 부르면 도로 숲 속에 들어가서 드러
눕습니다. 제가 사냥꾼 두어 사람을 거느리고 자국을 밟아 들어가
서 그물을 사방에 쳐 놓았습니다. 또 몰이꾼 몇 사람을 시켜 산 위
에 올라가서 노래도 하고 큰소리도 치곤 하여 밭을 갈면서 소를
모는 시늉을 하게 합니다. 그러면 그놈이 그런 소리를 들어도 대
수로이 여기지 않아 달아나지도 않고 가만히 엎드려 있습니다. 그
때 제가 활에 화살을 팽팽히 메워 가지고 쫓아 들어가서 한 화살
로 맞힙니다. 화살에 맞지 않을 때에는 그물에 걸리니 백에 한 번
도 실수가 없습니다. 나뭇잎이 다 떨어진 뒤에는 길목에 가만히
기다리고 있다가 쏘는 도리밖에 없습니다."

또 곰 사냥에 대해서도 이야기하였다.

"대개 곰은 힘이 장사입니다. 범을 보기만 하면 한 손으로 큰 돌을 주워 들고 다른 손으로 범의 목을 비틀면서 돌로 칩니다. 또 곰이 나뭇가지를 꺾어서 범을 후두들기는데, 한번 후두들긴 다음 그 나뭇가지는 버리고 또 다른 나뭇가지를 꺾습니다. 그렇기 때문에 곰이 기운이 빠지기를 기다려서 범이 다시 덤벼들어 싸웁니다. 곰이 또 큰 나무에 올라가서 사람처럼 쭈크리고 앉아서 두 손으로 나뭇가지를 잡아다려 상수리 같은 것을 따 먹습니다. 혹 시내를 찾아다니면서 가재를 잡아먹기도 합니다. 겨울에는 바위 구멍에 들어가서 아무것도 먹지 않고 발바닥만 핥고 있을 뿐입니다. 시월에 우레가 치면 바위 구멍도 찾아 들어갈 사이가 없어 나뭇잎을 끌어모아서 제 몸을 가리고 앉습니다.

내가 여름철 풀이 한창 무성할 때 곰이 나무에 올라간 것을 보면 옷을 홀딱 벗어 버리고 활만 걸머메고 그 아래로 가서 곰의 등을 향해 앉습니다. 곰이 앞발을 내밀어 나뭇가지를 붙들면 탁 활을 쏘고는 풀숲에 드러누워서 송장처럼 숨도 쉬지 않습니다. 곰이 화살에 맞은 뒤 허둥지둥 내려와서 사방을 더듬더듬 찾는데 비록 내 몸까지 만지면서도 산 사람인 줄은 몰라서 해를 입지 않습니다. 조금 지나서 곰이 점점 아픔을 견디기 어려울 때에는 마치 사람처럼 소리를 내어 울다가 시냇물에 거꾸러져 죽는 것입니다."

또 범 사냥에 대해서 이렇게 이야기하였다.

"제 평생에 범을 쏘아 잡은 것은 수가 없습니다. 세조께서 온양에 거둥하셨을 적의 일입니다. 양반 한 분이 와서 나이 열여섯 되는 여자가 전날 밤 안방에서 창문을 열어 놓고 있다가 범에게 물려

갔다고 고하면서 임금의 힘을 빌려 그 원수를 갚아 주십사고 청하였습니다. 세조께서 무관들을 풀어 보내시면서 저더러도 따라가라고 명하셨습니다. 그 여자의 집에 가서 먼저 사정을 물은 다음 산 중턱에 올라서니 붉은 저고리가 반쯤 찢어져서 나뭇가지에 걸렸고 또 앞으로 두어 걸음 더 걸어 들어가니 반쯤 뜯어 먹다가 남은 시체가 시냇가에 동그라져 있습니다. 그러자 소나무 사이에서 으르렁거리는 소리가 났습니다. 돌아다보니 범이 우리를 바라보고 앉았습니다. 내가 분한 바람에 말을 몰아 들어가면서 한 화살을 탁 맞혔습니다. 그러나 뒤돌아서 나온다는 것이 그만 소나무 가지에 걸려 말이 미끄러져 넘어졌습니다. 범이 덤벼들면서 내 팔뚝을 물어서 나는 범과 서로 드잡이를 하였습니다. 다른 사냥꾼이 범을 쏘아 죽여서 겨우 살아났습니다."

그가 옷을 걷고 보이는데 팔뚝에는 그때 상처가 남아 있었다.

윤통의 익살

선비 윤통尹統은 익살스럽고 이야기를 잘하고 언제나 남을 속이는 것으로 재미를 삼았다.

집이 경상도에 있었는데 도내 각 고을을 돌아다니다가 어느 고을에 이르렀다. 방에서 기생 하나를 데리고 노는데, 한 아전이 그 앞을 왔다 갔다 하면서 기생에게 자꾸 눈짓을 하는 것이었다. 그는 곧 그들의 관계를 짐작하고 밤이 깊어지자 일부러 드르렁드르렁 코를 골면서 자는 체하였다. 기생은 정말로 그가 곤히 자는 줄 알고 몸을 빼쳐 나갔다. 윤통이 살그머니 일어나서 그 뒤를 따랐다. 그 아전이 창밖에 와 섰다가 기생의 손목을 잡고 같이 걸어갔다.

"달빛은 물과 같고 방 안에서 볼 사람도 없소. 우리 춤이나 한바탕 추어요."

기생이 말했다.

곧 두 사람이 마주 서서 둥실둥실 춤을 추었다. 처마 밑을 보니 또 한 아전이 보리 짚으로 만든 갓을 벗어서 한 옆에 내던지고 쿨쿨 잠을 자고 있었다. 그는 그 갓을 주워 쓰고 두 사람이 춤추는 데로 가서 그들을 따라서 춤을 추었다.

"우리 둘이 즐겁게 노는데 너는 누구냐?"

아전이 물었다.

"나는 저 방에서 자던 손이올시다. 두 분의 춤을 뵙고 흥에 못 이겨 나왔습니다."

아전은 그만 황송해서 용서해 달라고 빌었다. 그는 물었다.

"네가 지금 관가에서 무슨 일을 맡아보느뇨?"

"공방으로 피물을 맡아보고 있사옵니다."

"가죽이 모두 몇 장이나 있느뇨?"

"사슴 가죽이 일곱 장이요, 여우 가죽이 수십 장 되옵니다."

"내가 네 원님을 보고 피물을 청할 때 너는 있는 대로 다 내놓으렷다. 그렇지 않으면 내 이 일을 모두 발설할 것이로다."

아전이 그렇게 하겠노라고 하고 물러갔다. 이튿날 그가 원과 같이 앉았다가 말하였다.

"내가 지금 신을 지으려니 사슴 가죽도 없고 가죽 옷을 만들려니 여우 털도 없소. 피물 몇 장 주시구려."

"우리 고을에 피물이 있단 이야기를 어디서 들었소? 있기는 있어도 몇 장이 못 되는데."

곧 그 아전을 불러서 피물을 내놓아 보라고 하였다. 아전은 피물을 있는 대로 다 내놓았다. 그래서 그는 그 피물을 몽땅 싸 가지고 돌아왔다.

또 한 고을에 들러서 방에 앉았는데 제법 인물이 똑똑한 기생 하나가 흰옷을 입고 밖에서 왔다 갔다 하였다. 물어보니 그 기생의 어머니가 바로 며칠 전에 죽었다고 한다. 그가 우정 종이 한 권을 찾아

농짝 곁에 끼워서 창밖에 놓은 뒤 창문을 닫고 앉았다. 기생이 지나가는 때 혼자 지껄였다.

"여러 고을을 돌아다니면서도 좋은 물건은 얻지 못하고 얻은 것이 겨우 종이 한 농짝이람! 말은 약하고 짐은 무겁고 저걸 어떻게 집까지 가지고 가누?"

하인도 주인의 뜻을 알고 제 동무들에게 떠들어 댔다.

"우리 나리는 기생을 좋아해서 무슨 물건이나 그저 기생에게 내준단 말이야. 이 종이는 또 어떤 기생이 가져갈지 누가 아느냐?"

그 기생이 당장 제 어머니의 초상을 치르는 데 종이가 필요했기 때문에 그날 밤 그의 방으로 들어왔다. 그가 애초에 거짓말로 기생을 유인한 것이요, 실상 기생에게 줄 종이는 없었다. 그만 소리를 질렀다.

"상제 년이 내 방에 들어왔다!"

기생이 부끄러워 도망을 쳤다.

그가 삼촌과 함께 서울을 오가는데, 삼촌의 말은 검으나 이마가 희고 그의 말은 전체로 검었다. 그 삼촌이 밤마다 조카의 말은 기둥에 동여매 놓고 자기 말은 여물을 먹였다. 그가 그것을 알고 검은 말의 이마에는 흰 종이를 붙이고 다른 말의 흰 이마는 검은 종이로 가렸다.

그때부터 삼촌은 자기 말을 기둥에 매 놓고 조카의 말만 여물을 먹이다가 자기 말이 점점 수척해 가고 잘 걷지도 못하는 것을 보고서야 비로소 조카에게 속은 줄을 깨달았다.

그가 집이 없어서 걱정이던 차에 시주를 잘 모아들이는 중 하나를 사귀어 아주 친해졌다. 그가 중에게 말하였다.

"내가 절을 하나 지어서 평생에 지은 죄를 씻어야겠소."

중이 흔쾌히 동의하였다.

"전생에 보살이었기 때문에 이런 마음을 내시는 게요."

"경주에 옛 절터가 하나 있는데, 뒤로는 산이 높고 옆으로는 물이 둘린 것이 경치가 참 좋소. 우리 거기다 절 하나 이룩해 봅시다."

이렇게 말하고서 드디어 권선문1)을 한 장 써 주었다.

중은 정성껏 시주를 모아들이고 그도 열심히 도와서 재목을 장만한 다음 곧 터를 닦고 건축을 시작하였다. 단지 건물의 모양만은 보통 절과 좀 다르게 온돌방을 많이 만들었으며 또 문 앞의 황무지를 개간해서 전부 채소밭을 만들었다. 단청도 다 칠했고 부처님도 만들어 놓았다.

중이 낙성을 축하하는 재를 올리려고 하자 그가 말하였다.

"우리 집안에서도 불공을 드리러 오겠다 하오."

중은 허락하였다. 그가 곧 자기 부인과 함께 식구들이며 하인들이며 깡그리 끌고 절로 들어왔다. 병이 났다고 핑계하고 며칠을 머물면서 세간짐까지 전부 옮겨 왔다. 중이 들어갈 데가 없어서 관가에 고소하였으나 관가에서는 얼른 처결하여 주지 않아서 결국 그의 집으로 되고 말았다. 그의 집안에는 아무런 질병이 없었으며 그도 여든 살까지 잘살고 죽었다.

---

1) 어떤 사람이 무슨 사업을 하는 데 대해서 널리 동정과 도움을 청하는 글.

양녕 대군 이야기

양녕 대군[1]이 세자로 있을 때 장난이 심하였고 여색에 빠져서 학업은 힘쓰지 않았다. 일찍이 섬돌 위에 새 잡는 올무를 만들어 놓고 서연書筵에서 빈객[2]과 마주 앉았다. 그러자니 한눈만 팔게 되고 공부에 마음이 있을 턱이 없었다. 그럴 때 갑자기 새가 올무에 치니까 쫓아 내려가서 새를 들고 오는 것이다.

계성군 이래李來가 빈객으로 있을 때였다. 하루는 그가 대궐 문밖에 이르렀는데 안에서 매 소리를 흉내 내는 소리가 들렸다. 그는 곧 그것이 세자가 한 짓인 줄 알았다. 세자가 자리에 앉자 이래가 타일렀다.

"저하께서 매 소리를 흉내 내시는 것을 들었는데 이런 짓은 할 것이 못 되옵니다. 공부에 마음을 붙이시고 아예 다시는 이런 소리는 하시지 말아야 할 것이옵니다."

---

1) 세자로 있다가 쫓겨 나간 세종의 큰형.
2) 세자를 도와서 학문을 닦게 하는 직책.

세자가 놀라는 시늉을 하면서 천연스럽게 대답하였다.

"내 평생에 매란 것을 보지 못하였습니다. 어떻게 매 소리를 흉내 내겠습니까?"

"사냥할 때 가지고 다니시면서 토끼를 잡는 것이 바로 매이옵니다. 저하께서 보지 못했다는 것이 말이 되옵니까?"

조금만 잘못이 있으면 이래가 반드시 이런 말 저런 말로 극력 간하기 때문에 세자가 그를 원수처럼 보았다. 일찍이 그는 누구에게 말하였다.

"계성만 보는 날이면 머리가 아프고 마음이 산란하다. 꿈속에서 보기만 해도 그날 반드시 감기를 앓게 된다."

태종이 대궐 안에 감나무를 심어 놓고 열매를 구경하려고 하였는데 까마귀가 와서 다 쪼아 먹어 버렸다. 태종이 까마귀를 잘 쏘아 맞힐 사람을 구하니 좌우에서 모두들 하는 말이 조정에는 비록 무관도 그렇게 잘 쏠 사람이 없고 오직 세자가 잘 쏠 수 있다고 하였다. 태종이 곧 세자를 불러 쏘라 하였더니 연거푸 까마귀를 맞혔다. 좌우에서 모두 축하를 올렸다. 태종이 늘 세자의 행동을 싫어해서 오래 얼굴도 맞대지 않았다가 이날만은 한번 웃었다.

죽어서는 보살의 형

효령 대군[1]은 불교에 혹했다. 걸핏하면 절에 가서 큰 재를 차리고 종일 꾸벅꾸벅 절을 하면서 치성을 드렸다. 양녕 대군이 첩 두어 명과 함께 매를 얹고 개를 끌고 그의 뒤를 따라왔다. 그리하여 섬돌 아래 꿩과 토끼를 쌓아 놓고 고기를 굽는다, 술을 데운다 해서 실컷 취한 다음 다시 마루로 올라와서 함부로 굴었다.

효령 대군이 낯빛을 바꾸면서 말하였다.

"형님이 지금 이렇게 악한 일을 하지만 내생의 지옥도 무섭지 않습니까?"

"공덕을 잘 닦은 사람은 그 덕에 외가, 처가, 진외가의 가까운 친척까지 모두 극락에 가서 태어난다고 하는데 하물며 동기간이겠는가? 내가 살아서는 임금의 형으로 마음대로 놀고, 죽어서는 보살의 형으로 반드시 극락에 갈 걸세. 지옥에 떨어질 리가 있는가."

---

1) 세종의 둘째 형.

어리석은 풍수쟁이

세조가 만년에는 신병으로 잠을 잘 자지 못하였다. 문사들을 많이 모아 놓고 경서와 사서를 토론하거나 익살부리고 우스개 잘하는 사람을 끌어들여 심심풀이로 삼았다. 최호원崔灝元과 안효례는 모두 풍수쟁이들이다. 각기 제 고집만 세워서 서로 비방하며 성질들이 팩해서 누구도 지려 들지 않았다. 하루는 안효례가 고하였다.

"우리 나라가 일본과 땅이 서로 잇닿아 있습니다."

최호원이 팔을 밀치며 꾸짖었다.

"망망한 바다가 만 리나 가로막혔는데 땅이 잇닿아 있다는 게 무슨 소리오니까?"

안효례가 다시 고하였다.

"물이 얹혀 있는 데가 무엇이겠습니까? 물 밑에 땅이 있으니 어째서 잇닿은 것이 아니오니까."

최호원이 더는 아무 말도 못 하였다. 두 사람이 모두 미덥지 못한데, 안효례가 더욱 심하였다. 안효례는 불경도 들추어 보았으나 어느 정도 학식이 있는 중과 만나면 입도 뻥긋하지 못하였다.

입으로 흉내 내는 재주

우리 이웃에 사는 함북간咸北間이란 사람은 동북계[1]에서 왔다. 피리를 좀 불 줄 알고 우스갯소리와 광대놀음을 잘할 뿐 아니라 남의 흉내를 잘 내어 진짜인지 가짜인지 모를 정도였다. 또 입을 오므라뜨리고 풀피리 소리를 내는 데는 어찌나 소리가 큰지 두어 마장 밖까지 들렸으며 비파 소리, 거문고 소리 할 것 없이 입에서 내는 대로 모두 가락에 척척 들어맞았다. 대궐 안에 들어가서 많은 상금까지 받았다.

또 대모지大毛知라는 자는 거위, 오리, 닭, 꿩의 소리를 잘 흉내 내었다. 한번 닭의 소리를 내면 이웃 닭이 나래를 치면서 달려왔다.

또 채수蔡壽의 종 가운데 불만佛萬이란 자가 있는데 개 짖는 소리를 잘 흉내 내었다. 일찍이 영동에 놀러 갔을 때 어떤 마을에서 밤을 맞아 개 짖는 소리를 흉내 내었더니 이웃 개들이 모두 모여들었다.

---

1) 지금의 함경도를 이른다.

진짜 범보다 가짜 범이 겁난다

한봉련韓奉連은 본래 경험 많은 사냥꾼인데 활 쏘는 것으로 세조에게 인정을 받았다. 그 궁력[1]이 아주 약하나 무서운 범만 보면 반드시 걸어 들어가면서 탁 쏘아 한 화살로 죽여 버렸다. 일평생 잡은 범의 수를 이루 셀 수가 없었다.

일찍이 대궐 안의 나회[2]에서 광대가 범 가죽을 뒤집어쓰고 앞으로 달음질치는데, 왕이 한봉련에게 범을 향해 활을 쏘는 시늉을 하라고 하였다. 그가 조그만 활과 쑥대로 만든 화살을 가지고 뛰어가다가 발을 접질리고 섬돌 아래로 떨어져서 팔을 분질렀다. 사람들이 말하였다.

"진짜 범을 만나서는 용맹스럽던 사람도 가짜 범을 만나서는 도리어 겁을 내는구나."

---

1) 활이 세게 나가고 안 나가는 것은 보통의 기운과 반드시 일치하는 것이 아니기 때문에 활을 쏠 때의 힘을 따로 궁력弓力이라고 이른다.
2) 나회儺會는 귀신 쫓는 광대놀음을 이른다.

영순군 이부李溥 댁에서 잔치를 차려 조정 관리들이 모두 참여했는데 세조가 한봉련을 시켜서 술을 내려 보내었다. 모든 사람들은 한봉련에게 말했다.

"네가 비록 미천한 사람이지마는 이제 임금의 심부름을 왔으니 보통 사람과 다르다."

그리하여 윗자리에 맞아들였다. 곱게 단장하고 아름답게 차린 계집이 자리에 가득하고 노랫소리와 악기 소리가 하늘을 뚫을 듯하였다. 한봉련은 부끄러워서 아무 소리도 못하고 오직 고개를 숙이고 있을 뿐이었다. 그러다가 여럿이 다투어 술을 권하여 잔뜩 취하였다. 그때에 걸상에 기대어 팔을 뽐내고 눈을 부릅뜨면서 범을 쏘던 형상을 하였다. 그러면서 연해 고함을 지르니 옆에서 보는 사람들이 웃음을 참을 수 없었다.

강희안을 두고 지은 성삼문의 시

　강희안은 몸이 뚱뚱하고 돼지고기를 즐기며 옷 모양을 내기 좋아한다. 성질도 게을러서 달마다 지어야 하는 시문을 짓지 않았다. 성삼문이 그를 두고 시를 지었다.

> 돝고기[1] 즐기는 품
> 원숭이 술을 본 듯.
> 달마다 짓는 글은
> 여우가 화살 피하듯.
>
> 거완의 본을 떴나
> 옷차림 부질없네.
> 경항을 보게그려
> 배만 커 무얼 하나.

---

1) 돼지고기를 예스럽게 이르는 말.

猪肉猩嗜酒　月課狐避箭
去頑空媚衣　景恒徒飽飯

　그 당시에 박거완이란 선비가 집안이 부유해서 옷 모양을 내고 다
녔고, 경항이란 중이 양이 커서 밥을 많이 먹었는데 두 사람이 모두
뚱뚱하기가 강희안과 비슷하였다.

푸른 귤

참판 안초安超가 일찍이 전라도 관찰사가 되었을 때 순찰사[1]를 만나러 나주로 갔더니 제주 목사가 그리로 푸른 귤을 한 바구니 보내왔다. 안초는 그 빛이 푸르고 껍질이 쭈글쭈글한 것을 보고 못 먹을 것으로 여기고 무엇 하러 먼 길에 이런 채 익지도 않은 것을 보냈담 하고 생각하였다.

기생들에게 나누어 주어서 한 기생이 그것을 가지고 순찰사 방으로 들어갔다. 순찰사가 어디서 났느냐고 물으므로 기생이 그 이야기를 하였다. 그는 곧 안초에게 나누다 남은 것을 다 달라고 해서 안초 앞에서 먹으면서 말하였다.

"감사는 자시지 않고 내버리는 모양이오마는 나는 이걸 아주 좋아하오."

그래서 안초도 비로소 하나를 먹어 보고 그 맛을 알았다.

---

1) 후대에 이르러는 감사를 관찰사 또는 순찰사巡察使로 불렀으나, 이 당시에는 감사가 관찰사요, 그보다 등급이 높은 중앙 관리로 지방에 파견된 사람이 순찰사였다.

집을 빌린 사람과 아들을 빌린 사람

복창군 김수녕은 성질이 세상 물정 모르고 사리에 어두워서 살림
이 어려웠기 때문에 줄곧 남의 집을 빌려서 살고 있었다. 여성군 송
문림宋文琳이 말하였다.

"당당한 재상으로 어쩌면 집이 없어서 남의 집을 빌려 든단 말이
오?"

김 공이 얼른 대답하였다.

"당당한 재상으로 어쩌면 아들이 없어서 남의 아들을 빌려 가진단
말이오?"

송 공이 아들이 없어서 조카를 양자로 삼은 것을 비웃은 말이다.

정치를 이로 하나

　선비 최세원崔勢遠은 우스갯소리도 잘하고 말솜씨도 좋았다. 일찍이 매 한 마리를 키웠는데 꿩을 잘 잡지 못하였다. 그래서 아침저녁으로 닭을 잡아 매에게 먹여 왔는데 그놈이 배가 부른 김에 그만 날아 내빼서 구름 속에 까맣게 떠갔다. 최세원이 매를 부르다 못하여 이웃 사람에게 소리쳤다.

　"여보게, 여보게, 닭 도둑놈이 내빼네."

　그의 아우 최윤崔斎도 역시 말을 잘하였다. 늘 갈증이 있어서 항상 오미자 탕을 마셨다. 그 때문에 이가 모조리 빠졌지만 정신은 조금도 쇠하지 않았다. 늙어서 원을 하나 얻어 하려고 하니 이웃 친구가 말하였다.

　"이가 없어서 어찌하려나?"

　"나더러 잣이나 개암을 깨물라면 못하겠지만 그래 조정에서 언제 이로다가 정치를 하라고 하던가?"

　사람들이 허리를 분질렀다.

신 씨의 허풍

벼슬아치 가운데 신 씨라는 사람이 성질이 들뜨고 허황해서 항상 자기가 잘산다는 것을 남에게 자랑하고 싶어 하였다. 그는 쌀을 한 움큼 문밖에 뿌려 놓고서 손을 맞아 들어오면서 종들을 꾸짖었다.

"아까운 물자를 이렇게 낭비하면 어쩌느냐? 그저께 충청도에서 쌀 이백 석을 올려 오고 어저께 전라도서 쌀 삼백 석을 올려 오는 바람에 이렇게 모두 흐트러뜨렸구나."

또 그는 고운 계집들이 드나드는 것을 자랑하고 싶어 하였다. 언제나 연지와 분을 방 벽에 칠해 놓고서 손을 맞아들이면서 종들을 꾸짖었다.

"벽을 이렇게 더럽히면 어쩌자는 말이냐? 어젯밤에 기생 아무가 와서 이 방에서 자더니 새벽에 분세수하느라고 그런 것이로구나."

또 미리 비단 헝겊을 종에게 주어 두고는, 손이 방에 들어와 앉으면 그 종이 뜰아래 꿇어앉아 비단을 내놓으면서 아뢰게 했다.

"아무 기생의 비단신에 수를 놓는 데는 구름무늬로 하오리까, 꽃무늬로 하오리까?"

그는 대답하였다.

"구름무늬라야 한다."

그렇게 이름을 드는 것은 모두 당대의 유명한 기생들이었다.

또 자기 친구 교제를 자랑하기 위해서는 미리 세력 있고 권리 있는 재상의 이름을 써서 종에게 맡겼다가 손이 와서 앉으면 그 명함을 가져다가 들이밀게 하였다. 그는 일부러 못 본 체하는데, 손이 보고 놀라서 피하려고 하면 그는 손을 붙들면서 말하였다.

"나하고 절친한 사이야. 피할 것 없어."

조금 있다가 종이 와서 그대로 돌아갔다고 고하면 그는 웃으면서 말하였다.

"내 오래 그자를 못 보았기에 한번 만나 보려고 했더니 무엇이 바빠서 그렇게 가 버렸는고."

내용을 아는 사람들은 그의 어리석고 유치함을 비웃었다.

꾀약은 청주 사람

    옛날에 청주 사람과 죽림호竹林胡와 동경귀東京鬼 셋이 함께 말
한 필을 샀다. 청주 사람이 제일 약아서 먼저 허리를 사고, 그다음
죽림호는 대가리를 사고, 동경귀는 꼬리를 샀다. 청주 사람이 제의
하였다.

    "타기는 허리를 산 사람밖에 탈 수 없다."

    그래서 청주 사람이 말에 올라 어디나 가고 싶은 대로 가면 죽림
호는 말에게 꼴을 먹이고 또 그 대가리를 끌어야 했으며, 동경귀는
그릇을 들고 똥오줌을 받아야 하였다. 두 사람이 고생을 견디다 못
하여 다시 의논하였다.

    "이제부터는 제일 높이 또 멀리 가 본 사람이 말을 타기로 하자."

    죽림호가 얼른 말하였다.

    "나는 일찍이 하늘 위에 가 보았다."

    그랬더니 동경귀가 뒤이어 말하였다.

    "나는 네가 올라간 그 하늘 위에서 다시 그 위에 올라가 보았다."

    청주 사람이 동경귀에게 물었다.

"그때 네 손에 무엇이 만져지지 않더냐? 뻣뻣하고 기다란 것이."

"응, 그래."

동경귀가 대답하자 청주 사람은 다시 말하였다.

"그 뻣뻣하고 긴 것이 바로 내 다리였단 말이다. 네가 내 다리를 만졌을 적에는 나보다 아래 있던 게 분명하다."

두 사람이 어떻게 대답할 수 없어서 그대로 청주 사람의 심부름꾼 노릇을 계속하였다.

비둘기 소동

옛날 어떤 사람이 남몰래 비둘기를 가지고 시골로 내려갔다. 길을 가다가 어떤 집에 들어서 하룻밤 자고 새벽에 나왔는데 그 집에서는 손이 무엇을 가지고 가는지 알 까닭이 없었다. 그 사람이 시골에 가서 비둘기를 날렸다. 비둘기가 서울로 날아가는데 반드시 제가 한 번 잔 집에 들러 빙빙 돌다가 가는 것이었다. 그 집에서는 무슨 새가 돌다가 가는 것을 보고 모두 놀라서 경쟁이에게 가서 물었다.

"참새도 아니요, 산새도 아닌 것이 우는 소리는 마치 방울 같습디다. 그런 것이 우리 집을 세 번 돌다가 갔으니 무슨 징조겠소?"

"에이쿠, 큰일 났습니다. 내가 내일 가서 액막이를 해 드려야겠습니다."

이튿날 그 집에서 경쟁이를 청하여 갔더니 경쟁이는,

"내가 말하는 대로 해야 합니다. 그러지 않다가는 오히려 더 나쁩니다. 자, 내가 말을 할 테니 꼭 그대로 하십시오."

하고는,

"명미[1]를 내놓으시오."

하고 소리를 치는 것이었다. 모두들 쭉 따라서 외쳤다.

"명미를 내놓으시오."

또 경쟁이가 소리를 쳤다.

"명포[2]를 내놓으시오."

모두들 쭉 따라서 외쳤다.

"명포를 내놓으시오."

"이거 왜 이러는 게요?"

경쟁이가 소리를 지르자 여러 사람들도 따라하였다.

"이거 왜 이러는 게요?"

경쟁이가 그만 화가 나서 그 집에서 나간다는 것이 문틀에다 머리를 부딪혔다. 여러 사람이 우 하고 덤벼 문틀을 받고 혹 아이들은 사다리를 가지고 와서 받았다. 경쟁이가 문밖으로 나오다가 마침 소똥을 밟고 미끄러졌다. 여러 사람이 또 우 하고 덤벼 미끄러지고 소똥이 다 없어지니까 일부러 주어다 놓고 미끄러지는 사람까지 있었다. 경쟁이가 당황해서 동아 덩굴 아래로 들어가서 숨으니 모두들 그리로 달려들어서 동아 덩굴 아래 사람 사태가 났다. 아이들은 미처 못 들어가고 울면서 부르짖었다.

"어머니, 아버지, 난 어디로 들어가란 말이오?"

부모들이 대답하였다.

"동아 덩굴 아래로 들어올 수 없거든 남산에 가서 칡덩굴 아래라도 들어가렴."

---

1) 액막이 따위로 내놓는 쌀을 가리킨다.
2) 명미 대신으로 내놓는 포목을 말한다.

어리석은 형과 똑똑한 아우

옛날에 형, 아우 두 사람이 있었는데, 형은 어리석고 아우는 영리하였다.

그 아버지의 제삿날이 되어 재를 올리고 싶으나 집이 가난해서 아무것도 없었다. 형제가 밤중에 이웃집 벽을 뚫고 들어갔더니 마침 주인 늙은이가 일어나서 집을 한 바퀴 돌고 있었다. 두 사람이 숨소리도 내지 못하고 섬돌 아래 엎드렸는데 그 늙은이가 거기다 대고 오줌을 누었다. 형이 아우에게 말하였다.

"얘, 뜨거운 비가 내 등에 떨어지니 어쩌면 좋으냐?"

그래서 그만 주인 늙은이에게 붙잡혔다. 늙은이가 너희들에게 어떤 벌을 주면 좋겠느냐고 물으니, 아우는 썩은 새끼로 동이고 겨릅[1]으로 때려 달라고 하는데, 형은 칡으로 동이고 수정목[2]으로 때려 달라고 하였다.

---

1) 껍질을 벗긴 삼대.
2) 꼭두서닛과 늘푸른나무.

늙은이가 각각 저희 말대로 벌을 준 다음 무엇 때문에 도둑질을 하러 들어왔느냐고 물었다. 아우는 아버지의 제사를 지내려고 그랬노라고 대답하였다. 늙은이는 그만 불쌍한 생각이 들어서 저희가 가지고 갈 수 있는 데까지 곡식을 가져가라고 허락하였다. 아우는 제 힘껏 붉은 팥 한 섬을 지고 돌아오는데, 형은 팥 몇 알을 새끼로 동여서 영치기영차를 부르면서 끌고 돌아왔다.

이튿날 아우는 팥죽을 쑤면서 재를 올리려고 형에게 중을 불러오라고 하였다. 형이 물었다.

"중이 무엇이냐?"

"산속에 들어가서 검은 옷 입은 것을 보거든 청해 오시오."

형이 산에 올라가서 나뭇가지에 까마귀가 앉은 것을 보고 청했다.

"대사님, 대사님, 재를 올리러 갑시다."

까마귀는 울면서 날아갔다. 형이 돌아와서 아우더러 말하였다.

"애, 중을 청했더니 깍깍 하고 날아가더라."

"그건 까마귀지 중이 아니오. 다시 가서 누런 옷 입은 것을 보거든 청해 오시오."

형이 또 산중으로 들어가다가 나뭇가지에 꾀꼬리가 앉은 것을 보고서 청하였다.

"대사님, 대사님, 재를 올리러 갑시다."

꾀꼬리도 또 울면서 날아갔다. 형이 돌아와서 아우더러 말하였다.

"애, 중을 청했더니 꾀꼴꾀꼴 하고 날아가더라."

"그건 꾀꼬리지 중이 아니오. 내가 가서 중을 청해 올 테니 형님이 집에 계시오. 만약 솥 안의 죽이 끓어 넘거든 오목한 그릇에 퍼서 담으시오."

형은 처마 밑에 낙수가 떨어져 오목오목 파인 데다 팥죽을 모조리 퍼서 채웠다. 아우가 중을 청해 가지고 와 보니 팥죽 한 솥이 다 없어졌다.

스님 속인 상좌

상좌[1]가 스님을 속이는 것은 예전부터 그러하였다. 옛날에 한 상좌가 스님에게 말하였다.

"까치가 은 숟가락을 물고 문 앞 스무나무 위에 있는 제 보금자리로 들어갑디다."

중이 그 말을 곧이듣고 나무 위를 기어 올라가려니까 상좌가 큰소리로 외쳤다.

"우리 스님이 까치 새끼를 잡아다가 구워 잡수려고 하네."

중이 그만 당황해서 내려오는 바람에 나무 가시에 찔려 온몸에 상처를 입었다. 화가 나서 상좌를 때려 주었더니 어느 날 밤 상좌는 중이 드나드는 문 앞에다가 큰 솥을 달아매 놓고 큰 소리로 외쳤다.

"불이야, 불이야!"

중이 놀라서 뛰어나오다가 솥에 머리를 부딪고 땅에 쓰러졌다. 한참 만에 일어나 보니 실상 불도 없었다. 중이 화를 내어 꾸짖으니 상

---

1) 불교에서 중이 아니면서 절에 가서 불도를 닦는 사람. 중들의 심부름을 든다.

좌는 먼 산에 불이 나서 소리를 친 것이라고 하였다.

　중이 타일렀다.

　"이제부터 가까운 불이나 소리치지 먼 불까지 소리칠 건 없다."

상좌에게 속고 이 부러진 중

한 상좌가 스님을 속여 말하였다.

"저희 이웃집에 젊고 고운 과부가 하나 있습니다. 늘 저를 보면 너희 절에서 따는 감을 스님이 혼자 자시느냐고 묻습디다. 그래서 어떻게 혼자 다 잡숫겠느냐고, 남들을 주기도 한다고 하니 자기 말을 하고 좀 달래 오라고, 자기가 먹고 싶다고 합디다."

"그렇다면 네가 좀 따다 주려무나."

상좌가 감을 몽땅 떨어서 제 부모에게 갖다 주고는 돌아와서 중에게 말하였다.

"그 과부가 좋아라고 받아서 맛있게 먹습디다. 또 나를 보고 부처님 앞에 공양하는 흰떡은 너희 스님이 혼자 자시느냐고 묻습디다. 그래서 우리 스님이 어떻게 혼자 다 잡숫겠느냐고, 남들을 주기도 한다고 하니 자기 말을 하고 흰떡도 좀 달래라고, 자기가 먹고 싶다고 합디다."

"그렇다면 네가 쏟아다 주려무나."

상좌가 몽땅 쏟아서 제 부모를 갖다 주고는 다시 돌아와서 중에게 말하였다.

"그 과부가 좋아라고 받아서 잘 먹습디다. 그런데 어떻게 스님께 답례를 해야 옳으냐고 하기에 우리 스님은 서로 만나 보기를 원하신다고 하였습니다. 그 과부가 흔연히 허락하면서 자기 집에는 친척도 많고 하인도 많아서 스님께 오시랄 수 없으니 한번 틈을 보아 절에 가서 만나겠노라고 하기에 제가 아무 날로 날짜까지 약속을 하였습니다."

중이 기뻐서 날뛰었다.

약속하였다는 그날 과부를 맞아 오라고 상좌를 보냈더니 상좌가 과부의 집에 와서 말하였다.

"저희 스님이 가슴앓이로 고생을 하는데 의원 말이 부인네의 비단신을 얻어다가 불에 쪼여 배에 문지르면 낫는다고 합니다. 비단신 한 짝을 얻으러 왔습니다."

과부가 얼른 내주었다. 상좌는 그것을 가지고 절로 돌아와 숨어서 엿보았다.

중이 방을 깨끗이 쓸고 이부자리까지 펴놓고 혼자서 중얼거렸다.

"나는 여기 앉고 그이는 저기 앉는단 말이렷다. 내가 밥을 자시라고 권하면 그이가 밥을 자시렷다. 그런 다음 그이 손목을 끌고 방에 들어가서 서로 정답게 지내 보자꾸나."

상좌가 좇아 들어가서 비단신 한 짝을 중 앞에 내던지면서 말했다.

"일은 다 틀렸습니다. 과부가 방 밖까지 왔다가 스님이 하시는 모양을 보고는 그만 발끈해서 네가 나를 속였다고, 스님이란 게 미친 녀석이 아니냐고 하면서 내빼 버렸습니다. 제가 좇아가서 붙들어 들이려다가 겨우 비단신 한 짝만 주워 가지고 옵니다."

중이 고개를 떨어뜨리고 후회하면서 말하였다.

"네가 내 입을 짓찧어 다오."

상좌가 목침으로 힘껏 중의 입을 짓찧어서 이를 다 부러뜨렸다.

물 건너는 중

중 하나가 과부를 살살 꾀어서 결국 장가를 들게 된 날 저녁이었다. 상좌란 놈이 말하였다.

"날콩을 빻아서 양념을 하고 그것을 물에 타서 마시면 양기가 좋아진답니다."

중이 그 말을 곧이듣고 그대로 해서 마셨더니 길에서 벌써 배가 부글부글 끓어 기다시피 해서 간신히 그 집에 들어갔다. 그다음에는 발끝으로 항문을 잔뜩 고이고 방 안에 가만히 앉아서 옴짝달싹을 못하였다. 나중에 과부가 들어오면서 왜 이렇게 제웅처럼 앉았느냐고 하고 손으로 슬쩍 떠다미는 바람에 펄썩 넘어지자 화닥닥 설사가 나와서 온 방 안이 구린내 천지로 되었다. 그 집에서는 몽둥이를 들고 나서서 중을 내쫓았다.

밤중에 중 혼자서 모르는 길을 더듬어 오는데 눈앞에 허연 것이 보였다. 물인가 해서 옷을 걷고 들어섰더니 실상 메밀꽃이다.

중은 잔뜩 분통이 터지는 판에 또 허연 것을 보았다. 한 번 속지 두 번 속겠느냐 해서 옷을 걷지 않은 채 들어섰다. 이번이야말로 정작 물이라 옷을 전부 적셨다.

다시 다리로 해서 건너가는데 아낙네 두엇이 시냇가에서 쌀을 씻고 있었다. 중은 제가 고생한 것만 생각하고 혼자 중얼거렸다.

"에, 시다. 에, 시다."

아낙네들은 사정을 모르고 와 하니 달려들어,

"남이 술쌀을 씻고 있는데 왜 시다고 하는 게냐?"
하고는 중의 옷을 갈가리 찢으면서 두들겨 댔다.

그래서 해가 높다랗게 올라오도록 아무것도 얻어먹지 못하고 배는 고파 죽게 되어 마를 캐어 먹고 있었다. 그때 "에라꺼라, 물러꺼라." 하는 소리가 들리면서 원님 행차가 가까워 왔다. 중은 다리 아래로 들어가서 피했다. 중이 가만히 생각하였다. 마가 맛이 있으니 이것을 원님에게 바치면 밥을 얻어먹을 도리가 있을 법했다.

그래서 원님 행차가 막 다리에 이르렀을 때 중이 툭 뛰어나오는 바람에 원님이 그만 말에서 떨어져 버렸다. 원님은 화가 크게 나서 중을 죽도록 때려 놓고 갔다.

중이 그대로 다리 밑에 쓰러져 있는데, 순행을 돌던 군관들이 지나다가 그것을 보았다.

"다리 아래 중놈의 시체가 하나 있네. 우리 무기 쓰는 법이나 한번 연습해 보세."

작대기를 가지고 덤벼 겨끔내기로 쥐어지르나 중은 겁이 나서 숨도 크게 쉬지 못하였다. 나중에는 한 군관이 칼을 빼어들고 나오면서 말했다.

"중놈의 콩팥은 약에 쓴다네. 내가 베어 가야겠네."

그제는 중이 소리를 꽥 지르면서 도망질을 쳤다.

해가 진 뒤에야 절에 이르니 벌써 절 문이 닫혀 들어갈 수가 없었다. 아무리 큰 소리로 상좌를 불러도 상좌는 애초부터 내다보지도 않았다.

"우리 스님은 처갓집에 갔다. 어떤 놈이 밤에 와서 야단이냐?"

중은 개구멍으로 기어 들어가려고 하는데 상좌가 소리쳤다.

"어느 놈의 개가 어젯밤에 와서 부처님 앞에 놓은 기름을 다 핥아 먹더니 오늘 또 오는구나."

그러고는 몽둥이를 들고 나와서 두들겼다.

지금도 무슨 일에 낭패를 당하여 갖은 고생을 다 겪는 것을 보면 '물 건너는 중'이라고 한다.

어리석은 사위

옛날에 어떤 선비가 사위를 보았더니 사위가 아주 어리석어서 콩과 보리도 분간할 줄을 몰랐다. 사흘째 되는 날 신랑이 신부와 같이 앉아서 상 위의 만두를 가리키면서 물었다.

"이게 무엇이오?"

신부는,

"쉬, 쉬."

하고 신랑의 입을 막았다. 신랑이 떡을 먹다가 그 속에 잣이 있는 것을 보고서 또 물었다.

"이건 또 무엇이오?"

신부는 또다시,

"말 말아요."

하고 역시 입을 막았다.

신랑은 제 집으로 돌아갔다. 그 부모가 처가에 가서 무엇을 먹었느냐고 물었다. 그는 대답하였다.

"한 '쉬' 속에 세 '말 말아요' 가 들어 있는 것을 먹었습니다."

처가에서는 근심도 되고 후회도 되고 어쩔 줄을 몰라서 하루는 쌀 쉰 말들이의 큰 노목 궤짝을 사다 놓고 사위에게 이것이 무엇인지 알아내야 내쫓지 않는다고 하였다. 그 안해가 밤새도록 어떻게 할지 가르쳐 주었다. 이튿날 장인이 사위를 불러서 노목 궤짝을 보이니 그는 막대기로 두들기면서 말하였다.

"이 노목 궤짝에 쌀이 쉰 말은 들겠습니다."

장인이 아주 기뻐하였다. 또 나무통을 하나 사다 보이니 그는 막대기로 두들기면서 말하였다.

"이 노목 통에 쌀이 쉰 말은 들겠습니다."

장인이 콩팥에 병이 나서 사위가 병문안을 갔을 때 아픈 데를 내어 보이니 또 막대기로 두들기면서 말하였다.

"이 노목 콩팥에 쌀이 쉰 말은 들겠습니다."

명통사의 장님들

서울 안에 명통사란 절이 있으니 장님들이 모이는 곳이다. 달마다 초하루와 보름에 한 번씩 모여 경을 읽고 임금을 축수하는 것으로 일을 삼았다. 그중에도 높은 사람은 마루에 앉고 낮은 사람은 문을 지키는데, 문마다 파수가 있어 아무나 들어가지 못하였다.

한 장난꾼 선비가 몸을 뻗쳐 들어가서 들보 위에 올라가 있었다. 장님들이 종을 치려고 할 때는 종 끈을 잡아다려 종을 번쩍 들었다가 종 채가 허탕을 친 뒤 다시 내려놓았다. 장님들이 손으로 더듬어 보니 종은 여전히 달려 있었다. 이렇게 서너 번 되풀이 하였더니 장님들은 무엇이 이 종을 들었다 놓는다고 떠들었다. 그러고는 여러 장님이 쭉 둘러앉아서 점을 쳤다. 한 장님이 말했다.

"종을 드는 그것이 박쥐처럼 벽에 붙어 있는 것이오."

모두 일어나서 사방 벽을 더듬었으나 아무것도 발견되지 않았다. 다른 장님이 말했다.

"그것이 저녁닭처럼 들보 위에 앉아 있는 것이오."

서로 긴 작대기로 들보를 두들기는 바람에 그 선비는 아픔을 견디지 못하여 아래로 떨어졌다. 우 하고 덤벼 그 선비를 동여매고 저마다 치고 때려 선비는 엉금엉금 기어서 돌아왔다.

　그 선비는 이튿날 노끈 두어 사리를 가지고 또 그 절로 들어가서 뒷간에 숨어 있었다. 가장 우두머리 되는 장님이 막 뒤를 보러 왔을 때 얼른 노끈으로 부자지를 얽어서 잡아다리니 장님은 사람 살리라고 소리를 질렀다. 우 하고 여러 장님들이 와서 뒷간 귀신의 동티가 난 것이라고 떠들면서 이웃을 불러서 약을 구하는 자도 있고 북을 치고 주문을 읽는 자도 있었다.

하늘 위의 장님

옛날 개성에 사는 장님 하나가 어리석은 데다 신기한 일을 좋아하였다. 젊은이만 만나면 무슨 이상한 소문을 못 들었느냐고 물었다. 한번은 젊은이가 대답하였다.

"요사이 아주 야릇한 일이 생겼소. 동쪽 거리에는 땅이 천 길이나 무너졌는데 땅 밑에서 오가는 사람이 죄다 환히 보이고 닭이 울고 다듬이 소리가 나는 것도 죄다 환히 들리오. 내가 지금 바로 거기서 오는 길이라오."

"그 참 아주 이상한 일일세. 내가 앞은 보지 못하지마는 그 옆에 가서 거기서 나는 소리라도 들었으면 죽어도 한이 없겠네."

젊은이는 장님을 끌고 온종일 이리저리 싸다니다가 도로 그의 집 뒷동산에 와서 말하였다.

"여기가 거기요."

장님은 제 집에서 닭이 울고 다듬이 소리가 나는 것을 듣더니 손뼉을 치고 좋아하였다.

"그 참 재미있어."

젊은이가 장님을 떠밀어 땅바닥에 굴러 떨어졌다. 그의 하인들이 어쩐 일이냐고 물은즉 장님은 공손히 말하였다.

"나는 저 하늘 위의 장님입니다."

또 안해의 웃음소리를 듣고 물었다.

"임자는 또 언제 여기를 왔나?"

풍산수의 계산법

　임금의 일가인 풍산수豐山守는 어리석어서 콩과 보리도 분간할 줄 몰랐다. 그 집에서 거위와 오리를 키우지만 셈수를 도무지 알지 못하기 때문에 오직 한 쌍, 한 쌍으로 세고 있었다. 하루는 하인이 오리 한 마리를 잡아먹었더니 풍산수가 한 쌍, 한 쌍 세다가 한 마리가 남았다. 크게 골이 나서 하인을 때리면서 말하였다.

　"네놈이 오리를 훔쳐간 게다. 꼭 다른 오리를 들여놔야 한다."

　이튿날 하인이 한 마리를 더 잡아먹었다. 그는 또 한 쌍, 한 쌍 세어 짝이 꼭 맞으니까 아주 좋아하면서 말하였다.

　"매는 때리고 볼 것이야. 어제 매를 때렸기 때문에 그놈이 들여놓았군."

불상이나 신주나

낙산사의 중 해초海超가 우리 집에 드나든 지 벌써 오래되었다. 하루는 불공드릴 물건을 얻으러 왔는데 유본有本이 방에 있다가 말하였다.

"높다랗게 집을 짓고 울긋불긋 칠까지 한 다음 나무나 흙으로 불상을 새겨 놓고 밤낮 위해서 무슨 이익이 있소?"

중이 곧바로 대답하였다.

"높다랗게 집을 짓고 울긋불긋 칠까지 한 다음 밤나무로 신주를 만들어 놓고 사시사철 받들어서는 무슨 이익이 있습니까?"

유본이 더는 말하지 못하였다.

안생의 사랑

안생의 집안은 서울서 손꼽히는 집안이다. 비록 성균관에 이름을 걸어 놓고 있지만 좋은 말을 타고 비단옷을 입고 줄곧 놀러만 다녔다. 그는 일찍이 안해를 잃고 혼자 지냈다.

성 동쪽에 사는 어떤 궁가[1]의 종이 재산도 많고 미인이었다. 그 말을 듣고 예장을 많이 보내면서 청혼하였으나 거절당하였다. 마침 그가 병이 들었다. 중매쟁이가 상사병이라고 떠들면서 색시 집을 혼동시켜 겨우 혼인이 이루어졌다.

색시는 나이 열일고여덟 살로 인물이 실로 아름다워 남자의 마음이 흡족하였으며 정이 날을 따라 두터워 갔다. 남자도 나이 젊고 풍채가 좋은지라 이웃 사람들이 부러워하고 색시 집에서도 사위를 잘 얻었다고 좋아하였다. 아침저녁으로 새 사위를 대접하느라고 비용을 아끼지 않을 뿐 아니라 재산의 태반을 새 사위에게 주기로 하였

---

1) 임금의 아들 딸 등 왕의 일가들의 사는 집을 궁이라 하기 때문에 그런 집들을 궁가宮家라고 한다.

다. 여기서 다른 사위들이 시기를 해서 상전 되는 궁가에 고하였다.

"제 처가에서는 사위 하나를 본 뒤로 집안이 거덜나서 점점 살기가 어렵습니다."

궁가 주인 양반은 화를 내었다.

"내 말도 듣지 않고 제멋대로 사위를 보았단 말이냐? 톡톡히 버릇을 가르쳐 놓아야 다른 놈들도 정신을 차릴 것이다."

곧 우락부락한 종을 두엇이나 내보내서 아비와 딸을 함께 잡아들이라고 명령하였다. 그때 안생이 막 안해와 마주 앉아서 밥을 먹다가 갑자기 피할 도리도 없어 서로 붙들고 울며 떨어지기 애처로워했을 뿐이다.

여자는 한번 붙들려 간 뒤로 궁가에 갇혔다. 담은 높고 문은 몇 겹으로 되어 안팎이 꽉 막히니 어쩔 길이 없었다. 안생과 여자의 집에서는 다투어 재산을 내서 궁가의 하인과 문지기를 잔뜩 먹이고 밤중에 담을 넘어 서로 만나는데 궁가 옆에 조그만 가겟방을 하나 사 놓고 거기서 늘 만났다. 하루는 여자의 집에서 붉은 신을 한 켤레 보냈는데 여자가 대견한 듯이 자꾸 만지작거렸다. 안생이 놀렸다.

"이 고운 신을 신고 누구한테로 가려오?"

여자가 낯빛이 나빠지면서 말하였다.

"굳게 약속한 것이 아직 자리도 가시지 않았소. 어찌 그런 말을 내오?"

그러고는 곧 옷에 찼던 장도를 빼서 신 한 짝을 갈기갈기 찢었다.

또 하루는 흰 적삼을 짓고 있는데 안생이 전과 같이 실없는 말을 하였다. 여자가 그만 낯을 가리고 울면서 말하였다.

"내가 당신을 저버리는 게 아니라 당신이 나를 저버리는 것이오."

그러고는 짓던 적삼을 수챗구멍에 처박아 버렸다. 안생은 안해의 지조에 감복해서 그리운 정이 더욱 깊어졌으며 언제나 밤에 만나고 새벽에 헤지었다.

그런지 몇 달 만에 궁가 주인이 그것을 알고 크게 골이 나서 안해 없는 딴 사람에게 시집을 보내기로 결정하였다. 여자는 흔연히 말하였다.

"일이 이 지경 된 바에야 내 무슨 절개를 지키겠소."

시집갈 때 필요한 여러 도구를 제 손으로 모두 장만하고 음식을 잘 차려서 궁인들을 대접하였다. 누구나 그 여자가 이제는 개가할 줄로 믿었으며 오히려 신의 없는 것을 미워하기까지 하였다.

그런데 시집간다는 그날 저녁 남몰래 다른 방으로 들어가서 목을 매달아 죽었다. 안생은 여자가 죽은 것도 전혀 알지 못하고 있었다.

이튿날 그가 자기 집에 있는데 조그만 여종이 와서 고하였다.

"아씨가 오십니다."

그가 신을 거꾸로 신고 문간으로 좇아 나오니 여종이 얼른 고쳐 말하였다.

"아씨가 어젯밤에 돌아가셨답니다."

그는 웃으면서 진정으로 듣지 않았으나 미심스러워서 그전에 서로 만나던 가겟방으로 달려갔다. 방 한가운데는 상을 들여다 놓았고 그 상 위에는 여자의 시체를 홑이불로 덮어 놓았다. 그가 가슴을 치고 발을 구르며 어찌나 슬프게 울었던지 이웃 사람들도 모두 느껴 울었다.

그때 큰비로 물이 불어서 안해의 집에는 사람이 다니지를 못하였다. 안생이 제 손으로 모든 것을 준비해서 빈소를 차렸으며 아침저녁으로 음식을 가져다 놓았다. 그가 밤에도 통 잠을 자지 못하다가 잠깐 잠이 들었더니 안해가 밖에서 들어오는데 살아 있을 때와 꼭 같았다. 안생이 마주 나가면서 이야기를 하려던 차에 잠에서 깬즉 창문은 괴괴하고 빈소의 종잇장만 바람에 펄럭이며 외로운 등불이 껌뻑거릴 뿐이었다. 그가 울고불고 까무러쳤다가 다시 피어났다.

사흘 뒤 구름이 흩어지고 비도 멎어서 그는 달을 띠고 자기 집으로 향하였다. 혼자 걸어서 수강궁 동쪽 문까지 오니 밤은 벌써 깊었다. 홀연 한 여자가 곱게 단장하고 머리 쪽을 높이 찌고 혹 앞서거니 혹 뒤서거니 멀찍이 떨어져서 걸어갔다. 그가 바싹 다가들어 서니 기침 소리와 한숨 소리가 꼭 전날에 듣던 것과 같았다. 그가 꽥 소리를 지르고 달음질쳐서 한 도랑에 이르니 안해가 그 옆에 앉았다. 그가 돌아다보지도 않고 걸어서 자기 집에 이르자 그 여자가 또 문간에 와서 앉았다. 그래서 큰 소리로 하인들을 불러 일으켰다. 그 여자는 다듬잇돌 사이로 들어가 버려 아무것도 보이지 않았다. 그는 심신이 혼몽해서 얼빠진 사람 같았다. 달포 뒤에 그 여자는 예식을 갖추어 장사 지냈고, 얼마 뒤 안생도 죽었다.

봉석주의 재산 늘리기

봉석주奉石柱는 날래고 활 잘 쏘고 격구[1]로도 당대 제일로 지목되었다. 세조의 공신으로 벼슬이 정이품에 이르러 봉군까지 되었다. 그러나 위인이 탐욕스럽고 난폭해서 재산 늘리는 것으로 일을 삼았다.

일찍이 바늘 만드는 공인을 청해다가 술을 먹인 뒤에 바늘 몇십 개를 얻었다. 하인에게 그 바늘을 주어서 지방으로 보내 시골 사람들에게 바늘 한 개에 닭알 한 개씩과 바꾸게 하고 그 닭알을 도로 그 사람에게 맡긴 뒤에 가을에 가서 큰 닭으로 받아들이게 하였다. 그대로 따르지 않는 자에게는 욕하고 두들기고 못하는 짓이 없었다.

또 많은 사람에게 쇠못을 주어 한강 상류로 보냈다. 그 사람들은 산골짜기 속으로 들어가서 벌목해 놓은 것이 흐트러져 있으면 보는 대로 그 목재 대가리에다가 슬그머니 못을 박아 놓았다.

그 목재 주인이 떼를 만들어 흘려다가 경강[2]에 닿으면 모두 자기

---

1) 돌이나 나무로 둥글게 공을 만들어 말 위에서 치는 놀이. 옛날의 놀이인 동시에 무예이기도 했다.

것이라고 주장하고 나선다. 목재 주인과 실랑이가 벌어지면 그는 말하였다.

"네 것은 무슨 표가 있느냐? 우리는 대가리에 쇠못을 박아서 표를 해 놓았다."

실지로 검사해 보면 과연 그러하였다. 목재 주인도 할 말이 없어서 제 물건을 고스란히 빼앗긴 예가 수없이 많았다.

여름철을 맞아 조정에서 문무 재상들에게 얼음을 나누어 주는 것이 관례였다. 그러나 재상 중에는 그것을 타러 보낼 사람이 없어서 타 가지 못하는 이도 많았다. 봉석주가 그런 재상의 것까지 대신 타다가 시장에 팔아서 이익을 남겼다.

일찍이 전라도 수군절도사에 임명되었을 때 병사들을 시켜 섬들을 개간하고 깨, 목화 따위를 심었다. 벼슬이 갈려 돌아올 때는 많은 재산을 배로 실어 가지고 돌아왔다. 그렇기 때문에 금은을 가진 것이 몇만 냥어치요, 곡식을 저장한 것도 나라의 창고와 같았다.

조정에서 반역죄로 처형된 관리들의 안해와 첩을 종으로 들여서 공신들에게 갈라 주었다. 봉석주는 그중에서 얼굴이 어여쁜 이들을 구해다가 놓고 밤낮 술로 세월을 보냈다. 나중에는 그도 반역죄로 목이 떨어졌다.

---

2) 뚝섬에서 양화 나루 사이의 한강 일대를 이르던 말.

수원 기생의 정론

수원 기생 하나가 손님을 뫼시지 않다가 매를 맞고 제 동무들에게 말하였다.

"어우동은 음란하다고 죄를 주고 나는 음란치 않다고 죄를 주고! 한 나라 법이 어째 이렇게 다를 수 있느냐."

이 말을 듣는 사람마다 모두 옳은 소리라고 하였다.

변구상의 공사

선비 변구상卞九祥은 문학에는 훌륭하였으나 사무 처리에는 변변치 못하였다. 일찍이 한성부의 참군으로 있는데, 서류는 구름처럼 몰려들고 소송하러 오는 사람은 문이 메게 붐볐다. 갑이 소송하러 오면 그는 말하였다.

"응, 네 말이 옳다."

조정에서 듣고 그만 그를 갈아 버렸다. 당시 사람들이 세상에서 옳고 그름을 판단할 줄 모르는 것을 변구상의 공사라고 하였다.

또 선비 조백규趙伯珪는 여러 해 동안 줄곧 교수로만 있었다. 하루는 헌납으로 옮기게 되자 어찌나 좋던지 제자 김하손金賀孫을 불러서 말하였다.

"여보 하손 씨, 이야말로 참된 인사 행정이오."

뒤미처 도로 교수에 임명되니 또 김하손을 부르면서 불평하였다.

"여보 하손 씨, 이게 무슨 인사 행정이오?"

이것이 선비들 간에 우스개로 전해졌다.

딸에게 주는 교훈

재상 윤 씨가 딸을 두엇이나 두었다.

중국 사신이 와서 조정의 모든 관리가 의식을 갖추어 마중을 나갔다. 길거리에는 남녀 구경꾼들이 야단이었다. 윤 씨의 딸들도 역시 단장을 곱게 하고 구경을 나가려고 하는데, 윤 씨가 불러 세우고 타일렀다.

"구경 가는 것도 좋다. 그러나 내가 한마디 이를 말이 있으니 너희들이 듣고 생각해 보아라.

옛날 어느 나라 임금이 마당 한가운데 여덟 자쯤 되는 나무를 꽂아 놓고 그것을 능히 뽑는 사람에게는 돈 천 냥을 준다고 하였단다. 그 나라의 선비나 관리나 아무리 기운이 센 사람도 그 나무를 뽑지 못하였다.

그런데 점쟁이의 말이 절개 있는 여인이라야 능히 뽑을 수 있다고 한단 말이다. 그래서 온 서울의 여자를 마당에 모아들였는데 혹은 바라만 보다가 달아나고 혹은 만지기만 하고 물러간단 말이다. 그중 한 여자가 제 스스로 절개가 있다고 해서 그 나무를 뽑으려 하였다. 나무가 흔들리기는 하나 뽑히지는 않는다. 그 여자는 하늘을 향해서 말하기를 내 평생의 절개는 하늘도 알 터인데 이제 이렇게 되어서는 죽느니만 못하다고 하면서 울기를 마지않았다.

또 점쟁이 말이, 비록 나쁜 행실은 없었다고 하더라도 다른 남자의 외모를 보고 마음속에 사모했던 일은 없느냐고 하니까 그제야 그 여자는 갑자기 깨달아서 있다고 하였다. 어느 날 그 여자가 문간에 기대섰을 때 한 사나이가 활을 차고 말을 타고 지나가는데 눈이 가늘고 눈썹이 긴 것이 풍채가 준수하더란 것이다. 혼자 생각에 저 사내의 안해는 참으로 복 있는 사람이구나 하였을 뿐, 그 외에는 조금도 딴마음을 먹지 않았다는 것이다. 점쟁이는 그쯤의 마음으로도 이 나무를 뽑기는 어렵다고 하였다. 그래서 그 여자가 다시 경건한 마음으로 단단히 결심하고 나가서 마침내 그 나무를 뽑았다.

그래 너희들이 구경 나갔다가 준수하게 생긴 사내를 보게 되면 생각이 다르지 않을 수 있겠느냐?"

딸들이 구경 나가는 것을 그만두었다.

개구리 소리도 들을 탓

용재총화 3

《용재총화慵齋叢話》는 인문, 사회, 역사, 민속, 예술 등 모든 분야에서 몹시 소중한 자료의 보고이다. 또한 재미난 인물 이야기를 많이 담고 있어서 구비 문학 연구에서도 중요한 책이다. 왕, 양반, 문인만이 아니라, 기생이나 탕녀들의 이야기도 다루어 소재를 넓혀 놓았고, 해학이 담긴 이야기와 우스운 이야기를 실어 설화 문학의 지평을 넓혔다.

기우제의 절차

기우제를 지내는 절차는 먼저 오부에 시켜 성안의 개천을 치우고 각 골목을 쓸고, 그다음에 종묘와 사직에 제사 지내고, 그다음에 사대문에 제사 지내고, 그다음에 오방에 있는 용에게 지내는 제사를 차리는 것이다. 동쪽 지역에서는 푸른 용, 남쪽 지역에서는 붉은 용, 서쪽 지역에서는 흰 용, 북쪽 지역에서는 검은 용, 서울 한복판인 종로 거리에다가는 누런 용을 만들어 놓고 관리를 파견해서 제사를 지내는데 그 제사가 사흘이나 걸린다. 또 저자도에도 용의 제사를 차려 놓고 도사를 불러다가 용왕경[1]을 읽히며 또 박연, 양진[2] 등지에 범의 대가리를 잠그기도 한다.

또 창덕궁 후원, 경회루, 모화관 등 연못이 있는 세 군데에서는 물독에 도마뱀을 띄워 놓고 푸른 옷 입은 아이들 수십 명을 시켜 물독을 두들기고 바라를 치며 큰소리로 외치게 한다.

---

1) 용왕경龍王經은 기우제 때 용왕에게 외는 경문이다.
2) 양진楊津은 한강 가의 지명.

"도마뱀아! 도마뱀아! 구름을 일으키고 안개를 토해 내어 비를 펑펑 퍼부어야 너를 놓아 보내리라."

제사를 맡은 관리와 감찰[3]이 복장을 단정히 하고 서는데 그 역시 사흘을 계속해서 제사 지낸다. 또 성안 모든 마을에서 항아리에 물을 담고 버드나무 가지를 꽂아 놓고 향불을 피우며 방방곡곡에서 헛간을 지어 놓고 아이들을 떼로 모아 비 온다고 소리를 지르게 한다. 또 시장을 남쪽으로 옮기며 남대문을 닫고 북문을 열었다.

가뭄이 아주 심하면 임금이 거처하는 장소를 바꾸고, 아침저녁 때 음식의 가짓수를 줄이고, 북을 치지 않고, 죄수들 중 원통한 일이 없나 다시 심리하고 대사령을 내리기에 이른다.

---

3) 사헌부의 관리. 행사의 절차를 감시하려고 그 자리에 파견되어 있다.

언문과 언문청

　세종이 언문청을 설치하고 신숙주, 성삼문 들에게 명해서 언문을 만들게 하니 초종성이 여덟 자, 초성이 여덟 자, 중성이 열두 자[1]다. 그 글자꼴은 범자[2]를 모방해서 만들었다. 우리 나라나 다른 모든 나라의 말소리를 딴 글자로는 적지 못하던 것도 모두 적을 수 있어서 막힐 데가 없으며《홍무정운》[3]의 글자들도 언문으로 적기에 이르렀다. 마침내 다섯 가지 음을 갈라서 구별하니 어금니, 혀, 입술, 이, 목구멍인데, 입술소리에는 경중의 차이가 있고, 혓소리에는 정반의 구별이 있다. 그 글자는 또 전청[4], 차청[5], 불청불탁[6] 등으로 나뉜다.

---

1) 열한 자의 오자일 것이다.
2) 고대 인도의 글자.
3)《홍무정운洪武正韻》은 14세기 말 중국에서 만든 한자 운서.
4) 훈민정음의 초성 체계 가운데 'ㄱ, ㄷ, ㅂ, ㅅ, ㅈ, ㆆ' 따위에 공통되는 음성적 특질. 무성 자음을 이르는 말.
5) 훈민정음의 초성 체계 가운데 'ㅋ, ㅌ, ㅍ, ㅊ, ㅎ' 따위에 공통되는 음성적 특질. 격음을 이르는 말.
6) 훈민정음의 초성 체계 가운데 'ㆁ, ㄴ, ㅁ, ㅇ, ㄹ, ㅿ' 따위에 공통되는 음성적 특질. 유성 자음을 이르는 말.

비록 배우지 못한 부인네도 환하게 깨닫지 못할 사람이 없으니, 거룩한 어른의 창조적 지혜는 보통 사람의 힘으로 미칠 바가 아니다.

활자의 발달

계미년에 태종이 가까이 시종하는 신하에게 말하였다.

"정치를 하자면 반드시 책을 널리 보아야 할 것이언만 우리 나라
가 구석져서 중국 책이 잘 오지 못하며, 또 목판은 결딴이 나기도
쉽고, 천하의 책을 목판으로 새기기도 어렵다. 구리를 부어 글자
를 만들어서 책을 얻는 대로 인쇄하면 책을 널리 보급할 수 있을
것이다. 이야말로 헤아릴 수 없는 이익이다."

그래서 주를 붙여 목판으로 박은 《시경》, 《서경》, 《춘추좌전》 등
옛 책의 글자꼴로 활자를 만드니, 이것이 활자의 시작이다. 이름을
'정해자丁亥字'라고 한다.

경자년에 세종은 이 활자가 너무 크고 형체도 반듯하지 못하다고
해서 고쳐 만드니, 모양이 작고 형체도 반듯해서 책을 많이 박아 냈
다. 이름을 '경자자庚子字'라고 한다. 갑인년에 또 《위선음즐爲善陰
騭》이란 책의 글자꼴을 가지고 활자를 만드니 경자자보다 조금 크고
글자꼴도 아주 보기 좋았다.

또 세조가 수양 대군으로 있을 때 《통감강목》의 큰 글자를 쓴 다

음 구리로 부어 활자를 만드니 곧 요사이 '훈의자訓義字'라고 이르는 것이다.

임신년께 문종이 다시 경자자를 녹이고 안평에게 글씨를 쓰게 하여 글자를 부었다. 이름을 '임신자壬申字'라고 한다. 을해년에 세조가 임신자를 녹이고 강희안에게 글씨를 쓰게 하여 글자를 부었다. 이름을 '을해자乙亥字'라고 하니 지금까지 사용하고 있다. 그 뒤 을유년에 《원각경圓覺經》을 박기 위해서 정난종에게 글씨를 쓰게 하였는데 글자꼴이 가지런하지 못하였다. 이름을 '을유자乙酉字'라고 한다.

신묘년에 성종이 《왕형공집》, 《구양공집》의 글자꼴을 가지고 활자를 만드니 경자자보다 작고도 더욱 정교하였다. 이름을 '신묘자辛卯字'라고 한다. 또 중국서 새로 박은 《통감강목》의 글자꼴을 가지고도 활자를 만들었다. 이름을 '계축자癸丑字'라고 한다.

대개 활자를 제작하는 방법은 한편으로 화양목에 글자들을 새기고 다른 한편으로 갯가의 고운 진흙을 일정한 나무판자에 펴 놓은 다음 거기다가 글자를 새긴 화양목을 꼭꼭 누르면 그 글자 형체대로 오목하게 패는 것이다. 그런 나무판을 두 장씩 맞대고 구멍 하나를 내놓은 뒤 그 구멍으로 구리를 녹여 부으면 구리물이 오목한 데마다 가서 하나하나 글자로 되는 것이다. 그때는 맞붙은 글자를 떼 내어 정리할 뿐이다.

나무에 글자를 새기는 것을 '각자刻字'라고 하고, 구리로 부어 만드는 사람을 '주장鑄匠'이라고 하고, 활자를 각기 종류에 따라 골라 내어 장 속에 보관하는데 글자를 보관하는 것은 '수장守藏'이라고 해서 나이 젊은 관청 노예들이 하고, 초고를 읽어서 인판印版과 대조하는 것을 '창준唱準'이라고 한다. 모두 글자를 아는 사람이라야 한다. 수장이 초고에 따라 글자를 내놓고 또 그 글자를 인판 위에 벌여 놓는데 그것을 '상판'이라 하고, 댓가지와 헌 솜으로 빈 구석을 채워서 공간이 꽉 차고 흔들리지 않게 하는 것을 '균자장均字匠'이라 하고, 그것을 받아다가 인쇄하는 것을 '인출장印出匠'이라고 한다. 감인관監印官은 교서관의 관리가 맡고, 감교관監校官은 따로 문신을 임명한다.

처음에는 활자를 쭉 벌여 놓는 방법을 알지 못하고 인판 위에 밀을 끓여 부어서 활자를 고정시켰기 때문에 경자자는 끝이 모두 송곳 같다. 그 뒤에야 비로소 댓가지로 빈 구석을 채우는 기술을 사용하게 되어 밀에 들어가는 비용을 덜게 되었다. 여기서 사람의 공교로움이 한이 없다는 것을 깨달을 수 있다.

산채와 숭어의 어원

하고많은 산나물에서 삽주[1] 싹만을 산채라고 하고, 하고많은 물고기에서 숭어만을 수어水魚라고 하는 것은 말을 잘못 쓰기 때문이다. 중국 사신이 우리 나라에 와서 숭어를 먹다가 맛이 좋으니까 물었다.

"이게 무슨 생선인가?"

통역이 답하였다.

"수어秀魚입니다."

그러자 중국 사신이 말했다.

"물에서 사는 것이 하도 많은데 하필 이 고기만을 수어랄 것이 있소? 물에 있는 생선은 모두 수어라고 해야 할 것 아니오?"

대개 숭어는 빼낼 수秀 자인데 우리 말로 물 수水 자와 같은 소리일 뿐이다. 통역하는 사람이 그것을 분간할 줄 몰랐던 것이다.

---

1) 국화과의 여러해살이풀.

불교의 성쇠

우리 나라에서 불교를 숭상해 온 것은 오래 전부터이다. 신라 서울에는 절이 보통 사람의 집보다도 많았고, 송도도 마찬가지였다. 왕궁이나 귀족의 집들이 모두 절과 맞붙어 있었으며 왕은 후궁들을 데리고 절에 가서 향불을 사르지 않는 달이 없었다. 팔관이니 연등이니 하는 국가 행사가 모두 불교를 위하는 것과 연관되어 있다.

임금의 맏아들은 태자로 되고, 둘째 아들은 머리를 깎고 중이 되었으며, 비록 선비로 이름난 분들도 모두 이런 전례를 본받았다. 절에는 노비가 있었으니 많은 데는 천여 명에 이르렀다. 주지로 되는 자는 첩에, 계집종에 갖추 거느리고 있어서 고관보다 도리어 호화로웠다. 전체 열두 종宗으로 갈라서 불교도를 관리하는데 중 가운데는 군에 봉해지고, 나다닐 때 길잡이를 두는 자도 있었다. 태종이 열두 종을 철폐하고 단지 두 종만을 남겼으며 절에 딸린 논밭도 다 빼앗았으나, 아직도 그것을 숭상하는 풍속이 없어지지 않고 있다.

양반들도 죽은 친족을 위하여 재를 올리며, 또 시신 있는 방에 중들을 청해다가 불교 의식을 거행하며, 제 집에서 제사를 지내는 사람은 중들을 청해다가 대접하는 것이다. 간혹 한시를 잘하는 중으로서 점잖은 관리들과 서로 한시를 주고받은 예도 많았으며, 또 선비들이 글을 공부하려면 모두 절을 찾아갔다. 어쩌다가 그렇게 하는 데서 폐해도 없지는 않았으나 선비와 중이 서로 도움으로 되는 점도 적지 않았다.

단지 세조 때 이르러는 너무 정도가 지나쳤다. 중들이 마을에 내려와 섞여 살 뿐 아니라, 비록 풍기를 문란케 하는 사건이 있어도 사람들이 감히 건드리지 못하며 중앙 관리도 꼼짝하지 못하였다. 심지어 중 덕에 출세하는 자도 있었으며 성균관에서 공부하는 자들이 부처 뼈다귀라고 바쳐 임금의 은총을 노리는 사람이 나와도 선비들이 그다지 놀라거나 해괴하게 보지 않기에 이르고 말았다.

성종 때부터 중 되는 허가를 엄히 단속하여 허가증을 잘 주지 않았으니 이때부터 성안에 있던 중도 줄어들고 중앙, 지방 할 것 없이 절이 많이 비게 되었다. 재를 올리거나 중을 불러다가 대접하는 양반도 없어졌다. 임금이 숭상하는 데 따라서 일반 풍속도 많이 달라지는 것이다.

여승이 있는 절

서울 안 여승이 있는 절은 정업원淨業院 하나를 빼고는 모두 헐어
버리고 동대문 밖으로 내몰았다. 그래 안암동 등지에 서너 군데 있
고는 남대문 밖 종악산 남쪽에 옛날부터 한 군데가 있었다. 그 뒤 여
승 두 사람이 각기 그 옆에 조그만 집을 짓고 살았는데, 지금은 십여
군데나 된다. 늙은 여승이 과부들을 꾀어서 시주로 받들고는 제각기
집채를 세운 다음 단청을 칠하고 비단으로 장식하였다.

사월 초파일 연등에나 칠월 보름 백중에나 섣달 여드레 욕불[1]에
는 다투어 차랑 실과랑 떡을 가지고 와서 부처에게 공양하고 중들을
청하여 염불을 하게 한다. 곱게 단장하고 찬란하게 차려입은 무리들
이 산골짜기에 몰려드니 추한 소문이 밖으로 떠돌지 않을 수 없다.
나이 젊은 여승 중에는 어린아이를 낳아 놓고 도망치는 자도 많다.

---

1) 욕불浴佛은 향 물로 부처를 씻기는 불교 의식.

승문원의 새 청사

병조 판서 안숭선安崇善이 승문원 제조를 겸하고 있어서 경복궁 광화문 안 동쪽 모퉁이에다가 내병조를 짓는데, 몸채와 곁채가 격식대로 갖추어졌고 규모가 굉장히 컸다. 병조의 관리들이 수고를 아끼지 않고 감독해서 며칠 안에 준공이 될 터인데, 안 판서가 임금에게 고하였다.

"병조는 이 집이 아니라도 머물 곳이 없지 않사옵니다. 승문원은 외교 관계의 문서를 맡아 서류가 많고 또 청사가 비좁아서 몸을 움직이기 어렵사오니 이 집을 승문원으로 쓰도록 하는 것이 좋을까 하옵니다."

곧 그대로 결재가 내리니, 병조 관리들이 기가 막히나 어떻게 할 길이 없었다. 이때부터 승문원이 왕궁 안으로 들어가게 되었다.

문서를 검토하는 날에는 도제조, 제조가 모두 참가하는데 내자시에서 술을 올리고 사재감에서 포를 올렸다. 검토를 끝마치고 윗도리가 흩어져 간 뒤 아래 관리들은 그대로 앉아 술 마시기를 계속한다. 교리 조안정趙安貞이 시 한 편을 불렀다.

문서 검토하는 날 제조들 돌아간 뒤
장포 한 쪽 뜯은 다음 술 두 잔 마시었네.
대선생 모셔 있고 동료들 모두 왔다.
큰 술잔 오고 가고 어느덧 거나했네.

監進文書日　提調各散回
乾獐一口割　宣醞兩尊開
呼大先生飮　請諸僚友來
高靈鐘上下　不覺玉山頹

승문원에는 관리가 많고 경비가 적어서 점심에도 그저 밥 한 그릇
에 나물 한 접시다. 그래서 어떤 사람이 조롱하는 시를 지었다.

소반 위 깨진 주발 거루보다 더 크다만
잡곡밥 엉성한 게 꿩 대갈 폭 될락말락.
차지 않은 배 쥐고 섭섭히 물러나니
말이나 종들이야 찌꺼긴들 구경하랴.

盤中破鉢大於舟　糲飯參差小雉頭
腹未果然還自恕　騶僮曾不瀝餘休

여기서 학관 노릇을 하다가 임금 가까이 도는 문사의 벼슬로 올라
간 사람이 비교적 많기 때문에 세상에서 활인원이라고 한다. 신숙주
가 겸 예조 판서로 있으면서 외교 관계를 맡아볼 때 임금에게 청해
서 비용을 조금 늘려 주었기 때문에 조금 풍성풍성해졌다.

역대 작가와 저작집

우리 나라에는 학문을 잘하는 사람이 적은데 학문으로 책을 쓴 사람은 더욱이 적다.

《계원필경桂苑筆耕》몇 권은 최치원이 지은 것인데 모두 사륙문체뿐이다. 《동인문東人文》몇십 권은 최자가 편찬한 것이요, 《삼한시귀감三韓詩龜鑑》한 편은 최해崔瀣가 편찬한 것이요, 《동국문감東國文鑑》몇십 권은 김태현金台鉉이 편찬한 것이요, 《동문선》몇십 권은 서거정이 임금의 명령을 받아 편찬한 것이니, 이상은 모두 전대 사람의 시나 문을 모은 것이다.

《이상국집李相國集》의 전집前集, 후집後集 합하여 몇십 권은 이규보가 지었는데 가장 웅장하고 건전한 필치요, 《김거사집金居士集》몇십 권은 김극기가 지었는데 옛 목판이 교서관校書館에 있으나 반쯤은 닳고 헐었고, 《은대집銀臺集》은 오직 한 편으로 《쌍명재雙明齋》한 편, 《파한집》상하 편과 함께 모두 이인로가 지은 것이요, 《보한집》상하 편은 최자가 지은 것이요, 《서하집西河集》은 잃어버린 나머지의 한 편으로 임춘이 지은 것이요, 《익재집益齋集》몇십 권과

《역옹패설》한 편은 이제현이 지은 것이요,《예종창화집睿宗唱和集》두 편은 예종이 곽여 등과 더불어 주고받으면서 읊은 한시를 모은 것이요,《동안거사집動安居士集》한 편은 이승휴李承休가 지은 것이요,《중순당집中順堂集》한 편은 나흥유羅興儒가 지은 것이요,《식영암息影庵》한 편은 중이 지었는데 이름은 모른다.《죽간집竹碉集》한 편은 나옹懶翁의 제자로 굉인宏寅이란 중이 지었는데 그가 구양현歐陽玄, 위소危素 등과 사귀었기 때문에 두 문인이 서문을 지었으며 시도 가장 건실하다.

《관동와주關東瓦注》한 편은 안경공이 강원도의 지방관으로 있을 때 지은 것이요.[1]《목은집牧隱集》몇십 권은 이색이 지었는데 우리나라 한문학의 귀중한 재보로 되고,《가정집稼亭集》몇 권은 이곡이 지은 것이요,《초은집樵隱集》한 편은 이인복李仁復이 지은 것이요,《포은집圃隱集》한 편은 정몽주가 지은 것이요,《도은집陶隱集》두 편은 이숭인이 지은 것이요,《농은집農隱集》한 편은 최해가 지은 것이요,《제정집霽亭集》한 편은 이달충李達衷이 지은 것이요,《설곡집雪谷集》한 편은 정포鄭誧가 지은 것이요,《원재집圓齋集》한 편은 정추鄭樞가 지은 것이요,《사암집》한 편은 유숙柳淑이 지은 것이요,《복재집復齋集》한 편은 정총鄭摠이 지은 것이요,《의곡집義谷集》한 편은 이방직李邦直이 지은 것이요,《춘곡집春谷集》한 편은 이원굉李元紘이 지은 것이다.

《동정집東亭集》한 편은 염흥방이 지은 것이요,《훤정집萱庭集》한 편은 염정수廉廷秀가 지은 것이요,《양촌시문집陽村詩文集》몇십 권

---

1)《동문선》,《동국여지승람》에는 안경공安景恭의 할아버지 안축安軸이 쓴 책으로 나와 있다.

은 권근이 지은 것이요, 《춘정집春亭集》 몇십 권은 변계량이 지은 것이요, 《삼봉집三峰集》 몇십 권은 정도전이 지은 것이요, 《정재집貞齋集》 한 편은 박의중朴宜中이 지은 것이요, 《쌍매당집雙梅堂集》 몇십 권은 이첨李詹이 지은 것이요, 《교은집郊隱集》 일곱 권은 정이오鄭以五가 지은 것이요, 《척약재집惕若齋集》 한 편은 김구용金九容이 지은 것이요, 《유항집柳巷集》 한 편은 한수가 지은 것이요, 《선탄집禪坦集》은 선탄이라는 중이 지은 것이요, 《독곡집獨谷集》 한 편은 성석린이 지은 것이요, 《상곡집桑谷集》 한 편은 우리 증조 성석인이 지은 것이요, 《매헌집梅軒集》 한 편은 권우가 지은 것이요, 《둔촌집遁村集》 한 편은 이집李集이 지은 것이다.

《근사재집近思齋集》은 설손偰遜이 지은 것이요, 《운재집芸齋集》 한 편은 설장수偰長壽가 지은 것이요, 《하정집夏亭集》 한 편은 정승 유관柳觀이 지은 것이요, 《철성연방집鐵城聯芳集》은 이암, 이강李岡, 이원李原이 지은 것이요, 《팔계집八溪集》은 정해鄭偕가 지은 것이요, 《천봉집千峰集》 한 편은 둔우屯雨라는 중이 지은 것이요, 《계정집桂庭集》 한 편은 성민省敏이라는 중이 지은 것이요, 《태재집泰齋集》 한 편은 유방선柳芳善이 지은 것이요, 《율정집栗亭集》 한 편은 윤택尹澤이 지은 것이요, 《청경집淸卿集》 한 편은 윤회尹淮가 지은 것이요, 《방촌집厖村集》 한 편은 정승 황희가 지은 것이요, 《난계집蘭溪集》 한 편은 함부림咸傅霖이 지은 것이요, 《통정집通亭集》 한 편은 강회백姜淮伯이 지은 것이요, 《완역재집玩易齋集》 한 편은 강석덕姜碩德이 지은 것이요, 《인재집仁齋集》 한 편과 《양화소록養花小錄》 한 편은 강희안이 지은 것이요, 《단활집短豁集》 한 편은 이혜李惠가 지은 것이니 그가 키는 작고 이가 빠졌기 때문에 그런 이름을 지은 것이다.

《보한재집》두 권은 신숙주가 지은 것이요, 《소한당집所閑堂集》
한 편은 권람權擥이 지은 것이요, 《태허정집太虛亭集》한 편은 최항
이 지은 것이요, 《식우집》한 편은 김수온이 지은 것이요, 《사가정
집》몇십 권은 서거정이 지은 것이요, 《사숙재집》몇십 권은 강희맹
이 지은 것이요, 《안재집安齋集》한 편은 곧 우리 큰형님 성임이 지
은 것이요, 《진일집眞逸集》한 편은 곧 우리 둘째 형님 성간이 지은
것이다.

고려부터 본조에 이르는 중간에 작가들이 이 사람들만 있는 것이
아니요, 작품도 많을 것이나 혹 자손이 변변치 못하여 작품을 수집
하지 못한 것도 있고, 수집코저 해도 벌써 거의 다 잃어버린 것도 있
다. 지금 우선 세상에 돌아다니는 것만을 들어서 기록하였다.

향도들의 순후한 풍속

지금 풍속이 날로 박해 가지만 오직 향도鄕徒만은 그래도 아름다운 채 있다. 대개 한 마을이나 이웃에 있는 천인賤人들이 서로 모여서 회會를 무은 것이니 혹 일곱, 여덟, 아홉도 되고 혹 많아서는 백여 명도 된다. 달마다 서로 돌아가며 술을 내고 그중에서 가족의 상사를 당하면 같은 향도의 사람들이 혹 상복을 만들고 혹 관곽 음식을 만들어서 각기 부조한다. 그뿐이 아니라 혹은 상여 채를 메고 혹은 무덤까지 따라가는데, 누구나 모두 석 달 상복을 입는다.

동서빙고의 얼음 저장

 지금의 빙고氷庫는 옛날 중국에서 능음凌陰이라고 하던 것이다.

 동빙고는 두뭇개에 있는데 창고가 하나뿐이다. 그 얼음은 제사에만 쓰기 위한 것이니 얼음을 저장할 때 봉상시奉常寺가 주관한다. 봉상시에서 동빙고 별제別提 두 사람과 함께 감독하며 또 감역부장, 벌빙군관 등을 두고 있다. 반드시 저자도[1] 근방에서 얼음을 뜨도록 감독하니 그것은 더러운 개천물이 흘러오는 데를 피하는 것이다.

 서빙고는 한강 아래 둔지산 기슭에 있는데 창고가 모두 여덟 채다. 나라에서 소용되는 것을 위시해서 모든 관청, 모든 고관들이 쓸 것을 다 여기서 공급하니 군기시, 군자감, 예빈시, 내자시, 내섬시, 사섬시, 사재감, 제용감에서 주관한다. 이상의 관청들에서 서빙고 별제 두 사람과 함께 감독하며 또 감역부장, 벌빙군관 등을 두고 있다. 그 밖의 여러 관청들은 각기 여덟 채 창고에 일정하게 배당되어

---

1) 저자도楮子島는 서울 옥수동 앞 한강에 있던 섬. 종이 재료인 닥나무가 많아서 이런 이름이 붙었다. 1970년대 초 흙을 많이 퍼다 써서 물에 잠겼다.

있다.

얼음이 네 치쯤 굳은 뒤라야 뜨기 시작하는데 얼음을 뜰 때는 관청 간에 경쟁이 일어난다. 전담하는 군인이 많건마는 잘 뜰 줄을 모르니까 촌민들이 떠다가 군인에게 팔았다. 또 얼음 위에 칡 바를 늘여서 빠지지 않도록 하고 강가에 화톳불을 피워서 사람이 얼지 않도록 한다. 또 의원과 약을 미리 갖추어 두었다가 급작스레 다친 사람들을 치료하는 등 모든 준비가 아주 대단하다.

애초에 팔월쯤 되면 많은 군인을 빙고에 준다. 빙고에서는 그 군인들을 데리고 빙고 구덩이를 수리하는데, 기둥이나 서까래가 썩은 것은 갈고 담과 울이 무너진 것은 고쳐 쌓으며, 또 빙고 관리 한 사람이 군인을 이끌고 압도[2]로 가서 갈대 같은 것을 베어다가 빙고의 위아래와 사방을 두껍게 덮어 놓는다. 두껍게 덮을수록 얼음이 덜 녹는 것이다.

그전에는 빙고의 관리들이 밤낮 술이나 마시면서 놀고 얼음 뜨는 일은 모두 아랫도리에 맡겨 두었는데, 계축년에 얼음이 터무니가 없어지고 보니 임금이 크게 화를 내어 관리들을 모두 파면시켜 버렸다. 갑인년에는 관리들이 각별히 감독을 하여 을묘년에 이르러서는 왕실의 상사와 중국 사신의 잔치 따위에 얼음을 넉넉히 쓰도록 가을까지 빙고 안에는 얼음이 있었다. 그러니 감독을 엄히 하지 않을 수 없다.

---

2) 압도鴨島는 지금의 난지도로 예전엔 섬이었다.

경비의 남용과 횡간

본조가 시작된 이래 법률이 엄하지 못하여 관리들의 정당하지 않은 수입이 여러 가지로 많았다.

세상에서 전해 오기를, 태종이 시골로 내려가서 사냥을 하는 중 해가 어둑해서 허술한 평민 옷으로 시냇가에 앉았노라니 여남은 사람이 음식을 잔뜩 싣고 앞을 지나다가 승정원이 어디쯤 있느냐고 물었다. 태종이 웃으며 대답하였다.

"저 물 아래 연기가 막 솟아오르는 그리로 가거라. 거기가 승지들이 있는 곳이다."

세종 때에 이르러서도 모든 관청의 씀씀이를 단속하는 일이 없었다. 왕궁 내의 음식물은 승정원에서 관리하였는데, 임금이 남긴 음식을 자기들이 먹다 못하여 자기 집에도 내보내게 되었다. 연회가 있으면 예빈시에서 맡아서 차리는데, 술은 사온서에서 따로 올린다. 창고 맡은 아전이 광대나 기생에게 놀음채로 주는 쌀을 바치는데, 열 섬 이하의 쌀은 누구에게나 마음대로 나누어 줄 수가 있었다. 하루에 쓰는 종이가 수백 권이요, 술이 수백 병이요, 딴 물건도 다 그만한 정도다. 서울서 객지로 나간 관리들이 창고 맡은 관리에게 낙정미[1]를 청하면 적어도 두어 섬씩은 보내는데 그것은 말이 낙정미지 실상은 멀쩡한 곡식이다.

어느 관청에서나 그릇을 빌려 쓰고는 돌려보내지 않는데 빌려 준 관청에서 채근하는 일도 없다. 이렇게 이모저모로 낭비를 하고도 모든 재정이 군색한 줄을 몰랐으니 까닭을 알 수 없는 일이다.

세조 때부터 법전을 고쳐서 횡간[2]을 만든 뒤 조그만 물건도 모두 임금에게 아뢴 뒤 사용하게 되었다. 이때부터 사람들이 경비를 함부로 쓰지 못하건만 전에 저축했던 것을 닥닥 긁어 써서 나라에서 항상 경비 부족을 걱정하고 있으니 이 역시 까닭을 알 수 없다.

---

1) 곡식을 내고 들일 때 뜰에 떨어진 것을 쓸어 모은 것.
2) 횡간橫看은 사용되는 물품의 종류, 용도 등을 밝혀 놓는 문서다. 하나하나 가로로 따져서 보게 되었기 때문에 횡간이라고 한다.

조선 안의 온천

송나라 당경唐庚이 쓴 '논탕천기論湯泉記'에는 이렇게 말하고 있다.
"남쪽 지방은 땅속이 뜨거워서 산골짜기에 온천이 많다고 말하는
사람도 있고 또 그 물에서 황이 나오면 땅속이 더운 것이지 남북
의 차이가 아니라고 말하는 사람도 있다. 그러나 지금 섬서 같은
지방에도 온천이 있을 뿐 아니라 남쪽이라고 물이 다 더운 것은
아니다. 땅의 본질에 기인한다는 말은 벌써 들어맞지 않는다. 또
황을 물속에 넣더라도 물이 더워지지는 않는 것이니 황 때문이라
는 말도 반드시 옳다고 보기 어렵다. 내 생각에는 뜨거운 샘물이
천지 사이에서 저대로 그런 성질을 갖추고 있어 애초부터 뜨거운
것이요, 다른 무엇 때문인 것은 아니다."

지금 우리 나라에서 여섯 도에는 모두 온천이 있는데 오직 경기와
전라도에만 하나도 없다. 옛글에는 수주樹州에 온천이 있다고 하였
으니 수주는 곧 오늘의 부평이다. 조정에서 일찍이 사람을 보내어
조사해 보았건만 도무지 그곳을 발견하지 못하고 말았다. 옛글에서
잘못 적은 것인가, 아니면 사람들이 귀찮아서 그 근원지를 막아 치

운 것인가? 경상도 영산현靈山縣에 온천이 하나 있었는데 그 온천이 다른 온천에 견주어 그리 덥지 않아 흔히 돌을 불에 달구어다가 물에 넣어서 온도를 높일 뿐 아니라 목욕하러 오는 일본 사람이 끊일 사이 없어서 그 고을에서 임금에게 고하고 그만 그 근원지를 막은 일이 있다.

동래 온천이 가장 좋다. 비단폭 같은 샘 줄기가 땅에서 죽 솟아오르고 있으니 그 물줄기를 끌어들여 일정한 곳에 고이도록 하면 더운 물을 마실 수도 있고 술 같은 것을 데울 수도 있다. 우리 나라에 오가는 일본 사람들은 반드시 목욕하기를 청하기 때문에 알락달락한 옷이 길에 널려 그 고을에서 괴로워하는 것은 말할 것이 없다.

충청도 충주 안부역安富驛 큰길가에 온천이 있으나 미지근한 것이 그다지 덥지 못하고, 온양 온천은 꼭 알맞게 더워서 세종, 세조가 여러 차례 갔고 정희 왕비도 갔다가 그만 거기서 작고하였다. 청주에는 초정이 있다. 그 물맛이 마치 산초와 같은데 사람들 말이 안질에 신기한 효험이 있다고 해서 세종이 일찍이 갔고, 세조도 복천사福泉寺로 가던 길에 들렀다.

강원도는 온천이 셋이 있다. 하나는 이천현伊泉縣 북쪽 깊은 산속에 있는데 세종이 옛날 동주 벌에서 군대 연습을 하다가 거기까지 갔으며, 또 하나는 고성현高城縣 속읍인 환가豢猳란 곳에 있으니 곧 금강산 동쪽 산기슭으로서 바로 큰 냇가에 있다. 세조가 거기에 갔다 온 뒤 당시 세조가 거처하던 방과 부처를 위해 놓은 집이 지금까지도 보관되어 있다. 맨 끝의 하나는 평해군平海郡 서쪽 백암산 아래 있다. 산등성이 높은 언덕배기에서 솟아 나오기 때문에 물이 아주 깨끗하고 온도도 꼭 알맞거니와 신미信眉라는 중이 크게 집을 지어 놓고는 양식을 내고 들이게 해서 목욕하러 다니는 사람들에게 편의를 제공하였는데 지금도 그대로 계속되고 있다.

황해도에 온천이 가장 많다. 배천〔白川〕 한다리에도 온천이 있으며, 연안 전성甄城에도 온천이 있으며, 평산平山에도 온천이 있으며, 문화文化에도 온천이 있으며, 안악安岳에도 온천이 있지만, 그중에도 해주 마산 온천이 가장 신기하다. 거기에는 미지근한 샘도 있고 펄펄 끓는 샘도 있으며, 샘 옆이 바로 바다라 냄새가 독하고 맛이 짜며, 들 가운데 샘이 삼십여 군데나 있는데 혹 못도 이루고 혹 웅덩이도 이루고 혹 냇바닥에도 뜨거워 밟지 못할 곳이 있고 혹 끓는 물이 콸콸 넘쳐흘러 김이 무럭무럭 올라오기도 한다. 사면의 진흙이 주위열 때문에 돌덩이처럼 굳어졌으나 풀뿌리 같은 것을 그 틈에 집어넣으면 금방 익어 버린다. 아침저녁으로 수증기가 꽉 끼어 마치 들 전체가 연기로 덮인 것 같고 평지도 항상 뜨뜻한 것이 구들에 누운 것 같다.

평안도도 삭주朔州에 온천이 있으며, 성천成川에 온천이 있으며, 양덕陽德에 온천이 있는데, 물이 끓는 국과 같아서 닭이나 오리를 튀할 수 있으나, 용강龍岡 온천이 가장 신기하다. 그 온천도 상당히 뜨거워서 참을성이 강한 사람이 아니면 오래 들어가 있을 수 없기 때문에 물줄기를 끌어서 딴 곳에 저장해 두었다가야 목욕을 할 수 있다. 그 온천 가운데는 조그만 구멍이 있는데 밑바닥을 알 수 없도록 깊은 것이 아마 바다와 통해 있는지도 모르겠다.

영안도[1]에도 온천이 있는데, 전라도만은 무장에 소금이 나는 우

---

1) 영안도永安道는 조선 시대에 함경도를 이르던 말.

물만 있을 뿐이요, 온천이라고는 한 곳도 없다.

　이제 보면 온천이 도리어 북쪽으로 추운 지방에서도 깊은 산속 험한 골짜기 속에서 많이 솟아 나오고 있다. 더운 지방의 땅속이 특별히 더 더워서 온천이 나오는 것이 아니라는 것은 명백하다. 그런데 온천마다 물의 성질도 다 각각이니 알 수 없는 노릇이다.

훈장으로 출세한 사람들

김구지金懼知의 자는 근부謹夫니 개성서 서울로 이사 와서 남대문 밖에서 셋집에 살고 있었다. 사서삼경을 조금 공부하여 깊이 알 정도는 못 되나 그래도 모르는 구절은 없었다. 애초에 과거를 보러 다녀 여러 번 초시에까지 붙었다가 결국 미끄러지고 말았다. 사람 된 품이 순진하고 평탄해서 남과 사귈 때도 예절에 어그러지는 일이 없기 때문에 관리로 있는 명사들도 많이 교류하였으나 집이 가난해서 종도 없으므로 남의 계집종을 빌려서 데리고 살았다.

집을 길게 지어 놓고는 마을의 조그만 아이들을 모아다가 수십 패로 나누어서 정도에 맞추어 각기 글을 가르쳤다. 아침에 모이고 저녁에 흩어지는데 그중 조금 나은 자를 뽑아서 유사有司로 만들고 또 직일直日을 두었다. 그 제도는 대개 성균관을 본뜬 것이지만 만약에 배운 것을 외지 못하는 자, 게을러서 읽지 않는 자, 서로 욕지거리하고 다툰 자, 선생님과 어른들에게 버릇없이 군 자, 결석한 자, 지각한 자 등이 있으면 직일을 맡은 자가 유사에게 보고하고 유사가 선생에게 보고해서 그 죄의 경중을 따라 벌을 주었다.

또 날을 정하여 모두 시를 짓게 하고 그 시에 성적을 매겨 뜰에서 이름과 함께 발표하니 사람들이 자연히 경쟁하여 노력하게 되며 명절날에는 서로 다투어 술과 음식을 가지고 가서 선생에게 드리려고 하였다. 나와 유우후柳于後, 이칙李則, 이륙李陸, 이자범李子犯, 유문통柳文通 등이 모두 그 문하에서 나왔다.

그때 유사덕劉師德, 곽신민郭信民, 유여흠兪汝欽이 모두 아이들을 가르치는 것으로 업을 삼았으나 김 씨처럼 그렇게 부지런하고 엄하지는 못하였다. 그 뒤 환관의 사부가 되었는데 환관만을 가르치는 것이 아니라 임금의 자손으로서 아직 한집안을 이루지 못한 사람들도 모두 그에게서 배웠다.

세조가 불러서 글을 해석케 하니 김 씨가 능히 뜻을 이해하고 있으며 묻는 대로 척척 대답하는 것이 이치에 들어맞았다. 세조가 이 사람은 다른 사부와 같이 볼 것이 아니요, 참으로 쓸 만한 인재라고 하면서 특별히 은띠를 내리는 동시에 장흥고 주부[1]를 시켰다. 성종과 월산 대군도 일찍이 그에게서 글을 배웠으니 성종이 왕위에 오른 뒤 그를 특별히 생각해서 종묘서 영으로 승진시켰다. 이렇게 출세한 뒤에는 다시 아이들을 가르치지 않고 늘 선비들과 교류하여 술과 학문 이야기로 날을 보내니 사람들이 모두 존경하였다.

나이 칠십에 벼슬은 통운에 이르고 죽었는데, 아들은 없었다. 김우신金友臣, 조륜趙崙, 이사강李思剛 등이 모두 환관의 사부로 성종을 가르친 공로가 있었으니, 조륜과 이사강은 문관 벼슬에 임명되었

---

1) 장흥고長興庫는 조선 시대 돗자리, 종이, 유지 등을 맡아보던 기관. 주부注簿는 종육품 벼슬이다.

고, 김우신은 당상으로 승진되어 호조 참의까지 하였다.

첨지 최세원崔勢遠은 경서와 사기에 널리 통하나 나이 마흔까지 과거에는 오르지 못하였다. 세조가 영의정으로 있고 덕종[2]이 도원 군으로 있을 때 세조는 명성이 있고 실력이 있는 선비 하나를 선택 해서 덕종의 선생으로 삼으려고 하였다. 최세원이 여러 사람의 천거 로 그 자리에 들어가서 아침저녁으로 덕종을 보좌한 바 컸다. 세조 가 왕위에 오르고 덕종이 세자로 된 후 그가 과거에 올랐다. 그가 유 가遊街하던 날도 세자가 모든 것을 준비해 주었고 삼관三館을 청해 잔치하는 날도 왕궁에서 사람이 나와 음식을 차렸으니 그 영예가 더 할 나위가 없었다. 덕종이 일찍 돌아가니 그가 전례에 따라 당상관 으로는 올라갔으나 이때부터 한직에 머물게 되었다. 그는 성종에게 상소하여 덕종을 보좌하던 일과 덕종에게 총애 받은 일들을 이야기 하였다. 성종은 잘 살피지 않고 공로를 자랑하는 것으로 알아서 결 국 등용하지 않았기 때문에 억울한 마음을 품은 채 죽었다.

---

2) 세조의 큰아들이요 성종의 아버지니 세자로서 죽은 것을 성종이 왕위에 오른 뒤 임금의 칭호를 사용하기로 한 것이다. 그렇기 때문에 그 신주를 종묘에다가 모시는 문제가 의논 되었던 것이다.

중의 과거와 벼슬

문과와 무과 모두 같은 때에 과거한 사람들끼리 서로 '동년同年'
이라고 한다. 잡과와 불경에 대한 시험을 치른 중도 또한 동년이라
고 이르니 그것은 문무과와 같게 하려는 것이다. 중의 시험이, 선종
禪宗은 《전등록傳燈錄》과 《선문염송집禪門拈頌集》을 강하고 교종敎
宗은 《화엄경》을 강하는데, 각각 서른 명씩 뽑는다. 그전에는 내시
별감이 임금의 명을 받아서 나가더니 지금은 예조의 낭관이 나가고
있다. 대체로는 선종과 교종의 판사들이 그 일을 주관하는 것이다.
세 사람이 뜻을 해석하고 열 사람이 죽 둘러앉아서 선발하는데, 판
사에게 뇌물을 주고 해석하는 자는 합격하고 그렇지 못한 자는 비록
명성이 있어도 합격하지 못한다. 욕심이 많고 사정에 끌리는 것이
우리 속인들보다도 오히려 심한 폭이다.

합격자를 대선大禪이라고 하니, 선종에서는 대선에서 중덕中德이
되고 중덕에서 선사禪師가 되고 선사에서 대선사大禪師가 되고 판사
를 지내면 도대선사都大禪師라고 하며, 교종에서는 대선에서 중덕이
되고 중덕에서 대덕大德이 되고 대덕에서 대사가 되고 판사를 지내

면 도대선사라고 한다.

선종, 교종에서 각각 서울과 지방에 열다섯 개쯤 되는 절을 관리하고 있다. 중덕이 된 자 중에서 각 절의 주지를 내되 선종이나 교종이나 세 사람씩 후보자를 써서 예조로 보내면 예조에서 이조로 돌리고 이조에서는 임금에게 올리고 임금은 그 명단에서 가장 알맞다고 인정하는 사람에게 점을 찍어서 내려 보낸다.

독서당의 유래

세종이 집현전의 문신 신숙주 등 몇 사람에게 휴가를 주고 진관사로 보내서 글을 읽게 하였다. 그 뒤 홍심, 서거정, 이파李坡 등은 장의사藏義寺로 가서 글을 읽었다.

세조가 집현전을 없앤 뒤에는 문신 중에서 이름이 있는 사람을 뽑아서 겸예문이라고 불렀는데, 일정한 관직은 없이 임금 앞에 나가서 혹 정치하는 방법도 토론하고 혹 실제 정치도 의논하는 것으로, 여기서 발탁된 사람들도 많다. 성종이 다시 홍문관을 설치함에 따라 채수, 허침, 조위, 권건, 양사행, 유호인 등이 임금의 명을 받고 장의사에 가서 글을 읽었다.

일찍이 한강 남쪽 귀후서歸厚署 뒤 언덕에 절이 있고, 그 절의 십육나한이 아주 영험하다고 해서 불공하러 오는 사람들이 그치지 않더니, 그 절의 중 상운이란 자가 장가를 들어 자식까지 낳았다. 사헌부에서 심문하여 상운은 속인으로 돌아가게 하고, 불상은 홍천사로 옮기고, 그 집을 홍문관에 내주었다.

홍문관의 관리가 번을 나누어 거기서 글을 읽으면서 '독서당' 이라고 일컬었는데 유람 가는 관리들이 술을 가지고 많이 찾아가고 임금도 자주 술과 음식을 내려서 잔치를 열어 위로해 주었다. 지금도 그 풍기가 그대로 있다.

문무관의 잔치

조정에서는 문신과 무신을 꼭 마찬가지로 대우한다. 봄가을 상정일[1]에 공자에게 제사를 지내면 이튿날 음복연을 베푸는데, 의정부와 육조의 당상, 당하를 통틀어 문신이 함빡 모이고 훈련원의 인원도 함께 참여한다. 봄가을로 독제[2]를 지내면 의정부와 육조의 당상관과 함께 성균관의 인원도 참여한다. 그날 문관이나 무관이나 아직 아랫도리에 있는 사람들은 선생을 부르면서 다투어 술을 권해서 마냥 취하고 만다.

해마다 삼월 삼짇날과 구월 구일날 선비들의 시험을 받아서 성적이 뛰어난 세 사람은 바로 회시를 볼 자격을 주며, 또 의정부에서 문신들의 시험을 받아 성적이 뛰어난 세 사람은 직품을 올리는데 의정부, 육조, 관각[3]의 당상들이 참여한다. 또 봄과 가을로 무과의 도시[4]를 보인다. 초장과 종장에는 임금이 술과 음악을 내리니 그날은 의

---

1) 음력으로 2월과 8월 초승에 드는 정일丁日을 가리키는 것.
2) 독제纛祭란 군기軍旗에 향하여 지내는 제사니, 서울 뚝섬에 사당이 있다.
3) 관각館閣은 홍문관, 예문관 등 문학 관계의 관청을 두루 일컫는다.

정부, 육조, 도총부[5]의 당상관들이 전부 참여하고, 그 밖의 날은 각 군에서 당상 한 사람씩이 참여한다. 일등으로 합격한 사람은 많거나 적거나 직품을 올리고 나머지 사람은 출근 일자를 더 쳐준다.

대개 잔치를 차리는 내용은 문무관 두 편이 꼭 같건만, 훈련원에 가기를 좋아하고 성균관에 가기를 꺼리는 것은 바로 무관 쪽의 쾌활한 것을 좋아하고 문관 쪽의 예절을 까다롭게 여기는 까닭이다. 성종이 듣고 문무관이 잔치를 베푸는 날은 의정부, 육조의 당상들을 모두 참여하라고 명하였다. 처음에는 다 가더니 그 뒤 차차로 안 가는 사람도 많다.

---

4) 도시都試는 해마다 봄, 가을에 보이는 무과 시험이니, 일정한 점수에 의해서 1, 2, 3등을 정한다는 규정이 있다.
5) 오위五衛의 부대를 통괄하는 관청이니 오위도총부五衛都摠府라고도 부른다.

흰 사기와 그림 사기

사람이 쓰는 물건으로는 도자기가 가장 요긴하다. 지금 마포, 영
등포 등지에서 모두 그릇을 굽고 있지만 그것은 전부 오지그릇의 항
아리, 독과 같은 것이다. 사기에 이르러는 백토를 써서 정밀하게 구
워 내야만 비로소 쓸 수 있다.

각 지방에서 사기를 만드는 곳이 많은 가운데 고령에서 만든 사기
가 가장 품질이 좋지만 그래도 광주廣州 사기의 품질에는 당할 수
없다. 광주에는 해마다 사옹원 관리를 보내는데, 그들은 좌우로 편
을 나누어 각각 서리들을 거느리고 봄에서 가을까지 사기 만드는 것
을 감독한다. 그렇게 만들어 낸 사기를 왕궁으로 올리면 그 공로를
기록했다가 등급을 매기는 동시에 가장 공로가 많은 사람에게는 상
품을 내리고 있다.

세종 때는 임금이 사용하는 사기가 모두 흰 사기였더니, 세조 때
부터 그림 사기를 섞어 쓰게 되었다. 중국에서 회회청[1]을 얻어 오기

---

1) 회회청回回靑은 도자기의 청색 안료.

때문에 잔, 접시, 보시기, 종지 따위에 그림을 그리는 것이 중국과 다를 것 없으나 회회청이 귀해서 중국에 가서도 많이 얻어 올 수가 없었다. 조정에서 이렇게 의논하였다.

"중국은 비록 궁벽한 시골의 오죽잖은 여관에서도 모두 그림 사기를 쓰고 있으니 그게 모두 회회청으로 그린 것이라고야 볼 수 있으랴? 필연코 딴 것으로도 사기에 그림을 그릴 수 있는 게다."

그래서 중국 가서 다시 물어보니 모두 말하기를 토청土靑으로 그리는 것이라고 하였다. 그러나 토청이라는 것을 얻지 못하여 우리나라에는 그림 사기가 아주 적다.

세종 때의 종이 생산

세종이 조지서를 설치하고 외교 관계에 쓸 종이를 만들게 하였으며 또 책을 인쇄하는 각종 종이도 만들게 하였다. 종이 품종도 다양하니 고정지, 유엽지, 유목지, 의이지, 마골지, 순왜지 등이 모두 정교해서 이런 종이로 인쇄한 책도 또한 훌륭했다. 지금은 오직 고정지와 유목지가 있을 뿐이며 외교 관계에 쓰는 종이도 전날처럼 그렇게 정교하게 만들지 못한다.

삼포의 일본인

　고려 말엽에 일본 해적이 자꾸 들이덤볐건만 바다 연안으로는 한 군데도 수비가 없었다. 태조가 왕조를 변혁한 이후 해안의 요소마다 만호영을 차려 놓은 다음 다시 수군 처치사를 두어 그들을 이끌게 하였다. 이리하여 우리 나라에 덤벼들지는 못하는 반면에 일본과 외교적 왕래를 방해하는지라 세종이 군대를 동원하여 대마도를 토벌하러 갔다. 크게 이기지는 못하였으나 일본 사람도 그제야 우리 위력에 겁을 먹어 더는 어찌지 못하였다. 그 뒤 일본 사람 두어 집이 삼포[1]에 와서 살겠다고 하였다. 세종은 우리 나라를 사모하는 마음이 가상하다고 해서 허락하였다. 허조許稠가 울다시피 하면서 간하였다.

　"왜놈이란 게 조금 하면 복종하고 조금 하면 배반하고 그 심리를 헤아리기 어렵습니다. 비린내 나는 그것들을 의관이 분명한 우리

---

1) 경상남도 해안의 동래 부산포, 웅천 제포, 울산 염포 등을 통칭하는 것이니 이 세 지방에 일본인이 머물러 살도록 허가한 것이다.

가 어떻게 상대할 수 있습니까? 이 다음날 자식새끼들이 점점 불어나면 국가의 큰 화근으로 될 것입니다.”

그가 세상을 떠날 즈음 또다시 두세 번이나 간언을 올려 채 번성하기 전에 제 나라로 쫓아 버리자고 하였다. 그 당시는 누구나 그의 말을 심상히 듣고 그다지 놀라지 않더니, 오늘날 삼포의 일본 사람이 자꾸 불어서 처리하기 곤란한 지경에 이르자 비로소 그의 명철한 예견에 탄복하였다.

조정에서 매양 대마도의 도주를 타일러서 그들을 데려가라고 하였으나 데려가는 것이 겨우 서너 집이요, 그것도 갔다가는 도로 왔다. 점차 우리 땅을 갈아서 밭을 만들며 알록달록한 옷을 입은 채 바닷가 각 고을로 번질나게 돌아다니며 때로는 우리 백성과 싸우기까지 한다. 몰래 전라도로 가서 사람들을 해치는 것도 모두 삼포에 사는 그들이다.

대마도는 땅이 척박해서 곡식이 나지 않기 때문에 귀리밖에 심지 않고 사람들이 모두 칡뿌리를 캐어 먹고 산다. 대마도 도주도 삼포에서 세금을 받아다가 생활을 해 나가고 있다. 대마도에서 사는 사람들은 우리 나라 벼슬을 받는다. 호군[2] 벼슬을 한 자가 일 년에 한 번씩 우리 나라를 찾아오는데 그렇게 오는 자를 태우고 오는 배만 일 년에 무려 오십 척이다. 그자들이 와서는 두어 달씩 묵고 요미[3]를 받아다가 처자를 먹이니 경상남도의 쌀은 태반이 일본인의 요미로 쓰이는 형편이다.

---

2) 오위五衛에 소속된 사품 벼슬인데 아무런 실무가 없고 빈이름만 띠고 있는 것이다.
3) 하층 관리와 하인들에게 쌀이나 포목 등 물건으로 내주는 보수를 요료라고 한다. 요미料米는 보수로 내주는 쌀.

여진족의 행패

선비 신린辛鏻은 강희안의 조카이니 키가 아홉 척이요, 눈이 커서 횃불 같으나, 겁이 많고 아무런 재치도 없었다. 일찍이 외삼촌 강희 안을 따라 북경을 가는데 그때는 막 건주위[1]를 정벌한 끝이 되어 여 진족들이 어떻게든 복수를 하려고 드는 판이었다. 길에서 만나기만 하면 혹 돌을 던지고 덤벼들어 두들기고 혹 의복 등속을 빼앗아 가 서 일행이 곤경을 치르며 가는 중이었다.

한번은 신린이 혼자 뒤떨어져서 동행들은 이 사람이 단단히 욕을 보나 보다고 걱정을 하였더니 여진족들이 도리어 신린을 보고는 모 두 한 옆으로 피해 갔다. 동행들이 야릇해서 물어보니 신린이 하는 말이, 몸이 떨리고 어쩔 줄을 몰라서 그저 눈을 두리번거리면서 바 라보았을 뿐이라고 하였다. 대개 키가 크고 눈이 큰 것을 보고 저쪽 에서 도리어 겁을 먹고 피한 것이다.

---

1) 건주위健州衛는 중국 명나라 때 남만주의 건주 지역에 사는 여진족을 다스리기 위해 설치 한 군영. 이후 여진족의 부족장에게 지휘권을 넘겨주었다.

박처륜朴處綸이 일찍이 관압사[2]로 북경을 가는 도중에 또 여진족
과 만났다. 박처륜이 말을 달려 내빼니 그 수행원도 말을 달려 따라
가는데 박처륜은 여진족이 따라오는가 여기고 더 채찍질을 하여 말
을 급히 몰았다. 수십 리나 그렇게 달리다가 비로소 그렇지 않은 줄
알았다. 그래서 당시 사람들이 웃으면서 말하였다.

　"신린은 겁이 날 만한 일에 겁을 내지 않았고, 박처륜은 겁을 집어
　먹을 것 없는 일에 겁을 집어먹었다. 겁을 내고 안 낸 양쪽이 모두
　겁쟁이인 것은 마찬가지다."

---

2) 관압사管押使는 조선 시대 중국에 말을 조공할 때 파견되었던 사신 행차.

일본 풍속

　일본에는 황제와 국왕이 있으니 황제란 것은 궁중에 깊숙이 들어 앉아서 아무것도 하는 일이 없이 오직 아침저녁으로 하늘과 해를 향해서 예배를 할 뿐이다. 그래서 세상에서 권리는 없고 높이 앉히기만 한 것을 '왜 황제'라고 한다. 국왕이 정치를 전부 맡아서 처리한다고 하지만 대신들이 각기 영지를 가지고 있고 군대를 가지고 있어 때로 배반해서 명령을 거역해도 어떻게 제어하지 못하는 것이다. 그런 대신으로는 좌우 무위전, 경극전, 전산전, 세천전, 대내전, 소이전 등 종류가 많다. 황제나 국왕의 아들은 오직 맏아들만 장가들어서 대를 잇고 나머지는 모두 중이 된다. 매우 존귀해서 하층 사람들과 혼인할 수 없기 때문이라고 한다.

　나라가 사방이 바다로 되어 있으나 땅은 대단히 넓으니 구주九州의 일기주一歧州나 대마주對馬州와 같은 것도 섬이라고 하지만 꽤 크다. 나라의 풍속이 남자나 여자나 알록달록한 옷을 입으며 옷 모양도 구별이 없다. 여자는 머리털을 동여서 어깨에 걸치고, 남자는 중이면 머리를 깎고 입는 것과 쓰는 것이 우리 나라의 중과 같으며,

중이 아니면 머리를 깎지 않고 상투를 튼 후 조그만 관으로 상투를 씌운다. 그 밖에 이마부터 위로 반쯤 깎아 올린 사람도 있고 반반쯤 깎아 올린 사람도 있으니 이것으로 관직을 분간한다. 옷감에는 모두 나무, 풀, 새, 짐승 들을 그리기 때문에 알록달록하다. 아래위를 막론하고 다 소매를 달아 그 소매를 땅에 끌고 다닌다. 서로 싸울 때는 소매를 허리춤에 지르고서 칼을 들고 덤빈다.

높은 사람을 만나면 맨발로 땅에 쭈크려 앉는 것이 예다. 그 나라에는 볼기나 형장 같은 형벌이 없고 오직 칼로 베어 죽이는 것뿐이다. 큰 죄를 지은 사람이라도 절로 도망쳐 들어가면 죄를 면할 수 있다.

어떤 사람이든지 젊어서부터 쇠를 얻어서 칼을 치는데 몇 달을 두고 불리고 몇 해를 두고 만들어서는 길거리에 나가 지나가는 사람에게 시험해 본다. 비록 사람 죽이기를 삼단 베듯이 한대도 보통 관례로 돌려 죄를 묻지 않는 것이다. 단지 중을 귀하게 여기기 때문에 중만은 죽이지 못한다. 사람이 죽으면 널로 관을 만들고 그 속에 시체를 앉혀서 묻으며 봉분을 만들지 않아 평지와 같다.

음악이란 것도 별다른 것 없고 한 손으로 북을 잡고 한 손으로 두들기는 것이며, 춤을 출 때도 부채를 들고 뺑뺑 돌면서 춘다.

국왕의 사신이 오면 임금이 왕궁에서 두 번 접견하고 예조에서 두 번 연회를 차린다. 일반 손님으로 온 사람은 예조에서 한 번 연회를 차릴 뿐이다.

비록 겉으로는 임금과 신하의 구별이 있는 듯하나 우두머리 영주가 국왕의 명을 거역하더라도 국왕이 제어하지 못한다. 또 국왕의 사신이 대마도에 이르면 대마도 도주가 반드시 뇌물을 받으며 뇌물을 받지 못하면 그만 가두어 버리고 돌려보내지를 않는다. 이른바 대가리는 땅바닥에 닿고 발바닥이 하늘로 뻗친 격이다. 만약에 불경을 달라고 청하다가 그것을 얻는 날이면 제가끔 머리 위에 얹어 보면서 말한다.

"귀국의 풍속이 이처럼 순박하고 아름다우니 태평세계를 이룰 수 있을 겁니다."

또 달라고 청하는 것은 《논어》,《법화경》,《삼체시三體詩》, 우황, 범 가죽, 자바라[1] 등이다. 노루, 사슴, 소, 돼지 따위는 전혀 먹지 않고 오직 개고기를 즐기고 또 잉어를 즐기면서 이것이 제일가는 맛이라고 말하고 있다.

---

1) 놋쇠로 만든 타악기로, 불교 의식에서 많이 쓴다.

사당채와 조상 제사

   행세하는 사람들은 집을 지으면 반드시 사당채를 세워서 조상의 신주를 위해 놓는 것이 주자의 예법이다.

   삼국 시대와 고려 때부터 순연히 불교만을 숭상해서, 사당을 세우는 제도가 알려 있지 않았기 때문에 모두들 예법에 따라 제사를 지낼 줄도 몰랐다. 정몽주가 유교를 들고 나서서 제사 지내는 예법을 엄격히 세운 뒤 그제야 집집마다 사당채를 세우게 되었다. 그와 함께 비로소 큰집은 맏아들에게 전하고, 또 적자와 서자의 구별을 중시하고, 아들이 없는 사람은 일가 사람의 아들을 얻어다가 가계를 이었다.

성불도와 그것을 본뜬 놀이들

　중들이 성불도成佛圖라는 것을 만들었다. 지옥부터 부처를 이루기까지 그 가운데 하늘도 여럿이요, 세상도 여럿으로서 수십 군데다. 나무토막을 여섯 모로 깎고 나무아미타불 여섯 자를 돌려 새겨서 그 나무토막을 굴리는데 각 글자가 나오고 그 글자에 따라 옮겨다닌다. 이렇게 해서 올라도 가고 떨어지기도 하며 서로 승부를 다투는 것이다.

　정승 하륜河崙이 종정도從政圖를 만들었다. 그것은 벼슬자리의 차례로 판을 이루고 나무토막에 덕德, 재才, 근勤, 감堪, 연軟, 탐貪 여섯 자를 써서 덕과 재로는 올라가고 연과 탐으로 파멸되는 등 실지 관리 생활과 일치한다.

　제학 권우가 작성도作聖圖를 만들었다. 그것은 일분一分부터 구분으로 사람의 현명하고 어리석고 또 마음이 맑고 혼탁한 것을 갈라놓았는데 일분부터는 올라가기 쉽고 구분부터는 올라가기 어렵게 되었다. 나무토막 여섯 모에는 성誠과 경敬 두 자와 사肆와 위僞 두 자를 써서 그 글자가 나오는 대로 말을 쓴다. 성불도의 규칙과 같다.

양녕 대군의 풍자

양녕 대군이 비록 행실을 옳게 못하여 왕위 계승권을 빼앗기기에 이르렀으나, 늘그막에는 능히 시세를 살펴 처신을 잘하였다. 세조가 일찍이 그에게 물었다.

"내 위력이 한 고조와 비기면 어떨까요?"

"전하께서 아무리 위력을 숭상하신다고 해도 선비의 갓에 오줌을 누지는 않을 것입니다."

"내가 불교를 좋아하는 것이 양 무제와 비기면 어떨까요?"

"전하가 아무리 불교를 좋아하신다고 해도 밀가루로 희생[1]을 만들어 제사에 쓰시지는 않을 것입니다."

"내가 신하들의 간언을 듣지 않는 것이 당나라의 임금과 비기면 어떨까요?"

"전하가 아무리 간언을 듣지 않으신다고 해도 장온고張蘊古를 죽

---

1) 짐승을 잡아서 통째로 제사에 쓰는 것이니, 현대어의 희생犧牲이란 말도 바로 여기서 나왔다.

이지는 않을 것입니다."

양녕 대군이 매양 우스갯소리로 은근히 풍자를 하였거니와 세조
도 그가 소탈한 것을 좋아해서 장난삼아 물은 것이었다.

두 무신의 발언

 세종이 처음 내불당[1]을 만들었을 때 고관, 대간[2], 삼관에 있는 여러 사람들까지 모두 상소하여 간하였다. 판추 이순몽李順蒙이 또한 승정원에 나가서 간언을 올리니 세종이 사람을 시켜 물었다.

 "문신들이 불교를 배격하는 것은 옳지마는 무신으로서 어떻게 불교가 옳은지 그른지 알아서 참견을 하고 나서는 것이뇨?"

 "모든 사람이 그르다고 하니 신도 그른 줄로 알고, 모든 사람이 간하니 신도 또한 간하는 바어니와, 온 나라가 다 그르다고 하는 노릇을 전하 홀로 우기실 것은 무엇이옵니까?"

 성종이 장차 덕종의 신주를 종묘로 끌어들이려고 해서 승정원, 육조, 대간, 홍문관을 모아 놓고 의견을 물었더니 의견이 어지러워 일치되지 않았다. 여성군 민발閔發이 공신으로 그 자리에 참여했다가

---

1) 왕궁 안에 부처를 모셔 놓은 곳.
2) 사헌부와 사간원 관리를 함께 부르는 말.

옆 사람에게 물었다.

"덕종은 어떤 분이고, 종묘는 누구네 집이요?"

"덕종은 지금 임금의 돌아가신 아버님이요, 종묘는 지금 임금이 자기 조상들을 제사 지내는 곳이오."

여러 사람들이 대답하자 그는 말하였다.

"그렇다면 아주 알기 쉬운 노릇이오. 아들이 아버지 제사를 지낸다는 것은 사리에 당연한 일인데 무슨 딴 의견이 있소?"

그 뒤에 결국 신주를 종묘로 들였다.

이순몽과 민발은 학문이 없는 사람이지만 그들의 말이 사리에 들어맞은 것은 근본의 선한 성질이 애초에 없어지지 않은 까닭이다.

김종련의 우직한 천성

선비 김종련金宗蓮은 천성이 우직하고 옛글을 많이 읽었다.

젊어서 청계산 아래서 사는데 강도 몇 놈이 그 집을 습격해 왔다. 김종련이 활에 화살을 물려 가지고 문 옆에 서 있으니 도둑놈들도 겁을 먹고 얼른 가까이 덤벼들지 못하였다.

그때 김종련이 활을 탁 쏘았더니 도둑놈들이 그제는 들이덤비면서 말하는 것이다.

"선비님이 활을 참 잘 쏘시는군. 어떻게 당해 낼 수가 없는데?"

방으로 우 들어와서 재물을 모두 도둑질해 가고, 그는 겨우 몸만 피하여 무사하였다.

세조가 장차 명산대천에 제사를 지낼 터인데 희생으로 쓸 짐승들이 모두 파리하다고 해서 그것을 맡았던 관리들을 파면시키고 사헌부 관리를 시켜 짐승을 기르는 것을 감독케 하였다. 그때 김종련이 감찰로 있다가 그 임무를 맡고 나갔는데 밤낮 외양간에 붙어 있다시피 하였다. 소가 배가 불러서 먹지 않고 있으면 그가 소를 들여다보면서 말하는 것이었다.

"소야, 소야! 왜 여물을 먹지 않느냐? 너를 맡은 관리들을 잡아먹더니 또 이제는 나까지 잡아먹으려느냐? 소야, 소야! 억지로라도 여물을 많이 먹고 살이 쪄서 내가 죄를 받지 않도록 해 다오."

김종련이 선발되어 통감 찬집청에 참여한 일이 있었다. 어느 때 여러 사람이 음식 이야기를 하다가 우연히 복어를 잘못 먹으면 사람이 죽는다는 이야기를 하였다.

그러고 나서 여러 사람이 죽 둘러앉아 점심밥을 먹는데 햇조기로 끓인 탕이 놓여 있었다. 한 동료가 김종련을 돌아보면서 권하였다.

"이 생선이 참 맛있소. 좀 자셔 보소."

그러자 그는 탕그릇을 들어서 상 아래 내려놓으면서 말하는 것이었다.

"왜 나를 속이려 하오? 누구를 죽이자고 그러오?"

온 방 안 사람이 까르르 웃었다.

음악 일을 맡은 박연

대제학 박연朴堧은 영동 선비이다. 젊어서 향교에서 공부했는데, 이웃에 젓대를 부는 사람이 있었다. 공부하는 틈틈이 그것을 배워서 마침내 그 고을에서는 유명한 젓대 명수로 꼽혔다. 그가 서울로 과거를 보러 와서 이원을 찾아 악공에게 자기 젓대를 불어 보였더니 악공이 한바탕 웃으면서 말하였다.

"소리가 천격스럽고 가락도 맞지 않소. 벌써 버릇이 굳어져서 고 치지 못할 것이오."

그는 그래도 가르쳐 달라고 간청을 하고 날마다 배우러 다니기를 게을리 하지 않았다. 며칠 뒤에 악공이 그가 젓대 부는 소리를 듣고 나서 말하였다.

"가르칠 수 있는 분이오."

또 며칠 뒤에 다시 듣고는 이렇게 말하였다.

"벌써 테두리가 잡혔소. 크게 될 가능이 있소."

그러더니 며칠 뒤에는 악공이 그만 무릎을 꿇으면서 말하였다.

"나는 당할 수 없습니다."

그 뒤 과거에 올랐으며 비파, 거문고 등 모든 악기를 익혀 어느 것에나 정교함에 이르지 않은 것이 없다. 세종에게 발탁되어 관습도감 慣習都監 제조에 임명된 뒤 음악에 관한 일을 전담하였다. 세종이 일찍이 석경[1]을 만들고 그를 불러서 교정하게 하니 그가 말하기를 어느 것은 한 푼이 높고 어느 것은 한 푼이 낮다고 하였다. 한 푼이 높다는 것을 다시 보니 돌을 덜 다듬어 놓았던 것이다. 세종이 그 돌을 마저 다듬으라고 하면서 한 푼이 낮다는 돌에다가도 돌가루를 올리게 하였다. 그제야 그는 고하였다.

"이제는 높낮이가 정확합니다."

사람들이 그의 신기한 식별에 모두 감복하였다. 그의 아들이 계유년 사건[2]에 관련되어 그도 벼슬이 떨어져서 고향으로 돌아갔다. 여러 친구들이 한강까지 나와서 전송하는데 그는 말 한 필과 아이놈 하나로 행장이 쓸쓸하였다. 배웅하러 나온 사람들과 함께 배 위에 올라서 술을 마시고 서로 작별을 할 즈음에 그가 젓대를 꺼내서 두어 곡조 불고 떠났다. 듣던 사람이 모두 애달파서 눈물을 뿌렸다.

---

1) 돌로 만든 악기.
2) 수양 대군이 왕위를 빼앗기 위해 만든 사건인 계유정난을 이른다. 박연의 아들 박계우가 계유정난과 관련되어 처형당했다.

이집과 최원도의 우정

둔촌 선생 이집은 글을 잘하기로 세상에 이름이 높아서 교류하는 사람들도 모두 당대의 꼽히는 인물들이었다. 일찍이 정치를 비난하다가 신돈에게 거슬리는 말을 한 까닭에 신돈이 암암리에 해하려 하니 부친을 모시고 도망을 쳤다. 함께 과거에 오른 최원도崔元道란 사람이 영천에 산다는 말을 듣고 그를 찾아 영천으로 갔다.

최원도는 그를 아주 극진히 대접하여 삼 년 동안 일절 밖으로 나가지 못하게 하였다. 그 뒤 선생의 부친이 작고하였을 때 최원도는 초종의 모든 범절을 꼭 자기 부모와 같이 하였으며 자기 어머니의 산소 곁에 장사를 지내도록 하였다.

최원도가 다음과 같이 한시 한 편을 지어서 선생에게 주었다.

개연한 세상 걱정, 눈물에 옷깃 젖고
지극한 효성이야 지하에 사무치리.
멀고 먼 한양 산천, 구름 속 아득하나
나현은 굽이굽이 수풀이 깊었구나.

두 집안 무덤들이 한 산등에 놓였거니
너와 나 둘의 마음 그 누가 알아주리.
아들 때 손자 때, 길이길이 이같이
두터운 우정으로 무쇠라도 끊게 하리.

慷慨傷時淚滿襟　流離孝懇達幽陰
漢山迢遞雲煙阻　羅峴盤回草樹深
天占後先雙馬鬣　誰知君我兩人心
願焉世世長如此　須使交情利斷金

　지금까지 사람들이 그의 신의를 칭찬하고 있다. 나현은 곧 그 어머니의 산소가 있는 곳이니 자리가 좋기로 도내에서 제일이다.
　그 뒤 최 씨는 한미해지고 이 씨만 번창하니 말하기 좋아하는 이들은 주인의 기운을 빼앗아 그렇다고 하였다.

장인바치로 유명한 사람들

장인바치의 일이란 천한 것이나 천성이 공교로운 사람이라야 하기 때문에 그렇게 유명한 사람이 흔히 있는 것은 아니다. 본조가 시작되던 때의 내시 김사행金師幸, 세종 때의 이천과 장영실 등은 그런 일로 이품관까지 이르렀다. 그 뒤 김우묘金雨畝, 이명민李命敏은 창덕궁의 인정전 건축을 총괄하여 보살피던 중 계유년 사건에 죽었다. 세조 때 김개金漑는 일찍이 제조가 되었고, 근자에 김극련金克鍊, 임중林重은 감역이 되었으며, 지금 김영우金靈雨, 이지강李止堈도 능히 그런 일을 맡아서 할 만하다.

세상에서 둘도 없는 외입쟁이

지중추부사 안율보安栗甫는 천성이 벗을 좋아해서 술자리에 잘 섭슬리며 취한 뒤 흔히 벗들의 손목을 잡고 농지거리를 하였다.

일찍이 예조 정랑으로 있을 때 공무로 판서 홍윤성洪允成을 뵈러 갔더니, 홍윤성이 술을 대접하였다. 주인과 손이 모두 술을 잘하여 종일 퍼붓고 있는데, 그때 홍윤성이 사랑하는 미인이 나와서 술 시중을 들었다. 안율보가 미인의 손목을 덥석 잡으니 그는 깜짝 놀라 손목을 빼치고 일어나다가 옷소매까지 끊어뜨렸다. 안율보가 잔뜩 취해 나오다가 뜰에 드러누웠는데 별안간 소나기가 쏟아져서 옷을 함빡 적셨다. 홍윤성이 하인에게 그를 가만 놔두라고 일러서 다저녁 때야 자기 혼자 우스운 꼴을 하고 집으로 돌아갔다.

홍윤성이 옷 한 벌을 보내면서 말을 전하였다.

"그대가 옷을 버린 것은 실상 내가 술을 권한 탓이라 내가 그 대신 보내거니와 여자의 옷소매가 끊어진 것은 그대가 물어 놓으라."

안율보가 그 경과를 들어 알고 크게 놀라서 말하였다.

"당상에게 이렇게 무례한 짓을 하고서 어찌 뻔뻔스럽게 벼슬을 다닐 수 있으랴?"

그가 그만 사직하고 물러가려는 것을 홍윤성이 듣고 말렸다. 그래서 사과 인사를 하려고 다시 홍윤성 댁에 찾아갔는데 또 술자리를 벌려 잔뜩 취하고 또 취한 뒤에는 그 미인의 손목을 쥐었다. 홍윤성이 크게 웃으면서 말하였다.

"이 사람이야말로 이 세상에서 둘도 없는 외입쟁이다."

사람들 사이에서 한때 이것을 우스개 이야기로 돌렸다.

아비는 벗, 그 아들은 윗도리

　강자평姜子平이 노사신과 서로 남다르게 지내는데, 노사신의 아들 노희량盧希亮이 도승지로 있고 강자평이 승지로 있었다. 하루는 어둑어둑한 때 노사신이 보통 옷으로 차리고 강자평의 집에 가서 도승지가 왔노라고 통하였다. 주인이 부랴부랴 예복을 갖추고 좇아 나와서 절을 하니 손이 그만 한바탕 웃어버렸다. 강자평이 옷을 벗으면서 말하였다.

　"내가 늙은이에게 깜빡 속았군."

　그 당시 사람들이 평하기를 아들을 존중하고 그 아버지를 존중치 않는 것은 정분과 지위가 별개이기 때문이라고 하였다. 당시 사람들은 이런 태도를 당연하게 여겼다.

갠 날도 우장 준비

판중추부사 어효첨魚孝瞻은 무슨 일이나 정확하게 처리하였다. 일찍이 내자시 판사로 있을 때 동료 부정副正이 손을 청해 왔으나 반찬거리가 없으니까 닭 한 마리를 잡아먹었다. 이튿날 아침 모두가 모인 곳에서 아전을 시켜 하루의 회계를 읽히고는 맨 끝으로,

"닭 한 마리는 부정이 훔쳐서 잡아먹었다."

하였다. 날마다 이렇게 하였다.

나중에는 부정이 나와서 꿇어앉으면서 말하였다.

"그 닭은 제가 물어 놓겠습니다."

그러자 그가 대답하였다.

"딴 뜻이 있어서 그러는 것은 아니오. 그저 용처를 밝혀 두는 것뿐이오."

그가 형조 참판으로 임명되어 처음 나가던 날 아전 하나가 와서 부군[1]에게 제사 지낼 비용을 달라고 하니 그가 말하였다.

---

1) 옛날에 각 관청에서 부군府君이라는 귀신을 위해 놓았다.

"부군이란 게 다 무엇이냐? 부군을 이리 가져오너라."

아전이 할 수 없이 '부군당[2]'에 벌여 놓은 것을 치우면서,

"이건 제가 하는 것이 아니라 어 참판이 시키는 노릇입니다."

하고 절하며 고하였다.

그는 그것을 가져다가 곧 불살라 버렸다.

그가 공조 참판으로 임명되었다. 공조는 한가한 관청이라 이전의 관리들은 한 달에 한두 번 나올 뿐이었는데, 그는 날마다 나오는 것은 물론이요, 아침에 나와서는 저녁때야 돌아갔다. 아래 관리들이 괴로움을 참지 못하여 원망하는 말이 들렸다. 그는 말했다.

"벼슬을 다니는 것이 당연히 이래야 하오. 만일 불시에 임금에게서 지시가 내려오든지 하면 어떻게 처리를 하겠소?"

그는 말갛게 갠 날도 반드시 비옷을 가지고 다녔다. 사람들이 모두 고집쟁이라고 웃는데 그는 이렇게 말하였다.

"날씨란 일정한 것이 아니니 오늘은 꼭 비가 오지 않는다는 것을 누가 알 수 있소?"

---

2) 부군을 위해 놓은 집.

김세적의 활 공부

 내가 김세적金世勣과 함께 승지를 다녔는데 그는 활 쏘는 재주가 뛰어나 한때 적수가 없었다. 무과 장원으로 출신하자 성종에게 인정받아 크게 등용되었다.

 그가 집에 있을 때는 활쟁이를 불러 활을 만드는 것이 일이라 하루도 그렇지 않은 날이 없었다. 언제나 시렁 위에 활을 죽 걸어 놓아 두는데 한 번 손에 대 보지 못한 것만도 수백 벌이나 되었다. 관청에 나와서도 벽에 활을 걸어 놓고 언제나 어루만지고 있다. 만일 잠시라도 틈이 있으면 활 연습을 나가고 그렇지 않으면 겨냥을 정해 놓고 쏘고 또 비가 오면 종이쪽지를 벽에 붙여 놓고 작은 활로 쏘았다. 그렇게 일심전력을 다 기울이기 때문에 종일 쏘아도 화살이 과녁을 벗어나지 않았다. 더욱이 짐승을 잘 쏘아 맞혀서 빗맞는 화살이라고는 없었다.

 성종이 다시없이 총애해서 경기 감사에게 시켜 날마다 그 부모에게 술과 고기를 내리게 하니 임금의 친척이나 공훈이 있는 신하도 그에 미치지 못하였다. 나이 마흔도 못 되어 이품관에 이르렀는데,

부모가 병이 있어서 찾아갔다가 그만 병이 옮아 죽었다. 그는 독신으로 아들도 못 두었으니 사람들이 애석해한다.

글씨 못 쓰는 승지

　　동지 이정보李廷甫가 글씨를 잘 쓰지 못해서 줄을 똑바르게 쓰지
못하였다. 동부승지에 임명되었을 때 계목[1] 맨 끝에 의윤[2] 두 글자
와 임금의 이름을 썼더니 성종이 보고서 말을 일러 내려 보냈다.
　　"승지가 쓰지 않고 어린 아전을 시켜 썼는가?"
　　그래서 다른 승지들이 임금에게 고하였다.
　　"이것은 동부승지가 쓴 것이요, 대신 쓴 것이 아니옵니다."
　　성종은 다시 일러 내려 보냈다.
　　"할아버지도 글을 잘하고 아버지도 글을 하는데 어째 이렇게 글씨
가 졸렬하단 말인가?"
　　그러고는 이정보에게 한시를 짓고 또 써서 바치라고 명령하니 보
는 사람들이 모두 웃었다.

---

1) 계啓는 임금에게 제출하는 보고서 또는 문의서인데 계의 원문을 요약해서 계와는 따로 쓴
　것을 계목啓目이라고 한다.
2) 의윤依允은 그대로 승인한다는 의미이다.

얼굴 못생긴 김현보 부자

김현보金賢甫는 얼굴이 파리하고 약하게 생겼는데, 그의 친구 어자경魚子敬이 놀렸다.

"현보가 서장관[1]으로 북경에 갔을 때 도중에 잘못 전해서 죽었다는 기별이 왔는데 그때 온 집안이 통곡하는 중, 종 하나가 문밖에서 울며불며 '아이구, 얼굴이 아깝지.' 하였다고 하니, 그래 그 종이 무슨 마음에 저 얼굴을 그렇게 잘생긴 것으로 보았을꼬?"

김현보가 사옹원 제조가 되었을 때 어자경이 이번에는 이렇게 놀렸다.

"현보가 임금 잔치에 사옹원 제조로 참여하고 돌아가서 어머니를 보고 말하기를 '오늘 큰 경사가 있었습니다.' 하였는데 그 어머니가 '무슨 경사냐?'고 물으셨다나. 그래서 현보가 '사옹원 제조가 되었습니다.' 하니까 어머니는 '그게 무엇 하는 벼슬이냐?'고 물으셔서 '임금의 잔치를 맡아서 임금이 잡숫는 음식을 받들어 올리

---

1) 중국 가는 사신의 일행을 검찰하기 위하여 따라가는 법관.

는 소임이라 반드시 풍신이 좋은 사람을 가려 시킵니다.' 하고 여쭈었더니 어머니가 놀라서 '이건 가문에 없던 일이구나. 어젯밤 꿈에 네 아버지를 뵈었더니 그런 경사가 있으려고 꿈에 보이신 게다.' 하고 말씀하셨더라지."

김현보의 아버지도 얼굴이 못났던 까닭에 어자경이 이렇게 놀린 것이다.

김현보가 도승지로 있을 때 임금에게서 띠를 하나 받았는데 띠가 큼직하였다. 어사경이 또 농담을 하였다.

"자네 부디 이 띠를 자손대대로 물려주게. 이다음 자네 얼굴을 못 본 자네 자손들은 '우리 할아버지가 이런 띠를 띠셨을 젠 얼굴이 분명 봄 채소를 담아 놓은 넓은 소반 같으셨을 것[2]이라.' 고 생각할 것일세."

---

2) 무엇이나 그득하게 많은 것을 비유하는 말로 풍만함을 뜻한 것이다.

하륜의 계책

호정 하륜이 충청도 관찰사에 임명되었을 적에 당시 정안군靖安君이던 태종이 작별 인사를 하러 갔다. 여러 손들이 방 안에 가득한데 태종이 앞으로 나서서 술을 권하려니 하륜이 취한 체 술상을 엎어서 태종의 옷을 함빡 버려 놓았다. 태종이 크게 노하여 그만 돌아가 버렸다. 하륜이 손들에게 말하였다.

"임금의 아드님이 화를 내고 갔으니 내가 몸소 나가서 사과를 해야겠소."

그러고는 뒤따라 나섰다. 태종의 하인들이 상전에게 고하였다.

"감사가 따라옵니다."

그러나 태종은 본체만체하고 집으로 가서 대문 앞에서 말을 내렸다. 하륜도 뒤따라 말을 내렸다. 태종이 중문을 들어섰다. 하륜도 뒤따라 들어섰다. 태종이 안문으로 들어섰다. 그도 따라서 안문으로 들어섰다. 태종도 그제야 의심이 나서 돌아보고 물었다.

"왜 이러시오?"

하륜이 대답하였다.

"일이 위급합니다. 아까 제가 술상을 엎은 것은 눈앞에 그렇게 전복될 조짐이 있다는 것을 의미한 것입니다."

태종이 하륜을 끌고 침실로 들어가서 어떻게 하면 좋을까 물었다.

"저는 왕의 명령을 받았으니 오래 머물러 있을 수 없습니다. 안산 군수 이숙번이 정릉[1]을 옮겨 모시는 일로 자기 고을의 군정을 거느리고 서울로 들어올 것입니다. 이 사람에게 큰일을 맡길 만합니다. 저도 임지에 가서 준비하고 기다리겠습니다. 일이 이루어지는 대로 곧 저를 불러 주십시오."

하륜은 떠났다. 태종이 이숙번을 불러서 이야기하니 그가 대답하였다.

"그야 손바닥을 뒤집는 것이나 마찬가지 일입니다. 무엇이 어려울 게 있습니까?"

마침내 태종을 받들고 태종의 하인과 안산 군정을 시켜 먼저 군기시를 빼앗은 다음 전부 무장을 갖추고 경복궁을 포위하였다.

태종이 남문 밖에 장막을 치고 그 가운데 앉아 있는데 아래다가 또 빈 장막 하나를 쳐 놓았다. 사람들이 그 누가 앉을 자리인지 몰랐더니 하륜이 올라와서 그리로 들어갔다. 누구나 오래지 않아서 그가 정승 자리에 오를 것을 짐작할 수 있었다. 태종이 왕위에 오른 것은 다 하륜과 이숙번 두 사람의 공로였던 것이다.

---

1) 이성계의 후처 신덕 왕후의 묘.

김종서와 최흥효의 글씨 비교

제학 최흥효는 글씨를 잘 쓴다고 세상에 이름이 났으나 순전히 진나라 유익庾翼의 체를 본뜨고 있었다. 붓대를 움직이는 것은 익숙하나 누추한 꼴을 면치 못하였다.

태종이 몸소 인사이동을 집행하던 날 최흥효가 이조의 아래 관리로 들어가서 사령장을 쓴다고 하는 것이 붓을 가지고 획만 만드느라고 오래도록 한 장도 다 쓰지 못하였다.

그때 김종서는 병조의 아래 관리로 옆에 있으면서 사령장 수십 장을 한꺼번에 쭉 내려써서 옥새까지 찍었는데 글자 획이나 옥새 찍은 자국이나 모두 반듯하였다. 태종이 좌우에 있는 사람을 돌아보면서 말하였다.

"이야말로 쓸모 있는 인재다."

김종서가 이때부터 발탁되기 시작하였다.

파리 목사

양씨 무관 한 사람이 공주 목사가 되었다. 여름철을 맞아 파리가 몹시 많았다. 고을의 아전에서 광대, 기생, 종에 이르기까지 매일 아침 파리를 한 되씩 잡아 바치라고 명령하였다. 명령을 엄격히 집행하여 온 고을이 서로 다투어 파리를 잡기에 조금도 쉴 사이가 없었으며 심지어 베를 가지고 파리를 사는 사람까지 있었다. 당시 사람들이 그를 '파리 목사'라고 불렀다.

다른 정치를 파리 잡듯이 한다면 정치가 안 될 턱이 있겠는가.

고집퉁이 신 씨

　나와 함께 과거에 오른 신 씨는 숱이 많은 노란 수염에 키도 작고 등도 굽었으나 사람은 아주 부지런하고 단단해서 남에게 지지 않았다. 일찍이 예조 정랑이 되었을 때 기생들을 어찌나 몹시 단속하였던지 기생들이 노래를 지어서 그를 놀리기까지 하였다. 또 그 식성이 순채나 송이 같은 것을 좋아하지 않아서 항상 말하였다.
　"이런 게 무슨 맛이 있다고 세상 사람들이 먹는담?"
　동료들이 모두 웃으면서 그를 이렇게 평하였다.
　"신 군은 보통 사람의 예로 따질 수 없는 사람이다."
　또 그가 꾀꼬리 우는 소리를 듣더니 한다는 소리가,
　"좋다, 거새 소리!"
하는지라 동료들이
　"이게 꾀꼬리란 새일세. 거새는 무슨 거새란 말인가?"
하였더니,
　"거거하고 우니 거새지 꾀꼬리는 무슨 꾀꼬리."
하고 도리어 우기는 것이었다.

동료들이 모두 그의 고집통이가 센 것을 웃었다.
당시 어느 친구가 그를 두고 시 한 수를 지었다.

　저 나무에 꾀꼬린

　거거 울고 앉았네.

　송이랑 순채랑은

　무슨 맛에 먹을까.

　빨간 수염 곱은 등

　난쟁이 사낼망정

　노래하는 계집들

　단속만은 할 줄 안다네.

　樹頭喋喋黃鳥止　蕈苶松菌非我喜

　紫髯曲脊小男兒　猶知檢察梨園妓

맨 꼴찌도 다행

세종 갑인년에 별시가 있었는데 생원 박충朴忠이 과거를 본 뒤 목을 오므라뜨리고 집에 앉아서 하인에게 합격자 발표를 보고 오라고 일렀다. 해가 다 질 무렵에야 하인이 천천히 들어오더니 아무 말도 없이 말꼴을 썰고 있는 것이다. 박 생원이 그만 낙담을 하고 드러누우면서 슬그머니 돌아다보고 물었다.

"그래 내 이름은 없더냐?"

"붙기는 붙었습니다마는 아주 모양이 수통스럽습니다."

하고 하인이 대답하는 것이었다. 박 생원이 그 무슨 말이냐고 거듭 물으니 하인은 대답하였다.

"최항께서 장원급제를 하고 생원님은 맨 꼴찌로 붙었습니다."

박 생원은 얼굴이 시뻘게지며 큰소리로 꾸짖었다.

"에, 이 늙은 병신놈아! 맨 꼴찌나마도 나는 늘 소원하던 것이다."

최항은 나이 젊은 선비요, 박 씨는 나이 많은 생원이라 하인도 꼴찌인 것을 창피하게 아는데 자신은 오히려 맨 꼴찌도 다행으로 생각한 것이다.

남의 글로 과거 급제

태종 병신년에 중시를 보이는데 이조 정랑 김자金赭가 병조 정랑 양여공梁汝恭과 함께 시험장에 들어갔다. 양 씨는 글을 잘하고 김 씨는 성질이 호협하였다. 저녁나절에 양 씨가 글을 지어서 다 써 넣으니 김 씨가 그에게 말하였다.

"네가 시골 선비로 병조 정랑을 했으면 그만해도 무던하지 않으냐?"

그러더니 그의 글을 빼앗아 이름을 고쳐 바쳤다. 그래서 김 씨가 장원급제를 하였다.

바람 덕에 과거 급제

세종 병신년 별시에 첫 번에는 일정한 질문을 내놓고 거기에 대한 해답을 쓰고, 맨 마지막에는 정해진 제목으로 논문을 작성케 하였다. 윤사균尹士畇은 귀한 집안의 자손으로 자라났으나 실상 과거를 보기에는 힘들었다. 우연히 구경 삼아 친구들과 함께 과거를 보러 왔다가 처음엔 여러 사람의 도움으로 합격하였다. 마지막 단계에 이르러서는 친구들도 제 글을 짓기에 바빠서 그를 도와줄 여지가 없었다.

윤사균이 종이만 들고 앉아 한마디도 쓰지 못하고 있는데, 다저녁 때 난데없는 바람이 일면서 글을 써 놓은 종이 한 장이 그 앞에 떨어지는 것이다. 그가 그 종이를 주워서 바쳤더니 그만 장원으로 급제하였다. 그 글은 생원 강희姜曦가 지은 것이니 강희는 기미년 별시에서 첫째로 합격했다.

광통교 선사가 언짢다면 좋은 법

경을 읽는 장님은 모두 머리를 깎으니 그래서 세상에서는 그들을 선사라고 부른다. 늙은 장님 김을부金乙富는 광통교 다리목에서 점을 치고 사는데, 점치러 가는 사람들은 많으나 그 점이 맞는 일은 없으니 부인네들은 이렇게 말했다.

"광통교 선사가 언짢다면 좋은 법이야."

참판 김현보의 아들이 과거를 보러 갔는데 김현보가 자기 아들의 글을 갖다 보이니 그가 말하였다.

"이 글이 아주 변변치 못하다. 과거에 붙을 리 만무하다."

그 뒤 급제한 사람을 발표하였는데 그 아들이 높직이 붙어 있는 것이었다. 김현보의 동료들은,

"광통교 선사가 언짢다면 좋은 법이라니까."

하고들 웃었다.

짐승이 많은 철원과 평강

철원은 옛날 동주벌이니 짐승들이 많기로 이름이 났다. 세종이 여러 번 사냥 가서 짐승을 잡은 것이 수가 없었으니, 관청에서 필요한 수량을 빼고 재상들에게 나누어 준 것도 이루 셀 수 없다. 그리하여 문소전에서 초하루 보름 제사를 올리는 데는 오직 철원과 평강에서 올리는 짐승의 고기를 가지고 쓰고도 남았다.

이제 동주벌도 반 나마 농토로 되고 짐승이 귀해졌다. 두 고을에서 간신히 짐승을 잡는데, 만일 잡히지 않을 때는 그 고을에서 위아래가 없이 황황급급히 서둘러서 잠도 못 자고 먹지도 못하고 산과 들을 싸다녀야 겨우 죄를 면하는 것이다. 그러나 지금까지 짐승을 잡아 바치는 것을 보면 다른 고을보다는 아직도 많은 셈이다.

꽃을 나누어 주는 탐화랑

옛날부터 문과의 최종 시험에서 셋째로 뽑힌 사람을 탐화랑이라고 하는데, 급제한 사람의 명단을 발표할 때 탐화랑이 임금 앞에서 꽃을 받아다가 급제한 사람들의 모자에 죽 꽂아 주는 것이다. 계유년 봄에 우리 둘째 형님이 과거에 오르는데 바로 탐화랑이 되어 전농시典農寺 직장에 임명되었다. 그때 문과 출신의 김자감金子鑑이 판사로 있었다. 뜰 가운데 배나무가 있어서 바람에 배가 우수수 떨어지니 김자감이 우리 형님을 돌아보면서 말하였다.

"내가 시 한 구를 지었으니 자네가 그 짝을 채우게."

뒤이어 시를 읊었다.

뜰에 가득한 배와 밤
청지기의 기쁨이리.
滿庭梨栗廳直樂

우리 형님이 당장 댓구를 채웠다.

책상 듬뿍 저 서류는
판사님의 근심이리.
堆案文書判事憂

김자감이 발칵 화를 내며 말했다.
"그래 자네가 청지기로 나를 맞비긴단 말인가?"
우리 형님이 사과를 하고 나서야 그는 화가 좀 풀렸다.
그 뒤 전농시를 없애고 군자대창軍資大倉으로 만들었다.

속담 몇 마디

　속담에 이르기를 하루 내내 걱정거리는 이른 아침에 먹은 술이요, 일년 내내 걱정거리는 발이 끼는 신이요, 일생 내내 걱정거리는 성질 사나운 안해라고 한다. 또 세상에 쓸모없는 것은 배부른 돌담, 수다스러운 아이, 손 큰 아낙네라는 말도 있다. 말은 비록 상스러우나 역시 격언이다.

팥꽃은 누렇고 콩꽃은 붉다

만일 콩과 팥의 꽃이 무슨 빛깔이냐고 물으면 사람들은 모두 콩꽃은 누렇고 팥꽃은 붉다고 대답할 것이다. 이것은 단지 그 열매 빛만 보고서 하는 말이다. 그러나 실상 팥꽃은 누렇고 콩꽃은 붉다.

만일 돌버섯의 어느 편이 땅에 닿은 뿌리냐고 물으면 사람들이 모두 털이 보풀보풀한 데가 밖이요, 반들반들한 껍질이 땅에 닿았던 데라고 대답할 것이다. 이것은 단지 반들반들한 데 흙이 묻어 있는 것만 보고서 하는 말이다. 실상 털이 보풀보풀한 편이 땅에 닿고 반들반들한 편이 밖으로 나온다.

만일 백한[1]의 꼬리가 무슨 빛이냐고 물으면 사람들이 모두 검다고 대답할 것이다. 그러나 이 새의 두 날개를 꼬리와 한데 뒤섞어 검게 본 것이요, 실상 꼬리는 흰빛이다. 세상 사람들의 억측에 이런 예가 있다.

---

1) 꿩과에 속하는 새 이름.

개구리 소리도 들을 탓

개구리가 오래 가물면 소리가 없다가도 비만 오면 시끄럽게 구는 것은 무슨 까닭인지 모르겠다. 《주례周禮》에서 조개껍질을 태운 재로 쫓는다고 한 것은 그 소리를 듣기 싫어한 것이요, 공치규[1]가 북과 나팔 소리에 댄 것은 그 소리를 좋아한 것이다. 지금 장님들이 경을 읽는데 순전히 개구리 소리를 따라하고 있다. 이 역시 일종의 '소리'인 것만은 사실이다.

---

1) 공치규孔稚圭는 중국 남북조 시대의 문인.

빈한해도 때 묻지 않게

패관잡기 1

《패관잡기稗官雜記》는 조선 명종 때 어숙권魚叔權이 쓴 패설집. 조선 전기의 외교 관계와 함께 요동, 일본, 대마도, 유구국에 관해 썼다. 또한 시인, 은사, 재인, 축첩 제, 동요 등을 비롯 야사와 풍속을 두루 기록했다.

어무적의 매화부

　지방 관리들이 으레 저희 관내 민가의 실과나무를 조사해서 장부로 꾸며 놓고 해마다 품종에 따라 일정한 양을 거두어들였다. 좀 야박한 자는 그해의 결실이 잘 되고 못 된 것도 따지지 않고 꼭 일정량을 채워서 바치라고 강요하였다. 그래서 백성들이 괴로워서 그만 과실나무를 베어 버리는 일도 없지 않다.

　어무적魚無跡이 김해에서 살고 있을 때 한 민가에서 매화나무를 베어 버리는 것을 보고 이에 부 한 편을 지었다.

　　세상에는 고결한 선비가 적어서
　　뱀 같은 포악한 법만이 횡행할 뿐
　　알 품은 암탉이라 무심히 보아 버릴 리 없고
　　새끼 양이라고 그대로 남겨 둘 리 없다.

　　백성이 밥 한 그릇을 배불리 먹으면
　　관리는 침 흘리면서 공연히 화를 내고

백성이 옷 한 벌 따뜻이 입으면
아전이 팔 휘두르며 벗기려 덤비누나.

들판에서 뒹구는 넋에 내 향기 풍겨 주고
이리저리 떠도는 뼈다귀에 내 꽃잎 뿌려도 본다.
내 마음 애달프기 이에 이르니
내 얼굴 여위는 것쯤이야 말해 무엇 하리.

무식한 저 농군 도끼와 칼로
나를 욕보이니 이를 어쩌리오.
바람은 스산하고 달빛도 찬데
두 동강이 난 내 넋을 누가 불러 주리오.

世乏馨香之君子　時務蛇虎之苛法
慘已到於伏雌　政又酷於童殺
民飽一盂飯　官饞涎而齎怒
民暖一裘衣　吏攘臂而剝肉
使余香掩野殍之魂　花點流民之骨
傷心至此　寧論悴憔
奈何田夫無知　見辱斧斤
風酸月苦　誰招斷魂

하고는, 농부의 처지에서 다음과 같이 읊었다.

누렇게 더덕더덕

열매야 적으랴만
검측한 아전 놈의
욕심은 못 따르리.

가지 위 달린 수의
곱절도 더 내라네.
그것을 못 낼 때는
닿는 대로 매질일세.

도적을 맞을세라
그런데 또 걱정이라
낮번은 안해가 들고
밤번은 아들이 서네.

이 탓이 무슨 탓고
매화나무 탓이구나.
남쪽 산 북쪽 산에
허고많은 잡목들을
관리는 상관없고
아전도 본체만체
매화나무 잡목만 못하거든
내 어찌 너 베기 사양하리.
黃金子蘩　　吏肆其饕
增顆倍徵　　動遭鞭捶

妻怨晝護　兒啼夜守
玆皆梅祟　是爲尤物
南山有檺　北山有櫟
官不之管　吏不之虐
梅反不如　豈辭翦伐

　김해 원이 이 글을 보고 크게 노하여 어무적을 잡아다가 죄를 주
려고 하니 어무적은 그만 다른 고을로 내빼 버렸다. 당시 병마절도
사로 있던 무열공 박원종朴元宗에게 가서 의지하려고 다시 떠났다
가 도중에 병들어 죽었다.

붙었던 과거도 가문 때문에 떨어진다

　중종 계미년에 임금이 성균관을 나와 보고 곧이어 과거를 보였을 때 정번鄭蕃이 둘째로 급제하였다. 그래서 청포를 이미 바꾸어 입고 장차 홍패[1]를 받게 될 판에 대사간 서후徐厚가 들고 나서서 그의 집안이 한미하다고 발론했기 때문에 그만 청포도 벗고 쫓겨 나왔다.

　정번이 임금에게 상소하고 억울함을 하소해서 예조에서 다시 그 문제를 다루었으나 결국 바로잡히지 않고 말았다. 그 뒤 남곤南袞이 임금에게 고하고 그를 이문학관[2]에 임명하였더니, 신묘년에 이르러 임금이 사알[3]로 옮겨 놓고 그가 숙직하는 날에는 더러 술을 주어 취하도록 먹이거나 옷감을 주거나 하였다. 하루는 귤을 한 쟁반 내리면서 네 부모에게 갖다 주라고 말한 일도 있다.

　일찍이 임금이 친히 제목을 내어서 갖가지 문체의 글 십여 편을

---

1) 과거에 급제한 증명서로 반드시 붉은 종이에 써 주기 때문에 홍패紅牌라고 일컫는다.
2) 조선 시대, 승문원에 속해 외교 문서를 처리하는 일을 맡아보던 벼슬.
3) 내시부에 속한 액정서 소속의 관직이니 신분 낮은 사람들만이 임명된다.

하루 동안에 지어 바치라고 하기도 하고, 일본 사람이 가져 온 소폭의 그림 열 폭을 보이면서 각 폭의 그림에 따라 시를 지어 바치라고 하기도 하였다.

그렇게 얼마 지나지 않아 또 대간이 들고 나서서 이미 이문의 전문가로 되었으니 사알의 직책이 당치 않다고 말하여 다시 이문학관으로 돌아오고 말았다. 그래서 결국 변변치 못한 벼슬로 불우한 채 머리가 허옇기에 이르렀으니 그 무슨 운명인가.

서자 이숙의 한탄

이숙李叔의 자는 민개珉介요, 별호는 천량자天諒子다. 중종이 왕위에 오르기 전 진성 대군으로 있을 적에 《맹자》를 가르친 일이 있다. 중종이 왕위에 오르면서 원종공신[1] 일등에 들었고, 경인년에는 내수사[2] 별제에 임명되었다.

그때 이숙은 벌써 늙었는데 임금이 소생과 자손의 수를 묻고 차비문[3] 밖으로 술을 내리기도 했다. 그 뒤로도 임금이 직접 제목을 내어 글을 지어 들이라고 하였으며, 가다가다 술을 내리는 때가 많았으니 임금의 은총도 컸다고 볼 수 있다. 이숙은 여러 가지 문헌을 널리 보았으며 늘그막까지도 부지런히 책을 읽었다.

---

1) 어떠한 공훈에서 중심 되는 공신 외에 다시 많은 사람들을 모아서 원종공신原從功臣으로 부른다. 원종공신도 정작 공신과 같이 다시 1, 2, 3의 등급으로 구별하였다.
2) 내수사內需司는 임금의 사유 재산을 관리하는 관청.
3) 왕궁 내에는 임금의 일족이 사사로이 거처하는 집채와 임금이 공사를 보거나 일부 관청이 들어와 있는 집채가 서로 막혀 있다. 그 집채 간에는 차비문差備門이란 것이 있어서 그 문을 통해서 연락한다.

일찍이 그가 내게 시를 지어 주었다.

　문간에는 장거리의
　거간꾼 보이지 않고
　힘껏 오직 옛 시대의
　문헌을 배우고 있네.
　門廲市井之間子　方討商周以上書

또 계사년에 내가 북경으로 떠날 때 시를 지어 주었다.

　청하노니 넓은 땅에
　두루두루 물어보라.
　어미 보고 사람 쓰는
　그런 법이 게도 있나
　試向金臺勤問訊　中朝亦有錮人無

나도 이숙과 꼭 같은 첩의 자식이다. 이 시를 읽으면서 탄식해 마지않았다.

적서의 차별은 부당하다

첩이 낳은 자식에게 과거를 보아 벼슬로 나가는 길을 허락지 않는 것은 예부터 내려오는 법이 아니다. 《경제육전》을 보면 태종 15년에 우대언[1] 서선徐選 등이 제의하기를 첩의 소생을 명예스러운 벼슬자리에는 앉히지 말고 적서의 등급을 두어 구별하자고 하였다. 이로 미루어 보면 태종 15년 이전에는 서자를 명예스러운 벼슬자리에도 앉혔던 것이니 그 뒤로 과거와 보통의 벼슬만 허가했던 것이다. 그런데 《경국대전》을 제정한 다음부터 비로소 과거로 벼슬에 나가는 길을 그만 막아 버렸다. 그것이 지금 백 년도 채 못 된다.

이 하늘 아래와 이 땅 위에서 일정한 구역을 차지하고 나라로 행세하는 수효가 백에 그칠 것이 아니련만 이와 같이 벼슬길을 막는 법이 있다는 말을 듣지 못하였다. 더군다나 시골 아전들이나 수군의 역을 지는 극히 천한 처지로도 과거를 보러 다닐 수 있다. 아비 편이나 어미 편이나 애초부터 본관을 따질 수가 없는 것이다. 혹 근거 모

---

1) 우대언右代言은 후대의 우승지右承旨에 해당한 벼슬.

를 데로 시집도 갔고 혹 도망꾼에게 장가도 들었을 것이다. 누가 그런 사람의 천하고 천하지 않은 신분을 보장할 수 있단 말인가?

한다하는 양반의 아들이라도 다만 어미 편이 보잘것없다고 해서 대대로 벼슬길을 막아 버리고 만다. 그래서 비록 남보다 뛰어난 재주와 쓸모가 있는 그릇이더라도 마침내 불우하게 일생을 마쳐 시골 아전이나 수군만도 못하다니 가엾은 일이구나.

닭을 두고 지은 시

진사 이별李鼈의 자는 낭선浪仙이니, 연산 무오년에 그의 친형 이
원李黿이 김종직의 제자로서 나주로 귀양 갈 때 성문 밖에 나가서
서로 울고 작별하고는 그 뒤부터 다시 과거를 보지 않았다.

황해도 평산에 집을 정한 다음 자기가 머무는 방을 장륙당이라고
이름 짓고 언제나 소를 타고 술을 가지고 마을 늙은이들과 함께 낚
시질도 나가고 사냥도 나가고 술도 마시면서 시를 읊고 다니기도 하
여 해가 진 뒤까지 돌아올 줄을 몰랐다. 술을 마시면 잔뜩 취하고,
취하면 노래를 부르거나 슬피 울어서, 그 처자나 하인들까지도 이상
한 버릇으로 여겼다. 병들어 죽게 되니 자기 무덤은 풍수를 보지 말
고 앞산 기슭에 묻으라고 유언했다. 일찍이 '함부로 말한다〔放言
詩〕'라는 제목으로 다음과 같은 시를 지었다.

밤마다 홰치는 닭 죽이고 싶다가도
순 같은 성인이 계실까 염려.
그렇다고 그 닭을 죽이지 말자 하니

도척 같은 악인도 없으란 법 없으리.

비바람 소리 듣긴

순과 척이 매한가지.

선악의 다른 길로 제가끔 바빠할 뿐

닭이 홰를 못 친다면 그 어이 닭이랄까.[1]

我欲殺鳴鷄　恐有舜之聖

雖不欲殺之　亦有跖之橫

風雨鳴不已　舜跖同一聽

善惡各孜孜　不鳴非雞性

그의 시집 몇 권과 노래 몇 편이 세상에 돌아다니고 있다.

---

1) 중국 전설에 나오는 어진 임금의 전형인 순임금도, 악인의 전형인 도척도 닭이 울면 순임
금은 착한 일을, 도척은 악한 일을 하려고 일어난다. 그러니 도척이 미워서 우는 닭을 죽
이고도 싶으나 세상에는 순임금 같은 이 없으란 법도 없으니 죽일 수도 없다. 그러나 비바
람이 치는 것도 닭이 우는 것도 자연의 이치이니, 우는 닭을 탓하여 무엇 하겠냐는 뜻으로
작자가 울분을 토로한 것이다.

욕심 사나운 원의 죽음을 시로 읊다

중종 기사년에 삼가현 현령으로 있던 사람이 그 이름은 잊었는데 몹시 욕심이 사나웠다. 마침 병으로 죽어서 장사 행차가 떠나는데 그 고을 사람이 관머리에다가 시 한 편을 써서 붙였다.

어둠 속의 다섯 귀신[1]이
뭇 백성 못살게 구니
하늘에서 그물을 쳐서
독한 목숨 옭아 갔구나.

이제는 온 고을 안이
근심도 원한도 없이
요시대 순시대라고

---

1) 한유韓愈의 '송궁문送窮文' 이란 글에서 궁한 귀신을 다섯 가지로 열거하였다. 여기서 다섯 귀신이라고 한 것은 바로 귀신 중에도 궁한 귀신을 의미한 듯하다.

태평한 날을 보내리.

冥間五鬼虐烝民　帝使天羅殺毒身
從此閭閭愁怨絶　堯天舜日太平春

　관찰사가 이 시를 듣고서,
　"현령이 물론 나쁘지만 그 고을 놈들도 못쓰겠다."
하고는 시 지은 사람을 잡으라고 하였으나 결국 잡지는 못하였다.
시가 잘되었다고는 볼 수 없으나 욕심 사나운 관리들에 대한 경고로
는 될 만하다.

광대놀음도 이로운 것

세상에서 전해 오는 말이 그전에는 관부에서 무당들에게서 과중한 세포[1]를 받아들였던 것이라 관차[2]가 문앞에 이르는 날에는 무당집에서 울고불고 난리가 일어난다. 술과 음식을 장만해서 관차를 대접하고 겨우 며칠 기한을 늦춘다고는 하지만 이렇게 연일 또는 하루건너로 치르는 통에 폐해가 막심하였다.

이러한 폐단을 광대들이 연극으로 꾸며 명절날 임금 앞에서 보였더니 왕은 세포 받는 것을 없애라고 명령하였다. 이로 보아 광대놀음도 백성에게 이로운 점이 없지 않거니와 지금까지 광대들은 그때의 무당놀음을 전해 오고 있다.

중종 때 정평 부사 구세장具世璋은 몹시 욕심 사나운 자였으니 말안장을 팔려는 사람이 있다는 말을 듣고 관청 마당으로 불러들여 직

---

1) 조선 시대 포목으로 받아들이던 세금이니 무당들도 세포稅布를 바쳐야만 무당 노릇 하는 것이 허가되었다.
2) 관청의 심부름으로 나가는 관속들을 일컫는 말이다.

접 값을 흥정하였다. 싸다거니 비싸다거니 며칠을 두고 아귀다툼을
하다가 결국 공금을 주고 사 가졌다. 명절날 광대들이 그 사연을 꾸
며 놀았더니 임금은 그것이 무슨 내용이냐고 물었다. 그래서 정평
부사 구세장이 말안장을 사들이는 광경이라고 고하여 그만 구세장
을 붙잡아 올려다가 심문하고 탐장죄[3]로 다스렸다. 이렇게 되면 광
대들이 능히 욕심 사나운 관리들을 탄핵한 셈이다.

---

3) 탐욕스러워 나쁜 짓을 저지른 관리들에게 적용하던 죄목이다. 이 죄에 한 번 걸리기만 하
  면 본인은 말할 것 없고 아들, 사위 들이 관직에 들지 못한다.

김시습의 자서전

김시습金時習이 양양 군수 유자한柳自漢에게 보낸 편지는 아주 긴 사연인데 대략을 추려 적으면 다음과 같다.

"제가 난 지 여덟 달 만에 혼자서 글을 알아서, 일가 할아버지 최치운崔致雲이 '시습'이라고 이름을 지어 주었습니다. 세 살부터 글을 읽을 수 있어서 다음과 같은 시구를 읊은 것도 있었습니다.

복사꽃 붉고 버들잎 푸른
석 달 봄철도 어느덧 저물었구나.
푸른 바늘에 구슬이 꿰인 것은
솔잎에 맺힌 이슬방울이로다.
桃紅柳綠三春暮　珠貫靑針松葉露

다섯 살 적에 수찬 이계전李季甸의 문하에 가서 《중용》과 《대학》을 배우는데, 사예 조수趙須가 자字를 지어 주고 또 자에 대한 해설을 지어 주었습니다.

정승 허주가 찾아와서 내게 말했습니다.

'나는 늙은 사람이다. 늙을 로老 자를 가지고 시구를 만들어라.'

그 말이 떨어지자 곧 저는 대답하였습니다.

늙은 나무 꽃이 피니

마음 어이 늙다 하리.

老木開花心不老

허 정승은 손을 치면서, '참 신동이다.' 하고 칭찬하였습니다.

세종이 이 말씀을 듣고 승정원으로 불러다가 도승지 박이창에게 시험해 보라고 하셨습니다. 도승지께서 저를 무릎 위에 앉히고 벽에 붙은 산수화를 가리키면서 물었습니다.

'네가 저것을 두고 시구를 만들 수 있겠니?'

저는 그 자리에서 바로 불렀습니다.

조그만 정자와 배 집 속에는

그 어떤 사람이 살고 있느뇨.

小亭舟宅何人在

이렇게 귀글도 짓고 줄글도 지은 것이 수가 없었습니다. 세종께서 말씀하셨습니다.

'내가 직접 좀 보고 싶으나 공연히 떠들썩하게 하는 것이 재미적다. 은근히 잘 기르고 가르쳐서 나이도 들고 학업도 성취하거든 크게 등용해야 하겠다.'

그러고는 상으로 물건을 주어 집으로 돌려보내었습니다.

열세 살 적에 대사성 김반의 문하에 가서 《논어》, 《맹자》, 《시경》, 《서경》, 《춘추》를 배우고 또 사성 윤상에게 가서 《주역》, 《예기》와 여러 가지 역사책을 배웠습니다. 차차 자라면서 영달하는 것을 좋아하지 않고 또 친척이나 이웃에서 헛되이 칭찬하는 것을 부끄럽게 여겼습니다.

세상일이 뜻과 같지 못하여 몇 해 동안에 세종과 문종이 뒤를 이어 돌아가셨습니다.

세조 초년에 이르러 전부터 알던 큰 분들이[2] 모두 저세상으로 떠나갔을 뿐 아니라 불교가 성하고 유교가 침체하니 제 마음도 쓸쓸해졌습니다. 그래서 중들을 따라 산수 간에 방랑하였습니다. 남들은 제가 부처를 좋아한다고 합니다. 그러나 실상은 그런 이단의 도로 세상에 나타나기를 원치 않기 때문에 세조가 여러 차례 부르시는데도 다 가지 않고 말았습니다. 처신이 더욱 어수룩해지니 남들과 어울리지 못하였습니다. 어떤 이는 저를 어리석다고 하고 어떤 이는 저를 미쳤다고 하여 소라고 부르건 말이라고 부르건 그저 저는 흥흥해 왔습니다.

그러다가 지금 임금께서 왕위에 오른 뒤 어진 사람들이 등용되고 신하의 간언이 잘 용납되는지라 저는 다시 벼슬길로 나가고저 십여 년 전에 던져두었던 공부를 다시 시작했던 것입니다. 그전에 배운 것을 복습하여 좀 더 정밀히 되었건만 저와 세상은 서로 어

---

2) 단종의 복위를 꾀하다가 세조에게 죽은 성삼문, 박팽년 일파를 가리키는 말이다. 그때는 그들이 아직 역적 죄목을 뒤집어쓰고 있기 때문에 명백하게 지적할 수 없었다.

굿나서 마치 둥근 구멍에 모진 작대기를 꽂으려는 것과 같았습니다. 옛 친구는 이미 전부 죽었고 새 친구는 아직 친숙지 못하거니그 누가 저의 본뜻을 알아주겠습니까? 그렇기 때문에 다시 산수간에 방랑하는 것입니다. 이 모두는 사실 그대로입니다. 당신만이알아 두십시오."

성삼문의 민첩한 재주

　근보 성삼문이 일찍이 북경에 갔을 때 어떤 사람이 그림은 보여
주지 않고 백로 그림에 시 한 편을 써 달라고 하였다. 그는 얼른 시
한 구를 지었다.

　　눈 같은 옷을 입고
　　발까지 구슬 같아
　　갈대 사이 우뚝 서서
　　물고기 엿보는가.
　　雪作衣裳玉作趾　窺魚蘆渚幾多時

　그 사람이 그림을 꺼내어 놓는데 먹물로 그린 것이었다. 그래서
그는 아래의 한 구를 마저 채웠다.

　　무심히 날아 날아
　　산음¹⁾ 고을 지나다가

왕희지 벼루 씻는²⁾

그 못 속에 빠졌구나.

偶然飛過山陰縣　誤落羲之洗硯池

---

1) 왕희지가 살고 있던 지방.
2) 왕희지는 못가에서 글씨를 하도 연습한 바람에 못물이 새까맣게 되어 버렸다고 전해 오고
   있다. 바로 그 이야기를 인용해서 백로가 검은빛으로 변한 것을 말한 것이다.

강직한 관리 권경우

참판 권경우權景祐가 성종 초년에 감찰로 있다가 서장관에 임명되어 북경으로 가게 되었다. 그때 통역을 맡아보는 역관들이 물건을 워낙 많이 가지고 떠나서 지나가는 길이 떠들썩하였다. 그 물건은 대개 권력 있고 세력 있는 집안들에게 부탁 받은 것이었으나 공이 깡그리 수색해서 임금에게 보고하였다. 임금은 천 한 끄트머리를 부탁한 사람까지 모두 특별 재판에 넘기는 동시에 공은 세 등급을 뛰어 벼슬을 올려 주었다.

공이 정언[1]이 되었을 때 대간들을 추동해서 임사홍任士洪을 내쫓아야 한다고 떠들고 나서는데, 그 의논이 몹시 강직하였다. 임사홍이 어두울 무렵에 슬그머니 공을 찾아와서 모르는 체하고 물었다.

"누가 감히 나를 내쫓으라고 발론을 하는 게요?"

공이 곧 대답하였다.

"바로 내가 감히 발론을 하였소."

---

1) 정언正言은 사간원 소속의 관리.

임사홍이 풀이 꺾여 더는 말을 못하고 돌아갔다.

그가 홍문관에서 근무할 때 쫓겨난 왕비[2]가 아무리 죄가 있을망정 사삿집에 머무르게 할 수는 없다고 말하다가, 은근히 세자에게 아부하여 뒷날을 보자는 것이라고 임금의 노염을 사서 옥에 갇히고 엄한 심문을 받았다. 공은 조금도 기운이 죽지 않고 역대 임금들이 왕비를 쫓아내던 때의 경과를 들어서 진심으로 설명한 결과 임금도 노염이 풀려 벼슬만 떼고 석방하였다.

---

2) 성종은 연산燕山의 어머니를 왕비 자리에서 쫓아내서 나중에는 결국 죽였다.

노비 출신 화가인 이상좌 부자

이상좌李上佐는 어떤 선비의 종이었다. 어려서부터 재주가 있어서 산수화와 인물화로 당대 으뜸이었다. 중종이 특히 속량해 주라고 명하여 도화서에 소속시켰다. 중종이 돌아간 뒤 중종의 화상을 그렸고, 병오년에 공신들의 화상을 그린 관계로 드디어 원종공신이 되기까지 하였다. 이상좌 같은 사람은 한마디로 특별한 대접을 받은 셈이다.

아들 이흥효李興孝도 그림을 잘 그려 명종의 화상을 그리고 무관 벼슬까지 하였다. 그의 필법은 김식金湜을 본떴다고 한다.

빈한해도 때 묻지 않게

현감 안중손安仲孫은 집이 빈한한 대로 때 묻지 않게 지내어 제법 옛사람의 풍모를 보였다. 과거에 급제하기 전 경상도에서 살 때 손수 밭 갈고 김을 매어 어머니를 모셨다.

하루는 도사 유예신柳禮臣이 그 집을 방문하였는데 하인들을 많이 데리고 갔다. 안중손은 잠방이를 입고 삿갓을 쓰고 밭에서 일을 하다가 호미를 들고 집으로 돌아와 문간에서 그를 맞아 막걸리로 대접하였다. 그의 천진스럽고 솔직함이 이러하였다.

풍수쟁이를 반대한 문효공

　내 증조부 문효공文孝公의 휘자는 어효첨인데 세종 때 집현전 교리로 있었다. 그때 풍수를 주장하는 관리가 있어서 왕궁 북쪽의 길을 높이 쌓고 문을 내어서 드나드는 사람을 제한할 것이며, 또 서울 안의 어떠어떠한 곳은 흙을 돋우어 산을 만들 것이며, 명당수1)에는 더러운 물건을 버리지 못하도록 금지해야 한다고 건의하였다. 문효공이 반대해서 상소를 올리니 임금이 보고 칭찬했으며 그 풍수쟁이의 말은 받아들여지지 않았다.

　문효공이 예학에 밝아서 일찍이 여러 학자들의 중요한 견해들을 추려 모아 책 한 권을 엮었는데 그 책의 이름은 《예기일초禮記日抄》다. 문종이 바치라고 해서 그 책을 왕궁으로 들여갔으니, 지금 홍문관에 보관되어 있다.

---

1) 여기서는 왕궁 앞으로 흐르고 있는 서울의 큰 개천을 가리킨다.

죽어서도 미신을 반대

우리 증조부 문효공이 미신을 전혀 믿지 않아서 무당이나 박수가 집안에 드나들지 못하도록 엄금하였다.

세종 경오년에 사헌부 집의로 되었는데 사헌부 안에는 조그만 집 한 채가 있어서 거기에 종이와 천을 주렁주렁 달아 놓고 '부군'이라고 불렀다. 모두들 이 부군을 위할 뿐만 아니라 새로 사헌부에 벼슬을 온 사람은 반드시 정성껏 제사를 올려야 하는 게 법이었다.

문효공은 사헌부에서 이런 명색 없는 귀신을 어떻게 위할 수 있느냐고 하면서 종이와 천을 모두 걷어다가 불사르고 사당을 송두리째 없애 치웠다. 그 뒤에는 어느 관청으로 전직이 되거나 간에 가는 곳마다 부군의 사당을 불살라 버렸다.

세속에서 사람이 죽은 지 삼 일과 이레에는 으레 술과 떡을 만들어 가지고 무당 집으로 가서 굿을 차리는 법이다. 그러면 무당은 죽은 사람의 넋이 왔다고 하면서 그가 살아 있을 때의 경력과 앞으로 어디 가서 태어날지 따위를 지껄여 대고 있다.

문효공이 돌아가신 뒤 하인들이 무당 집으로 굿을 하러 갔더니,

무당은 문효공의 넋이 왔다고 하면서 지껄였다.

"내가 살아생전에 이런 일을 좋아하지 않았다. 냉큼 집어치우고 돌아들 가거라."

미신에 빠지지 않는 강직한 인물들

옛날 청풍 고을에서 나무로 만든 인형을 하나 얻었다. 그것을 그만 신으로 받들어서 해마다 오월과 유월 사이에는 관청에 모셔 놓고 제사를 한바탕 크게 차리는데, 그때는 고을 안이 벅적 뒤끓었다. 첨지 김연수金延壽가 군수로 있을 때 무당을 위시해서 그 제사를 맡아 책임지는 자들을 모조리 붙들어 들여 볼기를 치고 인형까지 불살라 버렸다. 그 뒤로는 그런 요괴스러운 제사가 없어졌다.

판서 송천희宋千喜는 강직한 사람인데 일찍이 경상 감사를 지낸 일이 있었다. 그때 무당 하나가 부처님의 제자라고 스스로 일컬으면서 병든 사람을 치료하고 죽은 사람도 살린다고 떠들어 댔다. 온 도에서 그 말을 믿어서 모두 그 무당을 모셔다 놓고 무엇이나 달라는 대로 주어서 가산을 탕진해 버린 사람까지 나기에 이르렀다. 송 감사가 이 소문을 듣고,

"그래, 감히 내 관내에서 그런 요사스러운 행동을 한단 말이냐?"

하고 화를 내고 그 무당을 붙잡아 옥에 가두었다가 결국 때려 죽였다. 그로 인해서 한때 온 도에서 그런 일이 자취를 감추고 말았다.

그 뒤 그는 개성 유수로 되었다. 그 지방 사람들이 제멋대로 소를 많이 잡아서 직업을 삼으나 관청에서 금하지 못하였다. 그는 사무를 보기 시작하던 첫날 이에 대한 규정을 발표해 놓고 규정에 일단 어긋나는 자를 일절 용서치 않았더니 소를 함부로 잡던 폐해도 바로잡혔다.

그가 형조 판서로 있을 때는 허가 없이 소를 잡는 자는 경중을 묻지 않고 모조리 때려 죽였다. 여기 대해서는 사람들이 그의 지나친 행동을 옳거니 그르거니 하고 있다.

임원준의 음흉한 꾀

서하 임원준은 젊어서 재주로 날렸는데 세조 병자년에 문정공 어세겸魚世謙과 함께 회시[1]를 보러 가면서 의견을 내었다.

"나는 표表에 능하고 자네는 부에 능하니 각각 장기대로 두 편을 몰아 지어서 서로 바꾸기로 하세. 그러면 둘이 다 고생하지 않고 표와 부를 갖추게 될 것일세."

공은 찬성하였다. 과거장에 들어가서 해가 이미 기운 다음 공이 임원준에게 부를 주면서 표를 달라고 하였더니 임원준이 대답하였다.

"내가 오늘은 생각이 바짝 말라붙어서 표를 겨우 한 편밖에 못 지었네. 부도 붓을 대고 그대로 써 볼까 하네."

그리하여 어 공은 자기 자리로 돌아와서 자기대로 표를 지어 버렸다. 급제자의 이름을 발표하던 날 임원준은 글자 아는 종을 시켜 급

---

1) 과거에 오르기 위해서는 대체 세 번의 시험을 치르는데 첫 번 시험을 초시, 셋째 번 시험을 전시殿試라고 하고, 둘째 번 시험을 회시會試라고 한다. 초시는 회시를 보기 위한 자격을 얻는 시험이요, 전시는 형식적인 시험이요, 과거에 붙고 못 붙는 것이 회시에 달려 있다.

제자의 명단을 보고 오라고 하면서 일렀다.

"그저 맨 첫머리만 보아라. 거기 반드시 내 이름이 있을 것이다."

그 종이 돌아와서,

"둘째 번에 있습니다."

하고 고하는지라 임원준은 깜짝 놀라서 물었다.

"그래, 장원은 누구더냐?"

"어세겸입니다."

그는 곧 공에게로 좇아가서 초고를 보자고 하였다. 공은 초고를 잃었노라고 하고 그 자리에서 써서 보이는데 짐짓 긴요한 대목 네다섯 구를 빼 버리고 써 주었더니,

"이런 부로 장원이라니 알 수 없는 일이군."

하고 임원준은 의아해하였다. 공이 다시 빼 버렸던 네다섯 구를 더 써서 넣은즉 임원준은 세 번 되풀이해서 읽고 나서,

"과연 나로서는 당할 수 없네."

하고 항복하였다. 그러고서 집으로 돌아간 그는 조그만 아이놈을 보고서 무심결에 말하였다.

"어세겸의 글이야말로 참 잘 지었다."

대개 임원준의 처음 약속은 공을 속여서 장원을 빼앗자는 것이었다. 여기서 동료들이 임원준의 음흉한 성정을 알게 된 것이다.

사간원 관리들의 다른 태도

연산 갑자년에 심순문沈順門을 턱없는 죄로 얽어서 죽이려고 작정하고 여러 신하들에게 의견을 묻는데, 삼정승 이하 누구도 감히 다른 뜻을 말하지 못하였다. 그때 대사간 성세순成世純이 말하였다.

"우리 직책이 임금의 잘못을 간하는 것인데 이런 때 어떻게 입을 다물고만 있겠소?"

그러자 헌납[1] 김극성金克成이 나섰다.

"간관 명색으로 앉아서 죄없이 죽는 사람을 보고만 있다니 비록 제 목숨을 아껴서 그런다고 하지마는 어떻게 차마 나라의 은혜를 저버리고 말겠습니까?"

정언 이세응李世應 또한 찬성하였다.

"헌납의 말씀이 옳습니다."

다른 사람들은 찬성하지 않았다.

---

1) 사간원에는 대사간 다음에 사간이 있고, 사간 다음에 헌납이 있는데, 각기 한 사람씩이고 맨 끝으로 정언인데 그 자리만 두 사람이다.

"임금의 뜻을 어기다가는 공연히 심순문과 함께 죽을 뿐입니다. 아무 소용이 없는 노릇이오."

성세순과 김극성은 보통 때처럼 웃으며 태연히 말하였다.

"죽고 사는 것이 큰 문제니 제가끔 자기 주견대로 나갑시다. 오늘 먼저 죽을 사람은 우리 둘이요, 다음 차례는 이 정언일 것이오."

마침내 심순문의 죄 없음을 진언하였는데, 연산은 비록 듣지 않았으나 그렇다고 죄를 주지도 않았다.

앞뒤가 다른 조어정의 행실

사약[1] 조어정趙於玎은 어머니에게 효성스러웠으며 어머니가 돌아간 뒤에도 슬피 울고 아침저녁으로 깨끗이 차려 상식을 올렸을 뿐이 아니라 삼년상을 마치고 나서도 그러하였다. 이런 일이 임금에게 알려져 그 집에 정문을 세우도록 명령이 내렸다.

그러나 나중에는 김안로에게 붙어서 그가 하는 말을 김안로가 듣지 않는 것이 없도록 되었으니 당시 죄에 걸린 사람들은 모두 조어정에게 뇌물을 주고 놓여나왔다. 김안로가 패망한 다음 조어정이 북쪽으로 귀양 갔다가 용서를 받고 서울로 돌아왔으나 다시 죄를 짓고 매 맞아 죽었다.

옛 속담에 이르기를 백 리를 가려는 사람에게는 구십 리가 겨우 반인 셈이라고 한다. 이것은 끝으로 갈수록 어려워지는 것을 뜻하는 것이니, 어찌 거울 삼아 경계할 바가 아니랴.

---

1) 액정서掖庭署에 소속된 벼슬로, 왕궁 내에서 심부름하는 직책이다. 이런 벼슬을 조정의 벼슬과 구별키 위해서 잡직雜職이라고 일컫는다.

서투른 중국 말로 목숨을 구하다

동지 김세한金世澣이 일찍이 군관으로 사신을 따라 북경까지 간 일이 있는데, 그때 중국 사람이 말하는 것을 듣는 대로 흉내 내어서 발음이야 정확지 못하나마 그래도 열에 한두 마디는 서로 통했다. 그때부터 중국 말을 아는 사람만 만나면 그저 중국 말로 지껄여 대기 때문에 다른 사람들의 웃음거리로 되었다. 지난 을사년[1]에 중국 복건성 주민이 풍랑을 만나서 전라도 흥양 땅에 닿은 것을 흥양 현감 소련蘇連과 녹도 첨사 장명우張明遇 등이 왜적으로 잘못 알아 전후 삼백여 명이나 되는 사람들에게 말 못할 고통을 안겼다.

뒤이어 배 하나가 또 전라도 바닷가에 닿았는데 때마침 김세한이 수군절도사로 있었기 때문에 곧 병사를 거느리고 가서 보니 그들의 의복이 중국 사람과 비슷하였다. 그래서 중국 말로 물어보았더니 복건성 주민이라고 해서 곧 서울로 압송하였다. 그들의 수는 모두 이백 명인데 서울서 다시 요동으로 넘겨 보냈다. 소련과 장명우는 잘

---

1) 1545년, 인종이 죽고 명종이 즉위한 해.

못된 처사로 사형을 당할 뻔하다가 때마침 사면을 만나서 겨우 죽음을 면했다. 김세한의 중국 말로 이백 사람의 생명을 구했다니 이 어찌 우스운 이야기가 아니랴.

파괴현으로 이름을 바꾼 서읍령 고개

영해寧海 고을에는 서읍령西泣嶺이란 고개가 있었다. 세상에 전해 오기를, 조정에서 파견된 관리가 이 고개를 넘는 날이면 반드시 좋지 못한 일을 당한다고 해서, 관리는 누구나 이 고개 넘기를 피해 왔다.

칠휴七休 손순효孫舜孝는 관찰사로 처음 그 고개 위에 올라서서, 늙은 나무 아랫도리 한쪽을 깎고 시 한편을 썼다.

화산을 우러러
만세를 부르는 너
임금 명령 받아서
백성을 다스리는 나
어느 편이 가볍고 무겁고를
어이 알랴만
밝은 햇빛 두 심정을
똑같이 비치리.
汝損華山呼萬歲　我將綸命慰群氓

箇中輕重誰能會　白日昭然照兩情

그리고 그 고개의 이름을 파괴현[1]이라고 고쳤다.

---

1) 괴상하고 허황한 것을 깨뜨린다는 뜻으로 고개 이름을 파괴현破怪峴으로 바꾼 것이다.

과거 보러 가서 귀양 간 선비

　성종 때 한 선비가 과거를 보러 가서 지은 글 가운데, 절을 지어서 재변이 없도록 빌자고 건의하였다. 이것을 시험관이 임금에게 보고해서 임금이 다시 대신들에게 물었다. 대신들은 모두 문제 삼을 것 없다고 하였으나 임금은,

　"선비 명색이 이단을 주장하는 것은 죄가 크다."

하고서, 그 선비를 먼 지방으로 귀양 보내라고 명령하였다.

말 못 하는 앵무새

옛날부터 앵무새는 말을 할 줄 안다고 한다. 그러나 태종 정해년에 명나라 임금이 환관 김수金壽를 사신으로 보낼 때 앵무를 여섯 조롱이나 우리 나라에 선사하였는데, 하나도 말을 하지 못하였다. 또 성종 때 유구국琉球國[1] 임금이 사신을 시켜 앵무새 한 마리를 바쳤는데 그것 역시 말을 하지 못하였다.

김종직이 서울 있을 때 앵무새를 보고 다음과 같은 시를 지었다.

진기한 새 외로이
동쪽 땅에 이르러
담 위의 까마귀와
섞여 달리는구나.

느껴 우는 것은

---

1) 지금의 오키나와.

고향을 그리는 탓
입 다물고 말 않는 것은
아가씨의 수줍음인가.

푸르레한 깃 빛은
마름꽃에 비치고
검푸른 발목은
옥사슬로 매여 있네.

울긋불긋 아홉 색의
봉황새와 같다 하면
말 비록 못 하나마
태평 시대에 응함이리.

珍禽隻影到東陲　幾伴墻烏日夜馳
嗚咽只應非故土　媕婗還欲學癡姬
翠衿自惜菱花照　紺趾難辭玉鏁縻
爭似九苞丹穴鳳　不言猶瑞太平時

모란과 함박꽃의 변색법

우리 돌아가신 아버지는 전부터 전해 오는 《경험방》을 한 권 가지고 있었다. 그 안에는 모란의 색을 바꾸는 법이 한 항목 들어 있었다. 그 법이란 흰 모란 뿌리 아래 소똥을 묻으면 살빛으로 변하고 살빛 모란 뿌리 아래 소똥을 묻으면 자줏빛으로 변한다는 것이요, 함박꽃도 마찬가지라는 것이다. 그런 글을 보았을 뿐 시험해 보지는 못하였다.

그러던 차 우리 아버지께서 담 아래 살빛 함박꽃을 심으시고 땅이 척박한 까닭에 뿌리 주위를 사방으로 한 자쯤 파헤친 다음 말똥을 잔뜩 채웠다. 이듬해 핀 것이 흰 꽃인데 그 뿌리를 캐다가 껍질을 벗기고 응달에 말린 결과 아주 하얀 것을 약으로 쓸 수 있었다. 단지 경험방에는 살빛이 자줏빛으로 변한다고 하였지만 흰빛으로 변하고 있다. 소똥과 말똥이 달라서 그런 것일까? 자줏빛과 흰빛이 비록 다르기는 하나 빛이 변한다는 것만은 들어맞았다.

은이 귀해진 까닭

그전에는 일본 사람들이 다른 금속에서 은을 갈라낼 줄 몰랐기 때문에 그저 납과 철을 가지고 왔을 뿐이다. 중종 말년에 어떤 상인 하나가 은장이를 데리고 몰래 일본 사람의 배로 가서 그 방법을 가르쳐 주었다. 이때부터 일본 사람들이 올 때에는 은을 많이 가지고 오게 되었으니 서울 안의 은값이 뚝 떨어져서 은 한 냥에 나쁜 베[1]도 겨우 서너 필에 지나지 못하였다.

북경으로 가는 사신들이 은을 지니고 나가기를 조금도 꺼리지 않았으며 상인들이 또 의주로 가져다가 팔아서 결국 은을 저쪽으로 넘어가게 하였다. 조정에서는 은 밀수 금지를 다시 한 번 꾀해서 보통의 자문[2] 왕래에도 점마[3]에게 엄밀히 수색케 하고 혹은 따로 어사

---

1) 17세기 이전 조선에서는 포목을 화폐로 사용하였는데, 16세기 이전에는 무명보다 베를 더 많이 사용하였다.
2) 자문咨文은 양국간 관계되는 어떠한 사건에 대해서 통지 또는 협의를 위한 외교 문서이다. 중대한 사건에는 사신도 파견하지만 그렇지 않은 때에는 비교적 낮은 관리를 시켜 그냥 전달한다.

를 내려 보내서 수색하게 하였다. 그래서 그 범죄를 우리 나라 안에서 했을 때에는 온 가족을 국경 지방으로 내쫓고, 국경을 넘어서 했을 때에는 사형에 처하였다. 그 결과 몇 해 동안은 은 밀수 범죄 사건이 자주 일어나서 처형당하고 죽은 사람도 있으며, 국경 지방으로 강제 이주를 당한 사람도 있으며, 지방으로 도망해 나간 사람도 있으며, 여러 달을 두고 고문을 받은 사람도 있었다.

그 뒤 일본 사람은 배에 은을 싣고 중국 영파로 가고, 또 절강성과 복건성 사람들은 몰래 일본으로 가서 은을 사늘였다. 은을 사러 일본으로 오가던 중국 사람이 풍랑을 만나서 떠돌다가 전라도 해안에 겨우 닿은 것만도 서너 번이나 되는데, 번번이 이삼백 명에 이르렀다.

이로부터 우리 나라에서는 은이 점점 귀해진 것이다. 그뿐 아니라 복건성 사람은 총포를 가지고 가서 일본 사람에게 가르쳤으니 일본 사람이 이때부터 비로소 총포를 사용할 줄 알았다. 만일 그 상인이 은을 갈라내는 방법을 그들에게 가르쳐 주지 않았던들 그 폐단과 화근이 여기까지는 이르지 않았을 것 아닌가.

---

3) 점마點馬는 목장의 말을 검열하기 위해서 파견된 관리.

안동과 김해의 돌팔매 싸움

안동과 김해 두 고을의 풍속은 해마다 정월 열엿샛날에 주민들을 모아 좌우 두 편을 짜서 마주 돌팔매를 치는 것으로 승부를 다투었다. 중종 경오년에 왜적이 침입하였을 때 방어사[1] 황형黃衡과 유담년柳聃年 등이 두 고을의 돌팔매꾼을 모집해서 선봉을 삼은 결과 왜적을 크게 격파하였다.

---

1) 병마절도사나 수군절도사의 다음가는 큰 지방 부대의 통솔자.

자비심 모르는 멧돼지

중이란 자비심을 가지고 생물을 죽이지 않는 것으로 도덕을 삼는다. 황해도에서 동냥 다니던 한 중이 사냥꾼에게 쫓겨 내빼는 멧돼지와 마주쳤다. 멧돼지는 방금 성이 나서 뛰는 판인데 중은 달아나는 멧돼지 앞으로 썩 나서며,

"아이고, 불쌍도 해라, 불쌍도 해라."

하고는, 다시 지팡이를 들어서 남쪽을 가리키면서 말했다.

"빨리 저리로 내빼려무나."

그러나 멧돼지가 중을 들이받아서 중은 그만 죽어 버렸다.

사신 호송의 폐해

중종 기축년에 동지 유부柳溥가 사신으로 북경까지 갔다가 요동에 와서 들으니 앞길에는 여진족들이 시끄럽게 군다는 소문이 있었다. 군대로 호위해서 보내 달라고 요동 도사都司에게 청하니 도사는 지휘 한 사람에 이백 명 군대를 딸려서 호위하였다.

탕참에 이른 뒤 역관을 시켜 지휘에게 말했다.

"여기서 의주까지는 겨우 팔십 리라 군대로 호위해서 갈 것이 없습니다."

그러나 지휘는 듣지 않았다.

"내가 도사의 명령을 받고 당신네 나라의 높은 관리를 호위해 가는 길이니 아무래도 국경까지 보내 드려야 합니다."

드디어 압록강까지 넘어섰다. 그래서 잔치를 차려서 대접하고 옷감도 선물하였으며 아래로 병사에 이르기까지 베를 선물로 나누어 주었다. 그 뒤부터 사신이 귀국하는 길에는 탕참에서 군대 백 명을 대기시켰다가 호송이라고 해서 딸려 보내는 것이 예로 되어 번번이 잔치를 차리고 선물을 주는 폐해를 이루고 있다.

중국서 도망치다가 우리 나라에 붙들린 일본인들

　중종 계미년에 일본 대내전大內殿의 사신이 중국 영파부로 와서 배를 대고 있다가 나중에 온 일본 배와 충돌해서 저희끼리 서로 때리고 죽이고 하였다. 그곳의 비왜관備倭官이 군대를 거느리고 나가니 일본 사람들이 항거하고 싸워서 지휘 한 명을 죽이고 그만 배를 떼어 도망쳤다. 그중 등원중림藤原中林이라는 자는 우리 나라 황해도 풍천 땅에서 붙들렸으며 또 전라도에서 잡힌 망고다라望古多羅라는 자도 영파부에서 도망쳐 왔다고 자백하였다.

　조정에서 관리를 시켜 북경으로 압송하였더니 그 뒤 일본서 사신이 올 때마다 등원중림을 돌려 달라고 하였다. 같은 무리 가운데 제 나라로 살아 돌아간 자가 있어서 등원중림이 우리 나라에서 포로가 된 것을 이야기한 모양이었다. 이미 중국으로 압송한 사정을 편지로 자세히 설명해 보냈건만 그래도 그냥 돌려 달라고 청하는 동시에 그 사연이 더욱더 간곡하였다.

　기해년에 김안국이 예조 판서로 있을 때 등원중림 등을 심문한 서류에서 중요한 마디를 골라 일본으로 보내고 편지를 썼다.

"우리 나라는 진심으로 중국과 친하게 지내는 터인데 중국서 죄를 범한 자를 잡은 이상 중국으로 보내는 것이 의리상 당연한 바다. 어떻게 안 보낼 수 있겠는가? 더군다나 망고다라는 우리 나라의 국경을 수비하는 병사를 죽여서 죄가 한층 더 중하다. 우리 나라를 위해서 그 죄를 다스려야 하겠거니 우리 나라 군대에 포로된 것을 찾아서 무엇 하는가?"

그 뒤로는 일본에서 다시는 돌려 달라고 청하지 않았다. 그들이 아무리 섬나라 오랑캐라고는 하지만 이 편지의 사연을 보고 역시 옳게 생각한 것이다.

서피장과 금박장의 이기심

　서피장[1]은 그 기술을 자손에게만 전해 주고 다른 사람에겐 가르쳐 주지 않으니 그것은 그 이익을 독점하자는 속이다.

　중종 계사년에 금박장[2] 김아동金阿童이 사신 행차를 따라 북경을 가서 가금假金으로 금박하는 법을 배워 왔다. 대개 은박을 해서 무슨 연기를 쏘이면 꼭 진짜 금과 같아지는 것인데, 그것이 그림이거나 그냥 종이에 올리거나 간에 금빛이 아주 짙게 나타났다. 그런데 연기를 내는 재료로 쓰는 마른 풀이 무슨 풀이라는 것만은 알려 주지 않았다.

　《지정조격》[3]을 보면 안서로[4]의 풍직馮直 등이 은박을 불에 그슬려 가금을 만드는데 그런 실로 천을 짰다고 말한 적이 있다. 그러고 보니 이 기술은 벌써 오래된 것임을 알 수 있다.

---

1) 서피장梳皮匠은 가죽을 다루는 장인바치이니 사피장斜皮匠이라고도 한다.
2) 금물을 올리는 장인바치.
3) 《지정조격至正條格》은 원나라 때 편찬된 중국의 법전.
4) 안서로安西路는 원나라 때 행정 구역.

김아동이 두 번째 북경 가서 그 풀을 많이 사다가 가끔을 올려 팔아서 드디어 가산이 부유해지기에 이르렀다. 법률 맡은 관청에서 그 기술을 널리 보급시키고저 해서 그를 불러다가 물었다. 그가 사실대로 대답하지 않고 여러 번 고문을 받던 끝에 결국 옥중에서 죽고 말았다. 서피장의 이익 독점을 본받으려고 하다가 결국 목숨을 버리기에 이르니 그 아니 고집스럽고 어리석은 사람인가.

최근에 별시위 김수량金遂良이란 사람은 연주창[5]을 잘 고쳐, 가벼운 사람은 약만 붙이면 곧 낫고 심한 사람도 그 주위에 뜸을 뜨고 독한 약을 조제해서 바르면 며칠 지나지 않아 살이 연해지는데 그때 쇠로 연주창 뿌리를 베어 버린다. 사나흘에 한 번씩 이렇게 베어 내서 뿌리 전체가 다 없어지면 고약을 붙여 새살이 나게 하는 것이니 그러면 완치가 되는 것이다. 그러나 그 기술을 항상 혼자만 알고 다른 사람에게는 가르쳐 주지 않았다. 이 또한 서피장이나 금박장과 같은 심사가 아닌가.

---

5) 목 아래 멍울이 생겼다가 그것이 곪아 터지기까지 하는 병. 오늘날의 병명으로는 임파선 결핵.

서울 장사치의 송악산 굿

송도 송악산에 당집이 있으니, 세속에서 아주 영험하다고 하여 서울 안의 부유한 장사치들이 재산을 기울여서 거기 가서 굿을 올리는데, 그렇게 가고 오는 사람이 길에 그칠 새가 없다. 한 번 굿에 무명이 수천 필씩 쓰인다. 그것도 술과 음식에 드는 비용은 넣지 않고서 하는 말이다.

한 집에서 한 해에 한 번도 올리고 두 번도 올리는데, 우환이 있거나 송사를 만나면 아무 때 굿을 올릴 적에 음식이 부정했다는 둥, 그때 몸에 부정을 탔다는 둥 해서 다시 굿을 차려서 빈다. 그러다가 병이 낫거나 송사가 끝나면 과연 신령의 덕이라고들 한다. 아비가 굿을 하였으면 아비가 죽은 뒤에는 자식이 그것을 이어받았다. 그러지 않다가는 반드시 신령의 노염을 살 것이라고 믿었다. 그리하여 그 당집에서 굿하는 것이 집안의 전통을 이루게 된다. 또 얼마간 재산을 가진 사람은 비용을 아끼는 것을 수치스럽게 알아서 살림을 탕진하면서도 고칠 줄을 모르기에 이르니 요괴스러운 무당들이 인심을 미혹시킴이 참으로 심하구나.

어리석은 사람들의 재산 낭비도 염려되는 바이어니와 이런 되지 못한 당집을 떠받들어서 간악한 말을 퍼뜨리는 것이 어찌 작은 일이라고 볼 것인가.

품질이 나쁜 무명의 통용

옛날에는 품질이 나쁜 무명을 통용하지 못하도록 금지했는데 중간에 와서 금지하다가 말다가 해서 근래에 이르러서는 전혀 금지하지 않았다. 품질이 날로 떨어져서 한 필이란 것이 겨우 여남은 자요, 심지어 반을 잘라서 필을 만드는 일까지 있으니 물건 값이 오르는 것이 무엇이 이상하겠는가. 화폐의 단속이 해이해진 정도가 이보다 더 심할 수는 없다.[1]

중종 정미년에 한성부[2]에서 품질이 나쁜 무명의 통용을 금지하기로 의논이 되다가 흉년이 들자 시장에 폐해가 될까 고려해서 당분간 그대로 내버려 두었다.

그런데 민간에서 그런 무명의 실을 풀어서 다시 좀 곱게 짜면 이를 남기고 팔 수가 있었다. 이 까닭에 품질 나쁜 무명은 지금 남아 있는 것이 얼마 되지 않는다. 만약에 이 기회를 타서 반년쯤 기한을

---

1) 무명이 화폐 노릇을 했다.
2) 조선 시대 서울 안의 행정을 맡았던 관청.

주고 그런 나쁜 무명의 통용을 법으로 엄히 금한다면 그다음부터 무명을 짜는 자들도 또다시 예전같이 짜지는 않을 것이다. 그런 폐해를 아주 없애 버릴 수 있을 것이다.

옛 어른이 공부하던 법

패관잡기 2

《패관잡기稗官雜記》는 이웃 나라들에 관한 것과 함께, 숨어 사는 선비, 시인, 기예가 뛰어난 사람, 예술가 등에 관해 써 놓았다. 조선 전기 사회를 살펴보기에 좋은 자료이다. 또한 이 책은 풍부한 설화적 소재에다 간결하고도 진솔한 서술로 하여 문학 작품으로도 훌륭하다.

사람이 솟아 나왔다는 한라산 구멍

제주에는 맨 처음 사람이 살지 않더니 땅속에서 이상한 사람이 솟아 나왔다고 한다. 지금 한라산 북쪽 기슭에 '모흥毛興'이라는 구멍이 있는데, 그것이 바로 그 구멍이라는 것이다. 이상한 사람의 첫째는 양을나良乙那요, 그다음은 고을나高乙那요, 셋째는 부을나夫乙那였다고 한다.

고을나의 후예인 고후高厚가 신라에 조회[1]하러 왔을 때 성주星主라는 칭호를 내렸다. 고려를 거쳐 본조에 이르는 동안 과거에 올라서 재상이 된 사람도 있었다.

중종 초년에 고 씨 한 사람이 내금위[2]에 소속되어 서울에 와 있었는데 마침 이 씨 한 사람이 군관으로 제주를 다녀왔다. 그래서 고 씨가 물었다.

"그래 우리가 나온 구멍을 보고 왔나?"

---

1) 작은 나라의 임금이 큰 나라의 임금을 보러 오는 것.
2) 왕궁을 호위하는 부대.

이 씨는 얼른 대답하였다.

"보다 뿐인가. 오줌까지 누었네."

고 씨는 그만 아무 말도 하지 못하였다.

우리 나라의 패설들

우리 나라에는 패설 작품이 적다. 오직 고려에서는 이인로의 《파한집》, 최자의 《보한집》, 이제현의 《역옹패설》이 있고, 본조에서는 강희안의 《양화소록》, 서거정의 《태평한화太平閑話》, 《필원잡기》, 《동인시화東人詩話》, 강희맹의 《촌담해이寸談解頤》, 김시습의 《금오신화》, 이륙李陸의 《청파극담青坡劇談》, 성현의 《용재총화》, 남효온의 《육신전六臣傳》, 《추강냉화秋江冷話》, 조위曹偉의 《매계총화梅溪叢話》, 최부의 《표해기漂海記》, 정미수鄭眉壽의 《한중계치閑中啓齒》, 김정金淨의 《제주풍토기濟州風土記》, 조신曹伸의 《소문쇄록謏聞鎖錄》이 세상에 돌아다니고 있다.

조선 사람을 겁내던 여진족

중종 초년에 여진족이 요동 애양보靉陽堡를 습격하였다. 그때 애양보를 지키고 있던 중국 관리는 고려에서 수백 명 되는 구원병이 와서 지금 성안에 있다고 하면서 편전[1]과 같은 짧은 화살을 만들어서 쏘았다. 또 군인들에게 흰옷을 입혀서 성 위에 올려 보내서 마치 우리 나라 병사처럼 보이게 하였다. 여진족이 흰옷을 보고 의심이 들던 차 화살을 보고는 참말로 고려 군대라고 해서 그만 돌아가 버렸다.

---

1) 편전片箭은 조선에서만 쓰던 짧은 화살인데 통에 넣어서 쏘기 때문에 통사筒射라고도 하였다.

유구국의 기후와 풍속

중종 임인년에 제주 사람 박손朴孫 등이 유구국에 표착하여 거기서 네 해를 머물러 있은 다음 그 나라에서 중국으로 보내 주어서 겨우 본국으로 돌아왔다. 유대용柳大容이 그들의 말을 들어서《유구풍토기琉球風土記》를 지었는데, 요지는 이러하다.

"그 나라 서울 한가운데 중산中山이 있고 그 위에 왕궁을 지었기 때문에 유구국 중산왕이라고 일컫는다. 그 산꼭대기는 평평한데 소나무와 삼나무가 많다. 해마다 정월이면 논에 벼를 심어서 사월에 가을하고, 오월에 또 심어서 팔월에 가을한다.

날씨가 언제나 따뜻해서 겨울철 몹시 추운 때란 것이 우리 나라의 팔월달 폭만 하다. 말과 소는 언제나 푸른 풀을 뜯어 먹을 수 있다. 대체 나무들은 묵은 잎새가 채 떨어지기도 전에 새 잎새가 움터 나온다. 서리니 우박이니 얼음이니 눈이니 그런 것은 없다. 사람들은 널판으로 누다락을 짓고 거기서 사는데 온돌방은 만들지 않는다.

겨울옷도 겹것인데 옷은 한 가지만 입어서, 옷 속에 또 입거나 옷 위에 또 입는 옷은 없다. 여름에는 초포나 모시로 옷을 지으니, 초포란 것은 파초 종류에서 실을 뽑아서 짠 것이다. 남녀가 머리에 쓰는 것은 모두 야자 잎새를 엮어서 만든다. 남자의 쓰개는 우리 나라 중의 갓과 같은데 수건으로 머리를 동이고 다니기도 하고 상투를 내놓고 다니기도 한다. 여자의 쓰개는 우리 나라 광주리와 같아서 남에게 얼굴을 보이지 않으나 벼슬아치의 아내만이 그런 것을 쓰고 나머지는 입은 옷으로 얼굴을 가리고 다닌다. 남자는 바시가 있시마는 여사는 홑치마를 두 겹으로 두를 뿐이다. 그것은 귀하고 천하고 모두 마찬가지다. 남녀 모두 상투를 틀되 남자는 오른쪽에다 틀고 여자는 뒤에다가 튼다. 귀한 사람만이 짚신을 신지 나머지는 죄다 맨발이다. 대체로 남자는 긴 수염을 가진 사람이 많고 여자는 미인이 많다.

풍속에 수레나 가마 같은 것이 없으며 개를 먹이는 집이 많다. 들 밖에 나가도 범, 늑대, 여우, 삵, 꿩, 솔개, 부엉이, 까치 들은 없다. 반찬에는 해물이 많고 나물로는 미나리가 없다. 술을 빚는 데는 누룩을 사용하지 않는다. 단지 쌀을 씹어서 침에 묻혀 그릇에 담아 두었다가 하룻밤 지나면 달기가 아주 꿀맛이다.

물건을 사고파는 데는 구리돈을 두루 쓰고 있다. 그 나라 안에서 금과 은이 많이 나는데도 귀신을 꺼려서 캐어 쓰지 못한다. 그것이 유구가 아니고 일본서 난 것이라면 통용이 허락된다. 학교를 세우지 않고 아이들이 모두 절에 가서 중에게 범문을 배우며 경서를 배우려는 사람은 모두 복주로 가서 입학한다.

해마다 설날과 팔월 보름에는 조상들에게 제사를 드린다. 정월 초파일부터 보름까지는 밤새워 등불을 달아 놓고 남녀가 놀러 다

니기에 길이 메며, 삼월 삼짇날은 귀족이고 일반 사람이고 제가끔
모여서 놀며, 오월 오일에는 용 모양의 배를 만들어 놓은 다음 사
내아이 머리에다가 금빛, 은빛 꽃을 꽂아 배마다 이십 명씩을 태
우고 배를 저어서 놀게 하며, 동짓날 죽을 쑤어 먹는다. 또 사람이
죽으면 귀천에 관계없이 돈 있는 사람은 돌을 파서 관을 넣고, 가
난한 사람은 바위 구멍에 관을 넣는다. 크고 작고 비석 종류는 전
혀 없다."

열흘 넘게 계속된 큰 지진

중종 무인년에 지진이 있었는데, 그 소리가 마치 소 우는 소리와 같았으며, 성벽과 담들이 열에 한둘은 무너졌다. 잠깐 동안에 너덧 번이나 흔들어 대더니 또 밤중에 예닐곱 번 흔들어 댔다. 사람의 집에서는 쇠그릇붙이가 모두 웽그랑정그랑 소리를 내기에 이르렀다. 그렇게 열흘 남짓 연달아 흔들다가 그치다가 하였다. 유언비어가 돌기를 일원[1]의 수가 장차 끝나가는 것이라고 해서 야단들이었다. 오부[2]의 관리들은 사람들이 집에서 자다가는 집에 깔려 죽을까 염려해서 한데 나와 자도록 하라고 알리며 다녔다. 그러니까 사람들이 더욱 마음이 두려워져서 술이나 음식을 실컷 먹기나 하다가 죽는다고 하였다. 그렇게 한 달을 지나서 인심이 겨우 진정되었다.

그 뒤 중국 갔던 사신이 북경에서 돌아와서 하는 말이,

---

1) 중국의 상수파象數派들은 몇 갑자甲子를 다시 합해서 한 개의 원元으로 치는데 그 '원' 의 성질에 의해서 세상이 편안도 하고 어지럽기도 하다고 한다.
2) 서울을 다시 동, 서, 남, 북, 중의 오부로 나누고 각 부에 행정 관리를 두었다.

"소주蘇州에서 용 두 마리가 싸웠는데 강물을 공중으로 끌어올려서 거꾸로 흐르게 하고 또 땅 한복판을 꺼들어 엎는 바람에 천하가 다 흔들린 것이다."
하였다. 이 말이 과연 그런지 모를 일이다.

우리 나라 여자 예술가들

부인네가 할 일이란 그저 음식이나 만들고 바느질이나 하는 것으로 생각해서 글 짓는 것은 당치 않게 알고 있다. 우리 나라에서는 옛날부터 이랬기 때문에 재질이 뛰어난 사람도 남이 알까 쉬쉬하고 힘을 쓰지 않았으니 안타까운 일이다.

삼국 시대에는 전하는 이야기가 도무지 없고 고려 오백 년을 통해서는 오직 남원 기생 우돌于咄과 팽원 기생 동인홍動人紅이 시를 지을 줄 알았더라고 전한다.

본조로 들어와서 정 씨, 성 씨, 김 씨가 있는데, 김 씨의 시는 세상에 돌아다니는 것이 시들고 약해서 도무지 생기가 없다.

오직 정 씨의 시 가운데 이런 것이 있다.

엊그제 밤 봄바람이
후원에도 불어왔네.
비단 자락 펼쳐 논 듯
고운 꽃이 울긋불긋

이 꽃들이 피는 곳에
새소리도 들린다네.
이런 모양 읊으려니
창자가 끊어질 듯.
昨夜春風入洞房 一張雲錦爛紅芳
此花開處聞啼鳥 一詠幽姿一斷腸

또는 성 씨의 시 가운데 이런 것이 있다.

눈에는 두 줄기
눈물이 드리웠고
가슴엔 만 리 밖을
생각는 마음일세.

문밖의 홍도화는
한꺼번에 떨어지고
근심 속에 흰머리
유난히 눈에 띄네.
眼帶雙行淚 胸藏萬里心
門外紅桃一時盡 愁中白髮十分新

또 김 씨의 시 가운데서도 이런 것이 있다.

그윽한 이곳에

그 누가 올 건가?
골짜기 깊으니
속된 티 없구나.

가난한 살림에
술을 내지 못하니
자려던 손님이
밤중에 돌아가네.

境僻人來少　山深俗士稀
家貧無斗酒　宿客夜還歸

위의 시구가 그나마 마음에 드는 폭이다.

지금 평산 신 씨[1]는 어려서부터 그림을 잘 그렸는데, 그중에도 포도 그림과 산수 그림은 당대에 뛰어나서 비평하는 사람들 말이 안견의 다음은 갈 만하다고 한다. 어찌 부인네의 붓이라고 업신여길 것이며, 또 어찌 부인네의 당치 않은 짓이라고 책망할 것인가.

---

1) 신사임당申師任堂을 가리키는 듯하다.

옛 어른이 공부하던 법

괴애 김수온이 아직 과거에 오르지 못하였을 때, 문을 꽉 닫아걸고 글만 읽었다. 하루는 소변을 보러 마당을 내려섰다가 잎사귀가 우수수 떨어지는 것을 보고서야 비로소 가을철이 된 줄 알았다. 옛 어른들이 글을 읽는 데만 전심하던 것이 대개 이렇다. 나중에 병환이 심해서 운명하게 될 때 자식들에게 이런 말을 하였다.

"너희들은 아예 《중용》이나 《대학》을 읽지 마라. 내가 이렇게 괴로운 가운데에도 눈에 어른거리는 것이 모두 《중용》과 《대학》에 있는 글자다."

장사꾼 시인

우리 나라는 인물을 평가할 때 반드시 집안부터 본다. 대를 이어
관리로 출세한 집안이 아니라면 문학으로 벼슬길에 나서려고 마음
을 먹지 못하거니, 더군다나 장사치, 장인바치 같은 부류야 말할 것
이 있는가.

근래 상인 중에 박계강朴繼姜이 시를 잘 짓기로 이름이 있었다. 중
종이 연산군을 내쫓고 왕위에 오른 지 얼마 지나지 않았을 때, 그가
명사들을 따라서 창의문 밖에 놀러 나갔다가 지은 시 가운데 이런
구가 있다.

하늘과 땅에는
비와 이슬이 새롭건만
시 짓고 술 마실 때
산천은 의구하다.
乾坤新雨露　詩酒舊山川

이 시에 대하여 여러 명사들이 칭찬하기를 마지않았다.
어느 때 강혼姜渾과 함께 남산에 올라가서 즉흥시를 읊었다.

지팡이에 의지해서
올라서자 망망쿠나.
창파는 만경이요
산봉우리 만 점일세.

구복¹⁾이 그 무언고
내게야 원수로다.
한세상을 이런 곳에서
보내지 못한다니.

扶筇登眺渺茫間　萬頃蒼波萬點山
口腹於吾眞一祟　不將身世老江干

강혼이 탄복해서 '시은선생전市隱先生傳'을 지었다. 상인으로 이런 시를 짓는 것이 우리 나라에서는 드문 일이다.

---

1) 먹고살려고 음식을 먹는 입과 배.

썩은 새끼로 범을 동인다

　세상에서 재주 없는 사람이 우연히 과거에 오르거나 진사와 생원
시험에 합격한 것을 "썩은 새끼로 범을 동인다."고 한다.
　감사 홍서주洪敍疇는 찬성 홍숙洪淑의 아들이다. 젊어서 과거에
올랐는데, 급제가 발표되던 날 판서 한형윤韓亨允이 홍숙을 치하하
러 가서 말하였다.
　"대감 댁 새끼가 어떻게 썩지 않았소?"
　그 말은 그 부자가 모두 우연히 과거에 올랐다는 뜻이다. 그러나
몇 년이 못 지나서 홍서주는 옥당[1]에 뽑히고 공부하는 휴가까지 얻
어서 당시 명성이 자자했다. 어찌 썩은 새끼로 범을 동였다고 볼 것
이랴.

---

1) 홍문관의 다른 이름.

흉년의 참혹한 광경

중종 임신년에 온 나라에 큰 흉년이 들어서 상평창[1]을 열고 구제를 했으나 굶주리는 백성은 많고 상평창의 쌀은 적었다. 거기다가 먹고살기 넉넉한 자까지 한몫 보러 덤비니 진짜로 굶주리는 사람은 쌀을 얻기 힘들었다.

그때 서울 안에서 양반집 과부 하나가 굶어 죽은 일까지 있다. 굶주린 사람들이 어느 집 문간에서 죽어 넘어지면 그 집에서 치우기로 되었는데 그렇게 하기가 싫으니까 죽어 넘어진 송장을 이 집에서는 저 집 앞으로, 또 그 집에서는 다른 집 앞으로 넘겨 버렸다. 진휼청[2]에서 이런 것을 알고 그런 사람을 붙들어다가 죄를 주었다.

빌어먹으러 다니던 사람들이 한번 넘어지면 일어나지 못하고 처마 밑이나 길가에서 죽어 버리는 예는 계속 나타나고 있었다. 늙은이들 말이 백 년 이래로 올해 같은 흉년은 있어 본 일이 없다고 하였다.

---

1) 곡식, 포목 등을 저장해 놓고 물가를 조절하던 기관.
2) 굶주리는 백성을 구제하기 위해서 임시로 설치한 관청.

과부 딸을 개가시킨 것도 죄

    중종 때 정씨 성의 관리 한 사람이 젊어서 과부 된 딸을 가엾게 여겨서 딴 데로 시집을 보냈더니, 조정에서는 풍속을 못쓰게 만든다고 해서 일생 동안 벼슬을 떼어 버렸다.

악곡을 지은 죄로 죽다

    악기로 시나 노래를 연주한다는 것은 아주 능란한 솜씨가 아니고 서는 못 할 일이다. 더구나 우리 나라의 음이 중국과 다른 까닭에 전래하는 속악이 모두 절주에 들어맞는다고 보기는 어렵다.

    중종 초년에 악공 강장손姜長孫이란 자가 거문고로 한때 이름을 날렸는데 '귀거래사' [1]를 거문고로 연주하기 시작하여 민간 음악을 공부하는 사람들 사이에 어느 정도 그 곡조가 퍼져 있었다. 찬성 이장곤李長坤이 음악을 안다고 해서 장악원 제조가 되더니 하루는 장악원에 앉아서 강장손에게 '귀거래사' 를 연주하라고 명하였다. 막 몇 가락을 타는데, 그를 잡아 내리라고 호령하여 끌어내 세우고는 꾸짖었다.

    "네 어찌 가짜 곡조를 만들어 가지고 사람들을 속이는 것이냐?"

    그러고는 곧장 여든 대를 쳤다. 강장손은 그 때문에 죽고 '귀거래사' 는 그만 끊어져 버렸다.

---

1) '귀거래사歸去來辭' 는 중국 진晉나라 시인 도잠의 글.

같은 뜻을 가진 여러 가지 속담

　우리 속담에 '봄비가 자주 내린다', '돌담이 배가 부르다', '사발에 귀가 달렸다', '늙은이 건달 부린다', '어린애 수다스럽다', '중이 술주정한다', '흙으로 만든 부처가 내를 건넌다', '살림하는 여인네가 손이 크다', '밥통 긁는 소리가 난다' 따위는 쓸모없는 일을 두고 말한 것이다. 유대용이 일찍이 이런 속담을 엮어서 시 한 수를 지어 내게 주었다.

　　돌담의 부른 배는 참으로 쓸모없고
　　어린애 수다스러워도 그 역시 좋지 않네.
　　올봄처럼 잦은 비 바라지 않으나
　　서까래 같은 큰 손이 집에 없기 바라네.
　　石墻飽腹眞無用　稚子能言亦匪賢
　　不願如今春雨數　願君家母手如椽

　그해 봄에 마침 비가 잦았기 때문에 셋째 구에 그렇게 쓴 것이다.

어울리지 않는 일을 비유하는 속담

이상은李商隱이 꼴불견의 예로, 맑은 샘에 발 씻으며, 꽃 위에 잠 방이 널며, 산을 막아 놓고 누다락을 지으며, 거문고를 때서 학을 삶으며, 꽃을 대해서 차를 마시며, 솔밭에서 행차 호령을 하는 등의 일을 들었다. 우리 나라 속담에는 서로 어울리지 않는 일로 '초헌[1]에 말채찍', '짚신에 분칠', '거적문에 쇠 배목[2]', '사모에 갓끈', '삿갓에 먼지떨이', '중의 재齋에 오랑캐 춤' 들을 든다. 말이 비록 상스럽지마는 우스운 말로 볼 수 있다.

---

1) 세종이 만든 외바퀴 수레로 이품 이상의 관리가 타던 것.
2) 문고리를 걸거나 자물쇠를 채우려고 만든 고리 걸쇠.

꾀꼬리의 새끼 사랑

중종 임오년에 내가 황해도 옥곡 땅에 유람 갔을 때 마침 그 고을 원 홍준洪濬이 꾀꼬리와 그 새끼 한 마리를 얻었다. 꾀꼬리는 조롱 속에 넣고 새끼를 따로 두어서 보이지 않게 했다.

그러다가 하루는 그 조롱에다가 집어넣었더니 꾀꼬리가 갑자기 한소리를 지르고 그만 죽어 넘어지는 것이다. 아이들이 장난삼아 배를 갈라보니 창자가 일여덟 동강이나 끊어져 있었다. 내가 측은하고도 이상히 여겼는데, 나중에 《태평광기太平廣記》를 보다가 다음과 같은 기록을 발견하였다.

"어떤 사람이 꾀꼬리 새끼를 얻어서 대로 만든 조롱 속에 넣고 길렀다. 새벽과 밤으로 꾀꼬리 암수 두 마리가 와서 조롱 밖에서 울면서 아무것도 먹지를 않았다. 조롱 밖에다가 새끼를 꺼내 놓으니까 쫓아와서 무엇을 주워다가 먹였다. 하루는 그 새끼를 도로 감추어 버리고 내놓지 않았더니 두 꾀꼬리가 빙빙 돌면서 울다가 한 마리는 불 속에 들어가서 죽고 또 한 마리는 조롱에 부딪쳐 죽었다. 배를 갈라본즉 창자가 마디마디 끊어져 있었다."

내가 본 것과 꼭 같다. 대개 새끼를 생각하다가 창자가 끊어지는 것이 꾀꼬리의 본성인 것이다.

청어 품고 임금을 보러 간 김시습

    김시습이 일찍이 세상을 떠나 중이 되니 부잣집 늙은이가 흰 비단으로 가사를 한 벌 만들어 시주하였다. 김시습은 그 가사를 입고 서울로 들어와서 개천 속에 뛰어들어 몇십 번 텀벙거린 다음 가사를 벗어 집어던졌다.

    세조가 원각사로 나가서 큰 불공을 올릴 때 도술이 높은 중이라고 해서 김시습을 불렀는데 노닥노닥 기운 옷에 청어 한 손을 옷 속에 지닌 채 들어갔다. 임금은 그 옷 틈으로 삐죽이 내민 청어 대가리를 보더니 그만 미친 중이라고 내쫓아 버렸다.

거문고 명수
이마지의 한숨

청파극담 외

《청파극담靑坡劇談》은 조선 성종 때 이륙(李陸, 1438~1498)이 쓴 명나라 견문기이며, 《용천담적기龍泉談寂記》는 조선 중종 때 김안로(金安老, 1481~1537)가 쓴 야담 설화집이다. 《청강쇄어淸江瑣語》는 조선 명종, 선조 때 이제신(李濟臣, 1536~1584)이 쓴 패설집으로, 이제신의 집안을 비롯 당시 사람들과 관련한 이야기를 주로 소개하였으며, 조선 시대의 혼례, 상례, 제례 같은 풍속에 관한 기록도 적어 놓았다.

박연 폭포

박연 폭포는 천하의 장관이다. 천마산과 성거산 두 산골짜기 바위 사이에 못이 있다. 못의 주위는 무려 오륙십 척이나 되며 깊이는 알 수가 없다. 못 가운데는 돌섬이 있는데 여남은 명이 앉을 만하다. 세 상에서 전하는 말이, 옛날 고려 왕이 여기에서 풍경을 구경하며 놀 고 있을 때 물속에서 용이 돌섬을 흔들자 왕이 노하여 채찍으로 용 을 쳐서 지금도 물이 핏빛을 띠고 있다고 한다.

못 아래는 또 노구담이란 못이 있는데 그 깊이를 헤아릴 수 없다. 노구담에서 폭포를 쳐다보면 비단 필이 하늘 구멍에서 쏟아지는 듯 병풍 같은 석벽을 좇아 곧바로 떨어지고 있다. 흩날리는 물보라는 비인 양, 빛의 변화를 따라 침침한가 하면 문득 환해지곤 한다. 폭포 의 높이는 백여 척, 비록 큰비가 땅을 씻고 낙엽이 산을 휩쓸더라도 한 점 티끌과 앙금을 볼 수 없으니 맑고 깨끗하고 신비로움이 실로 볼만하다.

나는 일찍이 오랫동안 박연의 풍경을 듣고 무슨 일을 벌여서 한번 가 보기를 원하면서도 좀처럼 기회가 없는 것을 한하였더니, 마침

기해년에 제릉 헌관[1]에 임명되었다. 그리하여 마침내 나의 바람이
이루어졌다.

나는 팔도강산을 두루 돌아다니며 구경하였다. 지리산에 올라 넓
은 공간을 굽어 전망도 하였다. 그러나 폭포의 아름다움이 박연 같
은 것은 없다.

—《청파극담》

---

1) 제릉齊陵은 조선 태조 왕비의 능이며, 헌관獻官은 벼슬 이름이다.

황희의 인품

　익성공 황희는 세종 때 영의정이 된 이래 삼십 년 동안 말과 얼굴에 기쁨과 노염을 나타낸 적이 한 번도 없었다. 비복들에게도 은혜와 의리로 대우하여 일찍이 매질을 해 본 일이 전혀 없었다. 사랑하는 몸종이 젊은 남자 종과 더불어 지나치게 희롱하는 것을 보고도 공은 웃을 뿐이었다.

　공은 평소에 이런 말을 하였다.

　"노복들도 또한 같은 사람이다. 어찌 지나치게 부리랴."

　이런 뜻을 글로 써서 자손에게 끼쳐 주기까지 하였다.

　공이 어느 날 홀로 후원을 거닐고 있을 때였다. 이웃의 장난꾼 아이들이 후원 안에 있는 배나무에 돌을 던졌다. 바야흐로 무르익은 배가 땅에 그득히 떨어졌다. 공은 큰 소리로 아이종을 불렀다. 장난꾼 아이들은 저희들을 잡아가려고 종을 부르는 줄 알고 겁이 나서 달아나 으슥한 곳에 숨어 엿듣고 있었다.

　공은 종을 시켜 광주리를 가져오라 하여 배를 주어 담아 저희들 집에 보내 주었을 뿐 한마디도 말이 없었다.

이석형이 과거에서 장원급제하고 정언이 된 인사차 공을 찾아왔다. 황 공이 이석형에게 《자치통감강목》 한 질을 내놓고 제목을 쓰게 하고 있는데, 성질 사나운 계집종이 음식을 차린 소반을 들고 들어와 황 정승에게 기대고서 글을 쓰고 있는 이석형을 내려다보다가 황 정승을 향하여 물었다.

"술을 치오리까?"

황 정승은 느릿하고 부드러운 어조로 말하였다.

"아직 가반히 있으라."

종은 한동안 기대섰다가 볼멘소리로 말하였다.

"왜 그렇게 자꾸 늦추세요?"

황 정승은 빙그레 웃고 상을 들이라고 하였다. 그러자 어린아이들 두어 놈이 달려들었다. 모두 헌 옷에 맨발로 황 정승에게 매달려 어떤 놈은 수염을 끌고 어떤 놈은 옷을 짓밟으며 상에 놓인 음식을 모두 움켜 먹었다. 또 아이들은 공을 이리저리 때리는 것이었다. 공은 다만 "아야! 아야!" 하고 웃을 뿐이었다. 그 어린것들은 모두 노비의 아이들이었다.

　—《청파극담》

정승 유관의 청렴함

정승 유관은 지극히 청렴하고 가난하였다. 흥인문 밖 그의 집은 두어 칸 되는 오막살이였다. 이엉을 잇지 못하여 큰비가 올 때에는 집 안이 전부 새어 피할 자리가 없었다. 비가 오면 줄줄 새는 방 안에서 우산을 받고 앉아 밤을 새면서 이렇게 말하였다.

"우산 없는 집에서는 어떻게 지낼고."

손님이 오면 술대접은 해야겠고 하여 탁주 한 동이를 퇴 위에 준비해 두었다가 손님이 오면 늙은 계집종에게 시켜 사기 종지[1]로 탁주를 두어 종지 권하고는 그만두었다.

유 정승은 자기 지위가 존귀한 정승에 이르렀어도 글공부하는 학생들이 찾아와서 강의를 청하면 가르쳐 주기를 조금도 게을리 하지 않았다. 배우러 오는 학도들이 누구의 자제이든지 반드시 자상하게 찬찬히 가르쳐 주었다. 그러므로 문하에 학도들이 매우 많았다. 매양 시제 때가 되면 하루 앞을 두고 학도들을 시제 지내라고 보냈다.

---

1) 가난하여 놋그릇이 없었으므로 사기잔을 썼다.

유 정승은 자기 집에서 제사를 지냈을 때에는 반드시 학생들을 불러 음복을 하게 하되 소금물에 졸인 콩자반 한 그릇을 돌려 가며 안주로 삼고서 막걸리 한 동이를 내다 놓고는 자기가 먼저 한 사발 마신 후에 이것을 부어 한두 잔 돌아가며 마시면 그만두었다.

태종 대왕이 유 정승의 청렴함과 가난함이 이와 같은 줄을 알고 선공감[2]에 명하여 그가 모르도록 밤중에 그의 집에 바자울타리를 해 주게 하였다. 또 왕이 내린 음식도 끊이지 않았다.

—《청파극담》

---

2) 건축과 건물 수선을 맡은 기관 이름.

최윤덕의 어진 품성

정렬공 최윤덕崔潤德은 우찬성으로 평안도 도절제사와 안주 목사를 겸임하였다.

공은 공무를 보다가 틈이 나면 손수 청사 뒤뜰의 빈터를 일구고 오이를 심어 가끔 나가 김을 매었다.

하루는 소송하러 온 사람이 김매고 있는 공을 보았으나 공인 줄을 알지 못하고 물었다.

"상공께서 지금 어데 계시는가요?"

공은 자기인 척하지 않고 천연스럽게 말하였다.

"지금 아무 데 있을 것이오."

그러고는 슬그머니 들어가 옷을 갈아입고 자리에 나와 송사를 처리하였다.

하루는 어떤 촌 아낙이 와서 하소연하였다.

"범이 제 남편을 물어 갔사오니 원수를 갚아 주옵소서."

공은 말하였다.

"내 그대를 위하여 원수를 갚아 주리라."

그러고는 활을 메고 범의 자취를 밟아 산으로 들어가서 그 범을 쏘아 잡아 놓고 배를 갈라 그 남편의 골육을 꺼내어 염습을 시키고 관을 갖추어 주어 땅에 묻게 하였다. 아낙은 감격하여 마지않았다.

지금까지 그 고을 사람들이 공의 어진 정치와 덕행을 사모하여 부모같이 여기고 있다.

─《청파극담》

애꾸눈 고치는 법

김양일金亮— 공은 한쪽 눈이 멀고 성질이 매우 조급하였다. 한때 같이 노는 선비들이 농담과 우스개로 허물없이 장난을 할 적에도 김 공의 성질을 알기 때문에 한쪽 눈이 멀었다는 말은 서로 조심하여 경솔히 입 밖에 내지 못하였다.

어느 날 홍문관 교리 정휘鄭徽가 김양일에게 충고하였다.

"사람은 도량이 넓어야 합니다. 공은 왜 남들이 재미있게 노느라고 농담하는 말을 듣고도 곧 성을 내시오? 그만한 지위에 있으면서 남들에게서 도량이 좁다는 비방을 들을까 저어하여 하는 말입니다."

"아, 그게 무슨 말씀이시오? 내가 언제 그렇게 성을 냈던가요?"

김 공은 알 수 없다는 듯이 반문하였다.

"그럼 내 지금 공을 보고 욕을 한번 할 터인데 공은 성내지 않을 수 있겠소?"

정휘가 정히 다졌다.

"성낼 까닭이 있소?"

"참말로 성내지 않고 견뎌 보겠소?"

"하늘이 있습니다. 내가 거짓말하겠소?"

이렇게 거듭 다짐을 받은 뒤에 정휘는 큰 소리로 욕을 하였다.

"이 애꾸놈아, 너는 반편 놈으로 한 사람 구실을 못하니 너도 또한 사람값에 가느냐? 뒈지지도 않고 뭐 하러 살아 있느냐?"

이 소리를 들은 김 공은 부끄럽고 분함을 이기지 못하여 성이 왈칵 치밀고 얼굴이 화끈 달아 불덩이처럼 되었다. 그러나 성을 내지 않기로 서로 약속하고 허락한지라 감히 한마디도 내꾸를 못 하고 말았다.

다른 날 친구들이 모여 이야기를 나누다가 채수가 천천히 늑장을 부리며 김 공에게 말하였다.

"공의 눈을 고칠 수 있는 약이 있는데 해 보실 의사가 계실는지?"

이 말을 들은 김 공은 속으로 또 무슨 소리를 하려나 꺼리면서도 한편으로는 평생 한이 되는 애꾸눈을 고칠 수 있다는 말에 귀가 솔깃하였다. 만일을 바라는 김 공이 말하였다.

"어디 한번 말해 보시오."

"참 좋은 방문이야. 참 명방문이야."

"그래 어서 말이나 해 보시구려."

채수는 아주 정중하게 말을 시작하였다.

"술을 마시고 정신없이 취한 다음 날카로운 칼로 먼눈에서 병든 눈동자를 우벼 내고 한 살 된 햇강아지 눈동자를 급히 바꿔 넣으면 피가 아직 식지 않아 살이 곧 아물어 붙고 성한 눈과 같이 보이게 되는 것이지요."

김 공은 그럴 성싶어서 머리를 두어 번 끄덕였다. 채수가 이번에는 흥이 나서 좀더 소리를 높여 말하였다.

"그렇게만 하면 눈을 고쳐 참 좋은데 다만 한 가지, 사람 똥만 보면 모두 진수성찬으로 좋아하게 되는 것이니 이것만은 꼭 알고 해야 할 것이오."

온 좌중은 허리가 끊어지게 웃었다.

—《청파극담》

채생을 홀린 여인

훈련원 근처에 채생이라는 서생이 살고 있었다.

어느 날 채생이 거리를 거닐고 있었다. 때는 황혼이라 거리에 사람이 점점 드물었다. 마침 으스름 달빛이 희미하게 비쳐 먼 데 사람을 잘 알아보기는 어려웠지만 윤곽은 어렴풋이 알 수 있었다. 그런데 한길 저편에서 어떤 여인이 수상하게 머뭇거리고 서 있었다. 서로 바라보기를 한참 동안이나 하다가 채생은 천천히 여인을 향하여 걸어갔다. 말쑥하게 단장하고 나직이 쪽찐 머리, 선명하고도 고운 자태가 사람의 마음을 견딜 수 없이 흔드는 것이다. 채생은 황홀하여 눈짓을 하고 손을 흔들며 정신없이 끌려 그 여인에게 가서 말을 걸었다.

"조용한 이 밤에 우연히 당신을 뵈오니 마음을 걷잡을 수 없어 추태를 드러내게 되옵니다. 이토록 무례함을 과히 허물 말아 주시기 바랍니다."

이 말을 들은 여인은 얼굴에 조금 홍조를 띠고 나직한 어조로 공손히 대답하였다.

"군자는 뉘신데 처음 보는 여자에게 그다지 정중하게 말씀을 하십니까. 만일 뜻이 있거든 죄송한 말씀이오나 저를 따라 주십시오."

채생은 너무도 기뻤고 과분한 일이었다.

"진실로 원하는 바입니다. 낭자의 성씨는 무어라 하며, 깊은 밤중에 외인이 감히 발을 들일 수 있겠습니까?"

"제가 이미 진심으로 허락했으니 어찌 다른 염려가 있겠습니까."

그리하여 두 사람은 어깨를 나란히 하여 걸음을 옮겼다. 굽은 골목을 돌고 냇물을 건너 하얗게 분칠한 담이 둘러 있는 큰 기와집 솟을대문 앞에 이르렀다. 여인은 채생을 밖에서 잠시 기다리게 하고 먼저 집으로 들어갔다. 안은 깊고 사람의 소리와 자취는 없이 고요하였다. 채생은 혼자 머뭇거리며 무엇을 잃은 듯 망연히 대문 안을 들여다보며 마음을 진정하지 못하였다.

한참 뒤에야 어린 계집종 하나가 바깥 대문을 반쯤 열고 나오더니 채생을 인도하였다. 채생은 계집종을 따라 여덟 대문을 거쳐 들어갔다. 돌기둥을 받친 누대가 덩실 솟아 있는데 구조와 모양이 실로 사람이 만든 것이라고는 할 수 없을 만치 화려하였다. 곁에 밀실 하나가 있는데 초록 창문과 붉은 구슬로 꿴 발이 영롱하여 사람의 눈을 끌었다. 여인은 그 방문에 반쯤 비켜서서 그를 맞이하였다.

"조용한 틈을 타느라고 너무 오래 밖에 서서 기다리시게 하였사오니 실로 죄송합니다. 의아하셨으리라 생각합니다."

여인은 채생의 소매를 이끌고 방 안으로 안내하여 자리를 잡고 앉았다.

채생은 방 안을 두루 살펴보았다. 병풍과 족자의 훌륭한 그림과 수놓은 요와 꽃 돗자리의 정교하고 화려함은 보던 중 처음이요, 화장 도구와 일용 기구들이 모두 세상에서 보던 것이 아니었다. 채생은 심신이 황홀하여 이는 반드시 인간이 아니요, 신선 사는 선경인가 의심하였다. 그리하여 채생은 스스로 위축되었으며 서투른 태도를 면치 못하였다.

여인은 계집종에게 시켜 주안상을 내었는데 모두 처음 보는 진기한 음식이었다. 쌍룡 모양의 귀를 붙인 백옥 잔에 술을 쳐 생에게 권하며 정숙히 입을 열었다.

"첩의 운명이 기박하여 어렸을 때 부모를 여의고 자라서는 배필이 없사오며 어려서부터 오직 젖어미에게 의탁하여 자랐으므로 부녀자의 도리에 젖지 못하였사오니 매양 꽃 필 적과 달 밝은 때를 만나면 부질없이 외로운 그림자를 대하여 끝없는 설움에 잠기게 되옵니다. 오늘 우연히 동무를 따라 거리에 나갔더니, 문득 뛰는 말 수레가 요란스럽게 거리를 휩쓸며 달려오기에 옆 골목으로 피하였다가 어둡고 게다가 당황하여 동무를 잃고 혼자 서서 방황하던 중 다행히 군자의 맑은 얼굴을 대하게 되어 오직 정성으로 받들 것을 생각할 뿐이옵고 스스로 규범에 어긋나는 것을 깨닫지 못하였습니다. 만일 군자께서 천히 여기지 않으신다면 곁에서 모시며 평생을 바칠까 생각합니다."

채생은 잔을 받아 마시며 사례하였을 뿐 대답할 말을 찾지 못하였다. 그는 다만 뜨덤뜨덤 간단히 대답하였다.

"내 어찌 오늘 이와 같이 아름다운 인연을 하늘이 주실 줄 뜻하였겠소."

권하는 술을 사양 없이 계속 마시며 몹시 좋아서 같은 말을 되풀이할 뿐이었다.

밤은 어느덧 삼경이나 되고 술도 취하고 말도 그치게 되었을 때 계집종이 채생의 옷을 공손히 받아 횃대에 걸고 금침을 내려 펴고 촛불을 물렸다.

이리하여 즐거움 속에 두 정이 서로 융합하여 나비가 꽃을 만난 듯 살뜰한 정회를 다하게 되니 새벽 물시계는 시간을 알리건만 즐거운 꿈은 깰 줄을 몰랐다.

문득 머리 위에서 우렛소리 요란하여 채생이 놀라 깨니, 아 웬일인가, 자기 몸은 개천 돌다리 아래 누워 돌을 베고 헌 거적을 덮었는데 더러운 냄새가 코를 찌르고 벗은 옷은 다리 기둥 틈에 달려 있었다. 아침 해는 솟아오르고 사람이며 말이며 모여 온다. 땔나무를 실은 달구지 두 채가 바야흐로 삐거덕거리며 다리를 지나고 있을 적에 채생은 소스라쳐 놀라 미친 사람처럼 그곳에서 달아났다.

그 뒤 여러 날이 지나서야 채생은 다소 정신이 진정되었으나 그대로 멍하니 맥이 빠져 다시 그 여인 만나기를 갈망할 뿐이었다.

귀신에게 홀린 줄을 알고 그의 가족은 술사를 불러 주문도 외고 의원을 청하여 뜸도 뜨고 백방을 다하여 겨우 그의 환각을 풀었다.

그 다리는 곧 서울 중심에 있는 개천 하류에 있는 태평교이다. 채생의 이러한 꼴을 본 사람이 퇴재退齋 권민수權敏手에게 그 이야기를 상세히 하였더니 그는 탄식하여 말하였다.

"아, 그런 일이 있었던가. 귀신이 사람을 홀린 게다. 추한 얼굴을 아름답게 꾸미고 거짓을 진실로 만들고 악취를 향기로 바꾸어 더러운 빈터를 아름다운 전당으로 바꾸어 백 가지로 사람의 눈과 정신을 어리게 하며 정욕으로 미혹하니 지극히 건전하고 견실한 기품을 가진 자 아니면 뉘 능히 유혹되지 아니하랴. 생이 미인을 만나 기뻐할 때 곁에 사람이 있어 생의 귀를 끌어당겨 밝게 일러 준다 해도 깨닫지 못할 것이며 만일 이를 구원코저 하면 반드시 성낼 것이며 심하면 귀신을 끼고 해독을 끼쳤을 것이다. 당시에 다리 위에 우렛소리 아니었던들 마침내 다리 아래 귀신이 되었을 따름일 것이다.

무릇 천하에 세상을 농락하며 사람을 속이는 자 귀신보다 심한 일이 많으니 유혹되는 자 또한 허다하지 않은가. 귀신에게 홀려 가지고 풀기를 애쓰는 것을 거울 삼아 세상에 이 형태 저 형태의 요귀들이 대낮에 제멋대로 굴지 못하도록 경계하여 천하의 많은 채생들이 유혹에 걸리지 않게 하여야 할 것이다."

—《용천담적기》

거문고 명수 이마지의 한숨

조선 중엽에 거문고 명수 이마지라는 사람이 있었다. 그는 수법이 정묘하여 장손가락으로 거문고의 줄을 누르다가 다음 손가락으로 혹은 가볍게 혹은 무겁게 누르고, 놓고, 흔들고, 굴리면 오음육률[1]의 맑은 소리, 흐린 소리, 굵고 가늘고 잦은 소리가 서로 어울려 변화무궁하게 울려 나오니 그 음조의 변화가 속된 무리보다 훨씬 뛰어났다.

그러므로 음악에 조예가 깊은 인사들이 다투어 그를 청하여 달 밝은 밤 조용한 자리에서 그의 묘기를 한번 발휘케 하면, 맑은 바람이 일어나고, 시냇물이 소리치며, 찬 하늘에서 귀신의 휘파람 소리가 들려오는 듯 듣는 사람의 머리끝을 쭈뼛하게 하였다.

어느 날 높은 벼슬아치와 귀한 손님들이 모여 앉은 자리에서 이마

---

1) 오음五音은 궁(宮, 무겁고 두터운 소리), 상(商, 민첩하고 빠른 소리), 각(角, 길고 청탁을 겸한 소리), 치(徵, 억양의 변화가 많은 소리), 우(羽, 낮고 평평한 소리). 육률六律은 음악의 음조인데 십이율十二律 중 양률陽律에 속한 여섯 가지 음조이다.

지가 감흥을 돋우어 거문고를 희롱하니, 구름은 떠가는 듯, 냇물은 솟쳐 흐르는 듯, 그 소리 끊일 듯 이어지며, 활짝 열렸다가는 어느덧 덜컥 닫히고, 유유한가 하면 다시 처절하여서 그 변화에 황홀한 좌중은 모두 잔을 드는 것도 잊어버리고 나무토막처럼 멍하니 얼을 잃고 있었다.

이윽고 곡조를 다시 바꾸는데, 그 소리 질탕하여 버들솜 수없이 날리고, 꽃은 흐무러지게 피어 구십춘광이 바야흐로 무르녹은 듯 스스로 혼이 풀리고 마음이 취하며 온봄까지 녹아 버리는 것이었다.

또다시 곡을 바꾸면 그 소리 우렁차고 장중하며 또 그 빠르기 기를 눕히고[2] 북소리 둥둥 울리며 백만 대병이 일시에 내닫는 듯 의기를 고무하여 자신도 모르는 결에 뛰고 춤추지 않을 수 없었다.

문득 또 곡이 변하는데, 상성[3]이 크게 떨치며 숲이 흔들리고 산과 골짜기가 호응하며 치조[4]를 아뢰니, 잔나비 슬퍼하고 두견이 울며 나뭇잎이 우수수 떨어지는 듯 처량한 회포와 애달픈 정서를 금할 수 없어 흐르는 눈물이 눈썹을 적셨다.

다시 줄을 골라 진으로 옮겨 줄을 휙 가로 그으니 맑은 하늘에 우레가 지나간 듯 소리는 그쳤으나 여운은 아직 남아 점차로 멀어지며 가늘게 구름 속으로 사라지고 있는 듯하였다.

이마지는 거문고를 밀어 무릎 아래 내려놓고 옷깃을 여미고 슬피 탄식하며 말하였다.

---

2) 병학지남兵學指南에 군대가 돌진할 때에는 기旗를 눕힌다고 하였다.
3) 상성商聲은 민첩하고 빠른 소리.
4) 치조徵調는 억양과 비애가 많은 곡조.

"인생 백 년이 주마등 같고 부귀영화가 춘몽 같으니 영웅호걸들의 당년 의기도 지나간 뒤에야 뉘라서 아오리까. 다만 문장 잘하는 이 책을 쓰고, 서화 잘하는 이 자취 남겨 후세 사람들이 그것을 비교하며 그 깊이를 알게 되면 천백만세가 하루 같을 것이언만, 그러나 나 같은 사람은 이슬과 같이 스러져 구름과 연기처럼 사라지고 말 것이니, 이마지가 음률을 잘하였다 한들 후세 사람이 무엇을 좇아 우열을 알 수 있사오리까. 옛날 호파와 백아[5]는 거문고로 천하의 명수였지만 죽은 뒤에 이미 그 소리를 견주어 알아볼 수 없었거든 하물며 천 년 뒤 오늘에야 알 길이 있사오리까."

말을 마치고 길게 한숨지으니 좌중이 모두 눈물로 옷깃을 적셨다.

이마지 같은 이는 진실로 옹문주[6] 같은 부류라 할까. 그는 특이하고 새로운 곡을 많이 창작하였으나 사람이 배우기를 원하여도 굳이 전하지 않았다. '이마지의 조'라 하여 혹 한두 곡 지금까지 전하여지고 있지만 와전되고 진수를 잃었다.

또 여자로 조이개曹伊介라는 가야금 명수가 있어 이마지와 함께 당대 쌍벽을 이루었다.

—《용천담적기》

---

5) 호파瓠巴와 백아伯牙 둘 다 거문고 명수.
6) 옹문주雍門周는 거문고 명수.

범에게서 처녀를 빼앗은 중

충청도 지방에 빈 절이 하나 있었다. 낡고 무너진 채로 오래 고치지도 못하고 내버려 두었던 것이다.

늙은 중 하나가 그 절을 고치려고 두루 돌아보며 노력과 물자가 얼마나 들 것인가를 따져 헤아리는 데 하루를 보내었다. 산은 깊고 날은 저물어 그대로 빈 절에서 밤을 지내게 되었다.

한밤이 되어 산속은 고요하고 별과 달은 어스름한데 털이 북실북실한 어떤 짐승이 무엇인지 물건 하나를 끼고 휙 담을 넘어 들어오더니 끼고 있던 물건을 마당 한가운데 놓았다. 그러고는 저만치 물러가 쭈크리고 앉아서 놓은 물건을 멀리 흘겨보기도 하고, 꼬리를 늘어뜨리고 앞으로 설레설레 걸어와서 가까이 맡아 보기도 하고 또는 솟았다 뛰었다. 앞에서 얼씬, 뒤에서 얼씬, 빙빙 돌아가다가는 훌쩍 뛰어넘기도 하였다. 놓은 물건을 놀리듯 구경하는 듯 마치 고양이가 쥐를 어르는 형상이었다.

창구멍으로 그것을 내다보고 있던 중은 범이 사람을 잡아다 놓고 어르고 있는 것임을 알았다. 이때 중은 급히 창문짝을 떼어 범에게 내던졌다. 벼락이 떨어지는 듯 빈 산골이 요란스럽게 울렸다. 범은 놀라 달아나 자취가 없고 사방은 고요하였다.

중이 뜰에 내려가 사람을 어루만지며 살펴보니 나이 열댓 살이나 되어 보이는 처녀인데 숨은 이미 끊겼으나 몸에는 상처가 없었다. 소생할 듯도 하여 방 안으로 들어다 눕혔다. 중은 시험 삼아 자기 저고리와 처녀 저고리를 풀어헤치고 자기 가슴을 처녀의 가슴에 맞대어 온기를 보내 주었다. 새벽부터 대낮까지 그리하였더니 처녀 몸에 따뜻한 기운이 차차 돌기 시작하더니 해 질 녘에 가서는 숨을 후 하고 내쉬는 것이었다. 중은 기뻐해 마지않았다. 미음을 때때로 달여 먹이며 극진히 돌보았다.

이리하여 며칠 뒤 처녀는 비로소 정신을 차렸다. 사는 곳과 성씨 따위를 또렷이 말하는데 집은 전라도 지방으로 절에서 백 리 길 남짓 된다. 범에게 잡혀 온 날은 바로 혼인 잔치한 첫날밤인데 절까지 범에게 안겨 온 시간은 겨우 반밤이었다. 과연 범의 걸음이 얼마나 빠른가를 알 수 있었다.

중은 처녀를 데리고 처녀가 사는 마을을 찾아갔다. 처녀를 잠시 동구 밖에서 기다리게 하고 중은 걸식하는 중인 척하며 처녀네 집 대문을 두드렸다. 그 집에서는 무당을 데려다 앉히고 딸의 넋을 부르고 있던 때였다. 무당은 처녀의 죽은 넋이 와서 자기 몸에 의탁한 것처럼 하며 범에게 먹혔다고 슬픈 사설을 지껄여 댔다. 처녀의 부모와 친척들은 모두 발을 구르며 부르짖어 울고 있었다.

바로 이럴 즈음에 처녀는 천연히 대문 안에 들어섰다. 부모는 처녀를 보고도 처음에는 딸인 줄 모르다가 한참 만에야 비로소 깨닫고는 뛰어나와 서로 껴안고 한바탕 통곡을 한 뒤 사연을 들었다.

중에게 다시 살려 준 은혜를 한없이 감사해하며 거듭거듭 치사하였다. 처녀는 그 고을에서 이름 있는 집안의 딸로 고이 자랐고 곱고 아름다워 사람마다 칭찬하던 터였다.

처녀와 가슴을 헤쳐 살을 맞대고도 마음이 흔들리지 않았으며 조섭을 극진히 하여 깨끗한 마음과 정성으로 처녀를 살려 냈으니, 이 중은 과연 자비를 염원하며 정욕을 해탈한 불교의 계행을 잘 수련한 사람이다.

—《용천담적기》

풍산 씨 장가들기

비안정比安正이 병신 아들을 두었는데 이름은 풍산豐山이라 하였다. 키가 매우 작아 꼭 광대판에서 노는 난쟁이 같았다.

이 비안정은 이씨 종친이었으나 사방에 구혼하여도 늘 퇴짜 맞았다. 보통 방법으로는 장가들일 수 없어 하루는 어떤 집을 속여 정혼하고 납채를 구실로 풍산을 신랑 차림으로 납채와 함께 신부 집에 껴 들여보냈다. 신부 집에서는 이에 속은 줄 알고 풍산을 쫓아 보내야겠는데 풍산은 이미 올 때에 입었던 의복을 벗고 굳이 가지 않을 작정이었다. 신부 집에서는 우선 올 때 입었던 옷을 도로 입혀야만 쫓아내겠고 하여 온 집안이 둘러앉아 계책을 생각해도 갑자기 좋은 꾀가 나오지 않았다.

그러던 중에 꾀 있는 한 친척이 집안사람들을 시켜 신랑이 단정하고 얌전하다고 칭찬도 해 주며 양반집 자제라 예도가 있다고 추켜 동심을 미혹케 하고서 내실로 꾀어 들여 놓고는 말하였다.

"이 집에 복이 있어서 아름다운 신랑을 얻었도다. 이 댁에 여든 된 할머니가 계시는데 해가 서산에 져 가는 셈으로 영화를 보실 날이 얼마 남지 않았도다. 자네가 오던 바로 그때 마침 할머니께서 뒷간에 가셨다가 집안사람들이 모두 신랑의 차림차리를 보고 그 단아함을 칭찬할 적에 홀로 할머니께서만 자네의 그 아담한 태도를 보시지 못한 것이 유감이로다. 청컨대 옷을 갖추고 잠깐 처음 올 때대로 몸을 가지기 바라노라."

난쟁이는 뜻밖에 남들에게 칭찬을 받으니 어린 마음이 우쭐해져서 좋아하며 옷을 차려입었다. 이때를 놓치지 않고 힘센 장정이 풍산을 냉큼 메어다가 근길에 내버리고 문을 굳게 닫고 들이지 않았다. 난쟁이는 하는 수 없이 어둔 밤에 터벅거리며 저희 집으로 돌아왔다. 문간에 이르렀을 때 늙은 종이 방 안에서 등불을 돋우고 바느질을 하며 혼잣말로 중얼거렸다.

"풍산 씨도 장가를 드는 날이 있구나."

이 말을 들은 난쟁이는 창 앞에서 목 메인 소리로 말했다.

"나 지금 여기 왔어."

늙은 종이 촛불을 켜들고 밖으로 나가보았다. 풍산이 거기에 서 있는 것이었다.

세상에서 이야깃거리로 되어 일이 마음대로 안 되면 곧 '풍산 씨 장가들기'라고 하였다.

―《청강쇄어》

김정국의 시 감식

　모재 김안국의 아우 사재思齋 김정국金正國은 항상 시를 잘 감정하는 것으로 자부하였다.

　김안국이 일찍이 영남 방백으로 있을 때 송 아무라는 서생이 시를 잘한다는 소문을 듣고 월파정에서 송생을 불러 보고 시를 지으라 하였다. 송생은 이렇게 읊었다.

　　단청빛 찬란한 이 누각은
　　물 하늘 눌렀으니
　　옛적에 어느 누구
　　이 누각 지었는고.

　　낚대 멘 어부는
　　빗소리도 모르는 듯
　　길 가는 사람은
　　산기슭을 감도누나.

난간에 드는 구름
무산¹⁾에서 떠났는가.
물에 뜬 꽃송이는
무릉에서 나왔는가.

드나드는 갈매기 놈
양관곡²⁾ 늘 듣지만
송별연 애끊는 정
네야 어이 짐작하리.

金碧樓明壓水天　昔年誰構此峰前
一竿漁父雨聲外　十里行人山影邊
入檻雲生巫峽曉　逐波花出武陵烟
沙鷗但聽陽關曲　那識愁心送別筵

모재는 이 시를 사재에게 보였다. 사재는 시를 보고 말했다.
"이 시는 반드시 귀신의 시가 분명합니다. 아무리 보아도 사람의
작품은 아닙니다. 이 시에는 연화³⁾의 티가 조금도 없으니까요."
그 뒤 알아본즉 과연 송생은 귀신 여자와 깊은 관련을 가졌다. 송

---

1) 산 이름. 옛날 어떤 왕이 곳곳을 유람할 때 무산 아래 이르러 묵게 되었는데, 아름다운 신
녀神女가 왕을 찾아와서 정답게 위안하고 돌아갈 적에, 자기는 아침에는 구름이 되고 저
녁에는 비가 되어 왕께 보이겠으니 무산의 아침 구름 저녁 비를 보거든 자기인 줄 알아 달
라고 하였다는 전설이 있다.
2) 이별곡을 이른다.
3) 사람이 사용하는 연기와 불.

생이 처음에는 글을 몰랐는데 그 귀신을 만난 뒤부터 귀신이 항상
가르쳐 주는 대로 글자를 써 놓으면 모두가 명시편으로 된다는 것이
다. 그 뒤 송생의 집안사람들이 술법으로 그 여자 귀신을 쫓았더니
귀신이 쫓겨 갈 때 손바닥에 시를 써 보였다.

> 꽃다운 처는 지금
> 낙수신이 되리로다.
> 세상 사람 모두가
> 이다지도 박정한가.
> 花婦今爲洛水神　世間皆是薄情人

여자 귀신은 마침내 떠나 버렸으며 송생은 글을 모르게 되었다.
　사재는 그 전설을 듣고 스스로 자기의 시 감별이 정확함을 자부하
여 매우 기뻐하였다. 그러나 이 시는 고려 말 도길부都吉敷의 시라
한다.
　─《청강쇄어》

아버지의 웃음과 아들의 기쁨

　호안공胡安公 황수신黃守身과 열성공烈成公 황치신黃致身은 다 익
성공 황희의 아들이다. 익성공 생전에 두 아들이 이미 재상이 되었다.
《청파극담》에 따르면 익성공이 식사할 적에 노비의 아이들이 무
리를 지어 와서 떠들어 대며 심지어 익성공의 수염을 잡아다리고 음
식을 움켜 먹고 야단을 부려도 꾸짖지 않았다 하니 익성공은 평소에
누구에게나 너그럽고 부드러웠으리라고 생각된다. 그러나 자식에게
는 몹시 엄격하고 말이 적으며 웃는 일이 드물었다.
　하루는 수신, 치신 형제가 뜰아랫방에 같이 있었는데 진눈깨비가
갑자기 평평 쏟아져서 지척을 오가기도 어려웠다. 형제가 서로 안채
로 들어가야겠는데 좋은 방법이 없었다.
　이때 수신은 치신에게 말하였다.
　"너는 형을 위한 의리로 나를 업고 들어가는 것이 옳으리라."
　그리하여 치신이 막 형을 업고 안마당 한복판에 걸어갈 때였다.
아버지가 이것을 보고 말하였다.
　"야 좋구나. 이럴 때 아우 녀석이 형 놈을 땅에 내던지면 꽤 볼만

할 것이로다."

이 말을 듣자 치신은 문득 수신을 눈 속에 내던졌다. 형은 의복과 두건을 망쳐서 말이 아니었다.

아버지는 유쾌한 듯 빙긋이 웃었다.

"오늘에야 아버지께서 웃으시는 것을 우리가 보았으니 얼마나 즐거운 일이냐."

형제는 기뻐하였다.

―《청강쇄어》

얼어 죽은 가난한 부부

송와잡설

《송와잡설松窩雜說》은 조선 중기 이기(李墍, 1522~1600)가 쓴 패설집. 고대부터 당
대까지 인물 이야기와 야사를 썼다. 수령의 탐오나 과부 개가 금지법 따위를 비판
하는 글도 있고, 어려운 백성들의 참상을 적은 글도 있다.

과부와 고자에 대한 법

제왕의 법은 모두 인정에 기본을 둔 것이다. 법은 반드시 인정을 근원으로 해야 하며 천리를 좇아야 한다. 그래야만 실천 행동과 서로 모순되지 않고 후세에 원망과 조롱이 없을 것이다.

우리 나라 법에서 알 수 없는 것 두 가지가 있다. 하나는, 여자의 행실이 곧바르고 깨끗한 것이야 물론 장려해야겠지만, 젊은 과부들을 일절 개가하지 못하도록 금지하며, 개가하여 낳은 아들을 음부의 소생으로 규정하고 있으니, 이것이 과연 인정에 맞는단 말인가.

다른 하나, 고자[宦者]라는 것은 남자도 아니요, 여자도 아니다. 사람으로서 있어야 할 것을 썩히고 흉악하고 더러운 짓을 하여 거세하여 놓으면 실로 사람 구실을 못 하게 된다. 그러면서도 고자가 처를 맞아들이고 헛된 부부 살림을 차려서 보통 사람처럼 살림을 하다가 처가 근신하지 못하면 실수한 것으로 죄를 가하니 이것도 또한 천리에 마땅하단 말인가.

인정을 어기고 천리를 거스름이 이보다 더한 것이 없나니 이것은 성인의 법이 아니라고 생각한다.

얼어 죽은 가난한 부부

통천읍에 어떤 가난한 사람이 살고 있었다. 추운 겨울에 입은 것이라고는 다만 솜 빠진 헌뱅이 옷뿐이었다.

어느 날 그는 소를 몰고 추지령 아래로 나무를 하러 갔는데 마침 그날은 눈보라가 치며 몹시 추웠다. 해도 곧 저물려 하는데 너무 추워 나무도 못 하고 빈 길마에 소만 끌고 혼자 돌아오게 되었다.

집에서 기다리던 안해는 매우 걱정하여,

'혹 짐승에게 해를 당한 게 아닐까.'

생각하면서 초조한 마음으로 남편을 찾아 산으로 허둥지둥 달려 올라갔다. 산중턱쯤 올라갔을 때 눈 위에 얼어 쓰러진 남편을 발견하였다.

안해는 깜짝 놀라며 쓰러져 있는 남편에게 허둥지둥 달려들어 곧 자기 옷을 풀어헤치고 남편의 가슴과 자기 가슴을 맞대고 눈 위에서 남편을 껴안고 누웠다. 남편의 언 가슴을 녹여 행여나 깨어날까 해서였다. 그러나 처도 옷이 얇았다. 마침내 머리를 가지런히 한 채 안해도 얼어 죽고 말았다.

이튿날 아침에 집에서 밤새도록 기다리던 어린것 셋이 부모가 죽은 데까지 찾아 기어 올라가서 시체를 붙들고 울었다. 이것을 본 사람들이 눈물을 뿌리며 그 정경을 군수 이응린李應麟에게 알리고 군수는 방백에게, 방백은 조정에 보고하여 고아들을 구제하였다. 이는 선조 계사년에 있었던 일이다.

동무의 시체를 천 리 밖에서 져 오다

임영[1]에 군사 세 사람이 있었는데 그들의 이름은 잊었다. 그 세 사람은 선조 병술년에 초관으로 뽑혀 북쪽 변방 수자리에 배치되어 갔다.

그때 그 지방에는 악질 전염병이 무섭게 퍼지고 있었다. 세 사람은 서로 차례로 열병에 걸렸다. 먼저 사람이 채 일어나기 전에 다음 사람이 또 눕게 되어 차례차례로 앓아 나가다가 마지막에 한 사람은 마침내 죽고 말았다.

"우리 셋이 한 고향 사람으로 천 리 밖에 같이 와서 같은 막 안에 같은 병으로 같이 누워 서로 구원하며 서로 다 살아 나가기를 바랐더니 불행히 저 사람이 머나먼 타관에서 죽었네. 살아서는 같이 왔다가 죽었다고 버려두고 돌아가는 것은 우리 정리로 차마 못할 일일세."

이렇게 두 사람은 서로 말하였다. 제가끔 입었던 옷을 벗어 시체

---

1) 임영臨瀛은 지금의 강릉.

를 염습한 뒤 군막 뒤에 우선 묻어 두었다.

　그 뒤 수자리 기간을 마치고 돌아가게 되었다. 두 사람은 유골 짐을 번갈아 지고 고향을 향하여 먼 길을 걸어갔다. 발바닥은 부풀고 식량은 떨어지고 하여 천신만고 끝에 달포나 걸려서 비로소 고향에 돌아왔다.

　죽은 사람의 아버지는 아들의 죽음을 애통해하면서도 유골을 천 리 밖에서 지고 온 두 사람의 은혜를 깊이 느꼈다. 아들을 묻은 뒤 아버지는 술과 과실을 갖추어 놓고 두 사람을 청하여 치사코저 하였다. 두 사람은,

　"우리가 유골을 져 온 것은 사례를 받으려 한 것이 아니니 한 끼
　밥이라도 받아먹으면 우리가 서로 돌보자는 당초의 성의가 헛된
　것으로 될 것입니다."

하며, 끝내 가지 않았다.

　이 사실은 생원 함시화咸始和가 나에게 이야기한 그대로다.

말 안 듣는 아들

중국 영평부 칠가령 서쪽 오 리쯤 가서 산이 있는데, 높은 산봉우
리 위에는 큰 집채만 한 무덤이 있다. 그 무덤이 유달리 눈에 띄기에
나는 통역한테 물어보았다.

"이 산은 무슨 산이며, 저 무덤은 누구의 무덤인가?"

"환야산幻爺山입니다."

하고 통역이 대답하므로 나는 다시 물었다.

"환야란 뜻은 무엇인가?"

통역의 이야기는 이러하다.

옛날 어떤 사람에게 아들이 있었는데 아주 불손하였다. 동쪽을 말
하면 서쪽을 향하고 북쪽을 물으면 남쪽을 가리키는 것이었다. 또
땔나무를 해 오라고 시키면 반드시 돌을 져 오며 물을 가져오라면
불을 가져온다.

아버지가 병이 들어 죽게 되었을 때 말 안 듣는 아들을 불러 유언
하였다.

"내가 죽거든 반드시 높은 산 위에 묻어라."

자식이 말을 안 듣고 평소 늘 이르는 말에 정반대로 행동하였으니 평지에 묻으라고 하면 반드시 산봉우리에 묻을 것으로 짐작한 것이다. 그러므로 높은 산봉우리에 묻으라고 한 것은 산 아래 바람 받지 않는 곳에 묻히자는 뜻이었다.

　그러나 아버지가 죽은 뒤 아들이 말하기를,

　"죽을 때 유언한 것만은 그대로 들어야겠다."

하고는 저 산봉우리에 묻었다. 그리하여 길 가는 사람들의 이야깃거리로 된 것이다. 살아 있을 때나 죽은 뒤로나 모두 아버지의 뜻을 바꾸었다 하여 이 산 이름을 환야산이라 하였다.

　이 산을 그렇게 부르게 된 것이 옛날 낭자의 이야기와도 같다. 낭자는 임종 때 유언을 좇는다 하여 자기 아버지를 물속에 묻고 모래를 긁어모아 무덤을 만들었으니 하는 짓이 똑같다. 이 어찌 불손한 자식의 징계가 아니겠는가.

황희와 밭갈이하는 노인

익성공 황희는 고려 말 경기도 적성의 훈장이었다.

공이 적성에서 송경으로 올 적에 길에서 늙은 노인을 만났다. 노인은 누런 소와 검은 소 두 마리로 밭을 갈다가 방금 연장을 벗겨 놓고 정자나무 그늘 아래서 쉬고 있었다. 공도 노인 곁에서 말을 쉬게 하면서 노인과 더불어 서로 이야기를 하게 되었다.

"소 두 마리가 모두 크고 건장한데 밭 가는 힘도 역시 둘이 차이가 없나요?"

이렇게 묻는 익성공의 말을 듣자 노인은 얼른 곁에 다가와서 공의 귀에 입을 대고 입속으로 말하였다.

"어느 빛깔 가진 소가 낫고, 어느 빛깔 가진 소는 못하오."

황희는 이상히 생각하며 물었다.

"노인께서는 왜 소를 그렇게 꺼려 귓속말을 하십니까?"

"에참, 그렇게도 모르오? 그대는 나이 젊고 들은 것이 없는 까닭이로군. 짐승이 비록 사람의 말은 모른다 해도 좋다 나쁘다는 말은 알아듣는다오. 제가 남만 못하다는 것을 듣게 되면 마음의 불

평이 어찌 사람과 다르겠소. 그렇게도 모른단 말이오? 그대는 나
이 젊고 들은 것이 없는 까닭이요."

노인의 말을 들은 공은 깊이 깨달았다. 공이 한평생 겸허하고 도
량이 넓은 것은 실로 이 노인이 한 말에서 이루어진 바 적지 않았다.

고려가 망할 무렵에 도덕이 높은 군자로 밭갈이하며 숨은 이가 적
지 않았으니 이 노인도 그중 한 사람이었다.

노승의 충고에 귀 기울인 윤 참판

참판 윤부지尹釜之가 관동 방백이 되어 부임하던 길의 일이다. 원주 평창을 지나서 강릉부 월정사에 이르렀을 때 비를 만나 절에서 머물게 되었다.

그 절에는 하얗게 센 눈썹을 길게 드리운 노승이 있었다. 그는 기상이 화평하고 활달하였다. 공은 그 노승을 앞에 앉히고 서로 이야기를 나누기 시작하였다.

"노승은 한길 가까운 이 절에서 오래 살아왔으니 감사가 해서는 안 되겠다고 생각하는 일들이 있지 않겠소?"

"소승이 말할 만한 것이 있긴 하오나 사또님께서 이를 믿으시고 받아들여 따르시겠습니까?"

"무슨 말이든지 하시오."

"원컨대 보장사[1]의 통보가 늦어진다고 죄를 주지 마소서."

"게으른 버릇을 징계하지 않아서야 어찌 규율이 서겠소?"

---

1) 보장사報狀使는 보고를 맡은 관리를 이른다.

"그렇지 않습니다. 각 관가에 보장사들은 모두 가난한 관속들로 배치된 것이 통례이옵지요. 옷은 몸을 가리지 못하며 먹는 것은 배를 채우지 못하여 혹은 얼어서 혹은 주려서 비틀비틀 쓰러져 빨리 걷자 해도 빨리 걸을 수가 없는 형편입니다. 보통 때에도 그러하온데 하물며 얼음이 쭉 깔리고 눈이 쌓여 앞을 막는 날 강을 날아 건너고 덤불을 뛰어넘을 수 있겠습니까. 그런데도 하루만 늦어도 벌을 내리는 것은 실로 아랫사람의 사정을 통찰하는 어진 정사가 아니라고 생각됩니다."

공은 수긍하는 태도를 보이면서 거듭 물었다.

"또 말할 것이 있소?"

"원컨대 사또님은 지방 순행을 반드시 통지한 일정대로 하시고 바꾸지 마시기 바랍니다."

"무엇 때문에 그런 말을 하오?"

"고을 경계선까지 마주 나가 사또 행차가 오기를 기다리고 오래 머물러 있는 관리들의 괴로운 정상도 이루 다 말씀드릴 수 없삽거니와 갖가지 음식을 준비하여 놓고 머리를 들고 바라보며 기다리다가 하루 또 하루 물려 나가게 되면 묵힌 음식을 그대로 쓸 수 없어서 관속들이 마을을 분주히 나들며 또다시 새것을 장만하느라 백성들을 못 견디게 다그치니 이렇게 되면 백성들이 받는 피해가 또한 대단합니다."

"더 말할 것은 없소?"

"사또님은 기생을 데리고 다니지 마시기 바랍니다."

공은 웃으며 물었다.

"노승은 어째서 그런 말을 하오?"

"기생이 정치를 방해함은 원래 산속에 있는 중이 알 수 없는 바이오나, 행차에 기생이 따라오면 거기 따라 몸종과 시종하는 하인도 붙어 다니게 되옵니다. 이 때문에 여러 고을에서 이러저러한 뇌물을 싸서 주는 일이 성행하며, 각 역에서 짐바리를 나르기 위한 폐단은 이루 다 말씀드릴 수 없습니다."

"그럴 것이오. 내 노승의 말을 기억하겠소."

그 뒤 공은 부임한 지 일 년 만에 행정을 너그럽고 간소하게 하여 모든 폐단을 없애려고 노력한 결과 백성들이 지금까지도 칭송하고 있다.

정붕의 청렴한 지조

교리 정붕鄭鵬은 선산 사람이다. 그는 항상 청렴한 절개를 지켜 문 앞에 뇌물을 싸 가지고 오는 아첨꾼들이 그림자도 얼씬거리지 못하게 하였다.

공은 세상 사람들과 함께 유자광柳子光을 미워했다. 유자광은 성종 즉위 때 공로가 있다 하여 소위 적개좌리공신[1]으로 되고 무령군이란 작호까지 받았으나, 간악하고 탐욕스러운 짓을 일삼았으며 그가 휘두른 세도의 불꽃이 조정을 휩쓸고 있었다.

공은 유자광의 조카인 관계로 그를 수시로 문안하는 예의는 폐하지 않았다. 그래서 가끔 계집종에게 문안을 다녀오게 하되 종을 보낼 때 반드시 삼노끈으로 종의 팔을 졸라매고는 마음대로 풀지 못하도록 봉인을 하여 보냈다가 돌아와야만 풀어 주곤 하였다. 그것은 팔이 조이고 아파 빨리 돌아오도록 함이었다. 이처럼 공은 유자광을 멀리하였다.

---

1) 적개좌리공신敵愾佐理功臣은 조선 성종 때 신숙주를 비롯한 공신 75명에게 준 칭호이다.

하루는 공이 당직이 되어 궁중에 들어가고 없었다. 양식이 떨어져 온 집안이 굶고 있었다. 공의 부인이 외삼촌인 유자광을 찾아갔다. 유자광은 뜻밖에 생질의 안해가 몸소 온 것을 기뻐하며 말하였다.

"친척 간의 의리는 서로 돌보는 데 있거늘 교리는 너무 까다로워 유감이다. 내 어찌 괄시할 수 있겠느냐."

그리고는 곧 쌀 한 포대와 장 한 항아리를 실려 보내 주었다.

당직하고 나와 밥상을 받은 공은 뜻밖에 옥 같은 흰 쌀밥을 보고 놀랐다.

"어데서 쌀이 났소?"

부인은 사실대로 고하였다. 공은 상을 물리고 웃고 일어서며 말하였다.

"내가 당직 들어가는 날 아침에 두부 비지라도 사다가 죽을 쑤어 먹도록 했어야 할 것을 양식이 떨어진 줄 알고도 잊고 조치를 못 하였으니 이는 내 잘못이지 부인의 잘못이라고는 할 수 없소."

그리고는 친구한테 글을 보내어 이미 쓴 쌀을 채워 유자광에게서 가져온 쌀을 그대로 돌려주었다. 정 교리는 이렇게 빈궁하였지만 청렴한 지조를 조금도 변함없이 지켰다.

신숙주의 부인

신숙주의 부인 윤 씨는 윤자운尹子雲의 누이다. 신숙주는 세종 때 팔학사[1]의 한 사람이었고 더욱이 성삼문과는 매우 가까웠다.

세조 병자년 성삼문 등의 대옥사가 발각된 바로 그날 저녁 일이다. 신숙주가 집에 돌아와 보니 중문이 활짝 열려 있고 부인은 보이지 않았다. 신숙주는 이상하여 부인을 이 방 저 방 칸마다 찾아보아도 없어서 다시 이리저리 살피다가 마침내 다락 위에서 부인을 발견하였다. 부인은 손에 두어 자 되는 베 끝을 가지고 들보 아래 앉아 있었다.

공은 까닭을 물었다. 부인의 대답은 이러하였다.

"상공이 평소 성삼문 등과 더불어 서로 우의가 두터웠사옵고 그 친밀함이 형제같이 지낼 뿐만이 아니었사온데 지금 성삼문 등의 옥사가 발각되었다는 소문을 듣사오니 상공이 반드시 그들과 죽음을 함께 하시리라고 생각되어 장차 상공의 흉보가 첩의 귀에 미

---

1) 성삼문, 박팽년 등 여덟 명의 학사.

치기를 기다려서 자결코저 하던 차였나이다. 그러하온대 뜻밖에 상공께서는 어떻게 홀로 살아 돌아오셨나이까?"

이 말을 듣자 신숙주는 기가 질려 천지간에 자기를 용납할 곳이 없음을 느껴 슬퍼하였다.

생각건대 이것은 을해년 여름 노산군魯山君이 왕위를 사양하여 세조가 왕위에 오르던 날에 있은 일로 그 당시 선비들 사이에 서로 전하여 미담으로 되었다.

이 기록은 아마도 자세히 듣지 못한 데서 나온 것인가 한다. 부인은 병자년 정월에 죽었고 성삼문 등 여섯 신하의 사건은 사월에 일어났으니 어찌 잘못된 말이 아니겠는가.

이세좌 부인의 선견

성종이 왕비 윤 씨를 폐위한 뒤 사약을 내렸을 때 판서 이세좌李世佐가 사약을 윤 씨에게 갖다 주어 윤 씨는 그 약을 마시고 죽었다.

바로 그날 저녁에 이세좌가 집에 돌아와서 부인과 더불어 한방에 누웠을 때였다. 부인이 이세좌에게 물었다.

"소문을 듣사온즉 조정에서 왕비 폐위가 논의되고 있다 하옵는데 어떻게 되었나이까?"

"오늘 벌써 사약이 내려 죽었소."

이 말을 듣자 부인은 깜짝 놀라 일어앉으며 말하고는 길게 한숨지었다.

"이를 어찌합니까. 우리 자손은 장차 멸족이 되겠습니다. 어머니가 죄 없이 죽임을 당하였거니 다른 날 그 아들의 보복이 어찌 없을 수 있겠습니까. 조정은 장차 세자를 어떤 처지에 두려고 이런 큰일이 있었습니까."

그 뒤 연산이 왕위를 계승한 갑자 연간에 이르러 연산이 자기 어머니 윤 씨의 복수로 이세좌의 아들 이수정李守貞이 희생되고 이세

좌 또한 동대문 거리에서 참혹한 형벌로 죽었으며 폐비 사건에 관계
한 양반과 자손들이 남김없이 죽임을 당해 나라가 거의 멸망 위기에
놓였다.

　이세좌 부인이 앞을 내다본 것이 실로 여러 신하들이 미칠 바 아
니었다.

범과 싸운 원주의 열부

강원도 원주 서남쪽으로 삼십 리쯤 가면 구파촌仇破村이라는 마을이 있다. 몇 년 전부터 어디선가 흘러들어 와 사는 부부가 있었다.

명종 갑인년 동짓달 어느 날 밤에 범이 방문을 바수고 들어와서 남편을 물어 죽였다. 안해는 밖으로 뛰어나가 소리소리 고함을 질렀으나 사방은 괴괴할 뿐 한 사람도 응하는 자가 없었다.

범은 남편을 끌고 가는 것이었다. 안해는 남편의 허리를 부둥켜안고 범이 끄는 대로 울타리 틈으로 같이 끌려 나가게 되었다.

그 안해는 주먹으로 범을 치며,

"네가 이미 내 남편을 물어 죽였지만 시체는 못 가져간다."

하며, 범과 더불어 밤새도록 싸웠다.

범이 끌고 나가기도 하고 여자에게 끌려 범이 물러서기도 하다가 날이 곧 밝게 되니 범은 할 수 없이 사람을 놓고 가 버렸다.

이리하여 안해는 이웃 사람들을 모아 남편의 시체를 묻고 살림을 털어 제사 지낸 뒤 외로운 자기 그림자를 짝하여 절개를 지키며 혼자 살았다.

이 여자가 행한 일이 옛날의 열부보다 못하지 않지만 마을에서 관
가에 알리지 않은 까닭으로 표창이 내리지 못하였고, 또 그가 어디
서 왔으며 어디로 갔는지 모두 알 수가 없었다.

불효자를 효자로

참판을 지낸 김정국은 김안국 선생의 아우다. 그가 황해도 관찰사로 있을 때 어떤 사람이 제 자식에게 얻어맞고 호소하여 왔다. 김정국이 곧 그의 자식을 잡아들여 계단 위 가까이 불러 놓고 친히 심문한 결과 과연 제 부모에게 행패한 사실이 있었음을 알았다. 공이 매우 노하여 책상을 밀고 일어서면서 크게 호령하였다.

"네가 사람으로 지켜야 할 뚜렷한 법을 범하였으니 그 죄는 결코 용서할 수 없다. 부모의 은혜는 끝이 없으니 부모에게 보답할 길을 생각해야 하며, 나라의 법은 지엄하여 두려운 줄을 알아야 하나니 은혜가 이와 같고 법이 이와 같거늘 네 어찌 은혜를 배반하고 법을 무시하느냐!"

아들은 부끄러워하며 머리를 땅에 조아리고 사죄하였다.

"촌의 미련한 백성이 너무도 무식하고 어려서부터 부모 슬하에서 귀염을 받으면서 부모님께 '너', '나'로 부르는 것이 버릇 되어 존경하고 어려워하고 삼가야 할 줄은 전혀 모르옵고 언행에서 버르장이 없이 부모의 뜻을 거스른 일이 진실로 수없이 많사옵니다.

지금에야 비로소 천륜이 높사옵고 국법이 지엄함을 알았습니다."

이 말을 들은 공은 그의 간곡한 심정을 알아차리고는 말하였다.

"이 사람이 무식하여 법을 범한 것이며 또 윤리의 대의를 이르는 나의 말에 감복하고 제 죄를 뉘우치는 정성을 엿볼 수 있으니 어찌 차마 죽이랴. 이는 법의 본 뜻이 아니다."

그 뒤 그 사람은 마침내 효자가 되었다.

김안국의 문장 쓰는 법

김안국은 학문을 좋아할 뿐 아니라 선한 일 하기를 또한 즐겼다. 그는 기묘사화[1]에 죽은 여러 현인들과 다른 인재들의 우두머리로 존경을 받아 왔다.

공은 평생에 학문을 배우는 데서 자기 마음의 성실을 으뜸으로 삼았고, 일을 처리하는 데서는 바르고 진실하게 하여 구차하고 허술한 방법으로는 하지 않았다.

기묘사화에서 조광조 등 여러 현인들이 죽고 쫓겨난 뒤 공도 또한 벼슬에서 내쫓겨 여흥 이호[2]에 내려가 살았다. 조그마한 정자 하나를 세우고 자연을 즐기면서 이십 년 동안 조촐한 생활을 하면서 오로지 후진들을 가르치고 지도하는 것을 자기 임무로 삼았다. 글공부하는 여러 선비들이 이해하기 어려운 것을 풀기 위하여 경서를 가지

---

1) 조선 중종 14년(1519)에 일어난 사화. 홍경주, 남곤 등 수구파가 '이상 정치'를 주장하던 조광조, 김정 등 신진파를 참살한 사건이다.
2) 여흥驪興 이호梨湖는 경기도 땅.

고 먼 곳에서도 많이 찾아왔다.

그는 장편, 단편의 노래와 시를 많이 지어서 읊었는데 사물을 보고 즉흥 시가를 지은 것에도 임금을 생각하며 나라를 사랑하는 뜻이 숨어 있지 않은 것이 없었다.

늙어서 조정에 다시 나가 예문관 대제학으로 있으니, 외교 문장은 모두 공의 손에서 나왔다. 공은 외교 문서를 기초할 때에는 홀로 조용한 서실에 들어가 문 닫고 객을 사절한 채, 정성을 모으고 생각을 깊이 하여 여러 닐 동안 애쓴 뒤에야 비로소 탈고하였다. 그러므로 글이 무게 있고 속되지 않으며 아름답고 간명하게 표현되어 중국에서도 그의 문장을 높이 평가하였다.

뒤에 그 임무를 이은 자들은 학문의 힘이 공만 못할 뿐 아니라 나랏일을 위한 지성이 부족하여 중대한 외교 문건을 소홀히 하였다. 그런 까닭으로 이제는 날로 떨어지고 글은 옛사람만 못하게 되었다.

원수를 용서한 정광필의 도량

문익공 정광필鄭光弼은 소인 무리들의 거짓으로 꾸민 무함 때문에 벼슬에서 물러난 뒤 회덕현에 쫓겨 나가 있었다. 그러므로 입에 맞는 음식이라고는 구경할 수 없는 처지였다.

하루는 관아의 아전들이 앞산에서 사냥을 하고 있었는데, 사슴 한 마리가 공이 있는 집 울타리 안으로 도망하여 들어왔다. 공의 자식들이 다행한 일이라 하여 이것을 잡아 오래간만에 공에게 고기 대접을 하였다.

군수가 이 소문을 듣고 죄인의 몸으로 진상해야 할 물건을 몰래 잡아먹었으니 죄가 중하다고 사람을 보내어 사슴을 내놓으라고 문앞에서 떠들어 대며 성화같이 독촉하는 바람에 견뎌 낼 수가 없었다. 그러나 산에 가서 사슴을 잡아올 수도 없는 것이며 또 시장에서 사슴을 사 놓을 형편도 되지 못하니 온 집안이 어찌할 도리 없어 오직 딱한 걱정과 불안에 짓눌려 곤경을 겪게 되었다.

바로 이때 마침 가까운 고을에 사또로 와 있는 공의 친척이 우연히 사슴 다리 하나를 보냈다. 그래서 그것을 가지고 온 사람을 시켜 그 길로 사슴 다리를 군수에게 바치고야 겨우 무사하였다.

그 뒤 공이 다시 복직되어 조정에 돌아갔다. 조정에서는 공이 회덕 군수에게 욕본 소문을 어디선가 듣고 그 군수를 내쫓았다. 공은 선조의 덕으로 벼슬한 사람은 권세를 시기하는 것이 상례이니 그가 내게 그리한 것은 본의가 아니요, 자기 약점에서 우연히 나온 것이라고 힘껏 변호하며 다시 배치하여 주기를 간청하였다. 그러나 허용되지는 않았다.

정 공의 도량과 덕망이 세상 사람들의 존경을 받게 되었다. 간악한 김안로는 그를 시기하고 미워하여 정 공이 희릉 총호사[1]로서 필요 없는 능지를 설정하였다고 문제를 제기하였다. 오로지 정 공을 죽이기 위해서였다. 조정의 대세가 김안로에게 끌려 극형에 처할 것을 왕에게 청하였다. 중종은 군신들을 대궐 뜰에 모아 제가끔 의견을 내놓으라고 명하였다. 마침내 한두 신하 말고는 모두 정 공을 죽여야 한다고 김안로 편에 쏠렸다. 중종은 특히 정상을 참작하여 멀리 김해부에 정배 보내기로 끝을 맺었다.

그리하여 정 공은 김해부에 귀양 가서 있었는데, 김해부는 동래군과 접경이다. 정 공의 본향이 동래이며 시조의 묘지도 동래에 있었다. 공은 어려운 가운데서도 선조를 사모하는 정성으로 술과 과실을 조금이나마 갖추어 자식에게 동래에 가서 제사도 지내고 묘지를 깨끗이 벌초하라고 보냈다.

당시 무인으로 동래 현령이 된 자가 정 공의 자제들이 시조 묘지에 참배하러 온다는 소문을 들었다. 현령은 김안로에게 잘 보이려고

---

1) 능을 지키는 일을 맡은 벼슬 이름.

아첨하는 자였다.

"정 아무개가 죄인으로 귀양 와 있으니 이제는 평민이다. 자기 부모 제사나 지낼 일이지 경계를 넘어 동래까지 와서 먼 조상의 제사까지 지낸다는 것은 당치 않다."

동래 현령은 이런 모욕적 언사로 큰소리를 치면서 건장한 병졸들을 여러 명 내보내 몽둥이를 들고 몰려와서 동래 땅에 정 공의 자식들이 닿지 못하도록 위협하였다. 정 공의 자식들은 하는 수 없이 동래 땅에 들어가지 못하고 군 경계선에서 멀리 묘지를 바라보고 제사 지냈다.

동래 현령은 이것조차 배를 앓아 향장이 죄인과 더불어 마음이 같기 때문에 죄인의 자식을 옹호한 것이니 그 죄가 또한 중하다고 하여 나쁜 뜻을 가지고 다른 일을 거짓으로 꾸며 교체시켜 달라는 공문을 경재소2)에 보냈다.

그해 겨울에 김안로는 죄로 죽고 공은 귀양에서 풀려 다시 조정에 돌아와서 경재소 당상이 되었다. 그리하여 동래 현령의 공문이 아직도 그대로 있는 것을 보았다. 공은 지방에서 올라온 공문을 해결하지 않고 오래 두는 것은 옳지 않다 하고 그 공문이 요구한 대로 향장을 교체했다.

동래 현령의 간사하고 음흉함이 회덕현 군수보다도 더 심하였지만 공은 그를 미워하는 티가 조금도 없었으며 자식들도 또한 동래 현령이 법외의 횡포를 부렸다는 것을 입 밖에 내지 않았으므로 조정에서는 그런 줄을 알지 못하였다. 심지어 동래 현령의 벼슬을 올려

---

2) 경재소京在所는 지방 행정의 지휘, 통제와 인사 관계를 조절하는 기관이다.

주는 데도 끝내 벼슬을 보장해 주었으니, 공의 관대한 품성은 진실
로 다른 사람이 미칠 수 없는 것이었다.

김정국이 벗에게 보내는 충고

김정국 선생은 황 아무에게 다음과 같은 편지를 썼다.

"그대가 집을 계속 짓고 있다는 말을 서울에서 들었다. 과연 전하는 말과 같다면 중지하는 것만 못할 것이다. 조용히 처세하여 도리에 순응함이 좋을 것이 아닌가. 사람이 세상에 나서 일흔이면 고령이라 하니 가령 나와 그대가 고령이라 해도 남은 것이 십 년에 지나지 않는다.

무엇 때문에 애써 집을 지어 말 많은 자들의 구실거리로 만들 것인가. 나는 이십 년간 스스로 삼가 생활하는 동안에 지은 집이 두어 칸이며 생업이라고는 밭이 두어 이랑이 있다. 그리고 겨울의 솜옷, 여름의 베옷이 각각 두어 벌은 되며, 눕는 곳 외에도 남은 공간이 있고, 남은 옷이 있으며, 바리 밑에는 남은 밥이 있다. 이 세 가지 남은 것을 끼고 한 세상 높이 누웠으니 비록 넓은 집이 천 칸이요, 흰쌀이 만 석이요, 비단옷이 백 벌이라도 나는 그런 것을 썩은 쥐처럼 보면서 아무 거칠 것 없는 경지에 이 몸을 두어 너그럽고 넉넉함이 그 가운데 있다.

들건대 그대의 옷, 밥과 집이 나보다 백 배인데 어찌 아직도 족한 줄을 알지 못하고 헛된 노력으로 쓸모없는 것을 좇고 있는가. 내게 없어서 안 될 것은 오직 책 한 시렁, 거문고 한 장, 문방구 한 조, 신 한 켤레, 베개 한 개, 바람 쏘일 창문 하나, 기대고 볕 쪼일 기둥 하나, 차 끓일 화로 하나, 지팡이 한 개, 노새 한 마리이다. 이 열 가지가 비록 번다한 듯해도 하나라도 없앨 수 없으니 남은 생을 보내는 것으로 이 밖에 또 무엇을 구하랴. 시달리고 고달픈 중에서도 항상 열 가지 재미를 생각하며 고향에 돌아갈 흥이 날개 펴듯 움직이고 있으나, 몸을 뺄 재주 없으니 어찌할거나. 나의 친한 벗이여, 헤아릴지어다!"

원천석의 지조

　운곡耘谷 원천석元天錫은 학문이 깊고 지조와 행실이 방정했다.
공은 젊었을 적에 안해를 잃었다. 그러나 아이들 처지를 생각하여
새장가를 들지 않았을 뿐 아니라 세상에서 흔히 하는 첩도 들이지
않았다.
　쓸쓸하고 어려운 홀아비 생활로 스물한 해를 지내 오면서 아이들
이 자라기를 기다려서 시집, 장가를 다 보냈으니 도의를 지키고 곤
궁을 능히 이겨 내는 군자가 아니고서야 어찌 할 수 있겠는가. 공은
자기 생활과 정서를 시로 읊었다.

　　어머니 잃은 애들
　　눈앞에 애처롭다.
　　곤궁해도 처지 알아
　　홀아비 생활 이십여 년.
　　시렁 위의 천 권 책에
　　내 뜻을 붙였나니

주머니 속에 푼돈 없음
탓할 바 없었더라.

늙도록 새살림을
차리지 않았으니
여생에도 부질없이
옛 인연만 생각하네.
시집 장가 다 보냈으니
여한이 무엇이리.
이제사 마음 놓고
구천으로 가리로다.

失母兒童在眼前　困窮知分卄餘年
但憑架上堆千卷　也任囊中欠一錢
到老不成新活計　殘生空憶舊寅緣
已終婚嫁無遺恨　方得安然向九泉

공이 안해를 잃은 것은 서른일곱 살 되던 장년기였다.

아우의 빨랫줄을 나무란 이극배

    상공 이극배李克培는 어진 덕과 청렴함으로 신망이 한때 높았다.

    공의 아우 이극돈李克墩은 벼슬이 역시 재상 자리에 있지만 탐욕이 심히 많아 사람들의 비난이 형과는 정반대였다.

    하루는 이극돈이 이극배에게 말하였다.

    "형님 아무 날은 제 생일입니다. 집에서 가벼운 술자리를 베풀겠으니 그날에 잠시 오시기를 바랍니다."

    공은 응낙하였다.

    그날이 되어 공은 조정에서 나오는 길로 바로 아우의 집으로 향하였다. 공은 바깥 대문에 들어서서 문간방 옆은 단창 위에 새로 들인 삼밧줄이 걸려 있는 것을 보았다.

    "이 밧줄이 어데서 누구에게 나왔는가?"

    공은 아우에게 물었다.

    이극돈이 숨길 수 없이 되어 바른대로 대답하였다.

    "사복시 관원 중에 아는 사람이 있어 빨랫줄로 쓰라고 보내온 것입니다."

공은 노하여 말하였다.

"사복시의 밧줄은 마땅히 사복시의 말고삐로 쓸 것인데 어찌하여 네 뜰에 건단 말이냐!"

그러고는 마침내 뒤도 돌아보지 않고 집으로 돌아가고 말았다.

그는 가법의 엄정함이 이러하였고 또 재상으로 도의를 실천하였으니, 백성들이 맘 놓고 살게 되었고, 나라의 창고가 가득하였다.

하위지의 아들

　세조 병자년에 성삼문 등 단종 복위 밀모 사건으로 하위지도 처형되어 죽었다. 하위지의 처자들은 선산에 있었다. 조정에서 금부도사를 보내어 하위지의 아들을 처단케 하였다.

　하위지는 두 아들이 있었다. 맏아들 호琥는 금부도사가 달려들자 당황하여 정신을 차리지 못하고 땅에 쓰러져 말이 없었다.

　둘째 아들 박珀은 나이 아직 스물도 못 되는 어린 사람이었다. 그러나 박은 조금도 두려워하는 빛이 없이 거동이 침착하고 태도가 보통 때와 같았다. 그는 도사를 돌아보면서 이렇게 말하였다.

　"도망칠 리는 결코 없으니 원컨대 잠깐만 기다려 주시오. 어머니께 작별의 말씀을 드려야 하겠소."

　도사도 그의 말을 들어주었다.

　박은 방에 들어가 어머니 앞에 꿇어앉고는 마지막 인사를 올렸다.

　"어머니, 죽기는 어렵지 않사옵니다. 아버지께서 이미 죽임을 당하셨사오니 자식이 홀로 살 수 없나이다. 비록 조정의 명령이 없다 할지라도 마땅히 자결해야 할 것이옵니다. 다만 누이 하나가

장차 비녀를 꽂을 나이가 되었사온데 사세가 비록 법에 의하여 죄인의 여자는 천한 종으로 떨어지게 될 터이오나 무릇 여자의 절의는 어떠한 어려움에서도 마땅히 한 사람을 좇아야 할 것이옵니다. 여자의 절의를 저버리는 짐승의 행동은 말아야겠사오니 어머니께서 통촉하시기 바라옵니다."

소년은 말을 맺고 두 번 절하고 나와 조용히 사형을 받았다. 사람들은 모두 "과연 하위지의 아들답다." 하였다.

조 생원의 봉변

    호남 변산 근처에 조 생원이라는 이가 살고 있었는데, 이웃에 한 양수척[1]이 조 생원의 돈을 꾸어 쓰고서 오래도록 갚지 못하였다.

    하루는 양수척이 버들을 베러 산 밑에 갔다가 큰 범이 네 다리를 쭉 뻗고 바위 밑에 누워 있는 것을 보았다. 대개 범은 개를 잡아먹으면 취하여 한잠 곤히 자는 법이다. 이것을 양수척은 그 길로 뛰어와서 생원에게 말하였다.

    "제가 산에서 방금 죽은 큰 범을 얻어 놓았으니 갚지 못한 빚 대신에 그것을 가져다 쓰십시오."

    생원은 기뻐서 날뛰며 그것을 실어 오거나 끌어 온다면 털이 상하지나 않을까 염려하여 양수척과 상의한 끝에 큼직한 들것을 만들어 가지고 힘센 종 대여섯 명을 데리고 양수척이 이끄는 데로 갔다.

    조 생원은 엉금엉금 바위 위에 올라가서 범을 굽어보며 앉아 있고, 종들은 바로 범의 곁에 가서 메고 갔던 들것을 덜컥 놓았다. 이

---

1) 천민을 이른다.

소리에 깜짝 놀란 범은 화닥닥 일어나, 모래를 날리고 나뭇가지들을 후려치며 노호하여 산골짜기를 울리면서 고개를 넘어 달아났다. 이 바람에 그만 조 생원은 혼을 잃고 바위에서 떨어져 얼굴과 팔다리에 온통 상처를 입었다. 그렇게 되고 보니 말을 태울 수는 없고 결국 들 것 위에 뉘어 메고 돌아왔다.

봄철이라 조 생원은 누런 새 베옷을 입었다. 집에 있던 자식들이 문간에 나와서 이것을 멀리서 바라보고 있다가 서로 돌아보며 손가락질하면서 가져오는 범이 칡범이 아니고 누런 범이라고 하며 좋아들 하였다. 그래서 맞받아 뛰어나가 보았더니 들것 위에 누운 것은 범이 아니고 신음하는 아비였다. 온 집안이 놀라 혀를 뽑았다. 조 생원은 문을 닫고 약을 쓰며 치료하여 몇 달 뒤에야 겨우 일어났으니, 탐욕스러운 자들의 경계가 될 만하다.

귀신 흉내를 낸 도둑

서울 남소문동에 사는 한 선비 집안에 과부가 살고 있었다. 그 집에는 조상 적부터 전해 오는 숱한 보물과 능라 주단, 수놓은 비단과 패물 등을 한데 모아 따로 나무 궤짝 속에 간직하여 두었는데, 그 열섬 무게나 되는 궤짝 마구리에는 쇠 장식을 하고 빗장을 지르고 자물쇠를 채우고 바로 꽁꽁 동여 더할 수 없이 단단하게 하여 다락 위에 깊이 두었다.

이 소문을 들은 도둑들은 그것을 훔쳐 내고저 하였다. 그런데 보물 궤짝을 들어가자면 무거워 못 할 것이고 보물만 꺼내 가자니 그처럼 단단하다는 것을 열 수 없을 것이다. 그래서 도둑들은 서로 바라보면서 침만 흘릴 뿐, 꾀를 생각해 내지 못했다.

한 도둑이 크고 작은 여러 가지 열쇠 열댓 개를 만들어 가지고, 하루는 과부 집 사람들이 모두 굳잠이 든 틈을 타서 졸개 몇 명을 데리고 담을 넘어 들어갔다. 여러 가지 열쇠를 돌려 시험한 끝에 마침내 그 보물 궤짝을 열고 소장품을 몽땅 꺼냈다. 그런 뒤에 괴수 도둑은 곰의 가죽을 뒤집어쓰고 궤짝 속에 들어가 눕고는 졸개를 시켜 궤짝을 잠그고 동여매어 처음과 같이 해 두게 하고 졸개들을 내보냈다. 도둑은 궤짝 속에서 열쇠로 궤짝 안을 긁어 마치 쥐가 무엇을 갉아 쏠고 있는 듯한 소리를 내었다.

이 소리를 들은 남녀종들이 주인에게 고하여 촛불을 밝히고 궤짝 문을 열었다. 이때에 궤짝 속에서 곰 한 마리가 별안간 소리치며 뛰어나왔다. 종들은 등불을 내던지고 땅에 엎드러지고 곰 가죽을 쓴 도둑은 몸을 우쭐대며 팔을 휘두르면서 혹은 뜰아래로 혹은 대청 위로 오르내리면서 가지가지 괴상한 소리를 하였다. 온 집안사람들은 겁에 질리고 혼이 나가서 반죽음이 되었다. 도둑은 이렇게 한참 설치고는 창을 열고 달아나 버렸다.

그 과부 집에서는 날이 밝기를 기다려 궤짝 속을 다시 살펴보니 안이 텅 비어 있을 뿐 아무것도 없었다. 해가 오래되면 진귀한 보물들이 변화를 일으켜 귀신이 되어 나간다고 생각하고 무당을 부르고 장님을 맞아들여 빌고 푸닥거리를 하였는데, 앞날의 화를 면하기만 원할 뿐 도둑의 꾀라고는 조금도 의심하지 않았다. 도둑의 꾀가 이렇듯 말할 수 없으니 이는 참으로 큰 도둑놈이라 할 것이다.

부록

패설 문학에 관하여 — 정홍교

패설 문학에 관하여

정홍교

문학과 예술은 민족 생활을 바탕으로 하여 발생하고 발전한다. 문학과 예술에는 그것을 창조하고 발전시킨 민족의 고유한 특성과 대를 물려 가며 계승되고 심화되는 민족의 지향과 사상 감정이 구현되어 있다. 그 나라의 문학과 예술이 내용과 형식 그리고 창조 발전의 역사가 비슷하면서도 서로 다르고 각기 자기의 고유한 특성을 가지게 되는 것은 바로 문학과 예술이 민족과 동떨어진 것이 아니라 민족의 역사와 뗄 수 없이 연관되어 있기 때문이다.

유구한 역사의 찬란한 문화 전통을 가진 우리 인민은 먼 옛날부터 자연을 개조하고 사회를 변혁하면서 생활을 개척하고 역사를 전진시키는 과정에 쌓은 체험과 지향을 우리 나라 사람의 기호와 감정에 맞는 다양한 형식의 이야기로 꾸며 표현하였고 그것을 글로 써서 후세에 남겼다.

패설은 지나간 역사적 시대에 우리 민족이 창조하고 발전시켜 온 산문 문학의 형태들을 표현하는 문학사적 개념이다. 이 개념 속에 포괄되는 모든 작품들은 비록 그것이 창조된 시대와 관련된 본질적인 제한성을 가지고 있지만 민족 발전의 역사를 전하여 주며 예술적 산문의 발전 과정을 보여 주는 문학의 귀중한 유산으로 된다.

패설이란 말은 원래 곡식 가운데서 가장 쓸모가 없는 곡식인 돌피와 같이 보잘것없고 가치 없는 이야기 또는 그러한 글이라는 뜻이다.

봉건 시기 통치배들과 양반 사대부들은《삼국사기》,《고려사》 등 정사체의 역사 산문들과 찬, 기, 설, 전 등을 비롯한 이른바 '정통파 문학'의 얼마 안 되는 도식적인 문체들만을 숭상하면서 그 밖에 인간 생활의 다양한 내용과 사회적 문제들을 격식 없이 자유롭게 서술한 글들을 천대하고 멸시하였으며 이로부터 그러한 글들을 돌피에 비겨 그렇게 불렀던 것이다.

고려 말기의 이름 있는 학자이며 패설 작가인 이제현은 자기의 패설 작품집 인《역옹패설》에서 책 이름을 '패설'이라고 붙인 까닭을 밝히면서 이렇게 썼다.

"'패'의 뜻을 따지면 '돌피'라는 말이다. 함부로 적어 놓은 글들을 기쁘게 뒤 적거려 보니 아무 맺힌 것, 속살 있는 것이 없어서 그 하찮은 바가 돌피와 다를 것이 없었다. 그래서 이 기록들을 한데 묶어 '패설'이라고 이름을 붙였다."

패설은 봉건 시기에 이처럼 봉건 통치배들 양반 사대부들에게서 멸시와 천대를 받아 왔지만 실제로는 중세 예술적 산문의 더없이 풍부한 원천이었으며, 지나간 시대를 산 사람들의 곡절 많은 생활과 사상 감정, 당대 사회의 정치와 경제, 문화와 풍습, 도덕과 인정세태 등 시대와 생활의 진면모를 다양한 측면에서 생동하게 보여 주는 사료의 총서라고 할 수 있다. 하기에 패설을 보잘것없고 하찮은 글이라고 천시한 양반 선비들 자신이 패설에 깊은 관심을 돌렸고 또한 스스로 패설에 속하는 글들을 썼던 것이다. 이것은 패설이야말로 사람들에게 민족의 역사와 변천하는 시대의 방향을 알려 주고 생활의 교훈을 체득케 한 중세 산문 문학의 뗄 수 없는 중요한 구성 부분이었다는 것을 말해 준다.

예술적 산문의 풍부한 원천으로서 패설이 갖는 문학사적 가치는 바로 산문 문학의 중추라고 할 수 있는 소설 형식이 패설에서 갈라져 나오고 여행기, 수필, 실화, 사화, 야담, 시화, 시평 등 산문 문학의 다른 모든 형식들도 모두 중세기에 패설이란 이름으로 불렸다는 사실만 가지고도 알 수 있다.

패설은 또한 역사의 갈피 속에 묻혀 있는 사건과 사실들, 여러 계층에 속하는 인물들의 내력과 일화, 선조들이 이룩한 문화와 예술의 유산들과 유물 유적들, 시대와 정치, 경제와 풍물, 인간과 생활의 세부 내용들을 짤막하고 격식 없이 자유롭고 생동하게 서술한 점에서 특색을 가지며 여기에 사료의 총서로서 패설의 문헌사적 가치가 있다.

패설의 발전 역사는 시대와 함께 창조되고 변모되는 생활의 세태적인 내용들을 수집하여 재미나는 이야기로 엮고 글로 써서 표현한 때부터 시작되었다고 할 수 있으나 문헌적 근거로 될 만한 자료들이 전하는 것이 없고 다만 옛 책들에 실린 여러 설화 유산들을 통하여 그 오랜 연원을 짐작할 수 있을 뿐이다.

그러나 우리 나라에서 패설이란 말이 처음으로 쓰여진 것은 문헌 기록으로 볼 때 고려 후반기 이제현의 《역옹패설》이며 이보다 앞서 고려 중엽에 이규보가 패설이라는 말과 같은 뜻에서 '소설'이란 표현을 썼다. 이것은 결국 고려 중엽 이후 시기부터 앞선 시대의 성과와 경험에 토대하고 당대 사회 현실의 요구를 반영하여 패설이 더 활발히 창작되고 자기의 풍만하고 다양한 형태적 특성을 뚜렷이 나타내기 시작하였다는 것을 의미한다.

이인로의 《파한집》, 최자의 《보한집》, 이규보의 《백운소설》은 이제현의 《역옹패설》과 함께 고려 후반기에 쓰여진 대표적인 패설집들이다.

고려 중엽에 이인로가 편찬한 《파한집》 세 권은 현재 전하고 있는 패설집들 가운데서 가장 오래된 것이다. 책에는 제목 없이 이야기 식으로 엮어 내려간 다양한 주제와 형식의 작품 삼백여 편이 실렸다.

그 가운데서 중심을 이룬 것은 시의 창작과 관련된 이야기이다. 책에서 이인로는 이지심, 김연, 김황원, 정지상 등 고려 전반기에 활동한 수십 명의 시인 문인들의 우수한 시 작품들 그리고 시가 창작의 가치 있는 자료들과 일화, 전설들을 소개하고 그에 대한 자신의 평가와 미학적 견해도 제기하였다. 책에는 또한 민요 '불볕에 등을 쪼이며'와 '무애춤', '무애사'에 대한 기록을 비롯하여 구전 문학과 국어 가요 연구에 도움을 주는 자료들도 실려 있다.

《파한집》의 뒤를 이어 이규보의 《백운소설》이 나왔고 또 그 뒤를 이어 1254년에 최자의 《보한집》이 나왔는데 《보한집》은 《파한집》의 속편으로 편찬되었다.

《보한집》 세 권은 《파한집》의 체제와 서술 방법을 거의 그대로 이어받고 있지만 내용은 그보다 두 배나 더 많고 이야기도 더욱 구체적으로 전개되어 있다.

거기에는 후기 신라 말기의 최치원에서 이인로, 임춘, 오세재吳世才 등 고려 중엽 '해좌칠현'의 문인들에 이르기까지 수십 명에 이르는 시인 문인들의 작품들과 함께 강감찬을 비롯한 애국 명장들과 이름난 역사적 인물들에 대한 일화와 전설, 대동강과 금강산 등 명승고적들과 그와 관련되어 있는 시 작품들 그리고 '주인을 살린 개', '범의 뉘우침'을 비롯한 설화 작품들도 실려 있다. 그러나 역시 주된 내용을 이룬 것은 시평과 시론이다. 최자는 작품집에 실린 시평과 시론을 통해 시에서의 뜻과 형식에 관한 문제, 시의 기백에 대한 문제를 비롯한 일련의 진보적인 미학 견해들을 제기하였다.

14세기에 편찬된 《역옹패설》은 전후편 각각 2권, 모두 4권으로 되어 있는데, 전편에는 주로 역사적 사실과 인물들에 대한 이야기가 실리고, 후편에는 인정 세태, 문물제도, 시 창작과 관련한 일화, 시평들이 실렸다. 《역옹패설》은 주제와 형식, 창작 경향에서 앞선 시기의 패설집들과 일련의 공통성을 가지고 있으면서도 그와 구별되는 새로운 특성을 보이고 있다. 그것은 우선 주제와 대상에 따라 이야기들을 분류하여 싣고 있는 점이며 또한 시와 시평보다 해학적인 이야기들을 많이 싣고 있다는 점에서 이전의 패설집들과 구별되고 있다.

이 책에서 이제현은 같은 역사적 사실들과 일화, 인정세태, 구전 문학의 유산들을 싣는 경우에도 이전의 기록들보다 좀 더 자유롭게 이야기를 꾸미고 다양한 수법으로 재미나게 전개시키고 있다. 그 가운데서 특별히 중요한 의의를 가지는 것은 통치배들의 부정부패를 풍자 비판한 '흑책黑冊'을 비롯한 참요와 민요 작품들, '은혜 갚은 사슴', '박세통과 거북' 같은 구전 실화 작품들, 외래 침략자들을 반대하여 용감하게 싸운 사람들과 의리 있고 강직한 사람들의 사적들에 대한 이야기들이다. 《역옹패설》은 이러한 특성들로 하여 고려 시기 패설 문학의 발전 면모를 보여 주는 동시에 문학사와 역사, 민속 연구에 중요한 자료이다.

패설 문학은 15~16세기에 이르러 더욱 활발히 창작되었고 그 발전의 전성기를 이루었다. 이 시기에 창작된 패설들은 소재 범위와 주제 분야가 사회 제도와 정치 생활, 경제 생활, 인간 생활 풍습과 인정세계 들을 포괄하여 더없이 넓어졌고 형식과 서술 방법도 그만큼 다양해졌다.

앞선 시대에 창작된 패설에 견주어 볼 때 이 시기 패설의 중요한 특징은 사화, 시평보다 이야기체 형식의 산문 작품들이 중심을 이룬 것인데, 내용과 형식에 따라 크게 네 가지 부류로 나누어 볼 수 있다.

첫째 부류는 문학과 예술의 개별적인 작품들과 함께 작가, 예술인들의 창작 경향과 특성을 밝힌 문예 평론 성격의 글들이다. 이러한 패설들은 문학과 예술의 유산들을 전해 주며 특히 양반이 되지 못한 탓으로 개별적인 시문집을 편찬하지 못한 어무적을 비롯한 노비 출신의 시인들, 서민 출신 문인들의 시적 재능과 창작 활동을 연구하는 데 도움을 준다.

둘째 부류는 민간에 전해지는 구전 문학의 유산들을 수집하여 기록하였으나 저자가 직접 보고 들은 사실들과 이야기들을 소재로 하여 창작한 작품들이다. 이러한 작품들은 신화, 전설, 민담을 비롯한 구전 설화의 풍부하고 다양한 원천을 전해 줄 뿐 아니라 소설 문학의 생활적 바탕과 그 발생의 합법칙적 과정을 구체적인 사료를 통해 보여 준다.

셋째 부류는 널리 알려진 역사적 사실들과 사건들의 진상과 그와 관련한 여러 계층의 견해와 일화, 당대 사회의 현실 생활과 문물제도, 민속 등과 관련한 이야기들이다. 이러한 글들은 진실과 허위, 전횡과 순종, 기쁨과 증오, 찬양과 조소 등이 뒤얽힌 당대 사회의 복잡한 내막과 그에 대한 사람들의 서로 다른 견해와 미묘한 내면세계를 이해할 수 있게 해 준다.

넷째 부류는 곡절 많은 생활 노정과 외국 방문을 비롯한 여행 과정에서 보고 듣고 느낀 체험을 소재로 하여 쓴 글들이다. 이러한 작품들은 역사와 문화, 지리와 생활 풍조에 대한 견식을 넓혀 주며 특히 당시 우리 나라와 다른 나라와의 관계를 이해할 수 있게 하는 점에서 특색을 가진다.

이 네 가지 부류에 속하는 패설집들로서 옛 문헌 기록을 통해 세상에 널리 알려진 것만 해도 성현의 《용재총화》, 김시습의 《금오신화》, 유몽인의 《어우야담》, 서거정의 《동인시화》, 《태평한화》, 《필원잡기》, 강희맹의 《촌담해이》, 어숙권의 《패관잡기》, 이륙의 《청파극담》, 남효온의 《추강냉화》, 김안로의 《용천담적기》, 조신의 《소문쇄록》, 이제신의 《청강쇄록》, 조위의 《매계총화》, 최부의

《표해록》, 김정의 《제주풍토기》, 차천로의 《오산설림》 등 수십 종이다.

그 가운데 김시습의 《금오신화》는 고전 소설의 형태적 특성을 뚜렷이 보여 준 우리 나라 중세기의 첫 단편 소설집으로 다루어지고 있으며, 서거정의 《동인시화》 역시 시평, 시론을 집성한 첫 시 평론집으로 다루어지고 있다. 이것은 패설에서 기원한 소설 문학이 패설 창작의 풍부한 경험을 바탕으로 하여 15세기 이후 자기 발전의 독자적 길을 개척하였다는 것을 의미하며 또한 이 시기를 전후하여 중세 평론 문학이 새로운 발전 단계에 들어섰다는 것을 말해 준다.

문학사적 견지에서 볼 때 15~16세기에 나온 패설집들 가운데서 가장 내용이 풍부하고 형식이 다양하여 가치 있는 것은 성현의 《용재총화》와 어숙권의 《패관잡기》이다.

성현(1439~1504)의 《용재총화》(10권)는 중세 패설 문학의 특성과 사료적 가치를 집약하여 보여 주는 대표적인 작품집이다. 《용재총화》의 문학사적 가치는 무엇보다 먼저 거기에 우리 민족의 예술적 재능과 창조적 기질, 우리 나라 중세의 문학과 예술의 발전 면모를 보여 주는 자료들이 많이 실려 있다는 데 있다.

성현은 이 책에서 최치원, 정지상, 이인로, 이규보 등 고려의 이전 시기 대표적인 시인들의 창작 재능과 특성을 밝혔고 안견, 박연을 비롯해 널리 알려진 화가, 음악가, 명필 들의 재능을 소개하였다. 그 가운데서도 눈에 띄는 것은 김생, 이마지 등 남다른 재능을 가지고도 신분이 천한 탓으로 널리 알려지지 못한 예술가들을 소개하고 높이 평가한 것이다.

작품집에는 또한 '풍산수의 계산법', '신 씨의 허풍', '숟가락보다 사발이 더 좋다', '스님 속인 상좌' 들을 비롯하여 봉건 관료들과 양반들, 중들의 부패와 저속한 생활 풍조를 야유한 풍자적 성격의 이야기들과 함께 '왜적을 물리친 이옥'을 비롯하여 외래 침략자들을 반대하여 용감히 싸운 사람들에 관한 이야기들이 적지 않게 실렸다. 이러한 실화들은 구전 문학의 우수한 작품들로 당대 사회 현실에 대한 인민들의 태도와 비판적 경향을 실감 있게 보여 준다.

특히 봉건적 질곡에서 비극적 운명을 겪게 되는 남녀 주인공들의 형상을 통해 자유로운 사랑에 대한 바람을 표현한 '안생의 사랑'과 같은 작품은 구성 조직과 예술적 묘사 수법이 소설에 가깝다고 할 수 있으며 따라서 패설과 소설의 관계를 밝히는 데 중요한 자료이다.

16세기에 나온 어숙권의 《패관잡기》는 구성 체계와 창작 경향에서 《용재총화》와 비슷한 점이 많지만 내용이 풍부하고 형식과 서술 방법이 다양한 것으로 두드러진다.

《패관잡기》에서 특징적인 것은 당대 사회 현실의 부정 면을 드러내어 풍자하고 비판한 수필 형식의 글이 많이 실린 것이다. '적서의 차별은 부당하다', '서울 장사치의 송악산 굿', '욕심 사나운 원의 죽음을 시로 읊다' 등이 그러한 내용의 우수한 작품들이다. 또한 '미신에 빠지지 않는 강직한 인물들', '자비심 모르는 멧돼지' 등과 같이 종교와 미신의 허황성을 보여 준 것도 있다.

《패관잡기》의 문학사적 가치는 특히 '광대놀음도 이로운 것', '우리 나라 여자 예술가들', '노비 출신 화가인 이상좌 부자', '어무적의 매화부' 등을 비롯하여 천대받고 억압당하는 사람들 속에서 배출된 뛰어난 예술가들과 그들이 당하는 설움과 고충을 보여 주는 자료들을 많이 싣고 있는 데 있다.

《패관잡기》는 이처럼 가치 있고 의의 있는 자료들을 풍부히 싣고 있을 뿐 아니라 형식과 표현 수법이 다양하고 세련되어 있어서 《용재총화》와 함께 15~16세기를 대표하는 패설 작품집으로 널리 알려졌다.

17세기 이후 패설 문학은 대체로 이수광李睟光의 《지봉유설》, 이익李瀷의 《성호사설星湖僿說》, 유형원柳馨遠의 《반계수록磻溪隨錄》 등과 같이 내용과 서술 방법에서 문학적인 것과 기록적인 것, 역사적인 것과 과학적인 것이 배합되어 종합적 성격을 가진 글로 쓰였으며 총서 형식으로 편찬되었다. 또 이전 시대에 나온 각양각색의 패설집들을 수집 정리하여 집성하는 사업이 활발히 벌어졌다.

이미 세상에 널리 알려진 《대동야승大東野乘》, 《광사廣史》 등은 17세기 이후에 역대 패설작품집들을 집성한 패설 총서의 대표적 문헌 유산들이다. 《대동야승》과 《광사》는 이러한 특성으로 하여 패설과 소설을 비롯한 예술적 산문의 호상관계와 발전 면모를 전체로 보여 줄 뿐 아니라 민족사와 민족 문화의 발전 역사를 밝히는 데 귀중한 사료 원천으로 되고 있다.

옮긴이 홍기문, 김찬순

홍기문은 1903년에 나서 1992년까지 살았다. 홍명희의 아들이다. 조선학, 특히 국어학 연구에 깊어 《정음발달사》를 냈다. 연암 산문집 《나는 결결 선생이라오》를 우리 말로 옮겼다.

김찬순은 북의 국문학자로, 〈조선고전문학선집〉 가운데 《표해록》《간양록》《해유록》을 비롯 기행문을 우리 말로 옮겼다.

겨레고전문학선집 18

거문고에 귀신이 붙었다고 야단

2006년 7월 25일 1판 1쇄 펴냄 | 2009년 6월 12일 1판 2쇄 펴냄 | **글쓴이** 성현, 어숙권 외 | **옮긴이** 홍기문, 김찬순 | **편집부** 김성재, 남우희, 하선영 | **감수** 정출헌 | **디자인** 비마인bemine | **영업** 김지은, 김현경, 백봉현, 안명선, 이옥한, 이재영, 조병범, 최정식 | **홍보** 조규성 | **관리** 서정민, 유이분, 전범준 | **제작** 심준엽 | **인쇄** 미르인쇄 | **제본** (주)상지사 | **펴낸이** 윤구병 | **펴낸곳** (주)도서출판 보리 | **출판 등록** 1991년 8월 6일 제 9-279호 | **주소** 경기도 파주시 교하읍 문발리 파주출판도시 498-11 우편 번호 413-756 | **전화** 영업 (031) 955-3535 홍보 (031) 955-3673 편집 (031) 955-3678 | **전송** (031) 955-3533 | **홈페이지** www.boribook.com | **전자 우편** classics@boribook.com

© 보리, 2006 | 이 책의 내용을 쓰고자 할 때는, 보리 출판사의 허락을 받아야 합니다. | 잘못된 책은 바꾸어 드립니다. | 값 25,000원

ISBN 89-8428-240-5 04810
       89-8428-185-9 04810(세트)

이 책의 국립중앙도서관 출판시도서목록(CIP)은 e-CIP 홈페이지 (http://www.nl.go.kr/cip.php)에서 볼 수 있습니다. (CIP 제어 번호: CIP2006001302)

이 책은 한국문화예술위원회의 문예진흥기금 지원을 받았습니다.